레몬머랭 파이 살인사건
LEMON MERINGUE PIE MURDER

해문

레몬머랭 파이 살인사건

조앤 플루크

해문

LEMON MERINGUE PIE MURDER
Copyright ⓒ 2003 by joanne fluke
Korean translation copyright ⓒ 2007 by Haemoon Co., Ltd.
PUBLISHED BY ARRANGEMENT WITH KENSINGTON
PUBLISHING CORP.NY,NY USA and SHIN WON AGENCY CO., KOREA.
All rights reserved.
이 책의 한국어 판 저작권은 신원에이전시를 통한 저작권자와의 독점계약으로 해문출판사에 있습니다.
저작권법에 의해 한국 내에서 보호를 받는 저작물이므로 무단전재와 복제를 금합니다.

등장인물

한나 스웬슨	'쿠키단지'라는 베이커리 카페 운영
노먼 로드	레이크 에덴의 치과의사
마이크 킹스턴	위넷카 카운티의 경찰관이자, 빌의 상사
안드레아 토드	한나의 여동생, 부동산 중개인
빌 토드	위넷카 카운티의 경찰, 안드레아의 남편
리사 허먼	한나의 조수이자 파트너
딜로어 스웬슨	한나의 어머니, 그래니의 앤티크점을 운영
캐리 로드 부인	스웬슨 부인과 함께 그래니의 앤티크점을 운영
미셸	한나의 막내 동생
트레시	안드레아와 빌의 딸, 한나의 조카
론다 스카프	레이크 에덴 이웃약국의 화장품 코너 직원
프레디 소여	마을의 잡일을 도맡아 함. 지능이 약간 모자람
제드 소여	프레디의 사촌
루앤 행크스	프레디의 이웃, 미혼모

새벽 4시 47분, 한나 스웬슨은 깜짝 놀라 잠에서 깼다.

두 개의 흉포한 눈이 그녀를 내려다보고 있었다. 하지만 한나가 손으로 밀쳐내자 그것들은 원망 섞인 울음소리만을 남긴 채 사라져버렸다.

"이건 내 베개야, 네 것이 아니란 말이야."

한나가 다시 베개를 낚아채 머릿밑으로 밀어 넣으며 중얼거렸다.

하지만 알람시계가 울리기 전까지 얼마 남지 않은 소중한 시간을 만끽하고자 눈을 감으려다 말고 문득 죄책감이 들어 자리에서 일어나 앉았다. 지금껏 단 한 번도 모이쉐를 밀쳐 내거나 때린 적이 없었다.

그녀의 오렌지빛 수고양이에게 구박이라면 오랜 거리 생활 동안 받아온 것으로도 충분했다. 녀석의 왼쪽 귀는 찢어졌고 한쪽 눈은 보이지 않았다. 이것만 봐도 얼마나 거친 나날들을 보냈을지 상상이 되었다.

한나가 녀석을 아파트로 데리고 온 날 이후로 둘은 절친한 친구가 되었다. 그런데 그 우정이 지금 위태로워지고 말았다. 잘못하면 녀석이 한나를 두 번 다시 믿지 않을지도 모른다.

"미안, 모이쉐. 이리 와. 내가 귀를 긁어줄게."

한나는 고양이 룸메이트의 용서를 구하며 시트 위를 톡톡 두드렸다.

"두 번 다시 아프게 하는 일 없을 거야. 너도 알잖아. 네가 날 놀라게 했기 때문이라고."

그러자 침대 아래쪽 바닥에서 또다시 울음소리가 들려왔다. 아까보다는 조금 화가 누그러진 듯했다. 그때 한나가 다시 한 번 시트 위를 톡톡 두드렸더니 녀석이 침대 위로 펄쩍 뛰어올라 왔다.

드디어 용서를 받았다는 생각에 한나는 안도감을 느꼈지만, 동시에 잠이 확 달아나버려 목 뒤에 통증도 함께 느껴지기 시작했다.

한나가 잠에 빠져들자 녀석이 베개를 제멋대로 독차지하고 있었던 모양이다. 녀석의 안락함의 대가를 이제 한나가 치르게 되었다. 시큰시큰한 목을 달랠 수 있는 것이라곤 출근 전까지 길고 긴 샤워뿐이었다.

"알았어, 나 이제 일어났어."

손을 뻗어 알람시계를 끄며 한나가 투덜거렸다.

"아침부터 줄게. 그런 다음에 샤워해야겠다."

한나는 슬리퍼를 꿰어 신고는 복도를 따라 주방으로 향했다. 그리고는 주방 불을 켜고 나서 상쾌한 아침 공기로 환기라도 시킬까 하여 창문을 활짝 열었다.

하지만 맞아준 것이라곤 후텁지근하고 끈적끈적한 바람뿐이었다. 미네소타 주 레이크 에덴은 때아닌 무더위가 기승을 부리고 있었다. 밤에도 낮만큼 더웠으니 6월 말의 날씨치고는 참으로 이상했다.

모이쉐는 사료그릇 앞에 자리를 잡고 앉아 기대에 찬 눈빛으로 한나를 올려다보았다. 녀석의 꼬리가 메트로놈처럼 좌우로 흔들리고 있었다. 저 동력으로 선풍기를 돌릴 수는 없을까 한나는 멍하니 생각에 잠겼다.

"참아야 하느니."

한나는 엄마의 말을 떠올리며 혼자 중얼거렸다. 하지만 그 교훈이 정작 엄마에게도 그다지 효과적이지 않다는 사실을 곧 기억해냈다.

"커피를 마시기도 전에 네 아침부터 챙겨주고 있잖아. 이렇게 확실한 사과가 어디 있니!"

한나가 벽장으로 가 맹꽁이자물쇠를 열 때까지 녀석의 꼬리 흔들기는 멈출 줄 몰랐다. 어떤 사람들은 맹꽁이자물쇠까지 달아놓는 것은 너무 심하지 않으냐고 생각할 수도 있겠지만, 모이쉐는 사료그릇의 바닥이 보이기 시작하면 스스로 먹이를 찾는 일도 마다 하지 않기 때문에 어쩔 수가 없었다.

바닥에 흩어진 고양이용 크런치를 청소하는데 이미 이력이 난 한나는 여러 번의 시행착오를 거쳐야 했다. 고무줄도 두꺼운 걸쇠도 갈고리도 모이쉐에게는 모두 무용지물이었다. 녀석은 굶주리기만 하면 순식간에 하우디(유명한 마술사)로 변해버려 그 어떤 장치도 녀석 앞에서 순식간에 해체되어 버렸다.

모이쉐가 맛있게 아침을 즐기는 동안 한나는 커피를 한 잔 따라 욕실로 향했다. 금요일인 오늘은 아주 바쁜 날이 될 것이다.

한나의 베이커리 카페인 '쿠키단지'가 매주 금요일을 파이의 날로 정했기 때문만이 아니었다. 정통 설탕쿠키 주문이 다섯 개 틀 분량이나 들어와 있었다. 미니애폴리스에 있는 연회업자에게서 받은 주문이었는데, 쿠키는 모두 결혼식에 쓰일 것들이었다.

한나와 그녀의 동업자인 리사 허먼이 지난밤에 이미 쿠키 반죽을 모두 해놓았으니 리사가 카페에 나오기 전에 쿠키와 파이, 레몬 미랭까지 구울 수 있을 것이다.

　신랑, 신부를 위해 쿠키에 이니셜 장식을 넣는 작업은 리사의 몫이다. 토비 헬러의 'T. H.', 파멜라 폴락의 'P. P.'

　뜨겁게 뿜어져 나오는 물줄기 아래서 얼마의 시간을 보내고 나자 한나의 목 통증은 어느 정도 가라앉았다.

　KCOW의 기상캐스터가 오늘은 올여름 들어 가장 더운 날이 될 거라고 했으니 작년 여름 몇십 년 만에 함께 한 안드레아와의 쇼핑 때 샀던 얇은 바지를 입고 나가야겠다고 생각한 한나는 바지를 꺼내 다리를 쑤셔 넣었다.

　하지만 지퍼가 활짝 열려 있는데도 불구하고 엉덩이조차 제대로 들어가지 않았다. 탈의실에서 입어봤을 땐 이렇게 작지 않았는데!

　한나는 원망스러운 눈길로 팽팽하게 주름이 간 바지를 내려다보았다. 살이 너무 많이 쪘다. 아담 사이즈의 가족 구성원 중 가장 큰 키에 통제할 수 없을 정도로 굽슬굽슬한 아버지의 곱슬머리를 물려받은 것도 모자라 이제 살까지 찌다니.

　좋든 싫든 지금이야말로 다이어트에 돌입해야 할 때다.

　다시 바지를 벗어 옷장에 던져버리고는 스판덱스 소재의 바지를 꺼내 입으며 한나의 머릿속은 저칼로리의 드레싱을 뿌린 샐러드들의 영상으로 가득했다. 조깅을 하는 방법도 있지만, 조깅을 워낙 싫어하는데다가 그럴 만한 시간도 없었다. 헬스장에 다니는 것도 불가능했다.

　가장 가까운 헬스장은 쇼핑몰 근처에 있는데, 한 번도 그곳까지 일부러 차를 몰고 나가본 적이 없었다. 이러한 상황이니 다이어트를 위해선 그저 음식을 조절하는 수밖에 없다. 그것만이 몸무게를 줄일 수 있는 유일한 방법이다.

한나는 고개를 돌려 욕실 체중계를 쳐다보았다. 한나의 지나친 상상인지도 모르겠지만, 체중계는 마치 공격 자세를 취하는 방울뱀처럼 그곳에 똬리를 틀고 있었다. 체중이 얼마나 늘었는지 지금 바로 확인해보자는 생각에 체중계 위로 발을 내디뎠지만, 한쪽 발을 올려놓다 말고 멈춰 섰다.

심장은 쿵쾅쿵쾅 뛰고, 손에는 땀이 나기 시작했다. 마지막으로 체중계 위에 올라섰던 때가 언제였더라? 아마 6개월도 더 전의 일이었던 것 같다. 다이어트를 조금 한 뒤에 재보는 것이 나을지도 모르겠다. 그래야 충격도 조금 덜할 것이다. 적어도 커피에는 칼로리가 없다니 한 잔 더 마시고 체중을 재는 것은 나중으로 하자고 최종적으로 결심했다.

한나가 세 번째 커피잔을 비웠을 때쯤 주방 벽에 걸린 사과 모양 벽시계의 초침은 5시 20분을 가리키고 있었다.

한나는 모이쉐의 사료그릇을 다시 채워주고는 재작년 크리스마스 선물로 제부인 빌 토드가 선물한 차내용 보온병에 남은 커피를 부었다.

"안녕, 모이쉐. 나 없는 동안 잘 놀고 있어야 해."

한나는 모이쉐의 볼 언저리를 한 번 긁어주고서 숄더백을 어깨에 걸쳤다.

"오늘 저녁으로 나는 상추 쪼가리만 먹어야 할 거야. 그래도 너한텐 아주 근사한 밥을……."

한나가 말을 마치기도 전에 전화벨이 울렸다.

분명 엄마다, 이렇게 일찍 한나에게 전화할 사람은 이 세상에 스웬슨 부인밖에 없다.

한나는 자동응답기가 받게 내버려 두는 것이 어떨까 잠시 고민을 했다. 하지만 전화를 피해봤자 엄마는 끝끝내 한나를 찾아내고야 말 것이다. 어쩌면 더 불편한 시간대에 전화가 올지도 모른다. 결코 피할 수 없는 일은 미루어보았자 아무 소용이 없다는 것을 잘 아는 한나였다.

전화벨이 쉴 새 없이 울려대고 있었다.

모이쉐도 등 뒤로 고개를 돌리고는 털과 꼬리를 빳빳이 세웠다. 녀석의 반응에 한나가 웃음을 터뜨렸다. 모이쉐는 엄마를 무척 싫어했다.

한나는 입가에 서린 웃음을 미처 떨쳐내지 못한 채 수화기를 집었다.

"안녕, 엄마."

하지만 수화기 건너편에선 아무 소리도 들려오지 않았다. 대신 누군가 웃는 소리가 들려오기 시작했다, 남자 같았다.

"난 엄마가 아니에요."

"노먼?"

한나가 주방 식탁 위에 숄더백을 내려놓고는 의자에 앉았다.

그녀와 노먼 로드는 종종 데이트를 즐기는 사이다.

"이렇게 일찍 웬일이에요?"

"난 항상 이렇게 일찍 일어나요. 당신이 외출하기 전에 할 말이 있어서요. 부탁이 하나 있어요, 한나."

"뭔데요?" 노먼의 모습을 상상하는 한나의 얼굴에 미소가 번졌.

물 따르는 소리가 들리는 것을 보니 주방에서 커피를 따르는 모양이었다. 노먼은 그다지 잘 생기진 못했지만, 그래도 한나는 본능적으로 신뢰감을 안겨주는 그의 얼굴이 좋았다.

"오늘 아침 9시 30분으로 쿠키단지에서 가장 넓은 자리 하나를 예약해줄 수 있어요?"

"그건 안 돼요." 한나가 씩 웃으며 말했다.

"왜요?"

한나가 이내 웃음을 터뜨렸다.

"왜냐하면 가장 넓은 자리라곤 없거든요. 다 똑같은 크기의 탁자들이란 말이에요. 탁자 두 개를 붙이는 건 어때요?"

"좋아요. 나한테 정말 놀랄 만한 소식이 있어요, 한나."

"그래요?" 한나가 시계를 쳐다보았다.

떠나야 할 시간이 지났지만 그래도 괜찮았다. 파이 굽는 데 그렇게 시간이 오래 걸리지 않을 것이다. 어젯밤에 파이 바닥을 모두 구워놓았으니 오늘은 파이 소를 만들고, 머랭을 굽기만 하면 된다.

노먼과 얘기하는 것이 즐거웠다. 카페에 도착하자마자 조금 빨리 움직이면 될 것이다.

"집을 장만했어요."

"집을 샀다고요?"

노먼이 집을 구하는 줄 전혀 몰랐다.

"그래요. 집주인 마음이 변하기 전에 오늘 아침에 당장 계약을 하려고요. 폴커 구역에 있는 집인데, 아주 저렴한 가격으로 샀거든요."

"멋지네요."

노먼이 무슨 짓을 하려고 하는 것인지 스스로 깨닫길 바라며 한나가 말했다.

보웰커 부인이 살던 집은 에덴 호수가 한눈에 보이는 전망 좋은 곳에 있긴 하지만, 보수한 지 60년도 넘은 오래되고 낡은 집이있다.

"집을 새로 수리할 건가요?"

"수리하려고 들면 끝이 없어요. 지금 건물은 헐어버리고 그곳에 우리의 '꿈의 집'을 지을 거예요."

한나는 자신의 귀를 의심했다. 내가 제대로 들은 건가?

"방금, 우리의 '꿈의 집'이라고 했어요?"

"네, 그렇게 말했어요. 우리가 디자인해서 대회에서 우승한 집 말이에요. 그 집을 지을 거예요, 한나."

한나는 할 말을 잃었다. 할 말을 잃는다는 건 한나에게는 몹시 드문 일이었다.

노먼을 도와 '꿈의 집'을 디자인하는 걸 돕기는 했다. 그리고 그 디자인이 우승을 차지했을 때 한나도 진심으로 기뻐했다. 노먼과 사이좋게 나눠 가진 상금으로 카페 주방에 에어컨도 달고, 홀에만 집중되어 있던 환풍기도 여러 개 달았으며, 선반도 새로 달았던 것이다.

그들이 만든 꿈의 집은 정말 멋진 집이었지만 노먼이 정말로 그 집을 지을 거라고는 상상도 하지 못했다!

네 개의 침실에 세 개의 욕실이 딸린 넓디넓은 이층집에서 노먼 혼자 무얼 할 수 있을 거라고 생각했겠는가?

한나의 이마에 주름이 잡혔다.

확실히 노먼 혼자 살 집을 지으려는 건 아니다. 설마 나한테 물어보지도 않고 나와의 결혼 계획을 세우기라도 한 건가? 나한테 청혼할 생각이 아니라면 혹시 마음에 둔 다른 여자가 있는 건가?

"무척 놀란 것 같네요." 노먼이 다시 킥킥거리며 말했다.

"이렇게 오랫동안 말이 없는 건 처음인데요."

한나가 고개를 끄덕였다. 물론 노먼에게는 보이지 않는다는 걸 알면서도 말이다.

"그래요, 놀랐어요. 정말로 그 집을 짓는다니 믿을 수가 없네요."

"사실 어머니와 함께 사는 건 여러모로 불편한 점이 많아요. 내가 외출할 때마다 어디 가는지, 몇 시에 돌아오는지 묻곤 하시니까. 물론 어머니 마음을 모르는 건 아니지만 내가 이제 다 큰 성인이라는 사실을 잊고 사시는 듯해요."

"어떤 건지 알 것 같아요." 한나가 공감하며 말했다.

로드 부인은 노먼이 아버지의 치과를 물려받기 위해 레이크 에덴으로 이사 온 뒤로 사사건건 아들의 인생을 통제하려 들었다.

"이사를 나간다고 하면 로드 부인이 마음 상해하시지 않을까요?"

"어머니는 아직 모르세요. 오늘 아침식사 때 얘기할 생각이에요. 어머니는 '그래니의 앤티크' 창고에 공간이 부족하다고 늘 불평하셨으니까 집 창고에서 내 짐을 빼간다고 하면 반가워하실걸요."

한나는 입술을 굳게 깨물었다.

내가 왜 노먼의 환상을 깨버리려고 하는 거지? 두 어머니가 새롭게 문을 연 앤티크점인 '그래니의 앤티크'에는 확실히 물품을 쌓아 둘 공간이 부족했다.

하지만 그렇다고 해서 로드 부인의 화가 가라앉을 거라고 생각할 순 없다. 노먼이 당신과 단 한마디 상의도 없이 이런 일을 결정했다는 것에 대해 로드 부인은 엄청나게 화를 내실 것이 분명했다.

"내가 어떻게 해서 그 집을 손에 넣게 됐는지 아직도 믿어지지 않아요. 그 집, 론다 스차프가 물려받았다는 거 알죠?"

"알아요." 한나가 대답했다.

론다는 레이크 에덴에 떠도는 소문의 단골로 등장하는 인물로, 그 집이 이제 그녀의 소유가 됐다는 것을 마을에서 모르는 사람이 없었다. 그녀는 대고모의 유언이 낭독된 그날로 한나의 여동생인 안드레아를 찾아가 그 집을 매물로 내놓았던 것이다.

"당신이 그 집을 산 걸 안드레아도 알아요?"

"그럼요. 론다가 어젯밤에 안드레아에게 전화를 했고, 안드레아가 내 구매 요청을 받아들이라고 설득해주었는걸요."

"에……, 그렇군요."

어째서 안드레아가 이 사실을 알려주지 않았을까 의아해하며 한나가 대답했다.

이런 빅뉴스조차 알려주지 않는다면 자매 사이가 다 뭐란 말인가?

"쿠키단지에서 계약서를 작성하려고요. 그러니까 우리 넷이 될 거예요. 당신이 증인이 되어 주고요, 그래 줄 수 있죠?"

"물론이죠."

"좋아요. 그럼 9시 30분에 카페에서 봐요. 나에겐 정말 설레는 시작이 아닐 수 없어요, 한나."

"알아요. 축하해요, 노먼."

수화기를 내려놓으며 한나는 얼굴을 찌푸렸다. 물론 노먼의 일로 기쁘기는 하지만, 이 일로 인해 여동생에게 완전히 화가 나고 말았다.

안드레아가 보통 아침 7시까지 꿀맛 같은 아침잠을 즐긴다는 것을 알고 있지만, 한나는 당장 수화기를 집어 동생의 집 전화번호를 꾹꾹 눌렀다. 물론 어젯밤에는 늦게까지 출장서비스를 나가 있느라 계속 카페를 비웠지만, 그래도 메시지라도 남길 수 있지 않았나!

신호음이 막 시작되려는 찰나 자동응답기에서 희미하게 반짝이는 불빛이 한나의 눈에 띄었다.

안드레아가 전화를 했던 것이다, 그것도 여러 번이나. 한나는 재빨리 수화기를 다시 내려놓고는 녹음된 메시지의 재생버튼을 눌렀다. 모두 6개의 메시지가 들어와 있었는데, 전부 안드레아가 남긴 것이었다.

어젯밤 늦게 집에 돌아왔을 때 너무나 피곤한 나머지 메시지 확인을 하지 못했던 것이 화근이었다. 그리고 그걸 아침까지 잊어버리고 있었다. 안드레아의 메시지를 다 지우고 일어서는데 다시 전화벨이 울렸다.

엄마인가? 아니면 안드레아?

두 번째로 벨이 울릴 때 한나는 수화기를 들었다. 과연 오늘 내로 카페에 나갈 수 있을지 궁금해하면서 말이다.

"한나?" 이번에도 노먼이었다.

"아침부터 자꾸 귀찮게 해서 미안한데요, 내가 크리스마스 날 줬던 펜 아직도 가지고 있어요?"

한나의 눈썹이 치켜세워졌다, 이렇게 빨리 잊어버리다니!

"당신이 준 건 펜이 아니라 실크 스카프랑 금색의 둥근 핀이었어요."

"나도 알아요. 나무 밑에 놓아뒀던 선물말고 우리 병원에서 만들었던 펜 말이에요. 어디 다 버린 건 아니겠죠?"

"그럼요. 귀여워서 아직도 가지고 있어요. 칫솔 모양의 펜은 한 번도 본 적이 없어서 말이에요. 그게 여기 어딘가에……"

"한 번 찾아봐줄래요? 나한테도 여러 개 있긴 하지만 창고에 보관하는 터라 일부러 찾아서 꺼내기에는 시간이 없네요. 계약서에 사인할 내

이왕이면 그 펜으로 하는 게 의미가 있을 것 같아서요. 뭐, 중요한 건 아니지만 그 펜은 아버지가 직접 디자인하신 거거든요. 오늘 아버지가 그 자리를 함께 하실 수 없으니, 그래서……."

"지금 찾아볼게요." 한나가 나서서 말했다.

한나는 수화기를 비스듬히 내려놓고 늘 들고 다니는 숄더백을 뒤집어 주방 탁자 위에 내용물을 모두 꺼내어놓았다. 펜과 연필이 족히 열두 자루도 넘게 나왔지만, 노먼의 병원 펜은 보이지 않았다.

한나는 내용물을 다시 가방 안에 쓸어담고 펜이나 연필꽂이로 사용하는 금이 간 머그잔 안을 살펴보았지만 거기에도 펜은 없었다.

"미안해요, 노먼." 한나가 다시 수화기에 대고 말했다.

"가방이랑 연필꽂이를 다 확인했는데, 없네요."

"침대 탁자는요? 한밤중에도 아이디어가 생각나면 그때그때 적어놓을 수 있도록 침실에도 펜이랑 노트를 놓아둔다고 했었잖아요."

한나는 깜짝 놀랐다. 노먼에게 그런 얘기까지 한 줄 몰랐다.

"나가기 전에 확인해볼게요. 그래서 찾으면 카페로 가지고 갈게요."

한나는 전화를 끊고 바로 침실로 달려갔다.

생애 처음으로 자기 집을 갖는다는 것에 대해 노먼은 매우 설레고 있었다. 자기 집을 갖게 된다는 건 확실히 가슴 떨리는 일이긴 했다.

한나도 처음 이 아파트를 계약했을 때 돌아가신 아버지가 몹시 그리웠다. 당신의 딸이 이만큼 커서 처음으로 자기 소유의 집을 갖게 된 모습을 직접 보셨다면 얼마나 좋아하셨을까.

한나는 노먼의 아버지가 직접 디자인하셨다는 로드 치과병원의 펜으로 계약서에 서명하는 것이 노먼에겐 그토록 큰 의미라면, 기꺼이 한 시간 더 그 펜을 찾는 데 할애할 용의가 있었다. 그리고 바로 거기에 펜이 있었다!

침실에 들어서자마자 한나의 눈에 딱 띄고 만 것이다.

한나는 펜을 집어 가방에 넣고는 서둘러 나갈 준비를 했다.

그때 다시 전화벨이 울렸다. 아마 내가 펜을 찾았는지 궁금해서 건 노먼의 전화일 것이다. 한나는 다시 주방으로 들어갔다.

한창 식사중인 모이쉐에 걸려 넘어질 뻔하며 말이다. 그리고는 재빨리 수화기를 낚아채듯 집었다.

"노먼, 당신 말대로 펜이 침실에 있었어요. 나갈 때 갖고 갈게요."

한나의 귀에 기나긴 침묵에 이어 누군가의 탄식이 들려왔다.

초침이 가는 소리가 들릴 정도로 상대방은 조용했다.

"어-오."

자신이 방금 했던 말을 떠올리며 한나는 숨을 몰아쉬었다.

노먼과의 일을 모르는 사람이 이 말을 들었다면 달콤한 소문의 소재로 삼을 만했다. 잘못 걸려온 전화이기를 간절히 바라며 막 '여보세요'라고 말하려는 순간 상대편에서 귀에 익은 '에델바이스' 시계 종소리가 들렸다.

한나는 끙 소리를 냈다, 꼼짝없이 걸리고 만 것이다.

레이크 에덴에서 '에델바이스' 멜로디가 나오는 시계를 가진 사람은 단 한 명, 엄마뿐이다!

"엄마다, 한나."

마침내 엄마가 입을 열었다.

"노먼의 펜이 어떻게 네 침실에 있는 게냐?"

한나는 참을 수가 없어 웃음을 터뜨렸다. 이렇게 놀란 듯한 엄마의 음성을 처음 들어본다.

"그만 좀 웃고 얘기해라! 난 네 엄마야, 알 권리가 있어!"

한나는 금방이라도 심장마비로 뒤로 넘어갈 듯한 엄마와 말다툼하고 싶은 생각은 없었다.

"진정해요, 엄마. 노먼이 작년 크리스마스에 나한테 줬던 병원 펜을 가져다 달라고 부탁했을 뿐이에요. 내가 침실 탁자에도 늘 펜을 하나 보관해둔다고 얘기한 적이 있었거든요."

"오, 그렇다면야 얘기가 달라지지. 잠시지만 난 또……, 아니다. 신경 쓰지 마라. 근데 노먼이 왜 그 펜이 필요한 게냐?"

"오늘 아침에 계약서에 서명할 일이 있는데, 특별한 이유로 그 펜을 쓰고 싶대요. 노먼이 집을 샀거든요."

"노먼이 집을 샀다고? 어느 집 말이냐? 어디에 있는?"

"폴커 지역에 있는 집이래요. 다 헐어버리고 '꿈의 집'을 새로 지을 거래요."

"무슨 '꿈의 집' 말이냐?"

"대회에 출품하려고 노먼이랑 제가 같이 디자인했던 집 말이에요. 기억나시죠?"

"당연하지, 네가 도면도 보여주었잖니. 근데 그 집은 좀 크지 않니?"

"침실 네 개에 욕실이 세 개죠."

"혼자 살기에는 너무 큰 것 같……."

엄마가 말을 마치기도 전에 탄성을 질렀다.

"네가 나한테 말하지 않은 것이 있는 게로구나, 한나?"

"없어요."

"삶의 변화를 일으킬 만한 일이 전혀 없다는 게냐?"

한나는 시계를 쳐다보고는 인상을 찌푸렸다.

"삶의 변화를 일으켜볼까 생각하는 일이라곤 집에 전화기를 아예 치워버릴까 하는 것뿐이에요. 그래야 제가 제시간에 카페로 나갈 수 있을 테니까요."

"오, 알았다, 얘야. 짧게 말하마. 멋진 소식이 있어서 전화했단다. 미셸이 집에 온다는구나."

"미셸이요?"

한나는 미소를 지었다. 그녀의 가장 어린 여동생은 올해 맥칼레스터 대학에서 막 1년을 마쳤다.

한나는 작년 크리스마스 이후로 미셸을 보지 못했다.

"언제 온대요?"

"화요일 밤에. 일요일까지 있을 거라는 구나. 연극반 건물이 새로 이사를 하는 바람에 학생들이 일주일 동안 휴가를 얻었다더라. 11시 버스로 온다니까 오면 호숫가 오두막에서 지내기로 했단다."

"그건 여름 내내 다른 사람에게 빌려주신 줄 알았는데요."

"그랬지. 안드레아가 나서서 손을 좀 썼단다. 당연히 나도 미셸과 같이 머물 거란다. 그 나이 때 애들한테는 부모의 보호가 필요하니까 말이다."

한나는 이 소식을 들었을 때 미셸의 표정을 상상해보며 '씩' 웃었다.

분명히 호숫가에서의 멋진 휴가를 꿈꾸고 있을 텐데 엄마의 갑작스러운 보호가 결코 반갑지만은 않을 것이다.

"네가 버스 정류소로 미셸을 데리러 나가줬으면 좋겠구나. 그날 밤에 장식가가 한 명 오기로 했는데, 캐리에게만 맡겨 둘 수 없어서 말이다. 게다가 오두막에 가서 침대도 정리하고, 타월도 새로 걸어놓고 해야 하는데, 시간이 별로 없구나."

"걱정하지 마세요." 한나가 엄마를 안심시켰다.

"제가 마중 나갈게요."

"고맙다, 한나. 역시 믿을 건 너밖에 없구나. 이제 그만 끊어야겠다. 캐리가 5분 내로 데리러 오기로 했는데, 아직 머리 손질도 못 끝냈지 뭐냐. 오늘 아침엔 같이 쇼윈도를 장식할 거란다."

전화를 끊으며 한나는 미소를 지었다.

엄마와의 통화 때문이 아니라 미셸이 온다는 사실이 반가워서였다.

아침 7시 30분쯤, 한나는 많은 걸 해냈다.

오븐에는 열두 개의 레몬 머랭 파이가 구워지고 있었고, 파멜라와 토비의 결혼식에 갈 정통 설탕쿠키도 모두 준비되었다.

한나는 보온병에서 마지막 남은 커피를 머그잔에 톡톡 털어 따르고는 스테인리스 작업대 앞에 놓인 의자에 앉았다.

그리고는 정통 설탕쿠키 하나를 집어들었다. 타원형의 쿠키는 먹음직스러워 보였다.

한나는 맛을 보려고 입에 가져가다가 퍼뜩 떠오르는 현실에 멈칫하고 말았다.

쿠키를 먹을 수 없다. 지금 다이어트중이지 않은가.

솔직히 10㎏도 더 넘게 빼야 한다는 사실을 한나 스스로도 잘 알고 있다. 그러고 보니 그것 때문에 노먼이 청혼하지 않았는지도 모르겠다.

한숨을 내쉬며 한나는 쿠키를 다시 제자리에 내려놓았다.

인내심을 길러야 한다. 좀 더 강해져야 한다.

작년 여름에 산 바지가 다시 꼭 맞을 때까지는 파머 치즈(전유 또는 일부 탈지한 고형 치즈)가 뿌려진 샐러드가 최고로 맛있다고 스스로 최면을 걸어야 한다.

완벽한 몸무게로 돌아가 늘씬한 몸매를 자랑할 수 있게 되면 그 모습을 본 노먼의 입에서 결혼해주겠느냐는 말이 저절로 튀어나올지도 모른다. 그러면 나는……, 뭐라고 대답해야 하지? 10㎏이 쪘다고 청혼하지 않는 사람과 정말 결혼할 생각인가?

한나는 다시 쿠키를 향해 손을 뻗었다.

있는 그대로의 모습을 사랑해주는 사람과 결혼하고 싶었다. 미혼과 기혼이 차이에 고작 10㎏이 문제라면 그건 틀림없이 뭔가 잘못된 거다.

게다가 노먼과 결혼한다는 건 곧 마이크 킹스턴을 포기해야 한다는 것 아닌가.

마이크 생각에 한나의 입에서 다시금 한숨이 흘러나왔다.

잘 생기고 섹시한 마이크는 위넷카 카운티 경찰서의 형사였다. 그리고 제부인 빌의 상관이기도 했다. 빌은 한나가 마이크와 결혼했으면 좋겠다는 바람을 거리낌 없이 얘기하곤 했다. 안드레아 역시 마이크를 좋아했지만 그건 엄마 탓도 있었다.

엄마는 미혼 남성이라면 한나의 사윗감으로 점찍기를 마다치 않으니 말이다. 엄마 생각에 한나는 다시 손을 빼냈다.

만약 날씬해져서 노먼이 청혼한다면, 엄마도 레이크 에덴에 발을 들여놓는 모든 남자와 한나를 엮으려 하지 않을지도 모른다.

하지만 정말 결혼하고 싶은가?

한나는 다시 쿠키로 손을 뻗었다. 그냥 청혼은 무기한 연기한 채 노먼과 마이크와의 데이트를 즐기는 편이 더 나을지도 모른다.

그때 뒷문이 열렸고, 한나는 뻗었던 손을 다시 가져왔다. 순전히 죄책감 어린 동작이었다.

한나는 동업자인 리사 허먼을 향해 어색한 미소를 지어 보였다.

"좋은 아침이야, 리사."

"안녕하세요, 한나."

리사가 옷 고리에 웃옷을 벗어 걸고는 앞치마를 꺼내 입으며 한나를 향해 호기심 어린 눈빛으로 다가왔다.

아담한 체구의 리사는 앞치마도 여러 번 접어서 입어야 했고, 끈도 두 번이나 빙빙 돌려 묶어야만 했다.

"쿠키를 다시 내려놓는 걸 봤어요. 뭐가 잘못됐어요?"

"아니, 분명히 맛있을 거야."

"그럼 왜 먹어보지 않아요?"

"다이어트중이거든. 10kg을 감량할 때까지 디저트는 먹지 않기로 했어. 내가 또 쿠키를 집으려거든 내 손을 때려줘."

"알았어요. 하지만 갑자기 웬 다이어트예요?"

"내가 좋아하는 여름바지 때문이야. 작년 여름에 안드레아랑 같이 샀을 때는 잘 맞았는데, 오늘 입어보니 지퍼도 제대로 안 올라가지 뭐야."

"이상하네요. 겉보기에는 그렇게 살찐 것 같지 않은데."

"리사한테는 그럴지도 모르지만……."

한나는 말을 하다말고 한숨을 푹 내쉬었다.

"노먼이 집을 샀대."

"집을요?"

리사가 깜짝 놀라며 되물었다.

"론다 스차프가 대고모한테서 물려받은 집을 샀나 봐. 오늘 아침에 계약서를 작성하러 카페로 오기로 했어."

"그럼, 노먼이 이사를 한단 말이에요?"

"아직은 아니야. 기존의 있던 집을 헐어버리고 우리가 같이 디자인했던 '꿈의 집'을 지을 거래."

"그거 멋지네요."

손을 씻으려고 싱크대로 다가가며 리사가 말했다.

"근데 그거랑 다이어트랑 무슨 상관이에요?"

"오늘 아침에 노먼이 전화를 걸어서 그 얘길 해줬는데……, 글쎄, 정혼을 안 하지 뭐야."

리사가 굳은 표정으로 한나를 쏘아보았다.

"그래서 노먼이 청혼하지 않는 이유가 그 10kg 때문이라고 생각했단 말이에요?"

"저, 그건 아니지만……."

"내 말을 오해하지는 말아요." 리사가 끼어들었다.

"다이어트를 하고 싶으면 해요. 하지만 노먼 핑계는 대지 말아요. 노먼은 정말로 한나를 많이 좋아해요. 누가 봐도 알 수 있다고요. 아마 얼마 안 있어 한나에게 청혼을 할 거예요."

한나는 왠지 모르게 기운이 솟는 것이 느껴졌다.

"정말 그렇게 생각해?"

"그럼요. 남자들은 원래 대업을 준비하는데 시간이 걸리는 법이에요. 한나가 노먼을 만나 온 시간만큼이나 나도 허브와 데이트를 해왔는데, 그도 아직 내게 청혼하지 않고 있잖아요."

"허브가 청혼했으면 좋겠어?"

자신도 모르게 말을 내뱉고 한나는 금세 후회하고 말았다.

허브와 리사의 관계는 사실상 한나가 상관할 일이 아니다.

하지만 리사는 전혀 개의치 않는 듯했다. 손을 닦으며 한나를 향해 싱긋 웃어 보였다.

"어떤 때는 그랬으면 좋겠어요. 한나는 어때요? 노먼이 청혼했으면 좋겠어요?"

"모르겠어. 그래도 한 가지 확실한 건 노먼이 다른 사람한테 청혼하는 건 절대 바라지 않는다는 거야."

리사가 웃음을 터뜨렸다.

"그럴 위험은 없을 것 같은데요. 그럼 이제 다이어트는 어떻게 할 거예요? 계속 할 거예요?"

한나는 잠시 생각에 잠겼다.

"그래, 옷장의 옷을 전부 새로 장만할 만한 여유는 없으니까."

"이제 다이어트를 할 만한 좋은 핑계가 생겼네요."

리사가 홀로 향하며 말했다.

"가서 커피부터 내릴게요. 그래야 한나가 칼로리가 없는 걸로 배를 채울 수 있을 테니까요."

마침내 오븐의 타이머가 울렸고 한나는 자리에서 일어나 오븐에서 파이를 꺼냈다.

꺼낸 파이를 식히려고 막 선반 위에 올려놓는데 리사가 갓 뽑은 커피를 머그잔에 한 잔 가득 따라 가지고 왔다.

"여기요."

붉은색 글씨로 '쿠키단지'라고 새겨져 있는 흰색의 머그컵을 건네며 리사가 말했다.

"이걸 마시면 기운이 좀 날 거예요. 그리고 기운이 나면 더 많은 칼로리를 소모할 수 있을 테고요."

리사의 재미난 궤변에 한나는 커피를 한 모금 마시다 말고 그녀를 쳐다보았다.

그때 리사가 파이를 쳐다보며 말했다.

"한나가 구운 것 중에는 레몬 파이가 제일 예쁜 것 같아요. 물론 체리 파이도 예쁘지만. 격자 사이로 밝은 노랑의 레몬 소가 볼록볼록 올라와 있는 게 정말 먹음직스러워 보인다니까요. 사과 파이도 최고예요. 황갈색으로 맛깔스럽게 익은 모양에다 냄새도 정말 환상적이거든요. 한나가 만드는 블루베리 파이도 역시……."

"그만!"

한나가 공중으로 손을 번쩍 치켜들며 말했다.

"나 다이어트중이야. 기억하지?"

리사는 당황한 듯 보였다.

"미안해요, 한나. 파이 얘기는 다 잊어버려요. 결혼식에 보낼 쿠키는 이제 장식할 수 있을 만큼 다 식었나요?"

"아마 그럴 거야."

리사는 카운터로 가 제빵용 설탕을 그릇 안으로 체질하기 시작했다.

"설탕가루를 뿌린 다음에 이니셜부터 새길게요."

"좋은 생각이야. 주변에 보라색 하트를 넣으려면 설탕 장식부터 말라야 할 테니까."

"제비꽃 색이에요."

리사가 체질한 설탕을 다른 그릇에 옮겨 담으며 한나의 단어를 바로잡았다.

"신부가 특별히 이니셜을 여름 새벽녘의 푸른 하늘빛과 똑같은 색으로 넣어 달라고 했거든요. 그리고 하트 모양은 봄에 가장 먼저 피어나는 야생 제비꽃 색으로 장식해달라고 했어요."

한나의 눈썹이 높이 치켜세워졌다.

"어쩜, 너무 시적이다. 하지만 한 번 더 굽고 나면 색이 모두 밝은 푸른빛과 보랏빛으로 변해버릴 텐데."

28

"한나 말이 맞아요."

리사가 버터를 힘차게 저은 후, 두꺼운 크림을 집으며 말했다.

한나가 또 다른 쿠키 반죽을 끝내고 그것을 굽는 동안, 리사는 설탕 장식을 모두 마치고 하트 장식을 할 짤주머니를 채웠다.

한나는 쿠키 위에 푸른색으로 이니셜을 새겨 넣는 리사의 모습을 어깨너머로 흘끗 바라보았다.

처음 리사가 쿠키 장식을 시작할 때는 너무도 긴장한 나머지 눈에 보일 정도로 떨더니 한나가 부러워할 만한 인내심으로 여러 번의 연습을 거친 후 이제는 전문가라 불러도 손색이 없을 정도로 훌륭하게 해냈다.

그 말은 곧 쿠키단지에서도 이제 특별 주문에 맞춰 쿠키를 구워낼 수 있다는 얘기다.

두 사람은 거의 동시에 각자의 일을 끝냈다.

"정말 완벽해."

한나는 미소를 지으며 리사를 칭찬해주었다.

"이리와, 리사. 커피 마시면서 조금 쉬자."

한나는 홀로 나오자마자 천장에 달린 선풍기를 가동시켰다.

커다란 날개가 천천히 돌아가면서 리사가 독립기념일을 맞이해 천장에 걸어놓은 빨강, 하양, 파랑의 깃발들이 바람에 나부꼈다.

"앉아 있어요, 한나. 제가 커피를 가지고 올게요."

리사가 카운터 뒤의 대형 커피포트로 향했다.

한나는 가장 좋아하는 탁자에 골라 앉았다. 카페 뒤편에 있는 자리지만, 통유리를 통해 카페 앞의 거리가 훤히 보이는 자리였다.

이 자리에 앉으면 한 시 이섬이 있는데, 그건 바로 누군가 창으로 바짝 다가와 코를 맞대고 들여다보지 않는 이상 카페 안이 텅 비어 보인다는 것이었다.

안이 아예 들여다보이지 않는다면, 사람이 있는 줄도 모를 테니 손님들이 일찍부터 와서 카페 문을 두드리는 일은 없을 것이다.

리사가 꾸민 깃발 장식은 근사했다.

한나는 그 장식이 마음에 들었다. 레이크 에덴 사람들은 애국심이 유난히 강했기 때문에 독립기념일은 이 작은 마을에도 매우 커다란 의미가 있는 국경일이었다.

아침에는 퍼레이드가 있을 것이고, 마을 위원들의 연설을 포함해 온갖 종류의 행사들이 열릴 것이다. 포트락(여러 사람이 각자 음식을 조금씩 준비해 와 즐기는 파티)이며, 호숫가에서의 바비큐 파티는 물론 밤에는 불꽃놀이까지 있을 예정이었다.

"선풍기가 왜 저러죠?"

리사가 탁자 위에 머그잔을 내려놓으며 물었다.

"어떤 선풍기?"

"한나의 머리 바로 위에 있는 거요."

한나는 천장을 올려다보았다. 정말 머리 위의 선풍기는 날개가 꿈쩍도 하지 않고 있었다.

"모르겠는걸. 마침 오늘 아침에 저장실 선반을 새로 달아주러 프레디랑 제드가 오기로 했으니까 한 번 물어볼게."

"요즘 프레디가 좋아 보이던데요."

한나 옆에 앉으며 리사가 말했다.

"프레디가 그러는데 제드가 매일 아침마다 샤워를 하게 시킨대요. 옷도 늘 깨끗한 걸로 갈아입게 하고요."

"정말 잘됐어. 프레디랑 같이 있을 때는 바람이 부는 반대 방향으로 서야 했던 적이 몇 번 있었는데 말이야."

커피를 마시며 한나는 프레디 소여에 대한 생각에 잠겼다.

지능이 약간 모자란 프레디는 어머니가 돌아가시기 전까지는 마을 곳곳을 돌아다니며 남들은 쉽사리 하려고 들지 않는 일로 근근이 생계를 이어왔다. 그는 서른 초반의 적지 않은 나이였지만, 순수한 습성과 소년 같은 천진난만한 미소가 제 나이보다 훨씬 어려 보였다.

프레디는 레이크 에덴 외곽에 자리한 올드 베일리 로드에 있는 그의 어머니 소유였던 집에서 살고 있는데, 얼마 전부터 친척인 제드가 이사와 함께 살면서 프레디를 조금씩 변화시키고 있었다.

"사람들은 프레디를 지나치게 얕봐요."

리사가 뾰로통한 표정으로 말했다.

"프레디가 아무것도 배우지 못할 거라고 생각하는데, 재니스 콕스가 얼마 전에 시계 보는 법도 가르쳤대요."

"잘됐네." 한나가 말했다.

그때 차 한 대가 다가와 카페 앞에 멈춰 섰다.

"안드레아야. 생각보다 일찍 왔네. 노먼이랑 여기서 9시 30분에 만나기로 했을 텐데."

리사가 자리에서 벌떡 일어났다.

"내가 가서 문 열어줄게요. 그냥 앉아 있어요. 어젯밤 늦게까지 출장 서비스를 갔다 오느라 피곤할 테니까요."

한나는 리사의 말대로 자리에 그냥 앉아 있었다. 솔직히 피곤하기도 했다. 파티는 손님이 40명도 넘게 온 큰 행사였다.

안드레아도 초대되었지만, 그저 예비 신부에게 선물과 함께 축하 인사를 건넨 다음, 한나에게 마이크의 메시지만 전해주고는 바람처럼 사라져버렸다.

마이크는 닷새 동안 열리는 청소년 범죄 예방법에 관한 컨퍼런스에 참석하러 디모인에 갔다고 했다. 한나에게 연락이 닿지 않자 대신 안드레아에게 전화해 일요일 밤까지 그곳에서 지내다 월요일 정오쯤 레이크 에덴에 돌아올 거라고, 돌아오면 한나를 보러 쿠키단지에 들리겠다는 말을 남겼다.

안드레아가 파티장을 떠나기 전까지도 두 자매는 서로 얘기를 나눌 시간이 없었다. 안드레아는 그저 빌이 임신 사실을 알게 된 이후로 참견장이 수탉처럼 매우 성가시게 군다는 얘길 했을 뿐이었다.

피곤하지도 않은데 쉬라고 고집을 피우는 일은 예사고, 틈만 나면 찾지도 않은 담요와 베개를 가져다줄 뿐만 아니라 최근에는 고칼로리의 간식만 만들어 나른다고 했다.

"안녕, 언니."

모델같이 세련된 안드레아가 바람처럼 들어왔다. 엉덩이까지 내려오는 상의를 입은 안드레아가 걸을 때마다 밝은 녹색의 스커트가 우아하게 펄럭거렸다.

안드레아는 목에 한나가 감히 시도해볼 생각도 못할 만큼 선명한 청록색 스카프를 매고, 역시 청록색 펜던트가 달린 은 목걸이를 걸고 있었다. 안드레아의 밝은 금발머리는 세심하게 꼬여 높이 틀어 올려졌다. 마치 화려한 패션잡지에서 걸어 나온 듯한 모습이었다.

"오늘따라 더 예뻐 보인다."

한나가 부러움이 살짝 섞인 어투로 말했다.

항상 아름다운 안드레아 옆에서 한나는 자신이 너무 초라해 보인다고 생각했다.

"미셸 일로 엄마가 전화했지?"

"그래, 내가 마중 나가기로 했어. 오랜만에 집에 오는 거라 정말 반가울 것 같아."

"맞아, 못 본지 꽤 오래됐지."

안드레아가 의자를 당겨 앉았다.

"어젯밤에 왜 전화 안 했어? 내가 메시지를 수도 없이 많이 남겼는데 말이야."

"확인해보는 걸 잊었어. 노먼이 새 집을 샀단 사실을 오늘 아침에야 알았어. 아침에 노먼이 전화했었거든."

안드레아가 뽀로통해서 말했다.

"흥, 미리 얘기해주지 않았다고 날 원망하지 말라고. 언니도 핸드폰이 있어야 해."

"싫어, 핸드폰은."

"요즘엔 누구나 다 갖고 있어."

"난 누구나가 아닌가 보지. 첨단기기의 시대라는 건 알고 있지만 그런 식의 전자 팔찌는 딱 질색이야."

"핸드폰은 전자 팔찌가 아니야. 받고 싶지 않을 땐 그냥 꺼놓으면 되잖아."

"그럼, 계속 꺼놓아야 힐 텐데."

한나가 씩 웃었다.

말다툼의 끝이 보이는 것 같았다.

"받지도 않을 핸드폰을 왜 사겠어?"

"커피 줄까요, 안드레아?"

리사가 빈 머그잔을 들며 물었다.

"고맙지만 괜찮아. 나이트 박사님이 하루에 한 잔만 마시라고 했는데, 벌써 마셨거든."

"그럼, 오렌지 주스는 어때요?"

"그거 괜찮겠네."

안드레아가 리사를 향해 미소 짓고는 이내 한나를 향해 고개를 돌리며 말했다.

"오늘은 꼭두새벽에 일어나야 했어. 나이트 박사님 진료가 비는 시간이 아침 7시 30분밖에 없었거든."

"엄연히 말해 7시 30분이 꼭두새벽은 아니지."

"나한테는 그래. 어쨌든 초음파 진료는 하지 않기로 했어. 녀석이 태어날 때까지 성별은 알고 싶지 않거든."

"'녀석'이 태어날 때까지?"

"엄마를 위해 일부러 '녀석'이라고 하는 거야. 이번엔 분명히 아들이라고 확신하시거든."

한나는 즐거워졌다.

"어떻게 그렇게 확신하신대?"

"배 부분만 볼록하게 나오면 아들이고, 전체적으로 볼록하게 나오면 딸이래."

"고리타분한 얘기처럼 들린다. 게다가 네 배는 나오지도 않았잖아."

"아냐, 그렇지 않아. 옷으로 가린 것뿐이지. 당장 제대로 맞는 옷도 별로 없는 걸. 클레어의 상점에 새 옷이 들어오면 바로 임부복으로 갈아입어야 할 것 같아."

"클레어한테 임부복을 주문했어?"

한나는 깜짝 놀랐다.

클레어 로저스는 한나의 카페 옆에서 '부 몽드'라는 드레스샵을 운영하고 있었는데, 그곳의 옷들은 매우 비쌌다.

"비싼 건 나도 알지만 빌이 좋은 걸 입으라고 고집하는 바람에. 세금공제를 받을 수 있을지도 모른다고 했어. 어쨌든 난 부동산 중개인이고, 손님들을 상대하려면 좋은 옷을 입어야 하니까."

"그 문제라면 스탠에게 얘기해봐."

한나는 터져 나오려는 웃음을 꾹 참았다.

스탠 크래머는 레이크 에덴에서 제일가는 세금 징수원이었는데, 어느 것이 공제되고 공제되지 않는지 아주 빠삭하게 알고 있었다.

하지만 한나 생각에는 안드레아의 임부복까지 세금공제가 될 것 같진 않았다.

접시에 쿠키를 담아 내오는 리사를 안드레아가 쳐다보았다.

"고마워, 리사. 마침 아침도 못 먹었는데. 이게 무슨 쿠키야?"

"살구 드롭스(과자의 일종)라고, 한나의 창작품이에요. 오트밀 쿠키에 오트밀 대신 말린 살구를 잘게 썰어서 넣은 거죠."

그때 전화벨이 울렸고, 리사가 전화를 받으러 달려갔다.

안드레아가 새 쿠키를 조심스럽게 베어 무는 것을 지켜보던 한나가 마침내 안드레아의 미소를 보고는 안도했다.

"맛있어?"

"최고야, 언니."

안드레아가 한 입 더 베어 물더니 앞으로 바짝 기대앉으며 말했다.

"그래서? 노먼의 계획에 대해 어떻게 생각해?"

"훌륭해. 꿈의 집이 어떻게 지어질지 당장에라도 보고 싶은걸."

"그럼, 승낙한 거야?"

동생의 의도를 완벽하게 눈치 챈 한나의 얼굴에서 미소가 살짝 사라졌다.

"승낙하다니, 뭘?"

"노먼과 결혼하는 것 말이야!"

"아니."

"그럼 싫다고 했단 말이야?"

한나는 고개를 저었다.

"아무 말도 안 했어. 노먼이 청혼하지도 않았고……."

"정말? 당연히 청혼했을 거라고 생각했는데."

안드레아의 표정이 어두워졌다.

"노먼에게 누구 따로 만나는 사람이 없는 건 확실하지?"

"내가 아는 한, 없어."

"그렇담, 다행이야. 언니가 노먼의 옆구리를 찔러보는 방법도 좋겠어. 이제 언니도 나이가 있고, 애를 낳으려면……."

안드레아가 말을 하다 말고 한숨을 내쉬었다.

"미안해, 언니. 또 엄마 같은 얘길 하고 있었네."

"그래, 맞아."

"그래도 생체시계 얘기가 나오기 전에 멈췄잖아."

"아니, 그 얘기도 방금 했어, 너."

안드레아는 멍한 표정을 짓다가 이내 회복하더니 말했다.

"미안하다고 했잖아, 언니……, 언니한텐 민감한 문제라는 거 알아. 진심으로 사과할게."

한나는 입을 떡 벌렸다.

안드레아가 이렇게 진지하게 사과하는 경우는 별로 없다.

그래키 양이 하는 것처럼 당장에라도 레이크 에덴 이웃 약국으로 달려가 특별한 날에 달력 위에 붙이는 금색 스티커를 사오고 싶은 충동이 한나에게도 들었다.

안드레아의 사과를 받아들이겠다고 말하려는 순간 리사가 다가왔.

"좋은 소식과 나쁜 소식이 있어요." 리사가 말했다.

"어느 것부터 들으실래요?"

한나가 즉시 결정을 내렸다.

"나쁜 소식부터. 좋은 소식은 마지막을 위해 아껴 두자."

"결혼식 얘기예요. 파멜라의 부모님이 결혼식을 취소했어요. 파멜라가 토비와 크게 다투고는 고등학생 때 만났던 남자친구와 함께 집을 나갔대요."

한나가 신음을 냈다.

"좋은 소식부터 들을 걸 후회되네."

"쿠키를 이미 다 구웠다고 연회업자에게 말했더니 쿠키 값은 예정대로 치르겠대요. 수표로 보내주겠냐고 했어요."

"그거 잘됐네. 하지만 그 많은 쿠키들을 이제 어쩌지? 신랑, 신부의 이니셜이 장식된 쿠키를 손님들에게 팔 수도 없고……."

한나가 냅킨을 집어서는 깨끗한 면이 앞으로 나오도록 뒤집었다.

"펜 있어?"

"항상 갖고 다니지."

안드레아가 서류가방에서 금색 펜을 꺼냈다.

한나는 냅킨 위에 커다랗게 원을 그리고는 그 안에 파멜라와 토비의 이니셜을 적었다.

그리고는 한참을 쳐다보다가 이내 리사에게 말했다.

"결혼식 쿠키 하나만 가져다줄래? 좋은 생각이 났어."

잠시 후 샘플 쿠키는 탁자 중앙 냅킨 위에 가지런히 누워 있었다.

한나는 잠시 그것들을 들여다보다가 리사를 향해 고개를 들고는 씩 웃었다.

"팸의 이니셜 앞에 'H'와 'A'를 넣을 자리가 충분하지?"

"공간은 충분해요. 보라색 하트를 넣으려고 공간을 남겨 뒀거든요."

안드레아가 놀라서 말했다.

"신랑이 무슨 전쟁 영웅이라도 돼?"

"아니, 그래도 파멜라의 성깔을 다 받아줬으니 그만한 대우는 받을 만하지."

한나가 다시 리사를 돌아보았다.

"팸의 이니셜 뒤에 'Y'를 넣는 건 어때?"

"쉬워요. 그럼 토비의 이니셜은 어떻게 할까요?"

"앞에 크게 4자만 넣으면 돼."

"알았다!"

안드레아가 흥분된 목소리로 외쳤다.

"그럼 '행복한 4주년Happy 4 year'이 되는구나. 쿠키가 하얀색이니까 글자랑 숫자를 파랑색과 빨간색으로 새겨 넣으면, 바로 독립기념일 쿠키가 되는 거야."

리사가 의자를 밀치며 자리에서 일어났다.

"완벽해요, 한나. 그럼 얼른 시작할게요. 파란 장식이 마르기 전에 서둘러야겠어요."

"근데 독립기념일까지 쿠키를 남겨 두기에는 무리이지 않을까?"

안드레아가 물었다.

"아직 닷새나 남았잖아."

"장식만 하고 바로 냉동실에 넣으면 돼. 그런 다음 독립기념일 전날 꺼내놓고 당일 날 퍼레이드를 할 때 나눠주는 거지."

"그건 트레시가 도와줄 수 있겠어."

안드레아가 제안했다.

"이제 다섯 살이나 됐으니 퍼레이드에 참가할 수 있거든. 쿠키단지 수레에 태워서 쿠키를 나눠주게 하면 될 거야."

그러자 한나가 고개를 저으며 말했다.

"좋은 생각이긴 한데, 우린 수레가 없어."

"수레가 없다고?"

안드레아가 놀라며 되물었다.

"안 그래도 하나 만들려고 했는데, 그럴 만한 시간이 없었어. 만드는 데 드는 비용은 말할 것도 없고."

"하지만 수레는 하나쯤 갖고 있어야지! 모두 갖고 있다구. 그럼, 이번 기회에 내가 하나 만들어줄게, 언니. 재미가 좋을 것 같아."

한나는 '재미가 좋다'는 건 올바른 표현이 아니라고 바로잡으려다가 그만두었다. 진심으로 한나를 위해 수레를 만들어주려는 안드레아에게 차마 매정하게 굴 수가 없었다.

트레시는 유치원에, 빌은 경찰서에 보내놓고 요즘 안드레아는 꽤 시간 여유가 많은 듯 보였다.

"수레를 만들어본 적은 있어?"

"아니, 그래 봤자 얼마나 어렵겠어? 제발 내가 하게 해줘, 언니. 부탁이라고 생각해도 좋아. 나를 지루함의 늪에서 구해줄 수 있는 건 이것뿐이야. 돈이 드는 것도 아니잖아. 마침 아버님이 수레를 하나 갖고 계시니까 그걸 빌려서 장식하면 될 것 같아. 장식할 재료들도 창고에 넘쳐 나."

한나는 안드레아의 간절한 눈빛을 차마 외면할 수가 없었다.

자신의 결혼식을 준비했던 때 이후로 이렇게 신이 난 안드레아의 모습은 처음 보았다.

"정말로 이 짐스러운 작업을 맡겠다는 거야?"

"당연하지. 남아도는 게 시간인걸. 말만 해. 얼른 시작할 테니까."

곧 후회할 거란 걸 알면서도 한나는 어쩔 수 없이 고개를 끄덕였다.

"그럼, 해봐."

"언니가 최고야!"

안드레아가 폴짝 뛰며 일어나 한나를 꼭 안았다.

"어서 유치원에 가서 트레시에게 얘기해줘야겠어. 트레시도 무척 좋아할 거야."

"노먼과 약속 잊으면 안 돼. 집 계약 건으로 9시 30분에 여기서 만나기로 했잖아."

"알았어. 다시 한 번 고마워, 언니. 나한테 새 삶을 선물해준 거나 다름없어."

안드레아가 문 밖을 나서 자신의 볼보에 올라타고는 쏜살같이 사라지는 모습을 바라보며 한나는 한숨을 내쉬었다.

동생이 기뻐하는 걸 보니 좋긴 하지만, 아무래도 수레 제작을 그녀에게 맡긴 건 큰 실수 같았다.

빌이 안드레아를 그토록 조심시키는 상황에선 더더욱 말이다.

임신한 아내가 언니의 카페 수레를 만들고 꾸미는 데 온 시간을 쏟으려고 한다면 빌이 과연 한나를 어떻게 생각할까?

레몬 머랭 파이

오븐을 176°로 예열하세요. 틀은 오븐의 중앙에 둡니다.

소의 재료

계란 3개 / 백설탕 1컵(거칠거칠한 것) / 물 1/2컵 / 옥수수 녹말 1/4컵

라임 주스 1/8컵 / 레몬 주스 1/3컵 / 레몬 껍질 간 것 2티스푼

버터 1테이블스푼 / 계란 노른자 4개(흰자도 머랭을 만들 때 필요하니 따로 담아주세요)

※ 중탕을 할 수 있는 냄비를 쓰는 게 좋습니다. 하지만 그런 냄비가 없다면 바닥에 눌어붙지 않도록 중간 불에서 계속 저어주세요. 그러면 완벽한 레몬 소가 완성됩니다.

만드는법

1. 중탕용 냄비에 물을 붓고 끓을 때까지 기다립니다(물을 너무 많이 붓지 마세요). 물이 끓으면 불을 끄고, 위쪽 냄비에 계란을 다 넣습니다. 1/2컵의 물을 더 붓고 레몬 주스와 라임 주스도 넣습니다. 다음 설탕과 옥수수 녹말을 작은 그릇에 넣고 잘 섞어줍니다. 그리고 그것을 위쪽 냄비에 부은 다음 다시 한 번 잘 섞어줍니다.

2. 위쪽 냄비를 끓는 물 위에 올리고 레몬 소가 걸쭉해질 때까지 저어 줍니다(5분 정도). 충분히 걸쭉해졌으면 위쪽 냄비를 분리해 차가운 바닥에 내려놓습니다. 그리고 레몬 껍질 간 것과 버터를 넣고 다시 저어줍니다. 그리고 머랭을 만드는 동안 충분히 식게 놓아둡니다.

머랭(전자 믹서가 있으면 훨씬 더 편하답니다!) 의 재료

계란 흰자 4개 / 타르타르 크림 1/2티스푼

소금 1/8티스푼 / 백설탕 1/4컵(거칠거칠한 것)

1-1. 타르타르 크림과 소금, 계란 흰자를 한데 섞습니다. 그리고는 흰자가 거품이 될 때까지 계속 휘저어주다가 설탕을 넣습니다. 거품이 다 되면 그릇을 옆으로 기울여봅니다. 그렇게 했을 때 거품이 흘러내리지 않으면 완성입니다.

1-2. 구워놓은 파이 껍질에 속을 채웁니다. 그리고 고무 주걱으로 부드럽게 펴줍니다. 고무 주걱을 깨끗하게 씻어 말린 다음 이번에는 속 위에 머랭을 펴 발라줍니다. 파이 가장자리가 다 덮이도록 말이죠. 파이가 머랭으로 완전히 덮이면 주걱의 평평한 쪽으로 머랭 위에 점을 찍어줍니다(굽고 나면 머랭이 수축하기 때문에 꼭 파이 가장자리까지 모두 덮어야 합니다).

3. 176℃에서 10분 정도 구워줍니다. 더 이상은 안 됩니다.
4. 오븐에서 파이를 꺼내고 선반 위에서 식힙니다. 그런 다음 냉장고에 보관해도 좋습니다. 물론 실온에도 보관이 가능하답니다(파이를 자를 때 파이 속이 칼에 달라붙지 않게 하려면 칼을 차가운 물에 담가두면 됩니다).

리사가 가장 좋아하는 파이죠.
라임 주스 향을 무척 좋아한답니다.

안드레아가 파란색으로 표시된 줄을 가리키며 말했다.

"이제 언니 차례야. 여기에 사인해."

한나는 안드레아가 가리킨 곳에 사인을 했다. 빨갛고 푸르고 보라색 줄들 바로 아래 말이다.

홀 뒤쪽에 있는 탁자에 앉을 때 안드레아가 오색 빛깔에 대해 설명해 주었다. 노먼은 푸른색이었고, 론다 스차프는 빨간색이었으며, 안드레아는 보라색, 한나는 파란색이었다.

나만의 집을 갖는 첫 걸음을 오색 빛깔의 선들과 함께 해야 한다는 사실을 노먼은 그다지 신경 쓰지 않는 듯했다. 서류에 사인을 하며 내내 싱글벙글하는 노먼을 쳐다보던 한나는 그가 고개를 들어 자신을 바라보자 같이 미소를 지어주었다.

호위 레빈이 방금 한나가 사인한 서류를 달라며 손을 뻗었고 한나는 그에게 서류를 건네주었다. 호위가 이내 사인들을 공증했고, 완성된 서류를 왼쪽 팔꿈치에 끼고 있던 서류 뭉치 속에 집어넣었다. 서류 뭉치는 시간이 지날수록 더욱더 두꺼워지고 있었.

1인치 정도의 두께에 도달하려면 얼마만큼의 시간이 걸릴까 한나는 문득 궁금해졌다.

흘끗 바라본 론다 스카프는 자꾸 손목시계를 내려다보고 있었다. 대고모의 유산이었던 집을 팔게 되어 홀가분한 듯 보였지만, 15분 동안 사인만 하고 있으려니 인내심이 바닥나려는 모양이었다.

그녀는 무지갯빛 나비들이 수놓아져 있는 분홍색 니트 수트를 입고 있었다. 그중 가장 크고 화려한 나비는 V자로 파여 그녀의 목선 바로 아래에 자리하고 있어 그녀의 가슴으로 시선을 집중시켰다.

쉰 살의 론다는 아직도 볼륨 있는 몸매를 유지하고 있어 때때로 그걸 내보이길 좋아했다. 딱 한 가지 흠이라면 그녀의 라임그린 색 테니스 신발이었다. 약국의 벽 색깔과 어울리게끔 염색한 테니스 신발은 분홍색 의상과 전혀 어울리지 않았다.

"이제 열 장 남았어요."

안드레아가 사인을 한 서류들을 론다에게 넘겨주었고, 론다는 사인을 한 다음 그것을 다시 노먼에게 건네주었다.

한나가 찾아다 준 로드 치과 병원 펜으로 사인을 한 노먼은 서류를 한나에게 주었고, 한나는 사인 후에 다시 서류를 호위에게 주었다.

호위는 공증을 한 뒤에 서류 더미에 그것을 끼워 넣었다. 영원히 끝날 것 같지 않던 작업이 마침내 끝나고 말았다.

이제 론다가 증서에 마지막 사인만 하면 되었다.

"저기요……, 호위?"

론다가 사인을 하려다 말고 망설이며 물었다.

"마지막 사인을 하기 전에 노먼에게 물어보고 싶은 것이 있는데, 이번 주말에 그 집에 잠깐 들러서 가족들을 추억할 만한 것을 몇 가지 집어와도 괜찮을지 모르겠네요. 이것도 동의서 양식이 필요한가요?"

호위가 노먼을 돌아보며 물었다.

"그래도 괜찮겠습니까?"

"그럼요. 론다에게 이미 괜찮다고 얘기했는걸요."

"그럼 문제 될 게 없습니다. 그런 건 구두 동의로도 충분하니까요."

"그냥 확실히 해두고 싶었어요."

론다가 마침내 증서에 사인을 했다. 마지막 증서가 마침내 서류 뭉치에 합류되고 론다는 노먼의 현금을 건네받았다.

호위가 의자를 밀고 자리에서 일어서며 말했다.

"오늘 바로 이 서류들을 처리하죠. 하지만 금요일이니까 완벽하게 소유권을 이양받으려면 다음 주 월요일까지 기다리셔야 할 것 같군요."

호위가 자리를 뜨자 한나가 안드레아를 쳐다보며 물었다.

"이게 다야?"

"이게 다야." 안드레아가 안도감 어린 표정으로 대답했다.

"집 파신 거 축하해요, 론다. 그리고 노먼도 축하해요. 정말 좋은 집을 사셨어요."

한나도 자리에서 일어서려는데 노먼이 그녀의 발길을 멈추게 했다.

"지금 드시는 쿠키는 모두 제가 사겠습니다."

노먼이 '씩' 웃으며 홀에 있는 손님들을 향해 외친 것이다.

"제가 방금 제 첫 집을 장만했거든요."

"전 방금 제 첫 집을 팔았고요."

론다가 일어서 노먼 옆에 서며 말했다.

"쿠키 값은 제가 낼게요. 노먼 덕분에 큰돈이 들어왔으니까요."

그러자 손님들이 한바탕 웃음을 터뜨렸고, 쿠키를 사는 문제로 노먼과 론다가 아옹다옹하도록 내버려둔 채 한나는 카운터로 돌아왔다.

홀에는 이미 쿠키 값을 치른 열두 명 정도의 손님으로 꽉 차 있었지만 한나가 보기에 그 사람들 중 공짜 쿠키를 마다할 만한 사람은 아무도 없었다.

한나는 이런 것을 두고 '뷔페 현상'이라고 불렀다. 이미 배가 부른 사람들도 음식이 공짜라고 하면 속이 불편해질 때까지 먹어대곤 하니 말이다. 이건 여자들이 한 번도 사용하지 않을 공짜 향수 샘플을 있는 대로 받아 챙겨놓는 것과 똑같은 심리였다.

리사가 커피 리필을 위해 이 탁자에서 저 탁자로 이리저리 옮겨 다니고 있는데 론다가 카운터로 다가왔다.

"내가 이겼어요." 흐뭇한 표정으로 그녀가 말했다.

"첫 번째 공짜 쿠키는 내가 사기로 했고, 두 번째 공짜 쿠키는 노먼이 사기로 했어요."

한나는 론다의 돈을 건네받았다. 하지만 계산이 끝나면 바로 떠날 줄 알았던 론다가 카운터 앞에 놓인 의자에 슬그머니 앉았다.

"그깟 집 별거 아니죠." 그녀가 털어놓았다.

"노먼이 그걸 헐어버리기로 작정한 것도 무리는 아니에요. 새로 집을 지어 올리면 그 가치가 엄청나게 뛸 테니까요. 지대 자체는 훌륭하거든요. 전망도 한나 마음에 들 거예요. 노먼과 한나가 새집에서 행복하게 잘 살았으면 좋겠네요."

한나의 머릿속에서 경고의 벨이 요란하게 울려댔다.

이건 아주 조심스럽게 다룰 문제다. 론다가 온갖 소문들을 만들어내는 진원지는 아니었지만, 경계해야 할 필요는 있다.

"그건 제 집이 아니에요, 론다. 그냥 노먼을 도와 함께 디자인을 한 것뿐이에요."

"하지만 난……." 론다가 말을 하다말고 얼굴을 찡그렸다.

"노먼이 당신이 디자인한 대로 새 집을 짓겠다고 했을 때 난 당연히 두 사람이……, 그럼 노먼과 결혼하는 게 아니었어요?"

"아니에요."

"하지만 노먼만한 사람도 없어요!"

"그럼, 론다가 결혼하지 그래요?"

한나가 한숨을 내쉬었다. 론다는 방문판매인 같은 끈기를 보이고 있었다.

"노먼이 청혼하지 않았어요."

"청혼하지 않았다고요?"

론다는 충격을 받은 듯했지만 이내 본연의 모습으로 돌아와 한나의 손을 토닥여주었다.

"너무 상심하지 말아요, 한나. 이제 서른 살에 가까워 대부분 친구가 결혼했겠지만, 노먼은 그저 집이 다 지어질 때까지 기다리려는 걸 거예요. 사실, 난 노먼이 한나에게 청혼할 거라고 믿어 의심치 않아요."

한나는 이제 그만 화제를 바꾸는 것이 좋겠다고 생각했다.

노먼이 청혼을 해오지 않았다는 사실에 대해 방어적인 태도를 보이는 것에 이제 그만 지쳐버렸다.

"어쨌든 집 파신 거 축하해요, 론다. 그 돈으로 무슨 특별한 계획이라도 있어요?"

"그럼요. 내 평생 처음으로 휴가다운 휴가를 즐길 셈이에요. 그야말로 꿈이 이루어진 거죠. 어젯밤에 티켓도 예약했어요. 월요일 아침 로마로 떠난 답니다!"

론다의 눈이 반짝거렸다.

한나는 그녀의 눈에서 설렘을 읽어낼 수 있었다.

"정말 멋지네요. 얼마나 계실 건데요?"

"환상의 2주요! 그 정도면 그동안 보고 싶었던 것을 모두 돌아볼 만한 여유가 될 거예요."

론다가 자신의 가방을 어깨에 걸쳐 맸다.

"이제 그만 가봐야겠네요. 떠나기 전에 보지 못할 수도 있을 테니, 본 보야지Bon voyage."

론다가 자리에서 일어나 문 밖으로 나설 때까지 한나는 웃음을 참아야만 했다.

'본 보야지'는 '좋은 여행 되세요.'라는 뜻으로 한나가 론다에게 했어야 하는 인사였다, 그 반대가 아니라.

노먼과 안드레아가 떠난 후 리사가 작업실에서 독립기념일 쿠키를 만드는 동안 한나는 카운터를 지켰다. 그리고 손님들이 뜸해지는 11시 30분이 되자 독립기념일 쿠키가 잘 만들어지고 있는지 살펴보려고 작업실로 들어갔다.

"어때요?"

마지막 남은 쿠키의 장식을 끝내며 리사가 물었다.

"완벽해. 재단장한 건 줄 아무도 모르겠어."

"실수한 것 몇 개는 프레디와 제드에게 줬어요."

프레디와 제드가 새로 장만한 선반을 달고 있는 저장실을 가리키며 리사가 말했다.

"이제 제가 홀로 나갈게요."

"아니, 괜찮아. 천장에 달린 선풍기 팬 얘기는 했어?"

리사가 고개를 저었다.

"아뇨, 깜빡했어요."

"그럼 내가 얘기할게. 이번 기회에 고치자."

몇 분 뒤, 제드가 사다리를 놓고 천장에 달린 팬을 손보는 동안 프레디는 사다리가 넘어지지 않게 붙들고 있었다. 코드는 이미 뽑아놓은 뒤였기 때문에 날개는 전혀 움직이지 않았다.

제드가 날개를 느슨하게 풀어내고는 안을 살펴보았다.

제드를 올려다보는 프레디의 표정이 걱정스럽게 일그러졌다.

한나는 그의 어깨에 손을 얹으며 그를 안심시켰다.

"걱정하지 마, 프레디. 제드가 잘 고쳐줄 거야."

"그렇지만 처음 팬을 단 건 저잖아요."

그의 음성은 그의 얼굴 표정만큼이나 음울했다.

"내가 뭔가 잘못했나 봐요."

그때 제드가 프레디를 내려다보며 말했다.

"아냐, 넌 제대로 했어. 선이 느슨해져서 그랬던 것뿐이야. 흔한 일인 걸. 내가 지금 손을 볼 테니까 그러고 나면 괜찮을 거야."

"하지만 내가 고쳐야 하는데." 프레디가 고집했다.

"처음부터 내가 달았던 팬이었으니, 남자라면 자기가 한 일에 대해 끝까지 책임을 져야 하잖아."

프레디의 말에 공감하는 듯 제드가 미소를 지었다.

"네 말이 맞아. 그럼 내려갈 테니 네가 고쳐. 자, 내가 일러준 대로 사다리 꼭 잡아. 알았지?"

"좋았어. 꽉 잡고 있어, 제드."

사다리를 꽉 붙드는 프레디의 모습을 바라보던 한나는 그가 전과는 많이 달라 보인다는 사실을 새삼 깨달았다.

머리도 깔끔하게 자르고, 옷도 깨끗했지만, 그 이상의 뭔가가 있었다. 확실히 제드와 같이 살게 된 이후로 프레디의 옷차림은 훌륭해졌다. 늘어진 초록색 바지와 낡은 작업복 셔츠 대신 딱 맞는 청바지와 주머니가 달린 면 셔츠를 입고 있었다. 꼬질꼬질한 테니스 신발도 새 작업용 부츠로 바뀌어 있었다.

"잘했어, 프레디."

제드가 사다리를 내려와서는 프레디의 등을 가볍게 툭툭 쳤다.

"사다리가 1인치도 움직이지 않았어."

"별거 아니야. 형이 일러준 대로 꽉 잡고 있었던 것뿐인걸."

제드는 공구함이 있는 곳으로 가서는 고무 손잡이가 달린 나사돌리개와 검은색 전기테이프 한 롤을 꺼내 놓았다.

"네 공구벨트는 어디 있어, 프레디?"

"생각해봐야겠는데……."

프레디가 잠시 천장을 응시하더니 말했다.

"저장실에 뒀어, 형. 거치적거리니까 잠시 풀어 두라고 했었잖아."

"그럼 어서 가져와. 사다리 위에 올라가려면 그게 필요할 거야."

프레디가 공구벨트를 가지러 저장실 안으로 사라지자 한나가 염려스러운 표정으로 제드를 바라보며 물었다.

"프레디가 정말 전선 작업을 할 수 있어요? 꽤 위험할 텐데."

"제가 있으니까 괜찮아요. 혼자 하는 것보다 나아요."

한나는 제드의 모습을 찬찬히 살펴보았다.

제드는 프레디보다 약간 더 생기가 넘치는 버전이라고 생각하면 된다. 그 둘이 사촌지간인 것은 한눈에 봐도 금세 알 수 있을 정도였다. 둘은 체격도 비슷했고, 엷은 갈색의 머리카락도 똑같았으며, 둘 다 푸르고 회색빛의 눈동자를 갖고 있었다.

게다가 180㎝ 정도로 키도 비슷했으며 그들이 의도했든 의도하지 않았든 옷도 비슷하게 입고 있었다. 단, 한 가지 다른 점이라곤 프레디의 얼굴은 조금 둥글둥글하고 어린아이 같은 데 비해 제드의 얼굴은 좀 더 날렵하다는 것뿐이었다.

"저기요, 한나······." 제드가 한나의 팔을 잡으며 말했다.

"프레디한테는 여러 가지 새로운 것을 배우는 게 좋아요. 레이크 에덴 사람들이 마치 엄마처럼 프레디를 보호하려는 건 알아요. 한나도 마찬가지 마음이겠죠. 전 정말 그것에 대해선 감사하게 생각하고 있어요. 하지만 멀리 봤을 때 그건 프레디에게 좋지 않아요."

한나는 한숨을 내쉬었다. 제드의 말이 맞다.

"당신 말이 맞아요. 그냥 걱정이 됐을 뿐이에요."

"이제 안심해도 돼요. 제가 이제 레이크 에덴에 살면서 프레디를 돌봐줄 테니까. 우린 어렸을 때부터 뭐든지 함께 했어요. 이제 프레디가 자신만의 인생을 살아가는 모습을 보고 싶어요."

"찾았어, 형."

그때 프레디가 싱글벙글한 얼굴로 저장실에서 나왔다.

그의 공구벨트는 어느새 그의 허리춤에 채워져 있었다. 팬과 사투를 벌일 준비를 다 마친 태세였다.

"좋아." 제드가 프레디에게 나사돌리개와 테이프를 건네주었다.

"이것도 벨트에 넣어. 사다리 위에 올라가려면 무엇부터 해야 하는지 알지?"

"기억하고 있어. 제일 먼저 형이 전원을 내려줘야 해."

"맞았어. 잠깐만 기다려. 내가 전원을 차단할게."

제드가 전원을 내리자 한나는 그의 옆에 서서 프레디가 사다리에 오르는 모습을 지켜보았다.

제드에 비해서 뭔가 불안해보여 프레디의 발이 혹시 헛디디지는 않는지 잘 살펴보았지만, 다행히 그는 무사히 사다리 위로 올라섰다.

"안에 기계장치에 걸려 있는 전선 두 개가 보여?"

"보여, 형."

"검은색 선은 검은색 나사 주변으로 감은 다음에 나사돌리개로 조여줘. 그리고 선이 느슨해지지 않도록 테이프로 단단히 감아주고. 빨간색 선은 빨간색 나사에 똑같이 하면 돼."

"알았어."

한나는 프레디의 작업 과정을 지켜보았다. 시간이 조금 걸리긴 했지만, 작업을 마친 프레디의 얼굴에 환한 미소가 번졌다.

"다 했어, 형."

"그래, 잘했어. 이제 내려와, 프레디."

"알았어. 아주 천천히 내려갈게, 형. 내려가는 건 올라오는 것보다 더 어렵거든. 내 발이 어디에 있는지 잘 안 보여."

"혼자 내려올 수 있겠어? 아니면 내가 도와줄까?"

프레디는 혼란스러워 보였는데, 한나는 그 이유를 알 수 있을 것 같았다. 제드가 한 번에 두 가지 질문을 던졌기 때문에 어느 것부터 대답해야 할지 헷갈린 것이었다.

"응, 혼자 내려갈 수 있어." 마침내 프레디가 대답했다.

"그리고 아니야, 도와주지 않아도 돼. 지금 내려간다, 형."

한나와 제드는 프레디가 사다리를 내려오는 모습을 지켜보았다.

프레디의 얼굴에는 뿌듯한 기색이 가득했지만, 마침내 바닥에 발을 내딛자 안도의 한숨을 크게 내쉬었다.

"내가 시험해봐도 돼?"

"물론이지." 제드가 말했다.

"내가 전원을 다시 켤 테니까 네가 팬 스위치를 올려."

제드의 오케이 사인을 받고 나자 프레디는 벽에 있는 팬 스위치를 올렸다. 팬 날개가 다른 팬들과 똑같이 기운차게 돌아갔다.

"저것 봐. 내가 해냈어! 정말 잘했지, 형?"

"그래, 훌륭해."

제드가 프레디의 등을 토닥여주고는 한나를 향해 말했다.

"괜찮다면, 일단 이 근처에서 점심을 먹을까 하는데요. 저장실에 선반을 마저 손봐야 하니까 1시쯤엔 돌아올게요."

"괜찮아요. 그렇게 해요."

"넌 어때, 프레디?"

제드가 프레디의 어깨에 팔을 두르고는 문쪽을 향해 걸어갔다.

"카페에서 점심 먹고 싶어?"

"난 카페가 좋아. 칠리 먹어도 되지?"

"물론이지, 네가 먹고 싶다면."

"초콜릿 셰이크도?"

"그래, 프레디. 쓰러질 때까지 마음껏 먹어."

"왜 그래야 하는데?"

"뭘?"

"왜 쓰러져야 하느냐구."

제드는 웃음을 터뜨리며 한나를 흘끗 쳐다보았다.

"그건 그냥 표현이야, 프레디. 정말로 쓰러지란 얘기가 아니었어."

"그럼 정말은 무슨 뜻이었는데?"

"그러니까 내가 살 테니 먹고 싶은 것을 마음껏 주문해서 먹으란 얘기였어."

"좋았어. 그럼 난 칠리랑 케첩이 뿌려진 어니언 링이랑 초콜릿 셰이크를 먹을래, 피클도. 어쩌면 코코넛 케이크도 말이야."

둘의 뒷모습을 바라보며 한나는 미소를 지었다.

프레디는 카페에서 식사를 해본 적이 별로 없을 테니 이번 기회를 잘 이용하려는 듯 보였다. 제드가 잠깐이라도 한눈을 판다면 카페에서 준비한 오늘 분의 음식들을 모두 먹어치울 기세이니 말이다.

한나의 주말은 평이하다 못해 지루하기까지 했다.

월요일 아침, 그날 팔릴 쿠키를 굽기 시작하면서도 한나의 기분은 전혀 나아지지 않았다.

마이크는 아이오와에 가 있고, 노먼은 건축업자들과 이런저런 논의로 바쁠 테니 3개월 동안 봄맞이 대청소라도 해야겠다고 생각하고 있는 한나였다.

지난 토요일 5시에 카페 문을 닫은 후 한나는 곧장 집으로 돌아가 모이쉐에게 저녁밥을 주고 자신을 위한 식탁을 차렸다.

식사를 하는 동안 한나는 초록색이 무성한 샐러드를 버터기름이 잘 발라진 마늘빵으로, 퍽퍽한 닭 가슴살을 두꺼운 농장용 햄, 그리고 살짝 데친 브로콜리를 바삭바삭한 프렌치프라이로 착각하려고 부단히 애를 써야만 했다. 하지만 포크를 채 입에 가져가기도 전에 한나의 상상력은 무기력하게 무너지고 말았다.

그래도 한나는 저녁식사를 모두 해치우고 닭 가슴살을 몇 조각 떼어 모이쉐에게 먹이기도 했다. 녀석은 자신이 좋아하는 닭고기로 한나가 저녁식사를 때운 것에 대해 몹시 기뻐하는 듯 보였다.

한나는 접시를 식시 세척기에 집어넣고는 11시에 침대 위로 기어올라가기 전에 해야 할 일들을 노트 위에 적기 시작했다.

그 결과 주방 바닥은 얼룩 하나 없이 깨끗해졌고, 나갔던 전구도 모두 새것으로 교체했으며 카펫도 먼지 하나 없이 깔끔해졌고, 흰곰팡이가 생기는 것을 방지하려고 살짝 물을 뿌려 냉동고에 넣어 두었던 옷들도 꺼내 모두 다리미질을 한 후 옷장에 걸어놓았다.

일요일도 크게 다르지 않았다.

한나는 아침 일찍 일어나 건조한 토스트와 포도 주스 반잔으로 아침을 해결하고 나서 옆집에서 풍겨오는 향긋한 베이컨 냄새에 정확히 2분간 군침을 흘리며 멍하니 앉아 있었다. 그리고는 아침 신문을 읽은 다음에 나머지 할 일들을 하나씩 해치워나가기 시작했다.

모이쉐의 화장실로 사용하던 상자를 아래층에 놓인 덤프스터에 내려놓았으며, 욕실 타일을 반짝반짝 윤이 날 때까지 문질러댔고, 장식장 위의 천을 빳빳하게 펼쳐놓았다.

그 후 여러 가지 채소가 섞인 샐러드로 점심을 먹은 한나는 다시 양념통이 들어 있는 찬장을 재정리하고 창문을 모조리 닦았으며 책꽂이에 쌓인 먼지를 털어내고 쓰레기통을 비웠다.

게다가 주방 찬장까지 깨끗이 청소를 했는데, 버티 스트롭이 크리스마스 선물로 주었던 반쯤 먹다 남긴 캐러멜 콘을 치우는 데는 상당한 인내력이 필요했다.

저녁식사는 아침이나 점심보다는 나았다. 사우어 크림과 버터를 넣어 구운 감자를 곁들인 생선요리와 낮은 칼로리의 드레싱이 뿌려진 샐러드가 주 메뉴였던 것이다.

사실 한나는 생선요리를 그다지 좋아하지 않았기 때문에 대부분은 모이쉐의 몫이 되었다.

뭔가 군것질을 하고 싶은 욕구를 셀러리 막대로 달래며 한나는 10시쯤 침대 위로 기어올라가 뱃속에서 요란하게 울려대는 꼬르륵 소리가 한시라도 빨리 잠과 함께 묻혀버리길 간절하게 기도했다.

"안녕, 한나."

오전 7시 30분, 카페로 들어서는 한나를 리사가 반갑게 맞아주었다.

"좋은 냄새가 나는데요."

"쿠키 냄새겠지. 아직도 내 코가 마비되지 않았다니 다행이지 뭐야!"

"다이어트가 그렇게 힘들어요?"

리사가 씁쓸한 표정으로 물었다.

"응, 다이어트Diet는 또 다른 네 개 스펠로 된 단어Dead랑 똑같아."

"알만 해요. 얼른 나가서 커피부터 뽑아 마셔요. 전 하던 걸 마저 끝낼게요."

"고마워, 리사."

한나는 회전문을 지나 홀로 나왔다.

"생 쿠키 반죽이라도 한 숟가락 가득 떠먹고 싶은 심정이야."

유혹이 한 차례 지나가고 나자 한나의 기분은 좀 나아졌다.

커피포트에 커피를 넣으며 한나는 오늘 아침 청바지를 입었을 때 허리 부분이 조금 여유가 있었다는 사실을 떠올렸다.

지금은 약해지거나 주저할 때가 아니다. 조금만 더 다이어트를 하면 금세 날씬해지고 아름다워질 것이다.

흠……, 뭐 아름다워지는 것까지는 무리일지도 모르겠지만, 어쨌든 날씬해질 거라는 건 분명하다.

그렇게 생각하고 나니 한나는 마음이 한결 편해졌다.

올해 해수욕 시즌이 끝나기 전에 멋들어진 수영복을 하나 장만해 입을 수 있을지도 모르겠다.

한나가 막 콘센트에서 커피포트의 선을 뽑는데 전화벨이 울렸다.

아직 문 열 시간은 아니었지만, 쿠키를 미리 주문하려는 예약 전화일 수도 있었다.

한나는 수화기를 들어 카페 주인다운 발랄한 어투로 인사했다.

"쿠키단지의 한나입니다."

"마침 전화를 받는구나, 얘야."

"안녕, 엄마."

한나는 시계를 올려다보았다.

7시 50분, 오늘은 엄마의 전화가 평소보다 늦었다.

"일하는데 방해해서 미안한데, 부탁이 하나 있단다."

새로운 모습이다! 엄마는 '명령'이라면 모를까 결코 '부탁' 같은 걸 하는 사람이 아니다.

"뭔데요, 엄마?"

"노먼이 캐리에게 말하길 보웰커의 집에 있는 가구 중에 필요한 게 있으면 우리가 가져가도 된다고 했다더구나. 철거업자들이 토요일에 온다고 했으니 가져가려면 그전에 해야 한다면서 말이다."

"그럼, 가구 나르는 걸 도와 달라고요?"

생각만으로도 한나의 근육이 욱신거렸다.

지난번 엄마를 도와 앤티크 가구들을 날랐을 때 거의 한 주 동안 여기저기 근육통으로 고생해야만 했다.

"아니, 그건 루앤이 도와주기로 했단다. 트럭도 빌리고 고등학교 남자애들 몇 명을 고용해서 무거운 것을 나르게끔 한다고 했거든. 루앤이 얼마나 일을 잘하는 몰라, 한나. 카페에서만 일하기에는 재능이 너무 아깝지 뭐냐."

"엄마 하는 일이 잘된다니 저도 좋네요."

한나가 미소 지으며 말했다.

루앤 행크스는 역경을 헤치고 홀로 일어서는 데 성공한 여인의 표본이었다.

행크스의 가족은 올드 베일리 로드 끝, 프레디 소여와 이웃해 살고 있었는데, 여섯 명의 아이들 중 막내인 루앤은 고등학교 2학년 때 학교를 자퇴하고 혼자 아기를 낳았다.

하지만 집에서도 공부를 게을리하지 않아 고등학교 졸업 검정고시를 패스했으며 갓 낳은 딸아이를 멀리 입양 보내는 대신 미혼모이지만 혼자 힘으로 최선을 다해 키우겠다고 결심하고는 지금까지 꿋꿋하게 수지를 키워왔다.

처음 2년간은 '홀 앤드 로즈'에서 웨이트리스로 일하는 동시에 프리티 걸 화장품의 외판 일을 하며 혼자되신 엄마와 아기를 부양했다.

하지만 지난번 겨울축제 이벤트로 옛날 스타일 사진을 찍어주던 노먼을 도와줬던 것을 계기로 앤티크에 대한 루앤의 열정에 깊은 인상을 받은 엄마와 로드 부인이 5월에 '그래니의 앤티크'라는 앤티크점을 열면서 그녀에게 직원으로 일해주지 않겠느냐고 제안했다.

"오늘 오후에 보웰커의 집에 가서 우리가 가져갈 것들에다가 꼬리표를 붙일 거란다. 너도 같이 가서 도와줬으면 좋을 것 같은데 말이다."

도대체 엄마에게 무슨 꿍꿍이가 있는 걸까 한나는 고심했다.

엄마에게는 항상 꿍꿍이가 있게 마련이니 말이다. 앤티크에 대해서라면 전문가인 엄마에 비해 한나는 거의 문외한이었다. 그러니 한나가 도울 수 있을 만한 일이라곤 전혀 없다.

그리고 한나가 아는 한 엄마의 차는 멀쩡하게 굴러갔으며 혼자 운전하셔도 충분했다. 맏딸과 단둘이 오붓한 시간을 보내고 싶어지신 걸까? 아니, 그럴 리 없다.

"같이 갈 만한 시간이 되겠니, 한나? 같이 가주면 정말 고맙겠는데 말이다."

"글쎄요."

한나는 조금 망설였다. 분명히 숨겨진 뭔가가 있는데, 지금으로선 그게 뭔지 도저히 알 수가 없었다.

"세인트 주드 성당의 기도 모임에 출장서비스를 나가야 하지만, 오후 1시까지는 돌아올 수 있을 거예요."

"잘 됐구나, 얘야. 노먼도 11시 30분 진료 후에나 시간이 난다고 했단다."

"노먼도 가요?"

"물론이지. 마침 집을 헐어버리기 전에 한 번 더 보러 가고 싶다고 했거든."

"노먼도 가는 거라면, 노먼과 같이 가시지 않고요?"

"우린 너랑 같이 가는 게 더 좋단다, 얘야."

엄마의 음성이 어딘가 모르게 불편하게 늘린다 싶더니 이내 엄마가 목청을 가다듬었다.

"노먼 말로는 거기에 멋진 그림도 몇 점 걸려 있다고 하더라. 네가 마침 트럭을 갖고 있으니 그걸로 실어오면 되지 않겠니."

이제야 알았다는 표정으로 한나가 쓴웃음을 지었다. 엄마는 내가 필요했던 게 아니라 쿠키단지의 트럭이 필요했던 것이었다.

한나는 거절할까 생각했다.

그녀의 트럭은 이삿짐 트럭이 아니니 말이다. 하지만 모처럼 들어보는 엄마의 부탁인데다가 노먼이 산 집이 보고 싶기도 해 아무런 대꾸도 하지 않았다.

"알았어요. 그럼 돌아와서 전화할게요. 가면서 노먼도 태우고 가요. 노먼한테는 1시 15분쯤 나와 있으라고 하세요."

"그렇게 하마, 애야. 내가 꼬리표를 붙이는 동안 아마 노먼이 집 구경을 시켜줄 게다. 그러다 혹시 아니? 타이밍만 절묘하면 그곳에서 뭔가 좋은 일이 생길지도."

전화를 끊으며 한나는 씩 웃었다.

엄마의 의도를 두 가지나 눈치 챘기 때문이다.

엄마는 노먼이 어느 때라도 한나에게 청혼할 수 있도록 둘이 같이 있게 하고 싶은 것이다. 노먼이 정말 청혼할 거라 생각하진 않지만, 그래도 시도해볼 만했다.

오전 10시, 홀을 지키고 있는데 카페 앞에 마이크의 지프가 멈춰 섰다. 마이크가 차에서 내려 앞문으로 걸어오는 것을 지켜보는 한나의 심장은 쿵쾅쿵쾅 뛰기 시작했다.

그와 동시에 한나가 들고 있던 머그컵이 스르르 미끄러져 내려가기 시작했다. 한나는 홀 안의 손님들이 눈치 채기 전에 얼른 머그컵을 내려놓았다.

마이크의 등장은 늘 한나를 이렇게 만들곤 한다.

마치 전기에 감전된 듯 온몸이 찌릿찌릿해지니 말이다.

카페 문이 열리고 마이크가 들어왔다.

그의 얼굴 표정은 마치 중요한 업무수행중인 사람처럼 굳건했고, 그의 시선은 홀 안의 손님들을 훑고 있었다.

마침내 그의 눈길이 카운터 뒤에 서 있는 한나에게 이르자 그는 재빨리 다가와 말했다.

"얘기 좀 합시다."

"좋아요. 뭔데요?"

마이크가 고개를 저었다.

"여기선 안 돼요. 뒤로 가서 얘기합시다. 리사를 여기로 보내고요."

리사와의 교대는 재빨리 이루어졌고, 한나는 작업대 앞의 의자를 가리키며 말했다.

"앉아요, 마이크. 커피 한 잔 줄까요?"

"아뇨. 내가 너무 늦은 겁니까, 한나?"

한나는 시계를 쳐다보았다.

"사실 생각보다 일찍 왔는데요. 안드레아 말로는 오늘 정오쯤 도착한다고 하던데."

"그게 아닙니다! 내가 너무 늦은 거냐고요?"

"너무 늦다니, 뭐가요?"

한나가 정말로 모르겠다는 듯 되물었다.

"장난하지 마요, 한나. 노먼의 새집에 대해 빌에게 들었습니다."

"아, 그거!"

마이크의 눈을 바라보며 한나는 애써 웃음을 참았다.

지금 마이크는 질투를 하고 있었다. 100% 순수하고 진실하게 말이다. 초록 눈의 괴물이 레이크 에덴에서 제일 잘 생긴 남자 앞에서 그 발톱을 움츠리고 있었다.

물론 현재 상황에서 마이크가 질투할 만한 이유는 전혀 없다. 하지만, 마이크는 아직 그 사실을 모르고 있으니 한나는 짓궂게도 그의 불편한 심기를 조금 즐겨보기로 했다.

"노먼이 새 집을 지으면 안 되는 이유라도 있나요?"

"내가 아는 한 없습니다."

"무척 화가 난 것 같은데……."

"당연히 화가 났죠! 레이크 에덴에 겨우 사흘 동안 없었을 뿐인데 돌아와 보니 노먼이 '당신'을 위한 꿈의 집을 짓는다고 하잖습니까!"

"'우리'를 위한 꿈의 집이에요." 한나가 바로잡았다.

"노먼과 내가 같이 디자인했거든요."

"그럼, 그와 결혼하는 겁니까?" 그가 주먹을 꽉 움켜쥐며 물었다.

"아니요."

이 정도면 마이크를 충분히 놀렸다고 생각한 한나는 이제 그만 잔인해지자고 생각했다.

"그냥 노먼이 새 집을 짓는 것뿐이에요. 나랑은 전혀 상관없어요."

마이크가 큰 소리로 안도의 한숨을 내뱉었다.

"하지만 그 집은 노먼 혼자 살기엔 너무 크지 않나요?"

"침실 네 개, 욕실이 세 개죠."

"그러니까 말입니다. 그렇게 많은 방으로 뭘 하려 한답니까?"

마이크가 얼굴을 찌푸렸다.

"집이 다 지어지면 한나에게 청혼하려는 거 아닐까요?"

한나가 웃음을 터뜨렸다.

"그걸 알면, 내가 진작 카페 문 닫고 전화상담 점술가로 나섰게요?"

"만약 그러면 어떻게 할 겁니까? 승낙할 겁니까?"

"모르겠어요."

"그건 안 돼요!"

한나의 심장이 심하게 요동쳐 목구멍까지 튀쳐나올 지경이었다.

혹시 마이크도 청혼할 생각인 건가? 만약 그가 정말로 청혼한다면 어떤 기분일까?

"왜요?"

"왜냐하면 한나는 노먼과는 결코 행복할 수 없기 때문이죠. 만약 노먼이 청혼한다면 곧장 내게도 알리겠다고 약속해요."

"그게 무슨 소용인데요?"

"바보처럼 모르고 있기 싫어요. 그러니까 약속해요, 한나."

"약속할게요." 한나가 대답했다.

그럼 뭐라고 하겠는가? 마이크의 이토록 음울한 표정은 두 번 다시 보고 싶지 않았다.

"그럼 모든 게 이전과 똑같은 거죠?"

"똑같아요."

도대체 뭐가 똑같다는 말인지 의아해하며 한나가 미소로 답했다.

마이크는 자리에서 일어나 한나를 끌어당겨 품에 꼭 안았다.

"아무것도 바꾸고 싶지 않아요. 예전 그대로가 좋단 말입니다."

그리고는 한나에게 키스했다.

길고 달콤한 키스였다. 키스에 막 열이 달아오르려는데 누군가가 뒷문을 열고 들어왔다.

"언니, 나 뭣 좀 물어볼 게 있……."

안드레아였, 그녀는 자신이 중요한 순간을 방해했다는 것을 깨닫고는 이내 말했다.

"미안, 나중에 다시 올게."

하지만 마이크는 안드레아에게 들어오라는 손짓을 했다.

"괜찮습니다. 막 가려던 참이었으니까. 혹시 나보다 먼저 빌을 보게 되거든 내가 집에 가서 샤워하고, 유니폼도 갈아입고 점심까지 먹은 후에 경찰서로 가겠노라고 전해줘요."

"도대체 무슨 일이야?"

마이크가 떠나자마자 안드레아가 물었다.

"별일 아니야." 한나가 어깨를 으쓱해 보였.

"나한테 뭘 물어보고 싶었던 건데?"

"트레시의 의상 때문에 말이야."

안드레아의 시선이 선반 위에서 식고 있는 쿠키에 가 닿았다.

"저거 아몬드 키세스야?"

"출장서비스 나갈 일이 있어서 구운 거야. 물론 여분으로 좀 더 구웠지만."

"그럼, 몇 개 먹어도 되겠네?"

"물론이지."

안드레아가 선반 위에서 쿠키 세 개를 집었다.

"트레시의 의상이 뭐?"

"자유의 여신상은 어떤 종류의 신발을 신고 있나 해서."

"아주 큰 거."

한나의 재치 섞인 농담에도 안드레아는 아무 반응이 없었다.

"샌들이었던 것 같은데, 확실하게는 모르겠어."

"어떻게 알아내지?"

"도서관에 가서 백과사전을 찾아봐. 사진이 많이 실려 있을 거야."

"좋은 생각이야. 재니스 콕스에게도 물어봤는데, 잘 모르더라고. 트레시를 자유의 여신상처럼 입힐 생각이야. 귀여울 것 같지 않아?"

"어떤 의상을 입혀도 트레시는 귀여워."

"나도 알아. 하지만 트레시는 왕관이 딸린 의상을 입고 싶어해. 근데 자유의 여신상이 오른손잡이였던가?"

"아마도. 횃불이 오른손에 들려 있어. 네가 묻는 게 이런 거라면 말이야. 설마 트레시를 초록색으로 분장시킬 건 아니지?"

"당연하지. 초록색도 이젠 때가 너무 많이 탔잖아. 왜 한 번씩 청소를 해주지 않는지 모르겠단 말이야. 깨끗하게 닦아주면 훨씬 나을 텐데."

"말이야 쉽지. 어떤 마을에서 지방법원의 돔 형식 건물을 청소할 계획을 세웠다가 기간도 3년이나 걸리고 비용도 거의 천문학적으로 들어간다는 사실을 깨닫고는 서둘러 접었던 거 기억 안 나?"

"시간과 돈. 항상 뭔가를 실성짓는 데 있어 가장 중요한 요소로 작용하지. 이제 그만 가봐야겠어, 언니. 코스트 마트의 세일을 놓치면 내 시간과 비용상 엄청난 손실이 발생하거든. 욕실에 놓을 새 수건을 살 거야. 지금 쓰는 건 너무 낡았거든. 언니는 뭐 필요한 거 없어? 내가 사다줄게."

"고맙지만, 그다지……."

갑자기 시작된 목 근육 통증에 한나는 하던 말을 멈추었다. 그리고는 뒷목을 주무르며 한숨을 내쉬었다.

"하나 있긴 하다. 작년에 쇼핑 갔을 때 내가 베개를 샀던 곳 기억해?"

"'덕' 말이지?"

"그래, 거기서 내 베개랑 똑같은 걸 하나 더 사다줘."

안드레아의 눈이 휘둥그레졌다.

"언니는 이미 베개가 있잖아. 베개를 하나 더 산다는 건 설마, 침대를 같이 쓸 누군가가……, 생긴 거야?"

"아니, 모이쉐가 자꾸 내 베개를 뺏어가서 그래. 그것 때문에 매번 근육통에 시달린다니까. 쓰던 걸 그냥 녀석에게 주고, 내걸 새로 살려고."

"그럼, 그러지 말도록 훈련을 시켜야지."

"그건 불가능해. 고양이는 절대 길들지 않거든. 몇 년을 공들여도 소용없을 거야. 결국 내가 새 베개를 사도록 녀석이 길들이는 꼴이 됐으니 할 말 다한 거지, 뭐."

안드레아가 웃음을 터뜨렸다.

"알았어. 하나 사다줄게. 근데 아마 가격이 상당할 거야. 저번에 살짝 가격표를 봤을 때 50달러가 넘었거든."

한나는 한숨을 내쉬었다.

'덕'이 비싼 곳이라는 것을 잠시 잊고 있었다.

정말이지 이런 일에 50달러씩이나 낭비하고 싶진 않았다. 하지만 목통증을 생각하면 투자할 만했다.

"얼마든 상관없이 그냥 사. 지압사에게 50달러를 주나 새 베개를 50달러에 사나 똑같아. 적어도 베개가 하나 더 있으면 모이쉐와 다툴 필요가 없잖아."

아몬드 키세스

오븐을 176℃로 예열합니다. 틀은 오븐의 중앙에 둡니다.

재료

녹인 버터 1과 1/2컵 / 백설탕 2컵(거칠거칠한 것) / 바닐라 1티스푼

아몬드 추출액 1티스푼 / 당밀 1/8컵 / 베이킹소다 1과 1/2티스푼

베이킹파우더 1티스푼 / 밀가루 4컵(체질할 필요 없어요)

소금 1티스푼(염분 처리가 된 아몬드는 절반만)

곱게 다진 아몬드 1과 1/2컵(믹서에 갈면 됩니다)

거품 낸 계란 2개 분량(포크로 거품을 내세요)

키세스 초콜릿 3한 꾸러미(370g짜리, 밀크 초콜릿을 이용하셔도 됩니다)

만드는 법

1. 전자레인지에서 버터를 녹입니다. 설탕과 바닐라, 아몬드 추출액과 당밀을 넣고 섞어줍니다. 그런 다음 베이킹소다와 베이킹파우더, 소금을 넣고 잘 섞습니다.
2. 곱게 간 아몬드를 섞고, 거품 낸 계란을 섞고, 밀가루를 넣은 다음 모든 재료들이 골고루 섞이도록 잘 반죽합니다.
3. 반죽이 조금 단단해질 때까지 몇 분간 놓아둔 다음 호두 크기로 떼어 기름칠 한 쿠키틀에 올려놓습니다.

4. 키세스 초콜릿을 반으로 잘라(꼭지를 중심으로 정확히 이등분해야 합니다) 각각 떼어낸 반죽의 중앙에 하나씩 눌러줍니다. 그러면 예쁜 초콜릿 장식이 완성됩니다. 장식을 좀 더 과시하고 싶다면, 키세스 초콜릿 하나를 통째로 써도 좋습니다(초콜릿을 하나씩 쓰려면 꾸미리가 하나 더 필요하겠죠. 만약 아이들과 함께 만든다면, 한 꾸미리가 더 필요할지도 몰라요!)

5. 176℃에서 10분간 굽거나 가장자리가 황갈색으로 변할 때까지 구워줍니다(걱정하지 마세요. 키세스 초콜릿은 녹지 않는답니다). 틀 위에서 2분간 식혀준 다음 나머지 식힘 과정을 위해 선반 위로 옮깁니다.

잠깐만!

쿠키 크기에 따라 한 개의 틀에 10~12개의 쿠키를 만들 수 있습니다(분량이 너무 많다고 생각되면 재료들을 정확히 반으로 줄이면 되겠죠? 남은 키세스 초콜릿은 요리사의 몫이랍니다!) 마지판(아몬드와 설탕, 달걀로 만든 과자)에서 낯법한 맛이 난다고 노먼은 말하더군요.

"위치가 훌륭하네요."

현관에 최대한 가깝게 차를 세우며 한나가 말했다.

"여기서 호수도 보여요. 저기 있는 소나무 가지들을 조금 쳐내면 더 잘 보일 거예요."

노먼이 한나의 트럭에서 뛰어내려서는 엄마를 위해 차 문을 열어주었다.

"정말 아담한 집이로구나."

노먼의 팔을 잡고 현관으로 향하며 엄마가 말했다.

"헐어야 한다는 게 아까울 정도야. 하지만 침실 두 개로는 아무래도 부족하겠지. 작은 방 하나는 사무실로 꾸미겠다고 했으니 두 사람이 사용할 만한 방이······."

"손님방을 말하는 거죠?"

한나가 엄마에게 경고의 눈빛을 날리며 재빨리 끼어들었다.

지금은 청혼 얘기를 꺼낼 때가 아니다.

"그래, 손님방 말이다." 엄마는 살짝 당황한 듯 보였다.

"어쨌든 얼른 작업부터 시작하자꾸나. 바쁜 두 사람을 오후 내내 붙잡아둘 순 없잖니."

노먼이 현관문을 열었다.

"불을 좀 켤게요. 창문이 작아서 불을 켜지 않으면 어둡거든요."

"아직도 전기가 들어와요?"

한나는 깜짝 놀랐다. 비용 절감을 위해서 론다가 이미 전기 공급을 중단했을 줄 알았는데 말이다.

"론다에게 비용 청구대상을 내 이름으로 돌려놓으라고 했어요. 토요일 아침에 철거 작업이 시작되기 전에 중단을 신청할 계획이에요."

집 안으로 발을 들여놓은 한나는 그만 놀라고 말았다.

주인 없는 집에 먼지만 한가득 쌓여 퀴퀴한 냄새가 날 줄 알았는데, 수상쩍은 냄새라고는 가구광택제의 레몬 향밖에 없었다.

"너무 깨끗해요!"

"그렇지. 그래서 내가 옷을 갈아입지 않고 온 거란다. 안드레아가 그러는데 론다가 줄곧 도우미를 시켜 청소를 했다고 하더구나."

엄마가 자신이 입고 있는 밝은 노란빛 의상을 내려다보며 말했다.

"왜요? 보웰커 부인이 죽은 뒤로는 아무도 살지 않았잖아요."

"그래, 하지만 집이 팔리지 않자 안드레아가 집 안이 깨끗하면 보기에 더 좋지 않겠느냐고 제안했다더라. 사람들이 어떤지 너도 잘 알잖니. 먼지나 거미줄 같은 게 있으면 그냥 지나치지 못하지. 론다 혼자 힘으로는 내키지 않았던지 도우미를 고용했다더구나. 어서 와라, 한나. 거실부터 시작하자꾸나."

거실에는 가구와 예술품들이 여기저기 흩어져 있었다. 하지만 세 사람이 같이하니 시간은 그리 오래 걸리지 않았다.

한나는 엄마가 가리키는 가구와 예술품에 빨간색 꼬리표를 달았고, 노먼은 작은 물품들을 박스 안에 챙겨 넣었다.

손님방에는 '그래니의 앤티크'에 내놓을 만한 물건이 그다지 많지 않았다. 그저 수작업으로 만든 퀼트 작품 하나뿐이었다. 하지만 거대한 침실은 사정이 달랐다.

엄마는 맥스필드 패리쉬의 사진 작품 두 점과 낡은 흔들의자를 선택했다. 그리고는 침대 위에 덮인 퀼트 이불을 가리켰다.

"저것도 가져가야겠다."

"왜요?" 한나가 물었다.

퀼트 이불은 온라인 쇼핑몰에서도 흔하게 볼 수 있는 기계로 짠 것이었다.

"이건 앤티크가 아니잖아요."

"그래, 아니지. 하지만 스트랜버그 목사님의 노숙자 센터에서 유용하게 쓰일지도 모르잖니."

한나는 엄마의 생각에 동의해 침대에서 퀼트 이불을 벗겨냈다.

그런데 이상하게도 이불 아래는 손님방의 침대처럼 바로 매트리스가 있는 게 아니라 또 한 장의 시트가 깔렸고 베개 커버와 담요까지 완벽하게 갖춰져 있었다.

"론다가 어째서 이렇게 완벽하게 침구들을 갖춰 놓았을까요? 여기서 가끔 지내기라도 한 건가?"

"글쎄다, 얘야. 하지만 론다가 멀쩡한 집 놔두고 왜 여기서 지냈겠니. 도우미가 실수로 챙겨놓았나 보지."

"다른 침대의 이불도 모두 걷어갈까요?"

퀼트 이불의 맞은편을 잡고 한나를 도와 이불을 개던 노먼이 물었다.

"그러자꾸나. 그리고 리넨 서랍장이 있으면 그 안에 든 것도 다 가져가야겠다. 여긴 다 둘러봤으니 이제 주방으로 가자."

커다란 농가 스타일의 주방에 처음으로 들어선 한나였다. 그리고 무언가가 그녀의 시선을 잡아끌었다.

"탁자 위에 쿠키단지의 파이 상자가 있어요!"

"그렇구나. 도대체 얼마나 된 건지."

엄마가 한나 옆을 지나쳐 걸어가 파이 상자를 열었다. 하지만 이내 탄식을 내뱉으며 뒤로 주춤 물러서고 말았다.

"구역질이 나는구나!"

"내 파이가 구역질이 난다고요?"

"온통 개미 천지야."

한나는 가까이 다가가 상자를 열어보고는 얼굴을 찡그렸다.

그건 한나가 금요일에 팔았던 레몬 파이였다. 한 조각만 먹었고 나머지는 온통 달콤한 간식을 향해 행차한 개미 행군들로 뒤덮여 있었다.

"정말 이건 못 먹겠네요. 가서 버리고 올게요."

엄마가 싱크대 아래서 찾아낸 쓰레기봉투를 들고 와서 탁자 가장자리에 봉투의 입구를 넓게 펴들고는 한나에게 손짓했다.

"내가 봉투를 잡고 있을 테니 상자를 그냥 쓸어버리려무나. 그렇게 하면 간단하게 들고나갈 수 있지."

"네, 엄마."

한나는 애써 웃음을 참으며 엄마의 말에 고분고분 따랐다.

엄마는 한나를 마치 애처럼 다루고 있었다. 하지만 어쨌든 계획은 훌류했고, 그걸 따른다고 해서 그다지 손해 볼 일은 없을 것 같았다.

한나는 무사히 상자를 봉투에 담아서 뒷문으로 가지고 나갔다.

낡은 차고 옆 시멘트 바닥에 두 개의 쓰레기통이 놓여 있었다. 한나는 앤티크 스타일의 차라도 버려져 있진 않을까 해서 창문을 통해 차고 안을 살짝 들여다보았다. 하지만 안에는 땔감만 잔뜩 쌓여 있을 뿐 아무것도 없었다.

한나는 이거라도 노먼에게 알려줘야겠다고 생각했다. 몇 번의 겨울을 나고도 남을 만한 양의 땔감이 쌓여 있으니 철거하기 전에 다른 곳으로 옮기라고 말이다.

한나는 봉투를 단단히 잡은 채 쓰레기통의 뚜껑을 열었다.

쓰레기통이 텅 비어 있을 거로 생각했는데 놀랍게도 비닐백에 든 두 개의 스티로폼 박스와 식당에서 쓰는 포장용기들이 눈에 띄었다. 포장용기 중 하나는 반쯤 먹다 남긴 것이었고, 다른 하나는 아예 손도 대지 않은 것이었다.

둘 다 한나가 좋아하는 오소부코(소의 정강이 뼈와 고기로 찜을 하여 소스와 함께 먹는 이탈리아 음식) 요리였다. 정강이뼈를 한눈에 알아볼 수 있었다. 론다가 대고모의 짐을 챙기러 오는 길에 요리를 포장해온 모양이었다. 그리고 누군가를 기다리고 있었음이 틀림없다.

누군가의 쓰레기통을 뒤진다는 건 사생활 침해에 해당하는 일이었지만, 한나는 쓰레기통에 버려진 요리에 호기심이 생겼다.

한나는 비닐백을 쓰레기통 밖에 꺼내놓고 더 깊이 뒤져보기 시작했다. 빈 키안티(이탈리아산 적포도주)병이 나오고 두 개의 플라스틱 와인잔이 나왔다. 론다가 누군가에게 와인을 따라주었지만, 그 누군가는 저녁식사도 미처 들지 않은 채 자리를 뜬 것이 분명했다.

한나는 어깨를 한 번 으쓱한 다음 꺼내놓은 비닐백과 함께 가지고 나온 쓰레기봉투를 쓰레기통 안에 던져 넣었다.

어째서 론다가 손도 대지 않은 요리를 집으로 가져가지 않았는지 알 수가 없었다. 먹기 싫어서였다면 이웃의 누군가에게 줬어도 됐을 텐데 말이다.

그러고 보니 파이는 또 왜 남긴 거지? 이 역시 똑같은 의문이 들 수밖에 없었다. 이웃들 중 누군가는 한나의 레몬 파이를 좋아했을 텐데.

막 쓰레기통 뚜껑을 닫는데, 쓰레기 수거차가 지나가는 소리가 들렸다. 월요일은 쓰레기를 버리는 날이다.

한나는 쓰레기통을 큰 쓰레기봉투에 옮겨 담고 길가로 달려가 쓰레기 수거차 운전사에게 건네주었다.

"왜 그렇게 오래 걸렸니?"

한나가 다시 주방으로 돌아오자마자 엄마가 물었다.

"마침 쓰레기 수거차가 왔기에 쓰레기통을 비워줬어요."

한나가 코를 킁킁거리며 말했다.

"개미 살충제를 뿌리셨나 봐요."

"싱크대 밑에 있더라. 그나저나 이 그릇들 좀 봐라, 한나. 카니발 글라스(20세기 초 미국에서 대량 생산된 무지개 빛깔의 유리 제품)야."

한나는 엄마가 작업대 위에 늘어놓은 무지개 빛깔의 그릇들을 살펴보았다.

"카니발 글라스는 주황색인 줄 알았는데요."

"그게 가장 흔하지만, 때론 다른 색으로도 만들었단다. 이 보라색 그릇 좀 보렴. 이건 정말 드문 거란다. 가치가 상당할걸. 올라가서 위 찬장도 한 번 살펴보겠니, 애야? 아마 이런 게 더 있을 것 같구나."

한나는 탁자에서 의자를 하나 빼 그걸 밟고 올라섰다.

찬장을 문을 열고 안을 들여다본 한나의 눈이 휘둥그레졌다.

"여기 커다란 사막 장미가 그려진 접시가 있어요. 이것도 가져가실 거죠?"

"그래, 나한테 건네주렴."

한나가 접시를 엄마에게 건넨 다음 또 다른 접시들로 손을 뻗었다.

"블루윌로우(유명한 도자기 상표) 접시도 있어요. 근데 파란색이 아니라 초록색인데, 아무튼 세트가 전부 다 있는 것 같아요."

"어디 보자꾸나." 접시로 손을 뻗는 엄마는 몹시 신이 난 듯 보였다.

엄마는 접시를 몇 번이나 뒤집어가며 살펴보더니 탄성을 내질렀다.

"세상에나! 이건 진짜 초록색 블루윌로우잖아!"

한나는 웃음을 덮으려고 일부러 헛기침을 해댔다.

초록색 블루윌로우가 세상에 어디 있담? 그건 서로 전혀 반대되는 단어지 않은가.

"분홍색도 있는데, 이것도 드려요?"

"물론이지! 분홍색 블루윌로우는 수집가들의 선망의 대상이야. 전부 다 꺼내주렴. 깨지지 않게 조심하고. 론다가 위 찬장까지 살펴보지 않아서 천만다행이로구나. 이렇게 값나가는 걸 두고 가다니 말이다."

노먼이 주방으로 들어왔을 때는 주방 바닥이 온통 접시와 그릇들로 뒤덮여 있었다.

"원하시던 걸 찾으신 것 같네요."

"오, 그랬지!" 엄마가 노먼에게 미소를 지어 보였다.

"정말 인센티브를 원치 않나? 보웰커 부인이 값나가는 그릇들을 많이 남겼는데 말이야."

노먼이 고개를 저었다.

"모두 어머니들께 드릴게요. 전 지금도 어머니한테 얹혀사는 신세인걸요. 이 정도 해드리는 건 약과죠."

"이런……, 정말 자상하구나. 얼른 캐리와 루앤에게 말해야겠다. 이 놀라운 소식을 전하면 모두 기뻐서 방방 뛸 게다."

의자에서 내려오며 한나는 킥킥거렸다.

방방 뛴다고? 최근에 레전시 로맨스 클럽 모임에 다녀오신 모양이군. 엄마를 비롯해 레전시 로맨스 클럽의 부인들은 기뻐서 어쩔 줄 모르는 상황에 그런 표현을 즐겨 쓰곤 했다.

접시랑 식기들을 모두 포장하자 노먼이 그것을 상자에 담아 트럭으로 날랐고, 엄마는 마지막으로 주방으로 둘러보며 말했다.

"이게 다인 것 같구나. 방도 모두 살펴봤으니……."

"지하실은요?" 노먼이 물었다.

"저도 한 번도 내려가 보지 않았는데, 론다 말로는 대고모부께서 목공 일을 조금 하셨대요."

"앤티크 연장들!"

엄마의 눈이 찬란하게 반짝였다.

"지금 내다 팔면 프리미엄이 엄청나게 붙을걸. 그럼 잠깐만 보고 가도 될까?"

"전 괜찮아요. 한나는 어때요?"

"저도 괜찮아요."

한나는 주방 의자에 걸쳐져 있던 앞치마를 엄마에게 건네주었다.

"이거 입으세요, 엄마. 지하실은 먼지도 많을 거예요."

엄마는 앞치마를 둘러 입고 지하실로 통하는 계단으로 향했다.

"넌 같이 가지 않을 거니, 애야?"

"필요하시다면요."

한나가 엄마에게 과장된 윙크를 날리며 말했다.

"당연히 네가……."

한나가 윙크를 한 이유를 제대로 이해한 엄마가 말을 바로잡았다.

"사실, 그다지 필요하진 않단다. 지하실쯤이야 얼마든지 혼자 둘러볼 수 있지. 여기서 노먼과 같이 기다리고 있어라. 둘 다 바쁜 사람이니 같이 얘기 나눌 시간도 없었잖니. 새집에 대해 둘이 의논할 것도 있을 것 같고 말이다."

"그럴게요."

한나가 천장을 향해 눈을 굴리며 대답했다, 엄마도 제법 능청스럽다니까.

"우리가 필요하면 부르세요. 금방 내려갈게요."

노먼은 엄마가 지하실 불을 켜고 아래로 내려갈 때까지 기다렸다가 이내 한나를 향해 고개를 돌리며 말했다.

"주방에 전망 창을 내면 어떨까요? 숲을 향하고 있으니까 전망이 굉장히 좋을 거 같은데."

"네, 그렇겠네요."

한나는 이른 아침 주방 의자에 앉아 향기로운 커피를 홀짝이며 전망

창을 통해 금방이라도 사슴 한 마리가 뛰어나올 것 같은 숲을 바라보는 자신의 모습을 상상했다.

하지만 싱글 생활을 우울하게 만들어버릴 수도 있는 생각에 한나는 얼른 상상을 물리치고 질문거리를 생각해냈다.

"거실에 내는 건 어때요? 호수 쪽을 향하고 있으니까 거기도 전망이 좋을 것 같은데요?"

"맞아요. 하지만 가장 전망이 좋은 곳은 침실이 될 거예요. 거기에 발코니도 지으려고요."

한나는 감미로운 나무 향을 내며 타닥타닥 타오르는 벽난로가 있는 전망 좋은 침실의 풍경을 상상하고 싶지 않았다. 그건 너무 매혹적이었다. 그녀는 또다시 화제를 돌려 집 안에 가구를 어떻게 배치할 건지 물었다.

흥미롭게 얘기를 나누던 한나는 주방 벽에 걸린 시계를 흘끗 올려다보고 이미 15분이나 지났는데도 지하실에 내려간 엄마에게서 아무 소식이 없다는 사실을 깨달았다.

"아무래도 엄마한테 내려가 보는 게 좋겠어요. 지하실에 꽤 오래 계셨잖아요."

"나도 같이 가요." 노먼이 앞장섰다.

"스웬슨 부인? 괜찮으세요?"

한나는 노먼의 뒤에서 엄마가 대답하기만을 기다렸지만 밑에선 아무 소리도 들리지 않았고, 한나는 문득 무서워졌다.

"비켜 봐요, 노먼. 빨리 내려가 봐야겠어요."

"나 없이는 안 돼요. 나도 가요."

노먼이 계단을 세 개를 내려가다 말고 멈춰 서서는 말했다.

"저기 오시네요. 올라오실 수 있도록 조금 비켜납시다."

한나는 뒤로 물러서며 노먼의 어깨너머로 엄마가 계단을 올라오는 모습을 지켜보았다.

다행히 엄마는 다친 곳이 없었지만, 입은 굳게 다물려 있었다.

지하실에서 무슨 일이 있었음이 분명하다.

난간을 움켜쥐는 엄마의 손을 보건대 결코 좋은 일은 아니었다.

"물 좀 다오."

위층까지 다 올라온 엄마가 쉰 목소리로 말했고, 노먼은 재빨리 주방에서 물을 한 컵 담아 왔다.

엄마는 물을 한 모금 마시더니 컵을 다시 노먼에게 건네주었다.

엄마의 손은 미세하게 떨리고 있었다.

"유령이라도 보신 것 같네요."

엄마의 얼굴이 더 창백해지지 않기를 바라며 한나가 말했다.

엄마는 살짝, 아주 살짝 미소를 지어 보였다. 잘못 보면 얼굴을 찌푸린 것으로 보일 정도였다.

"내가 본 건 유령이 아니라……, 시체야!"

엄마는 한숨을 내쉬며 트럭의 조수석에 등을 기대고 앉았다.

"네 말이 맞구나, 한나. 초콜릿이 도움이 돼."

"초콜릿은 언제나 효과 만점이라니까요."

한나가 남겨 둔 초콜릿 체리 쿠키를 꺼냈다.

그녀는 베이커리 카페를 열면서 하루라도 지난 쿠키를 절대 팔지 않겠다고 맹세한 터였다. 그래서 팔다 남은 쿠키가 있으면 트럭에 두었다가 샘플로 사람들에게 나누어주곤 했다.

맛이 괜찮다면 오븐에서 막 꺼낸 신선한 쿠키를 맛보러 카페로 오라고 하면서 말이다. 그 방법은 정말로 효과가 있었고, 덕분에 한나의 카페는 나날이 번성하고 있었다.

"하나 더 드세요, 엄마. 기분이 나아지실 거예요."

노먼이 엄마의 얼굴을 자세히 살펴보며 말했다.

"얼굴에 혈색이 돌아오고 있어요. 이제야 조금 기운을 차리시는 것 같네요. 기분이 더 나아지시거든 정확히 무엇을 보셨는지 말씀해주세요. 제가 내려가서 확인해보죠."

"난 절대 내려가시 않을 거다!"

"걱정하지 마세요."

한나가 엄마를 안심시켰다.

"어디서 무엇을 봤는지 말해주면 제가 노먼과 같이 내려가서 확인해 볼게요."

"아까도 말했듯이 지하실 뒤편에 있는 소각장에서 봤단다. 내가 단지들로 가득한 선반 옆에 서 있었는데 말이다."

"알았어요."

열린 차 창문을 통해 한나가 엄마의 팔을 쓰다듬었다.

"우리랑 같이 들어가셔서 우리가 지하실에 내려가 있는 동안 주방에 계실래요?"

"아니! 그 집엔 두 번 다시 발을 들여놓지 않을 게다. 시체가 그 안에 있는 한은 말이다. 고맙지만, 난 그냥 여기 있는 게 좋겠구나."

"그러세요, 엄마. 혹시 우리가 필요하면 경적을 울리세요. 차 창문도 다 올리고 차문도 전부 잠그고 계세요."

노먼이 앞장을 선 채 두 사람은 다시 집 안으로 들어갔다. 그리고는 다시 지하실 문 앞에 섰다.

"당신은 들어가지 않아도 돼요, 한나."

노먼이 한나를 돌아보며 말했다.

"나 혼자 갔다 올 수 있어요."

"그 재미있는 걸 혼자만 하려고요?"

한나가 씩 웃어 보였다.

"그것의 정체가 넝마 더미든 낡은 옷더미든, 어쨌든 같이 내려가고 싶어요."

"시체를 발견하신 게 아니란 말이에요?"

"아마 아닐 거예요. 안드레아 말로는 동네 꼬마들이 지난 석 달 동안 이 집을 들락거렸다고 했는데, 지하실에 뭔가 있었다면 벌써 발견되고도 남았을 걸요."

"지하실까진 내려가 보지 않았을지도 모르잖아요. 어머님 말씀은 무척 구체적이었어요, 한나. 시체가 반쯤 묻혀 있었다고 했잖아요."

"그것도 별거 아닐 거예요. 누군가 하수도관을 고치려고 마루를 조금 파낸 것일 수도 있잖아요. 소각장 불빛이 너무 환해서 제대로 보지 못하셨다고 하니까요. 엄마라면 노먼보다 내가 더 잘 알아요. 뭔가 보신 것은 맞겠지만 시체는 절대 아닐 거예요. 엄마는 완전 드라마 광이세요. 예전에 한 번은 흑곰이 우리 집 마당에 있는 쓰레기통을 뒤지고 있다고 호들갑을 떠셨는데, 그건 흑곰이 아니라 이웃에서 키우는 프랑스산 푸들이었어요."

"그렇군요."

노먼이 한결 안심한 표정으로 말했다.

"그래도 어쨌든 살펴보긴 해야겠어요. 그 손전등 하나 거예요?"

"그럼요."

한나가 손전등을 그에게 건네주고 나서 자기 것도 손에 쥐었다.

노먼이 앞장서 계단을 내려가기 시작했고, 한나가 그 뒤를 따랐다.

노먼은 자신이 남자라는 위세를 톡톡히 부리는 듯 보였다.

뭐, 어쨌든 상관없었다.

엄마가 정말 시체를 발견했다고 생각하지 않으니까 말이다. 하지만 그렇다고 해서 확인조차 해보지 않는 건 너무 부심한 태도라는 생각에 기운차게 노먼을 따라나선 한나였다.

 계단을 다 내려온 두 사람은 지하실 바닥을 걷기 시작했고, 한나는 호기심 어린 눈빛으로 주변을 살폈다.

 지하실은 집 전체 넓이만 했고, 천장에 간신히 매달린 전구의 불빛만으로는 그 넓은 지하실을 다 밝힐 수가 없어 주변은 어둑어둑하고 음산했다.

 "꽤 으슥한데요."

 한나의 음성이 지하실에 크게 울려 퍼졌다.

 "엉망진창이기도 하고요."

 낡은 신문과 부식된 상자 더미 위로 발걸음을 내딛으며 노먼이 덧붙였다.

 "론다가 고용한 도우미가 지하실 청소까지는 하지 않았나 봐요."

 두 사람은 기름기가 가득한 넝마와 낡은 페인트 깡통, 노끈으로 묶은 오래된 잡지 더미 사이를 헤치고 지나갔다.

 한나는 손전등으로 벽들을 비췄다.

 한쪽 벽면은 천장까지 닿는 선반으로 채워져 있었는데, 거기에는 집에서 손수 만든 채소와 과일 단지들로 가득 차 있었다.

 단지 위에는 수년은 묵은 듯한 먼지가 쌓여 있었지만, 안에 내용물은 그 색깔이 선명하게 살아 있었다.

 "여기 단지들 좀 봐요. 이런 단지를 만드는 게 보웰커 부인의 취미였나 봐요."

 "론다 말로는 보웰커 부인이 잼과 젤리 만들기 경연대회에서 늘 상을 탔었다고 했어요."

"정말요?"

한나가 한 걸음 더 가까이 다가가 손전등 불빛으로 단지들을 살펴보았다.

"잼이나 젤리는 안 보이는데요. 전부 피클이나 옥수수 같은 것들뿐이에요. 아마 잼은 론다가 다 챙겨갔나 봐요."

한 개의 경첩에 간신히 매달린 소각장 문이 열려 있었다.

엄마가 손전등도 없이 이 깊숙한 곳까지 들어왔었다는 것에 한나는 새삼 감탄스러웠다.

앤티크를 찾아내고자 하는 열망이 거미나 어두컴컴한 것에 대한 공포심보다 더 강렬한 모양이다.

"잠깐만요, 한나."

노먼이 손을 들었다.

"문이 떨어지지 않는지 확인해봐야겠어요. 당신이 지나갈 때까지 내가 잡고 있다가 버팀대를 찾아 문을 괴어놓을게요."

노먼이 문을 잡는 동안 한나는 소각장 안으로 들어갔다.

소각장 안은 직사각형의 넓은 공간으로 중앙에 소각로가 놓여 있었고, 바닥은 온통 먼지로 뒤덮여 있었다. 또한 바깥쪽 벽에는 석탄 자루가 놓여 있었다.

한쪽 벽면에 소각장 밖과 똑같은 선반들이 짜여 있는 것으로 보아 이 공간 역시 한때는 지하실에 포함된 영역이었음을 짐작할 수 있었다.

그 선반에 놓인 단지에는 잼이 들어 있었고, 몇 개는 깨져 있었다.

한나는 깨진 유리 조각 위를 밟으며 소각로를 지나쳤다.

"뭔가 판 흔적이 있어요."

먼지가 한 무더기 쌓여 있는 것을 발견한 한나가 노먼을 불렀다.

"오소리나 두더지가 한 짓 같아요."

"그럼, 어머님이 보셨던 게 그것일까요?"

"아마도. 시체 비슷한 건 전혀 보이지 않는 걸요. 엄마의 상상력이 지나쳤던 거예요."

"그나저나 당신 지금 어디 있어요?"

노먼의 목소리가 어두운 침묵 속으로 음산하게 메아리쳤다.

"소각장 뒤편에요. 오른쪽으로 돌아 들어와요. 발밑을 조심하고요. 선반 근처에 깨진 유리 조각이 있어요."

한나는 손전등 불빛으로 먼지 무더기를 비추며 뒤쪽으로 더 가까이 들어갔다.

먼지 무더기 바로 너머에는 커다란 구멍이 나 있었다.

아마도 저 구멍을 보고 엄마가 무덤으로 착각한 모양이다.

불빛으로 구멍 안을 비추던 한나는 별안간 무언가를 발견하고는 숨을 멈췄다.

한나가 본 그것은 동물의 짓이라고는 절대 생각할 수 없었다.

그건 바로 사람의 발에 신겨져 있는 테니스 신발이었다.

"오!"

한나는 소리를 지르며 뒤돌아 뛰어갔고, 노먼과 부딪쳤다.

"왜 그래요, 한나?"

"이따 얘기할게요."

한나가 그의 손을 잡고 문 밖으로 이끌었다.

"어서 가요."

"시체였군요?"

한나를 따라 걷느라 헐떡거리며 노먼이 물었다.

"네!"

"구멍 속에?"

"네!"

한나가 심호흡을 했다.

"엄마 말이 맞았어요. 얼른 경찰에게 이 사실을 알려야겠어요."

자판기에서 엄마에게 드릴 커피를 뽑기 위해 로비에 나간 노먼을 그대로 내버려 둔 채 한나는 자리를 떴다.

전에도 맛본 적이 있는 경찰서의 자판기 커피 맛은 끔찍했다. 하지만 지금 같은 상황에선 그것도 절실할 것이다.

한나는 공포를 느꼈던 장면을 머릿속에서 지워 내려 애쓰며 전광석화 같은 속도로 경찰서로 달려왔다.

그녀가 본 테니스 신발은 라임그린 색이었고, 레이크 에덴에서 그런 색깔의 테니스 신발을 신은 사람은 오직 한 명, 론다 스카프뿐이었다.

"한나."

한나가 걸어오는 것을 발견한 마이크가 미소를 지으며 자리에서 일어났다.

"괜찮아요?"

"별로요. 잠깐 둘이서만 얘기할 수 있을까요?"

마이크는 고개를 끄덕이고는 회의실로 한나를 데려가 문을 닫았다. 자리에 앉으라고 손짓하는 그의 표정은 어느새 근심으로 가득해졌다.

"설마 노먼이 당신에게……."

"청혼하지 않았어요."

마이크의 생각을 읽어낸 한나가 먼저 나서서 말했다.

"이건 그것과는 전혀 무관한 일이에요."

"뭔데요?"

"보웰커 부인의 집 지하실에서 시체를 발견했어요. 확실하진 않지만 론다 스차프 같아요."

마이크는 잠시 굳은 얼굴을 하더니 이내 수첩을 꺼내들었다.

"또 시체를 발견했단 말입니까?"

"이번엔 아니에요. 처음 발견한 건 엄마였어요."

"스웬슨 부인이라고요?"

마이크가 한층 더 굳은 얼굴로 되물었다.

"부인은 괜찮으십니까?"

"네, 자판기 커피를 마시고도 용케 살아나신다면요. 지금 노먼과 같이 계세요. 제가 초콜릿도 충분히 드시게 했고요."

"어떻게 된 겁니까?"

"앤티크 물품을 찾으러 같이 그 집에 갔어요. 엄마는 옛날 연장들을 찾으러 지하실에 내려가셨는데, 올라오시더니 시체가 있다고 하더라고요. 노먼과 내가 다시 내려가 확인해봤는데, 엄마 말이 사실이었고요."

"잠깐만."

마이크가 한나의 말을 막았다.

"빌도 데려와야겠습니다. 바로 진술을 받도록 하죠. 스웬슨 부인의 진술은 나중에 받기로 하죠. 좀 진정이 되신 다음에요."

"좋은 생각이에요."

진술 기록이라는 기나긴 시간에 이미 익숙해진 한나가 대답했다, 사실 서두를 것도 없었다.

한나가 다시 쿠키단지로 돌아왔을 때 시간은 이미 오후 4시였다.

제드와 프레디는 벌써 작업을 끝냈을 뿐더러 손님들도 뜸하고 쿠키도 거의 다 팔렸다.

그녀는 카운터를 보던 리사에게 그날 있었던 일을 얘기해주었다.

하지만 시체가 누군지는 말하지 않았다. 공식 발표가 있을 때까지 기다리는 편이 좋을 것 같았기 때문이다.

"어쨌든 이번에 시체를 발견한 사람은 한나가 아니라 스웬슨 부인이시네요."

리사가 손님들이 듣지 못하도록 낮은 목소리로 속삭였다.

"이번에는 시체를 찾았다고 한나를 야단치지는 못하시겠어요."

"그건 아닐 거야. 어떻게든 또 내 탓이라고 몰아가실 테니까."

"그럴 리가 없어요."

리사가 행주로 카운터를 윤기나게 닦으며 말했다.

"이번 일도 수사하실 거죠?"

"아니, 독립기념일 전에 해야 할 일들이 산더미야. 게다가 지난번 사건 때 마이크와 빌이 얼마나 난리를 쳤는데. 물론 한 가지 궁금한 건 있어. 그 집에 갔더니 주방 탁자 위에 우리 카페에서 만든 레몬 머랭 파이가 있었거든. 그게 어떻게 해서 거기에 있게 됐는지 궁금해."

리사가 골똘한 얼굴로 말했다.

"노먼이 사간 것도 아니고 론다도 아니에요. 고객 명단을 한 번 확인해볼까요?"

"무슨 명단?"

"우리 파이를 사간 사람들을 다 기록해놓거든요. 고객들이 좋아하는 파이를 굽게 되면 바로 연락해서 알려 드릴 수 있게요."

한나는 깜짝 놀라고 말았다.

"정말 현명한 마케팅 방법인데."

"효과도 좋아요."

리사가 환하게 웃으며 말했다.

"대부분 하나씩은 남겨 두라고 주문하거든요. 꾸준히 주문하시는 분들도 있고요. 제섭 부인은 한나가 애플파이를 구울 때마다 꼭 두 개씩 맡아놓으라고 하세요."

"그럼, 지난주 금요일 기록도 있겠네?"

"집에 있어요. 오늘 밤 집에 가자마자 확인해서 전화할게요. 아마 10시 이후가 될 것 같아요. 허브와 저녁식사 약속이 있거든요."

"괜찮아. 도대체 누가 파이를 사서는 겨우 한 조각밖에 먹지 않았을까 궁금할 뿐이야. 그건 나에 대한 모독이라고."

"알아요. 그게 특히 한나가 자랑하는 레몬 머랭 파이일 경우엔 더더욱 말이죠."

그때 저쪽에서 손님 한 명이 리사를 향해 머그잔을 들어 보였다.

"바스콤 시장님이 리필을 원하시네요. 한나가 가실래요? 전 내일 구울 월넛토 반죽을 해놓을게요. 돈나 렘크가 내일 조카 생일파티가 있다면서 전화로 여섯 상자나 주문했거든요."

"그건 내가 할게. 리사가 커피 주전자를 가져가."

"하지만 괜찮겠어요? 초콜릿이 들어가는 쿠키인데, 지금 다이어트중이잖아요."

"괜찮아, 시체를 보고 났더니 입맛이 싹 달아났는걸."

"시체 발견 다이어트인가요?"

리사가 커피 주전자를 집으며 씩 웃었다.

"그런 좋은 다이어트 방법이 있는 걸 왜 진작 생각해내지 못했을까요? 어쨌든 사람들이 한나가 시체를 또 발견했다는 것에 대해 물어보면 뭐라고 대답하죠?"

"그런 사람은 없을 거야. 시체의 신원이 파악될 때까지 그 어떤 정보도 새어나가지 않게 하겠다고 빌과 마이크가 말했거든. 노먼에게도 입단속을 시켜놨으니 아무 말도 하지 않을 거고."

"하지만 한나 어머님은요?"

"어-오." 한나가 끙 소리를 냈다.

엄마라면 지금쯤 분명히 누군가에게 떠벌리고 난 뒤일 것이다. 아니, 누군가가 아니라 누군가들이겠지만.

"마이크와 빌이 알아서 하겠지. 나와는 상관없는 일이라고 얘기해."

리사가 킥킥거렸다.

"아마 믿지 않을걸요."

"그럴지도 모르지. 하지만 사실인걸. 그 어떤 것도 나를 이번 사건에 연루시킬 순 없어. 난 공식적으로 살인사건에서 손을 뗀 몸이라고."

"그럼, 살인사건이라고 생각하는 거예요?"

리사의 눈이 휘둥그레졌다.

"내가 아는 건 누군가가 죽었다는 것뿐이야. 누가, 언제, 어떻게 죽게 했는지 알아내는 건 나이트 박사님 몫이지."

리사가 더 질문을 해오기 전에 한나는 재빨리 작업실로 들어갔다.

죽은 사람은 분명히 론다 스카프였다.

레시피 노트의 페이지를 넘기며 한나는 쓴 침을 꿀꺽 삼켰다.

론다와 평소 그렇게 친한 사이는 아니었지만, 그렇다고 싫어한 적도 없었다. 게다가 그 어떤 누구도 일생일대의 휴가를 눈앞에 두고 어둡고 눅눅한 지하실에서 죽어야 할 까닭은 없었다.

론다는 분명히 살해당한 것이다. 누군가 그녀를 묻으려 했다는 것을 보면 확실히 알 수 있다. 론다가 다른 이유로 죽은 것이라면 그녀를 발견한 사람이 당장 경찰에 신고했을 것이다.

월넛토는 지난 2주간 한 주에 두 번씩은 구웠던 메뉴였기 때문에 반죽하는데 그리 오랜 시간이 걸리지 않았지만, 한나는 반죽에 재료가 빠짐없이 들어갔는지 꼼꼼히 확인했다.

론다의 죽음에 대해 추측을 시작한 한나로선 섣부른 추측이 실수로 이어질 수 있다는 점을 주의해야만 했다. 반죽이 다 끝나자 한나는 반죽을 비닐랩으로 덮은 다음 대형 냉장고 안에 넣었다.

으슬으슬한 냉장고 안에서 막 나오는 찰나 뒷문이 열리며 마이크가 들어섰다.

"안녕, 한나. 당신 어머님의 진술을 받았는데, 당신에게 몇 가지 사실을 확인해야 할 것 같아서요."

"그래요."

한나가 작업대 앞의 의자를 손짓했다.

"커피 좀 줄까요?"

"좋죠."

한나가 머그잔에 커피를 따라 가져오자 마이크가 수첩을 펼쳤다.

"어머님이 혼자 지하실에 내려가셨나요?"

"네, 노먼과 난 엄마가 올라와서 얘기해주시기 전까진 무슨 일이 일어난 건지 전혀 모르고 있었어요."

"어머님이 지하실에 있는 동안 당신은 어디에 있었죠?"

"우린 주방에 앉아 있었어요. 엄마한테 우리가 필요하면 부르라고 말씀드렸기 때문에 지하실 문은 활짝 열려 있었고요."

수첩에 열심히 적어 내려가는 마이크의 표정이 일그러졌다.

"어머님이 비명을 질렀는데도 내려가 보지 않았다는 말입니까?"

"엄마는 비명을 지르지 않으셨어요. 한참을 지나도 엄마가 올라오시지 않아 걱정된 우리가 지하실 계단 앞에 서서 엄마를 불렀어요. 근데 대답이 없어서 같이 계단을 내려가기 시작했죠. 그리고 바로 그때 엄마가 나타났어요."

마이크가 한나의 말을 받아 적었다.

"그럼, 당신이 지하실에 내려갈 때도 집이 삐걱거렸나요?"

"삐걱거려요? 아뇨."

"그럼, 바람은?"

"바람은 전혀 불지 않았어요."

"이상하군요."

마이크가 수첩을 내려다보며 말했다.

"쥐는요? 정말 어머님 말씀대로 고양이만 하던가요?"

"무슨 쥐요? 쥐는 한 마리도 못 봤는데요."

마이크가 씩 미소를 지었다.

"아무래도 스웬슨 부인께서 얘기를 조금 부풀리신 것 같군요. 두렵게 반짝이던 핏자국은 어때요?"

"핏자국 같은 건 없었어요."

한나가 고개를 저으며 말했다.

"알았습니다. 스웬슨 부인이 말씀하신 건 제쳐놓고 당신과 노먼의 진술을 토대로 수사를 시작해야겠군요. 적어도 노먼과 당신의 진술은 우리가 살펴본 사건 현장과 일치하니까요."

마이크가 커피를 한 모금 들이키더니 자리에서 일어났다.

"고마워요, 한나. 난 이만 가봐야겠군요. 지금쯤이면 감식반이 작업을 끝냈을 겁니다."

한나가 그의 팔을 잡았다.

"잠깐만요. 내 생각이 맞죠?"

"맞다니, 뭐가 말입니까?"

"신발 말이에요. 론다 것이 맞죠?"

고개를 돌린 마이크의 얼굴은 아무 대답도 하고 싶지 않은 듯 보였지만 이내 고개를 끄덕이며 말했다.

"맞아요. 나이트 박사님이 신원 확인을 끝냈죠."

"불쌍한 론다."

한나가 깊은 한숨을 내쉬었다.

"어떻게 죽은 거예요?"

"아직 말하기엔 일러요."

"살해당한 거죠?"

"부검 결과는 아직 발표되지 않았어요."

"개인적인 의견을 묻는 거예요."

한나가 부아가 나는 듯 다시 한숨을 내쉬었다.

"마이크 생각에 론다가 살해당한 것 같아요? 아니면 단순 사고인 것 같아요?"

"이건 비공식적이지만, 단순 사고 같진 않더군요. 이제 더 이상 질문하지 마요, 한나. 내가 얘기해줄 수 있는 건 이것뿐입니다."

"한 가지만 더요. 왜 범인은 론다를 땅에 묻다 말고 사라져버린 걸까요? 마을 사람들에게 곧 휴가를 떠날 거라고 얘기하고 다녔으니 완전히 묻어버렸으면 2주 동안 론다가 보이지 않더라도 사람들이 찾지 않았을 텐데요. 시간을 충분히 벌 기회를 왜 놓쳐버린 거죠?"

"글쎄요."

"묻기도 전에 뭔가에 놀라 도망가 버린 것일까요?"

"그럴 수도 있겠죠."

"그리고 또 한 가지 궁금한 건 도대체 누가 론다를 죽이고 싶어했느냐는 거예요. 가끔 짜증날 때도 있긴 하지만 모두 그녀를 좋아하다고 생각했거든요. 범죄현장은 어때요? 무슨 증거라도 나왔나요?"

마이크의 눈이 휘둥그레졌다.

"또 수사에 관여히려는 건 아니겠죠? 이번에야말로 그럴 만한 이유가 전혀 없다는 거 알고 있을 겁니다."

"당신 말이 맞아요."

그의 눈을 똑바로 바라보며 한나가 말했다.

"안 그래도 살인사건을 해결하는 것 말고도 할 일이 산더미예요. 어쨌든 뭔가 듣는 얘기가 있거든 알려줄게요."

"좋아요."

마이크가 가슴을 녹여버릴 만한 미소를 지으며 한나를 끌어당겨 품에 안았다.

"당신 없이도 빌과 내가 멋지게 수사해낼 수 있다고요."

"당연히 그렇겠죠."

마이크의 고동색 경찰복 옷깃 뒤로 슬그머니 미소를 숨기며 한나가 대답했다.

벌써 여러 건의 살인사건을 해결하는 데 큰 몫을 해낸 한나였다. 그런 한나 앞에서 경찰의 전문적 독립성을 고집하다니.

"물론 그간 당신이 많은 도움을 줬던 걸 부정하는 건 아닙니다. 단지 당신 없이는 우리 경찰들이 수사 하나 제대로 못한다는 소리는 듣고 싶지 않아요."

"이해해요."

한나가 마이크의 품에 더 깊숙이 파고들며 대답했다.

마이크의 포옹은 정말 환상적이었다. 큰 키에 다부진 그의 품 안에 있노라면 한없이 나약한, 천상 여자가 된 듯한 기분이 들곤 했다.

그때 감미로운 정적을 가르며 마이크의 핸드폰이 요란하게 울렸다.

전화를 받은 마이크가 잠시 상대편의 얘기를 듣고 있더니 이내 대답했다.

"알았네, 10분 내로 가지."

"가야 해요?"

어떤 대답이 나올지 이미 알면서도 한나는 마이크에게 물었다.

"그래요, 이따 전화할게요. 감식반 작업이 끝났다는군요. 현장에서 빌이 나를 기다리고 있답니다."

"쿠키 좀 가져가요."

한나가 작업대에서 쿠키 몇 개를 집어 종이백에 포장했다.

"고마워요. 일이 정신없이 몰아닥칠 테니 아마 식사할 시간도 제대로 없을 겁니다."

마이크가 쿠키를 받아들며 한나에게 다정하게 미소를 지어 보였다.

"내가 한 말 기억해요, 한나. 빌과 내가 알아서 합니다."

월넛트

오븐은 예열하지 마세요. 굽기 전에 반죽은 충분히 숙성돼야 합니다.

재료

초콜릿칩 2컵(340g) / 황설탕 1과 1/2컵 / 버터 3/4컵

계란 4개 / 바닐라향료 2티스푼 / 베이킹파우더 2티스푼

소금 1티스푼 / 백설탕약 1/2컵 / 밀가루 2컵(체질하지 않은 것)

잘게 다진 호두 2컵

만드는 법

1. 버터와 함께 초콜릿칩을 녹입니다(전자레인지에서 고온으로 2분 정도 돌려주면 부드럽게 녹습니다). 거기에 설탕을 넣고 식힙니다. 그리고 계란을 한 번에 한 개씩 넣고 잘 저어줍니다. 바닐라 향료와 베이킹파우더, 소금을 넣고 한 번 더 저어준 다음 밀가루를 넣고 골고루 반죽합니다. 마지막으로 호두를 넣고 다시 잘 섞이도록 반죽해줍니다.

2. 반죽을 적어도 4시간 이상은 숙성시켜줍니다. 밤새 냉장고에 넣어두어도 좋습니다.

3. 구울 준비가 됐다면, 오븐을 176℃로 예열합니다. 틀은 오븐 중앙에 놓습니다.

4. 반죽을 손으로 떼어 호두 크기로 굴립니다(반죽이 끈적거릴 수 있으니 비닐장갑을 끼면 좋습니다. 도중에 반죽이 따뜻해지면 다시 냉장고에 넣습니다).

5. 굴린 반죽을 백설탕이 든 그릇에 넣고 골고루 묻도록 굴려줍니다. 그런 다음 기름칠한 쿠키틀에 올려놓고, 역시 기름칠한 주걱으로 꾹 눌러줍니다.

6. 176℃에서 12~14분 정도 굽습니다. 다 구워지면 틀 위에서 1분간 식히고, 나머지는 선반 위에서 식힙니다(쿠키틀 위에 너무 오래 두면 바닥이 달라붙을 수 있습니다).

※주의: 쿠키 크기에 따라 한 틀에 8~10개 정도만 올라갈 수도 있습니다.

엄마는 어렸을 때 좋아했던
월넛 토 캐러멜과 같은 맛이 난다고 하십니다.
오히려 이게 더 낫다고 하세요.
왜냐하면 이건 내용물이 흘러나리지 않거든요.

한나가 막 홀로 나서려는데 뒷문에서 엄마가 머리를 빠끔히 내밀고는 물었다.

"바쁘니, 애야?"

"그다지요." 한나가 엄마를 맞았다.

"들어와서 쿠키 좀 드세요. 땅콩버터 멜트, 살구 드롭스도 있고, 초콜릿칩 크런치도 있어요."

엄마는 조금 전 마이크가 앉았던 작업대 앞 의자에 앉았다.

"초콜릿칩 크런치를 먹어볼까? 그나저나 한나, 너 또 이번 사건을 수사할 거니?"

"아뇨."

한나가 머그잔에 커피를 따라 엄마 앞에 내려놓으며 대답했다.

"이번에야말로 꼭 수사해야 한다!"

"네? 왜요?"

"론다가 죽었잖니. 이번에야말로 범인이 누구인지 꼭 밝혀내야 해."

한나는 깜짝 놀라고 말았다.

마이크를 제외하고는 라임그린 색 테니스 신발에 대해 아무에게도 애기하지 않았는데…….

"론다라는 건 어떻게 아셨어요?"

"빌이 안드레아에게 애기했고, 안드레아가 나한테 말해줬지. 방금 그 애랑 통화했거든."

"또 알고 계시는 건요?"

론다 사건에 관여하지 않겠다던 굳은 결심에도 한나의 호기심이 발동했다.

"론다는 칼에 찔렸다는구나."

"그것도 빌이 애기해준 거예요?"

"아니, 빌과 마이크는 아직 몰라. 미니 홀츠마이어가 애기해줬단다."

"미니가 그걸 어떻게 알았대요?"

"미니의 아들이 구급차를 운전하잖니. 론다의 시체를 부검실로 옮기는 중에 구급대원들이 하는 애기를 들었다더라. 단 한 번 찔렸는데, 칼날이 갈비뼈 사이를 지나 심장을 갈랐다나 뭐라나. 칼에 찔리는 순간 즉사했을 거라며 그나마 다행이라고 했다더구나."

"그것 참 흥미롭네요. 근데 마이크에게 수사에 끼어들지 않겠다고 약속했어요."

한나가 냅킨 위에 쿠키 두 개를 얹어 엄마에게 가져다주었다. 물론 엄마는 한 개만 먹겠다고 했지만, 그래놓고선 늘 두 개를 드시곤 하니 왔다 갔다 하는 번거로움을 없애기 위해 한나가 머리를 썼다.

"어쨌든 그 얘긴 다른 사람들에게 퍼뜨리지 마세요. 수사에 방해가 될 수도 있잖아요. 사실 우리가 상관할 일이 아니니까요."

"우리가 상관할 일이 아니라니, 그게 무슨 소리냐. 니한텐 기득권이 있다."

한나는 혼란스러웠다.

"기득권이라뇨?"

"론다를 발견한 건 바로 나잖니! 그러니 범인이 잡히는 것도 내 두 눈으로 똑똑히 봐야겠다. 누군가의 생명을 구했을 때, 그 사람에 대한 책임까지 모두 떠안게 된다는 얘기도 못 들어봤니?"

저질 영화에서 많이 들어본 듯한 대사였다.

"하지만 엄만 론다의 생명을 구한 게 아니잖아요. 엄마가 론다를 발견했을 때 그녀는 이미 죽어 있었다고요."

"나도 안다. 하지만 그거나 그거나지."

한나는 일부러 도리질을 해댔다. 엄마의 해괴한 논증법에는 도통 당해낼 재간이 없었다.

한나는 둘 사이의 차이점에 대해 설명할까 하다 그만두기로 했다. 이럴 때는 그저 가만히 있는 것이 현명하다. 엄마와 말다툼을 해봤자 체력만 소모될 뿐이다.

"그런 의미에서 너에게도 기득권이 있단다."

"내가 왜요?"

괜한 질문을 했다고 후회하며 한나가 물었다.

"론다의 마지막 만찬이 바로 네가 만든 레몬 머랭 파이였잖니. 그러니 너에게도 기득권이 있다고 볼 수 있지! 그러니 사건 수사에 너도 한몫 도와야 한다. 그건 네 의무야."

"하지만 내가 탐정 노릇 하는 거 싫어하시잖아요."

"그랬지, 내 딸이 그런 일에 연루되는 걸 원치 않았으니까. 하지만 이번에는 그럴 수밖에 없는 상황이잖니. 내가 나서서 할 테니 넌 그냥 돕기만 해라."

엄마는 쿠키를 한 입 베어 물더니 신중한 표정으로 오물거렸다.

"제일 먼저 무엇부터 해야 할 것 같으냐?"

침대 밑에 숨어서 엄마의 치맛바람이 빨리 지나가버리길 기다리기? 엄마를 데리고 저 멀리 떠나 마이크와 빌을 구원해주는 것?

한나는 머릿속의 생각들이 입 밖으로 튀어나오지 않도록 혀를 지그시 깨물었다.

"내 생각엔 론다가 죽길 바랄 만한 사람이 있는지부터 알아봐야 할 것 같구나. 모든 논리는 거기서부터 시작되지. 어서 수첩을 꺼내거라."

한나는 작업실에 두었던 새 노트를 꺼냈다.

론다 살인사건 수사에 관여할 수 없는 한나였지만 지금의 엄마에겐 한나의 '안 돼요.'를 받아들일 만한 여유가 없어 보였다. 뭐, 엄마가 불러주는 대로 받아 적는다고 해서 해가 될 건 없지 않은가.

"좋아요, 준비됐어요."

"노먼부터 적거라."

"노먼이요?!"

한나는 깜짝 놀란 나머지 들고 있던 펜에 너무 힘을 주어 노트에 구멍이 나고 말았다.

"노먼이 왜 론다가 죽길 바라죠?"

"그녀의 집을 샀잖니. 집값이 너무 비쌌다고 생각했다면, 화가 나서 그녀가 죽길 바랐을 수도 있지."

"그건 말도 안 돼요, 엄마. 거의 거저나 다름없을 만큼 싼 가격으로 샀다고 노먼이 얼마나 좋아했는데요."

엄마의 얼굴 표정이 일그러지는 것으로 보아 한나의 항변이 맘에 들지 않은 모양이었다.

"네가 그렇게 말한다면야 집이 동기가 아닐 수도 있지. 하지만 그렇다고 해서 노먼이 그녀를 죽이지 않았다고는 할 수 없잖니. 동기라는 건, 그러니까, 기회나 마찬가지야……, 그렇지 않니?"

"그건 경찰 드라마에서나 나오는 얘기죠."

"나한테는 말이 돼. 노먼에게는 기회가 있었잖니. 론다가 주말에 그녀의 물건을 가지러 그 집에 갈 거라는 걸 알고 있었단 말이다."

"사실이에요."

한나는 대답했다. 하지만 이내 펜을 내려놓고 말했다.

"노먼에게 기회가 있었다는 건 인정해요. 하지만 그것만 가지고는 말이 안 돼요. 노먼이 칼을 소지하고 있는지 궁금할 정도인 걸요."

"하나쯤은 분명히 갖고 있을 게다. 레이크 에덴 철물점에 가면 온갖 종류의 칼들이 있잖니. 게다가 노먼은 의사이니 론다를 어떻게 찌르면 되는지도 잘 알고 있었을 거고."

한나는 웃음을 터뜨렸다.

정말이지 못 말리는 엄마다. 노먼이 칼을 든 미치광이 살인범이라니, 그건 정말이지 상상만으로도 웃지 않고는 배길 수 없는 얘기다.

"노먼은 치과의사예요. 그가 론다를 죽이는데 그의 의학 지식을 이용하려 했다면, 칼로 찌르는 게 아니라 다량의 국소마취제를 주사하는 편이 나을 거예요."

"네 말이 맞겠구나."

엄마가 깊은 한숨을 내쉬었다.

"그럼, 노먼은 아니라고 치고. 다른 사람으로 넘어가 보자꾸나."

"누구요?"

"론다의 남자친구. 연인들이란 언제든 서로 죽이고 싶은 만한 이유 한 가지쯤은 갖고 있으니까. 특히 열정적인 관계일 경우엔 더하지."

한나는 다시 펜을 집어들었다. 사건에 끼어들고 싶지 않다는 생각은 여전했지만, 남자친구에 대한 가설은 그럴 듯했다.

"좋아요, 누군데요?"

"모르지."

한나는 멈칫했다.

"하지만 론다한테 남자친구가 있다면서요?"

"그런 아부쟁이 타입의 여자한테는 누군가가 있게 마련이란다. 론다는 약국에 오는 모든 남자들에게 아부를 해댔으니 말이다."

한나는 고개를 끄덕였다. 론다가 빌에게 치근거렸던 일을 엄마는 아직 잊지 않고 있었던 모양이다.

빌이 처음으로 전담하게 된 살인사건의 수사를 위해 한나와 함께 론다의 약국을 찾았던 때가 채 일 년도 지나지 않았다.

빌이 사건에 대해 질문을 할 때 론다가 은근히 그에게 치근거렸었는데, 한나가 빌에게 그것에 대해 얘기하자 그는 펄쩍 뛰면서 론다는 모든 남자들한테 그러니 별다른 이미는 없다고 해명했었다.

"론다가 그러는 건 별것 아니에요."

한나가 엄마에게 말했다.

"아마 남자들이 진짜로 그녀에게 접근해 왔다면 론디는 깜짝 놀라 백리는 넘게 달아나버렸을 걸요."

"어리석은 소리 말아라, 얘야. 론다에게는 분명히 남자친구가 있었을 거야."

"어떻게 알아요?"

"연역적인 추리에 의해서. 버티 말로는 론다가 정기적으로 머리 염색을 받았다고 하더라. 남자가 있지 않은 이상 그렇게 자주 머리 염색을 할 이유가 없어."

"그래요?" 한나의 눈이 휘둥그레졌다.

한나는 잠시 엄마의 머리를 쳐다보았다. 짙었던 엄마의 머리는 아버지가 돌아가시자 순식간에 회색빛으로 변해버리고 말았지만 지금은 다시 짙어진 상태였다.

한나의 반응을 눈치 챈 엄마가 약간 상기된 얼굴로 말했다.

"물론 다른 이유가 있을 수도 있겠지. 새로운 직장을 찾던 중이었을 수도 있고. 사실 말이다. 나도 매달 한두 번씩은 버티에게 머리 손질을 받는단다. 그렇게 관리해줘야 세련되어 보이거든."

"맞아요." 한나가 엄마의 궁색한 변명을 받아들였다.

엄마의 연애사에 대해서는 그다지 알고 싶지 않았다.

"어쨌든 론다가 누군가 만나고 있었던 건 분명해. 론다에 대한 소문들이 얼마나 많았는데, 설마 아니 땐 굴뚝에 연기 났겠니. 언젠가 한 번은 론다와 UPS 배달원에 대한 소문들이 무성했잖니. 물론 난 그다지 신경 쓰지 않았지만 말이다. 소문이란 건 믿을 만한 게 못되거든."

한나는 아무렇지도 않은 표정을 지으려 애썼다.

론다와 UPS 배달원에 대한 소문이 전화선을 타자마자 한나에게 전화를 걸어 그 얘기를 들려준 사람이 바로 엄마였기 때문이다.

"그럼, UPS 배달원을 적을까요?"

"물음표도 하나 덧붙이려무나. 그래야 나중에 내가 봐도 알아볼 수 있지."

한나는 엄마가 시키는 대로 큼지막한 물음표를 하나 그려 넣고 나서 밑줄까지 쳤다.

"지금까지 나온 용의자라곤 고작 한 명뿐이에요. 거기다 물음표까지 붙었고요. 이제 더 추가할 만한 사람이 누가 있을까요?"

"글쎄다. 나중에라도 생각나면 전화 하마."

엄마가 자리에서 일어나 뒷문으로 향했다.

"넌 그저 내 공명판(음향을 잘 전달하는 기능을 해주는 기계) 역할만 해주면 된단다. 마이크에게 사건에 끼어들지 않겠다고 약속했다고 하니, 론다 살인 사건의 수사는 나 혼자 해보도록 하마."

"정말 하실 수 있으시겠어요?"

한나는 끝내 참지 못하고 물었다.

"당연하지. 난 똑똑한 여성이란다. 게다가 퍼즐 푸는 것도 무척이나 좋아하지. 누가 론다를 죽였는지 내가 꼭 밝혀내고 말겠어. 믿어보렴."

한나는 뒷문 밖으로 사라지는 엄마의 뒷모습을 응시했다.

한나의 경험으로 비춰볼 때 자신들이 도대체 무엇을 하고 있는지 제대로 감을 잡지 못하는 사람들이 보통 '나를 믿어'라는 말을 자주 했다. 물론 한나가 엄마의 수사 능력을 과소평가 하는 것인지도 모르겠지만 지난 4년 동안 매일같이 자정만 되면 VCR이 자동으로 돌아가도록 내버려 두었던 엄마를 한나는 도통 신뢰할 수가 없었다.

"그녀가 죽었다니 아직도 못 믿겠어요."

리사가 가방에서 차 열쇠를 꺼내며 말했다.

시간은 이미 오후 5시 30분, 내일 아침에 쓸 반죽을 준비하는 한나를 돕느라 30분이나 초과 근무를 한 리사였다.

"저한테 얘기하셨을 때부터 론다라는 걸 알고 계셨던 거예요?"

"대충 짐작은 하고 있었지. 경찰에서 정확한 신원을 확인하기 전까지 섣불리 얘기하고 싶지 않았어."

"수사하지 않겠다는 생각은 여전하고요?"

한나가 고개를 저었다.

"마이크와 빌이 알아서 잘할 거야. 나도 내 할 일이 있고."

"흠……, 혹시 마음이 바뀌실 경우를 대비해서 말씀드리는데요. 한나 몫의 일까지 제가 할 수 있어요."

"고마워, 리사." 한나가 미소를 지었다.

"얼른 집에 들어가 봐. 그래야 데이트 전에 옷도 갈아입고 단장도 좀 하지."

리사가 떠난 후 한나는 사용한 그릇이며 도구들을 대충 씻은 후 식기세척기에 집어넣었다. 물론 식기세척기 안내책자에는 기계에 넣기 전에 그릇들을 씻을 필요가 없다고 적혀 있었지만, 오래된 습관은 쉽게 사라지지 않는 법이다.

세척기에 막 세제를 부으려는데 뒷문에서 노크 소리가 들려왔다.

"한나?" 노먼의 목소리가 문틈으로 들려왔다.

"잠시 얘기 좀 해요."

한나는 세제를 작업대에 내려놓고 얼른 뒷문으로 가 문을 열었다.

"안녕, 노먼. 남은 커피는 조금 전에 모두 버렸지만, 다행히 쿠키는 있어요."

"고맙지만 괜찮아요. 요즘 체중이 늘어서 음식조절을 하고 있거든요. 간식은 가능하면 먹지 않기로 했어요."

한나는 노먼을 자세히 살펴보았다. 겉으로 보기엔 전혀 살쪄 보이지 않았다.

"얼마나 늘었는데요?"

"1.5kg."

말도 안 된다, 고작 1.5kg 때문에 다이어트를 하다니.

한나가 빼야 할 체중은 그것의 7배를 훌쩍 넘었다.

"왜요?" 노먼이 물었다.

"왠지 화가 난 것 같아 보이는데."

"내가 빼야 할 살이 더 많아서 그래요. 정말 화난 건 아니고요. 이건 그냥 내 전형적인 '다이어트 중' 표현이에요."

"왜 다이어트를 해요? 내가 보기엔 딱 좋은데."

"괜히 하는 말 아니죠?"

"난 괜한 말 같은 건 하지 않아요. 세상 사람들이 전부 모델처럼 될 필요는 없잖아요."

"그래도 모델들을 보면 매력적이라고 생각하잖아요, 안 그래요?"

노먼은 어깨를 으쓱해 보였다.

"그렇죠, 하지만 그렇다고 모델과 데이트하고 싶진 않아요. 한나의 질문이 그런 걸 묻는 의도였다면 말이에요."

"왜요? 모델들은 매혹적인데."

"알아요. 하지만 그건 나한테 그다지 중요하지 않아요. 난 여자들은 그냥……, 여자다워 보이면 된다고 생각해요. 반짝반짝 빛나는 십대 스타가 아니라요."

한나는 한결 기분이 나아지는 것을 느꼈다.

어쩌면 그다지 살이 찐 것이 아닐지도 모른다. 리사도 그렇고 노먼도 한나에게 다이어트를 할 필요가 없다고 말하고 있지 않은가.

"그나저나 부탁이 있어서 왔어요, 한나."

노먼이 재빨리 화제를 돌렸다.

"어머님이 오늘 아침 일찍 전화하셨는데, 죽은 사람이 론다라면서요. 그래서 말인데, 한나가 이번 사건을 수사해줬으면 좋겠어요."

한나는 눈을 깜빡였다. 갑작스러운 화제 전환에 놀라고 만 것이다.

"왜 내가 수사해주길 바라죠?"

"그 방면에는 한나가 소질이 있으니까요. 게다가 나에게는 기득권이 있거든요."

한나는 한숨을 내쉬었다.

또 기득권 얘기군! 노먼은 한나 앞에서 엄마가 내세웠던 이유를 또다시 읊어대고 있었다.

"당신이 론다의 시체를 발견했고, 그래서 그에 대한 책임감을 느낀단 말이죠?"

"그렇지만은 않아요. 경찰서에서 집 전체를 봉쇄해버렸거든요. 사건이 해결되기 전까진 철거를 할 수 없대요. 토요일에 철거 회사에서 오기로 했는데, 정말이지 작업을 취소하고 싶지 않아요. 이기적인 생각일지도 모르지만, 일정이 빠듯하거든요. 겨울이 오기 전에 건축을 시작하지 않으면 또 내년 봄까지 기다려야 해요."

아드레날린 지수가 상승하는 것을 느끼며 한나는 쿠키로 손을 뻗고 싶은 충동을 느꼈다.

엄마에다 이제 노먼까지 합세해서 한나의 등을 떠밀고 있다. 도대체 어떻게 해야 좋단 말인가?

"마이크와 빌은 내가 관여하는 걸 원치 않아요."

노먼의 눈길을 애써 피하며 한나가 말했다.

지금 변명은 스스로 듣기에도 빈약하기 짝이 없었다.

"전에는 그런 것쯤 상관없었잖아요. 제발, 한나. 친구로서 부탁하는 거예요. 이건 우리의 '꿈의 집'이잖아요."

"알아요." 한나가 대답했다.

맞다, 그건 노먼과 나의 '꿈의 집'이다. 사실 수사를 조금 돕는다고 해서 빌과 마이크에게 해가 되는 건 하나도 없다.

한나도 노먼만큼이나 집의 완성을 하루빨리 보고 싶었다.

"그럼, 하는 거죠?"

한나는 선택할 수 있는 옵션들에 대해 생각해보며 하나씩 버리기 시작했다.

엄마와 노먼의 청을 거절할 수도 있지만, 두 사람은 한나의 인생에 있어 매우 중요한 사람들이었다. 게다가 그렇게 되면 리사도 한나에게 실망할 것이 분명하다.

한나의 몫까지 일할 수 있다는 건 리사 역시 한나가 수사에 나서주기를 바란 것일 테니 말이다. 한나가 수사에 관여하는 것을 반기지 않을 사람은 마이크와 빌뿐이다.

소수 의견보다는 다수 의견을 따르는 것이 옳다고 하지 않았나? 세 사람을 기쁘게 해주는 것이 두 사람을 기쁘게 하는 것보다 더 가치가 있지 않을까.

"어쨌든 생각해봐요."

노먼이 한나의 손을 잡으며 말했다.

"나에겐 무척 중요한 일이에요, 한나."

"나에게도 중요해요. 시간을 좀 줘요, 노먼. 오늘 밤 생각해보고 어떤 결정을 내렸는지 내일 아침에 알려줄게요."

"그 정도만 해도 감사해요."

노먼이 자리에서 일어나 한나를 향해 미소 지었다.

"옳은 결정을 할 거라고 믿어요. 한나가 늘 그래 왔듯이."

노먼은 퇴장하기 좋은 시점을 놓치지 않고 아무 말 없이 뒷문으로 사라져버렸다.

식기세척기를 돌리며 한나는 생각에 잠겼다.

출구가 모두 잘 잠겼는지 확인한 후, 한나는 남은 쿠키를 포장해 상자에 넣었다. 그리고 그것을 들고 뒷문을 나서는데, 전화벨이 울렸다.

한나는 끙 소리를 냈다. 그대로 문밖으로 나가 문을 잠가버리고 싶은 생각이 간절했지만, 차마 전화벨 소리를 무시할 수가 없었다.

그녀는 들고 있던 상자를 의자 위에 내려놓고 수화기를 집었다.

"쿠키단지의 한나입니다."

"이렇게 늦게까지 뭐해?" 안드레아였다.

한나는 한숨을 내쉬었다.

"막 가려던 참이었는데, 전화벨이 울리잖아."

"미안해. 붙잡으려던 건 아니었는데."

"괜찮아." 한나가 미소를 지으며 말했다.

"어쨌든 전화벨 소리를 무시할 순 없잖아."

"농담하지 마."

"알았어. 왜 전화했는데?"

"두 가지야. 코스트 마트에서 언니가 부탁한 베개 못 샀어. 전부 팔렸대. 새로 입고된다고는 하는데 일주일 정도 기다려야 한대. 예약 주문을 해놨으니까 입고되면 할인가에 구입할 수 있어."

"고마워, 안드레아."

한나가 고마움을 담아 인사했다. 할인가에 구입하려고 먼저 주문을 해놓는 방법은 한나도 미처 생각하지 못한 것이었다.

"두 번째 것은 뭔데?"

"엄마가 전화하셨는데, 론다 사건을 수사하겠다고 하시지 뭐야."

"사실이야. 나한테도 그렇게 얘기하셨어."

"언니가 엄마 좀 설득해봐. 언니 말은 들으실 거야."

"아니, 아닐걸. 엄마한테는 내 설득도 소용없어."

"한 번 해봐. 엄마에겐 무리라고 얘기해."

"어째서?"

"살인사건 수사에 대해선 아무것도 모르시잖아. 빌과 마이크에게 방해만 되실 뿐이라고. 위험에 빠지실 수도 있어."

"맞는 말이야." 한나도 동의했다.

"그러니까 설득해보라는 거야. 엄마가 위험해지는 건 바라지 않거든.

언니가 직접 나서겠다고 하면 엄마도 마음을 접으실 거야. 엄마가 원래 바라던 것도 그거였으니까."

한나가 깊은 한숨을 내쉬었다.

"나도 알아."

"그럼 이제 다 된 거지? 언니가 수사할 거지?"

"다 된 건 아무것도 없어. 아직 마음의 결정을 못 내렸단 말이야."

"언니가 해야만 해. 하겠다고 얘기해, 언니. 나도 기득권이 있거든."

"도대체 기득권을 갖지 않은 사람이 없구나. 엄마도 론다의 시체를 발견한 것에 책임감을 느낀다며 나보고 수사하라고 하시고, 리사도 내 몫의 일까지 감당할 테니 수사에 나서라고 하고, 마이크와 빌이 사건이 종결될 때까지 보웰커 부인의 집 철거를 금지했다는 이유로 노먼도 수사를 재촉하고 말이야. 넌 어째서 기득권을 가지는 건데?"

안드레아는 잠시 침묵했다.

"다른 사람들만큼 중요한 건 아니지만."

"뭔데?"

"마침 지루하기도 하고 언니가 수사하는 걸 돕고 싶거든."

"쿠키단지의 수레를 만든다면서 지루할 새가 있어?"

"그건 이미 끝냈지."

"완전히 끝냈단 말이야?"

"꼭 그런 건 아니지만. 재니스 콕스가 내 계획안을 보더니 자원해서 만들어주겠다고 했어. 트레시 반 아이들이랑 양로원에 계신 분들도 돕기로 했고."

한나는 킥킥거렸다.

안드레아가 특사단의 총책임을 맡게 된 꼴이다. 지금쯤이면 재니스가 모든 작업을 끝냈을 텐데 과연 어떤 모양일지 한나는 궁금해졌다.

"수레는 어떤 모양인데?"

"퍼레이드 날 아침까지 비밀로 하기로 했어. 그나저나 바스콤 시장님과 얘기했는데, 우리 수레를 퍼레이드의 선두로 하기로 하셨어. 시장님의 차 바로 뒤를 따르는 거지."

"정말?"

한나는 깜짝 놀랐다. 보통 그런 영광은 마을에서 가장 역사가 깊은 상점에게로 돌아가게 마련이다.

"벌써 다 정해졌는걸. 그러니 이제 집중할 만한 다른 무언가가 필요해. 이런 무기력은 날 미쳐버리게 해. 언니가 수사하는 걸 돕지 못한다면 우울증까지 앓게 될 거야."

"하지만 내가 수사하겠다고 결정한다고 해도 너더러 도우라고 할 수 없어."

"어째서?"

"넌 지금 임신중이잖아. 살인사건 수사는 매우 위험해."

"나도 알아. 하지만 난 언니랑 같이 다니면서 뭘 하겠다고 하는 게 아니야. 여기저기 전화하면서 정보 수집 정도는 할 수 있잖아. 하게 해줄 거지?"

"그래, 그럼."

동생의 음성에 담긴 기쁜 음색을 느끼며 한나가 대답했다.

그건 예전에 안드레아가 도서관에서 빌린 책을 한나가 대신 반납해 주었을 때, 숙제하는 것을 도와줬을 때, 그리고 안드레아의 친구들에게 쿠키를 구워줬을 때 들려오던 음색과 매우 흡사했다.

"수사하겠다고 결정하게 되면 너한테 도와달라고 할게."

"그렇게 할 거잖아. 어쩔 수 없이 그렇게 결정하게 되고 말걸? 게다가 빌도 언니가 수사해주길 바라고 있어."

"정말?"

한나는 의심을 떨쳐버릴 수가 없었다.

안드레아는 상대의 말을 늘 자신이 듣고 싶은 대로 해석하기 마련이니 말이다.

"어째서?"

"그이가 전화로 론다에 대해 얘기하면서 이번 사건은 언니가 도와줄 수 없이 때문에 지난 사건들이랑은 좀 틀릴 거라고 말했거든."

"그 애길 듣고 내가 수사하길 바란다고 생각한 거야?"

"당연하지. 그 얘기할 때 그이 목소리가 얼마나 힘이 없던지. 빌은 언니가 도와주길 바라고 있어. 분명해."

"알았어, 네가 그렇게 얘기한다면."

"그럼 내가 뭣부터 해야 해?"

안드레아가 흥분된 목소리로 물었다.

"김칫국부터 마시지 마. 아직 결정하지도 않았는데."

"할 거면 빨리 시작하는 게 나아. 어디로 전화해야 하는지 명단을 줘. 그럼 빌이 시키는 대로 소파에 다리를 쭉 뻗고 앉아 전화를 돌릴게."

안드레아에게 당장은 전화할 곳이 없다고 말하려는 순간 쓰레기통에 있던 포장용기가 떠올랐다.

"전화번호부를 보고 폴커 지역에서 반경 16km 안에 있는 식당들 목록을 만들어봐. 그리고 주말에 포장 주문을 받은 적이 있는지 물어보고, 만약 받았다면 그 메뉴가 오소부코가 아니었는지도 확인해봐."

"알았어. 근데 그건 왜?"

"그 집 쓰레기통에서 오소부코를 담은 포장용기 두 개가 나왔거든."

"두 개?"

"그래, 하나는 거의 손도 대지 않은 것이었어. 론다가 누군가를 기다리고 있었던 것 같아. 바닥에 와인이 말라붙은 플라스틱 와인잔도 두 개였고. 론다의 초대를 받은 사람은 음식을 전혀 먹지 않았나 봐."

"그건 문제 될 게 없잖아. 지문감식반에서 와인잔에 묻어 있는 지문을 채취했을 텐데."

"아니, 그러지 못했어."

"어떻게 알아?"

"와인잔을 손에 넣지 못했으니까. 엄마가 시체를 발견하기 전에 쓰레기 수거차가 왔기에 내가 쓰레기통을 비워줬거든."

안드레아가 신음 소리를 냈다.

"그럴 수가! 엄마가 론다의 시체를 발견한 날 쓰레기를 수거해갈 가능성이 얼마나 된다고."

"1/7의 가능성이지. 매주 한 번씩 오니까. 어쨌든 그래서 식당들을 확인해보라고 한 거야."

"알았어. 걱정하지 마, 언니. 빌에게는 아무 얘기 안 할게. 그 식당을 찾는 대로 집에 전화해서 알려줄게."

전화를 끊은 후 한나는 쿠키가 담긴 상자를 들고 뒷문으로 향했다.

하지만 한나가 문 밖으로 막 나서려는 순간 전화벨이 다시 울렸다.

"누군지 모르겠지만, 이번에는 안 받을 겁니다."

한나는 거침없이 뒤돌아 나갔다.

자, 이제 모이쉐와 푸성귀 샐러드가 기다리는 집으로 가는 거다. 전화는 내일 아침에 다시 걸려오겠지, 뭐.

바깥공기는 27℃에 육박하는 만큼 뜨겁고 눅눅했다. 저 멀리서 천둥소리가 들렸다. 트럭까지 짧은 거리를 걷는 한나의 발밑 아스팔트는 스펀지처럼 푹신푹신했다.

한나는 온몸에서 땀이 스며 나오는 걸 느꼈다. 하늘에는 여전히 해가 떠 있었다.

그야말로 온실효과가 따로 없군.

한나는 운전석 문을 열고 차 열쇠를 꽂아 시동을 건 다음 차의 창문을 모두 내렸다. 트럭 안의 공기를 충분히 식히지 않으면 상자에 든 초콜릿칩 크런치 쿠키가 모두 녹아내릴 것이 분명했다. 팔로 가늠해본 트럭 안의 공기는 오븐 속만큼이나 뜨거웠다.

또다시 천둥소리가 들렸다. 그건 마치 사나운 야수의 울음소리처럼 거칠었다.

한나는 상자를 안은 채 서서 과연 초콜릿이 언제쯤 녹아내릴까 생각에 잠겼다.

도대체 누가 다 녹아버린 초콜릿칩 크런치 쿠키를 먹고 싶어 하겠는가? 비록 공짜라고 할지라도 말이다.

한나는 상자를 트럭 뒤에 실은 다음, 초콜릿칩 크런치 쿠키가 든 꾸러미만 꺼내 다시 카페 안으로 들어가 시원한 냉장실 안에 넣었다.

어쨌든 초콜릿칩 크런치 쿠키를 싣고 집으로 돌아간다는 건 다이어트 계획에 엄청난 지장을 가져올 테니 말이다.

내일 아침에 선반 수리를 마무리하러 오는 제드와 프레디에게 쿠키를 줘야겠다.

한나가 막 운전석에 올라타려는데, 주차장으로 엄마의 차가 들어왔다. 엄마는 한나의 트럭이 후진하지 못하도록 트럭 바로 뒤에 차를 주차하더니 차에서 내리며 말했다.

"널 만나서 다행이구나! 샐리의 오늘 저녁 메뉴가 코코뱅(양념 적포도주 소스로 삶은 닭고기 스튜)이라는 구나. 너랑 같이 저녁을 먹으러 왔단다."

한나의 손은 차 기어 근처에서 굳어버렸다.

엄마는 한나의 약점을 너무나도 잘 알고 있었다. 코코뱅은 레이크 에덴 호텔이 선보이는 메뉴 중 한나가 가장 좋아하는 음식이었다.

"내 수사에 대해서 의논할 것도 있고. 캐리에게도 말했는데, 그녀도 돕겠다는구나."

"오, 세상에."

한나가 중얼거렸다. 로드 부인은 옛날부터 한나의 수사에 한몫하고 싶어 안달이 난 분이다.

"너무 그러지 마라. 캐리는 레이크 에덴에서 모르는 사람이 없잖니. 큰 도움이 될 게다. 저녁은 내가 사마. 언제 출발하면 좋겠니?"

그때 또다시 천둥소리가 들렸다. 먼저 것보다 더 큰 소리였다.

그때 한나에게 좋은 핑곗거리가 떠올랐다.

"저도 가고 싶지만, 모이쉐가 천둥소리를 너무 무서워해서 서둘러 집에 가봐야 해요. 얼른 가서 TV 소리를 크게 키워주지 않으면 소파를 온통 할퀴어서 엉망으로 만들어놓고 말 거예요."

"그럼, 넌 어서 집에 가거라. 난 샐리에게 연락해서 8시로 예약을 잡아놓으마. 그리고 7시 30분에 네 집으로 데리러 가마."

한나는 신경이 곤두섰다.

엄마는 늘 모든 걸 엄마 마음대로 하려고 한다.

"데리러 오실 필요 없어요. 저도 차가 있으니까요."

"그러렴." 엄마가 미소를 지었다.

"그럼 거기서 만나자꾸나. 옷차림에 신경 쓰고 오렴, 애야. 언제 어디서 누굴 만나게 될지 모르잖니. 언제나 깔끔하게 보여야지."

엄마가 다시 차에 올라 저 멀리 사라지는 것을 보며 한나는 주먹으로 차의 핸들을 내리쳤다. 엄마와 함께 저녁을 먹을 계획은 전혀 없었는데 이제 꼼짝없이 끌려가게 생겼다.

트럭의 기어를 넣으며 한나는 저녁식사 때문에 다이어트 계획을 망치지는 말자고 다짐했다.

지금은 먹음직스러운 소스나 샐리가 직접 만든 롤, 그리고 바삭바삭하게 두 번 구운 감자요리와 온갖 종류의 디저트로부터 스스로를 격리시켜야 할 때였다.

충동만 잘 조절한다면 간단한 고기요리와 샐러드로 저녁식사를 마칠 수 있을 것이다.

한나의 집에서 레이크 에덴 호텔까지 가는 데 20분이 걸렸다.

저녁 7시 30분이었는데도 밖은 헤드라이트를 켤 필요가 없이 대낮처럼 환했다. 6월 22일은 연중 낮이 가장 긴 날이었다.

평소보다 두 시간이나 더 오랫동안 해는 지지 않고 호숫가 소나무 가지 끝에 걸린 채 이글거리는 열기를 내뿜으며 먼지 덮인 길가의 자갈 위로 베네시안 블라인드(나무로 살을 만든 블라인드)처럼 그림자를 드리웠다.

나무의 키를 넘어선 그림자의 어스름에 나무들은 검푸른 색조를 띠곤 했는데, 곧 어둠이 내려앉으면 신비스런 보라색에서 비단 같은 검정으로 옷을 갈아입을 터였다.

한나는 에어컨을 끄고(어차피 별로 시원하지도 않았다) 창문을 내려 호수를 넘어 불어오는 바람을 즐겼다. 호텔에 도착하면 머리를 빗어야 하겠지만, 바람을 느끼며 운전하는 일은 더할 나위 없이 즐거웠다.

한나는 저녁식사를 위해 랩 스커트와 소매 없는 코튼 블라우스를 입었고 대학 때 샀던 가죽끈 샌들을 신었다. 그 샌들은 이제 더는 수입되지 않는 물소 가죽으로 만든 것이었는데, 동물 학살이나 모피 반대에 대한 정치적 의견 같은 건 한나에게 그다지 큰 관심거리가 아니었다.

문제의 물소는 이미 죽은 몸인데, 내가 좋아하는 샌들을 포기한다고 해서 죽은 물소가 살아 돌아오는 것도 아니지 않은가.

호숫가에는 소나무들이 빽빽하게 자라 있었는데, 소나무 틈새로 햇빛이 거울처럼 반짝이는 호수 위에서 망중한을 즐기는 낚싯배들을 여러 척 볼 수 있었다.

에덴 호수는 눈이 큰 물고기 종류가 많이 잡히는 곳으로 꽤 유명했기 때문에 월척을 낚으려는 낚시꾼들이 곧잘 몰려들곤 했다. 그들은 마을 주민들이 소유하는 방갈로를 빌려 동이 틀 무렵부터 해가 질 때까지 낚시를 했다.

운전을 하는 내내 한나의 머릿속은 론다의 죽음에 대한 생각으로 가득했다. 그리고 어느덧 레이크 에덴 호텔로 향하는 길로 접어들었을 때 결정을 내리고 말았다.

엄마와 안드레아, 노먼, 리사까지 내가 수사하기를 바라고 있다. 한나 자신도 수사하고 싶은 마음이 없는 게 아니니, 모두 합치면 다섯 명이다. 안드레아의 말에 의하면 빌도 내심 바라는 것 같다고 했으니 한나의 연루를 적극적으로 원한다고 볼 순 없어도 완전히 반대한다고도 볼 수 없다.

결국 한나의 수사를 적극적으로 반대하는 사람은 단 한 사람, 마이크뿐이었다. 다섯 명 찬성에, 한 명 중립에, 단 한 명의 반대라.

머리를 빗은 후 차에서 내려 호텔 입구로 걸어가는 동안에도 한나는 셈을 멈추지 않았다. 다수의 사람이 이렇게 그녀의 편에 서 있는데, 누가 뭐라 할 수 있겠는가? 이제 나중에라도 교도소에 갇혀버리는 일이 없도록 마이크를 잘 설득하는 일만 남았다.

입구까지 걸어가는데 딕이 손질한 토피어리 곰이 눈에 띄었다. 잎이 무성해진 토피어리 곰은 몸이 뚱뚱해졌을 뿐만 아니라 키도 150cm나 자라 있었다.

예전에 주식중개인 일을 했던 딕은 요즘 한창 정원 가꾸는 일에 재미를 느껴 이번 여름에도 호텔의 정원을 아주 예쁘게 단장해놓은 터였다. 객실의 발코니는 일본식처럼 보이는 둥근 등을 달았는데, 등 사이로 새어나오는 불빛을 보니 어쩐지 축제 분위기 같았다. 확실히 레이크 에덴 호텔은 해를 거듭할수록 좋아지고 있었다.

샐리와 딕에게는 위험부담이 컸던 초기의 투자가 이제야 빛을 발하는 것이다.

한나는 이중문을 열고 호텔 안으로 들어섰다. 문 바로 오른편 공간에는 여름을 위한 자그마한 인공 분수와 식물들로 꾸며져 있었다. 겨울이 되면 이 공간에는 튼튼한 부츠용 선반과 벤치가 들어설 것이다. 겨울이 몹시 혹독한 미네소타에서는 겨울이 되면 당연히 볼 수 있는 것들이다.

"안녕하세요, 한나."

한나가 레스토랑 안으로 들어서자 호스트가 한나를 반갑게 맞아주었다. 호스트는 다름 아닌 미셸의 고등학교 친구인 칼리 리처드슨이었다.

"대학교에 진학한 줄 알았는데, 칼리."

"맞아요." 칼리가 대답했다.

"여름 방학이라 잠시 집에 들렀거든요. 마침 샐리가 레스토랑 호스트가 휴가중인데, 그동안 일해주지 않겠느냐고 해서요."

"내일 밤이면 미셸도 집에 오는데, 알고 있어?"

"알아요. 트리샤에게 전화했더라고요. 수요일 날 다 같이 모여서 점심 먹기로 했어요. 저녁 먹으러 오신 거 맞죠?"

"그래, 엄마랑 같이 먹기로 했는데."

"오, 안 그래도 샐리가 방금 스웬슨 부인의 파티 세팅을 끝냈어요. 저를 따라오세요. 테이블로 안내해 드릴게요."

엄마의 파티라고?

칼리를 따라 어수선한 홀을 지나 바로 들어가며 한나는 한숨을 내쉬었다. 그러고 보니 깔끔하게 입고 나오라고 했던가? 이건 분명히 뭔가가 있다. 제발 또 다른 사위 후보감과 맞선을 보게 되는 자리는 아니길.

하지만 칼리가 안내해주는 대로 바 뒤쪽으로 들어간 한나는 불길한 예감을 도저히 떨쳐버릴 수가 없었다.

그곳은 조각된 나무 칸막이로 구역을 나눠 각각 네 개의 테이블이 놓여 있었는데, 그 위로는 두터운 커튼이 걸려 있어 원하는 대로 걷어올리고 내리고 할 수 있게 되어 있었다.

엄마가 이런 사적인 자리를 예약했다는 것은 단 한 가지 이유밖에 없다. 나를 또 누군가와 엮으려 하는 것이다.

이제 한나는 내 발목을 붙잡고자 엄마가 선보이려는 남자가 이번엔 또 누구일까 궁금해지기 시작했다.

"한나가 왔어요, 스웬슨 부인." 칼리가 커튼을 걷어올리며 말했.

"손님들이 전부 오셨으니 주문을 받도록 할까요?"

"아직 아니에요." 엄마가 대답했다.

"5분만 더 있다가 하겠어요."

마음 같아선 그 자리에서 뒤돌아 집으로 돌아가 버리고 싶은 한나였지만 그렇게 하면 엄마가 두 번 다시 그녀를 보려고 하지 않을 것이기 때문에 한나는 애써 마음을 다스렸다.

심호흡을 하고, 얼굴에 미소를 띤 한나는 커튼 안으로 들어섰다.

그리고 한나의 눈에 노먼의 모습이 들어오자 가식적인 미소는 진짜로 바뀌고 말았다.

"안녕, 노먼. 안녕하세요, 로드 부인."

"어서 와서 앉아라, 얘야."

엄마가 한나를 위해 비워둔 자리를 손짓하며 말했다.

한나는 자리에 앉아 노먼을 돌아보았다.

"깜짝 놀랐잖아요. 당신도 올 거란 얘길 못 들었거든요."

"잠깐, 기다려 봐라."

그때 엄마가 서둘러 자리에서 일어나더니 모두의 시선에서 멀어지도록 커튼을 내렸다.

"론다 살인사건에 대한 얘길 다른 사람들이 들을 필요는 없겠지."

"어차피 들리지도 않을 거리에요. 오히려 이렇게 보이지 않게 가리면 사람들이 우리가 무슨 얘기를 하나 더 궁금해할 걸요?"

"네 말이 맞구나."

엄마가 고개를 끄덕이며 다시 커튼을 걷어올렸다.

"나야 사람들의 개인사를 철저히 지켜준다만, 그렇지 않은 사람들도 많은 것 같아서 말이다."

한나는 터져 나오려는 웃음을 간신히 참았다.

엄마는 어딘가 식사하러 갈 때면 화장실까지 일부러 먼 길을 돌아갈 때가 많았다. 그것도 여러 번 말이다. 게다가 어떤 경우에는 사적인 테이블 부스 앞에서 다른 사람들이 나누는 얘기를 좀 더 오래 엿들으려고 일부러 지갑을 떨어뜨릴 때도 많았다.

"물어볼 게 있단다, 한나."

엄마가 진지한 눈빛으로 한나에게 말했다.

"노먼도 네게 수사해줄 것을 요청했다면서? 그래서 넌 생각해보고 내일 아침에 말해주겠다고 했다던데, 그게 사실이냐?"

한나는 망설였다. 살얼음 위를 걷는 데는 영 소질이 없는 한나였다.

이건 엄마에게 분명히 무슨 꿍꿍이속이 있는 것이다.

혹시 엄마가 수사대장 자리를 맡길 원하는 거라면 어쩌지? 내가 갑자기 마음을 바꿨다고 하면 날 죽이려 드시진 않을까?

"자?" 엄마가 한나를 뚫어지게 쳐다보았다.

"대답을 기다리고 있잖니, 한나 루이즈."

한나를 크게 야단치려 할 때 엄마는 꼭 한나를 한나 루이즈라는 이름으로 부르곤 했다.

한나의 머릿속은 더욱 복잡해졌다.

"마이크와 빌이 수사가 종결될 때까지 보웰커 부인의 집을 봉쇄해놓겠다고 하잖아요. 봄철까지 우리의 '꿈의 집'을 완성하려면 지금 한시가 급한데……."

"그 정도면 됐다, 얘야." 엄마가 끼어들었다.

"네 입장을 충분히 이해한다. 옳은 결정을 했구나. 그건 정말 중요한 문제지."

엄마의 승인을 얻어낸 한나는 약간의 죄책감을 느꼈다. 이로써 엄마는 그 꿈의 집이 노먼과 한나의 관계를 더더욱 친밀하게 만들어줄 거란 기대를 갖게 되었으니 말이다. 잘못하면 있지도 않은 예비 신부파티 초청장부터 돌리실지도 모른다.

한나를 쳐다보는 노먼의 시선에 열기가 묻어났다.

"정말 그런 이유로 결정하게 된 거예요?"

"그렇고말고." 엄마가 한나 대신 대답했다.

"이 문제가 빨리 해결되어서 무척 기쁘구나. 우리가 도울 수 있는 거라면 뭐든지 하마, 한나. 오늘 오후에 몇 군데 전화를 돌려봤는데, 론다가 이중생활을 하고 있었던 게 분명하더라."

"정말인가요?" 노먼이 호기심 어린 표정으로 물었다.

"어떤 이중생활이요?"

엄마는 몸을 앞으로 바짝 숙이더니 낮은 목소리로 말했다.

"그녀에게 남자친구가 있었는데, 한둘이 아니었던 것 같더구나. 하지만 너무 성급하게 판단하진 말자꾸나. 그나저나 주문 안 하니? 자세한 얘기는 일단 식사부터 하고 디저트를 먹으면서 하자꾸나."

웨이트리스가 디저트를 담은 수레를 밀고 들어오자 한나의 다이어트는 크나큰 위기를 맞았다. 수레 한가운데 샐리가 만든 초콜릿 무스 케이크가 앙증맞게 놓여 있었던 것이다.

그야말로 보기만 해도 군침이 돌았다.

"난 초콜릿 무스 케이크로 하겠어요." 엄마가 말했다.

"지난번에 먹어봤는데, 맛이 정말 훌륭하더구나."

"나도." 로드 부인이 말했다.

"전 괜찮습니다." 노먼이 이내 한나를 돌아보며 물었다.

"당신은?"

"그냥 커피 주세요."

차마 떨어지려 하지 않는 입술을 억지로 움직여 한나가 대답했다.

한나는 제법 철저하게 다이어트 계획을 지키고 있었다. 코코뱅 요리에서도 샐러드만 깨작였을 뿐만 아니라 감자 대신 삶은 브로콜리를 주문했던 것이다.

커피와 케이크가 테이블 위에 놓이자 엄마가 한나에게 물었다.

"우리가 무엇부터 하면 좋겠니, 얘야?"

케이크부터 빨리 드세요, 제가 달려들기 전에.

엄마의 먹음직스러운 디저트에서 도저히 눈길을 뗄 수가 없었다.

하지만 정말 그렇게 얘기하지는 않았다. 한나가 다이어트를 하고 있단 사실을 엄마가 알게 되면 몇 시간이고 쓸데없는 잔소리들을 늘어놓을 게 뻔하다.

"론다의 사생활에 대한 소문들을 모아주세요. 거기서 살해 동기를 발견할 수도 있으니까요."

"남자친구가 누구였는지는 내가 알아낼 수 있을 것 같아."

로드 부인이 자청했다.

"오늘 집에 돌아가자마자 몇 군데 전화를 좀 걸어봐야겠어."

"UPS 배달원은?" 엄마가 물었다.

"샘 말이야?" 로드 부인이 깜짝 놀라며 되물었다.

"오, 샘은 론다의 아버지 쪽 사촌이야. 그래서 종종 약국에 들러서 같이 점심을 먹었던 거구."

"그 사람 아직도 우리 마을에 살아요?"

론다의 가족사에 대한 의심으로 한나가 물었다.

만약 론다가 보웰커 부인의 집을 혼자 상속받은 것을 그가 배 아파하고 있었다면, 그건 충분히 살해 동기가 될 만하다.

"아니, 몇 달 전에 유타로 돌아갔어. 론다한테 들었는데 친척이 하이테크 회사를 소유하고 있는 재력가래. 그 사람이 퇴임하면서 아들인 샘한테 회장 자리를 물려줬나 보더라고."

머릿속 목록에서 샘의 이름을 벅벅 지워내며 한나가 한숨을 내쉬었다. 그는 100마일도 넘게 떨어져 있을 뿐만 아니라 성공적인 사업체도 운영해 나가고 있었다. 그런 그가 고작 미네소타 주 레이크 에덴이라는 작은 마을에 있는 집 한 채를 탐냈을 리가 없다.

"론다가 고용했던 도우미한테 얘기를 들어보는 건 어때요?"

노먼이 나섰다.

"좋은 생각이에요." 한나가 동의했다.

가사 도우미라면 소문에도 빠르기 마련이니 말이다.

"그 사람이 누구였는지 알아요?"

"루앤의 어머니인 마조리 행크스였어요. 혹시 보웰커 부인의 집 청소를 자신에게 계속 맡길 생각은 없는지 묻는 메시지가 병원 전화기에 녹음되어 있던데요. 그래서 그 집 대신 병원 청소를 부탁했죠."

한나는 수첩을 꺼내 정보들을 적었다.

마조리 행크스는 눈치가 빠른 사람이니 보웰커 부인의 집 주변에서 뭔가 본 것이 있다면, 그것만으로도 꽤 쓸모 있는 단서를 잡아낼 수 있을 것이다.

그때 엄마가 반쯤 먹다 남은 케이크를 한나 쪽으로 밀며 말했다.

"마저 먹겠니, 얘야? 배기 불러 도서히 못 먹겠구나. 너도 이 케이크를 좋아하지 않니."

엄마의 친절한 제안에 한나는 케이크를 흘끗 내려다보았다.

검은빛의 윤기가 흐르는 촉촉한 케이크에서는 짙은 초콜릿 향이 풍겨 나와 한나의 머릿속을 어지럽게 했다.

한나는 미친 듯이 '썩 물러가라, 사탄아!' 라는 주문을 끊임없이 되뇌었다. 믿을 수 없겠지만 바로 지난 주말에 영화 엑소시스트에서 본 사실을 떠올리면서 말이다.

그 주문은 막스 폰 시도우(영화 '엑소시스트'에 출연했던 스웨덴 출신의 영화배우)에게 그랬던 것처럼 한나에게도 아무런 효험이 없었다. 유혹을 피할 수 있는 유일한 방법은 자리를 피하는 것뿐이었다.

"고맙지만, 괜찮아요."

한나가 재빨리 대답하고는 엄마가 케이크를 집어 그녀의 입에 마구 집어넣기 전에 벌떡 자리에서 일어섰다.

"잠깐 실례할게요. 샐리에게 가서 근사한 저녁식사였다고 말해주고 와야겠어요."

레스토랑 안을 몇 번이고 돌아다닌 뒤에야 한나는 주방에서 샐리를 찾을 수 있었다.

그녀는 주방 한쪽에 있는 자그마한 탁자에 앉아 내일 준비할 스페셜 점심 메뉴를 구상하고 있었다.

"안녕, 한나." 샐리가 한나는 맞아주었다.

"저녁식사는 즐거웠나요?"

"정말 맛있었어요. 근데 그 음식들, 칼로리가 모두 얼마인지……, 아니, 아니에요. 별로 알고 싶지 않네요. 그나저나 혹시 최근 주말에 오소부코 요리를 만든 적 있어요?"

샐리를 고개를 저었다.

"송아지 요리는 먹어본 지도 오래됐는데……. 왜요? 먹고 싶어요?"

"먹고 싶은 거야 항상 그렇죠. 근데 그것 때문에 묻는 건 아니고요."

샐리는 잠시 의아한 표정을 짓더니 이내 물었다.

"론다의 살인사건과 연관이 있는 것 같은데요. 또 수사하는 거군요?"

"네, 하지만 비밀로 해야 해요."

"그래 봤자 소용없어요. 결국은 알게 될 텐데요."

"누가요?"

무슨 말인지 모르겠다는 듯 한나가 물었다.

"마이크 말이에요. 언제나 알게 되잖아요. 그러지 말고 이번에는 당당하게 얘기하지 그래요? 그렇게 하면 적어도 한나가 거짓말한 게 되진 않잖아요."

한나는 멍하니 샐리를 쳐다보았다, 참으로 옳은 지적이었다.

"샐리는 정말 현명해요."

"과찬인데요. 혹시 내가 도울 일이 있거든 언제든 얘기해요."

"고마워요."

한나는 돌아서 가다 말고 뭔가가 떠올라 다시 발걸음을 돌렸다.

"혹시 론다가 어떤 남자랑 같이 레스토랑에 오는 거 본 적 있어요?"

"직접 본 적은 없어요. 난 저녁 시간 대부분을 주방에서만 보내니까요. 우리 웨이트리스들한테 한 번 물어봐 줄까요?"

"네, 그래 주세요. 그리고 뭔가 들은 얘기가 있으면 전화해주고요."

"그럴게요. 혹시 질투심에 불탄 남자친구로 초점을 맞추는 건가요?"

"아직 모르겠어요. 론다에게 정말 남자친구가 있었는지조차 확실하지 않으니까요."

"곧 알게 되겠죠, 한나는 이 방면에 소질이 있으니까. 내가 한나의 쿠키를 조금만 덜 좋아했어도 사립탐정으로 전업하라고 부추겼을 텐데."

혼잡한 레스토랑 홀을 나서며 한나는 얼굴에는 억지 미소를 띤 채 론다의 죽음에 대해 생각했다.

평소에는 론다의 과거 같은 건 전혀 관심이 없었는데, 론다가 죽고 난 지금은 그녀의 사생활이 굉장히 중요하게 부각되고 있었다.

사람들은 누군가가 죽고 난 다음에야 그 사람에 대해 관심을 두곤 한다. 정말 우울한 인생이 아닐 수 없다.

엄마와, 로드 부인, 노먼이 있는 자리로 다시 돌아가며 한나는 한숨을 내쉬었다. 우울함을 떨쳐버릴 수 있는 방편은 초콜릿뿐이다.

이로써 엄마의 케이크는 이내 사라져버릴 운명에 처하고 말았다.

아파트로 향하는 골목으로 진입하며 한나는 운전석쪽 창문만을 남긴 채 나머지 창문을 모두 닫았다.

밤바람을 즐기고자 창문을 모두 열어놓았지만, 이제 천천히 서행하면서 아파트 출입문을 통과하기 위해 카드를 꺼내어 드는 절차만을 남겨둔 터라 미네소타 주민들의 수보다 100만은 더 많은 흡혈 곤충들의 습격을 차단하려고 서둘러 창문을 닫은 것이다.

누군가는 모기가 과거 미네소타 주의 상징 새였다고 한다지만, 한나는 카페를 찾는 관광객들에게 그건 결코 사실이 아니라고 말해주었다. 물론 미네소타 주 상징이 곤충이라고 할 수 있을지도 모른다.

하지만, 가로등마다 몰려들곤 하는 나방이며, 짧은 반바지 차림으로 여름 산행을 하는 부주의한 등산객들의 다리를 공격하는 등에 이르기까지 모기에 버금가는 경쟁자들이 너무나도 많았다.

무려 천 개가 넘는 호수가 있는 미네소타 주는 곤충과 벌레들에게는 천국과도 같은 곳이었다. 습하고 눅눅한 날씨 속에서 벌레들은 끝없이 증식하고 있었다.

아파트 출입문을 지나 한나는 지하 차고에 트럭을 주차했다. 그리고는 지상으로 올라와 그녀의 집으로 향하는 계단을 올랐다.

열쇠로 현관문을 열고 들어서자마자 한나의 예상대로 오렌지빛 털뭉치가 공중으로 펄쩍 뛰어올랐다.

"안녕, 모이쉐."

한나가 두 팔로 녀석을 붙잡았다. 거의 일 년에 가까운 시간 동안 모이쉐의 열광적인 마중에 익숙해질 대로 익숙해진 그녀였기 때문에 피곤한 와중에도 저절로 손이 앞으로 나갔다.

"내가 반가운 게로구나, 그렇지?"

한나가 가방을 벗어 내려놓는 내내 녀석은 가르랑거렸다.

그녀는 모이쉐의 턱을 쓱쓱 긁어주고는 녀석을 소파 뒤에 내려놓고 녀석을 위한 밤참을 준비하려고 주방으로 들어갔다.

엄마에게 크리스마스 선물로 받은 값비싼 컷글라스 디저트 접시에 바닐라 요구르트를 부으며 한나는 미소를 지었다.

엄마 말에 의하면, 이 컷글라스 디저트 접시는 굉장히 가치가 있는 것이라고 했다. 엄마는 결코 동의하지 않겠지만 한나에게 모이쉐는 그만한 가치의 접시를 차지할 수 있을 만큼 중요한 존재였다.

요구르트를 다시 집어넣으려고 냉장고 문을 열자 제일 아래 칸에 놓여 있는 초록색 병의 백포도주가 눈에 띄었다.

현재까지 그녀의 계획은 아주 잘 진행되고 있었다. 고기와 디저트의 유혹을 이기고 샐러드와 닭고기, 채소들로만 배를 채운 것이다.

포도주 한 잔은 고작 80칼로리밖에 되지 않으니 계획을 잘 실천한 상으로 한 잔쯤 마신다고 해도 나쁠 것 없다. 게다가 마이크에게 전화해서 론다의 살인사건을 수사하기로 했다는 얘기도 전해야 하니, 그와 말다툼을 하는 일 자체로도 엄청난 칼로리를 소모하게 될 것이다.

물론 자신이 지나치게 자기 합리화를 하고 있다는 사실을 한나도 잘 알고 있었다. 다이어트중인 사람이 포도주라니, 말도 안 된다.

하지만 온갖 살해 동기들과 용의자들로 머릿속이 어질어질한 한나는 오늘 밤 포도주 한 잔 없이는 쉽사리 잠들 수 있을 것 같지 않았다.

그러니 정말로 그녀의 건강을 생각한다면 포도주를 마시는 편이 좋을 것이다. 게다가 앞으로 말다툼을 벌여야 할 상대가 보통 사람은 아니지 않은가.

한나는 디저트 접시를 거실 바닥에 놓아주고는 다시 주방으로 돌아와 기어코 포도주 한 잔을 따랐다. 포도주 한 모금에 한나는 마이크와 대면할 용기를 얻었다. 가장 편한 자세로 소파에 앉아 금단의 열매를 음미하며 수화기를 집어 경찰서 전화번호를 눌렀다.

잠시 후 한나는 미소를 지었다.

마이크가 자리에 없었던 것이다. 운이 조금 따라줘서 그의 집도 비어 있다면 좋을 텐데. 그럼 말다툼을 내일 아침으로 미룰 수 있다.

한나는 마음속으로 간절히 기원하며 마이크의 집 전화번호를 눌렀다. 그런 다음 호흡을 가다듬으며 신호 가는 소리에 귀를 기울였다.

한 번, 두 번······.

"여보세요?"

"안녕, 마이크."

한나가 깊은 한숨을 내쉬었다. 역시 운이 따라주는 인생은 아니다.

"론다 살인사건에 대해 할 얘기가 있어요."

"지금요? 지금은 좀 바쁜데요, 한나. 세탁 맡긴 셔츠를 찾으려고 순찰중에 잠시 세탁소에 들렀거든요. 지금 빌이 경찰차에서 기다리고 있어요."

"오래 걸리지 않을 거예요. 수사하지 않기로 한 내 마음이 바꿨다는 걸 알려주려고요. 수사하기로 했어요."

"그럴 줄 알았어요." 마이크가 아무렇지도 않은 듯 대답하더니 이내 킥킥거리기 시작했다.

한나는 사뭇 충격을 받았다.

"지금 웃는 거예요?" 놀라움에 한나의 음색이 갈라졌다.

"당연하죠. 당신이 마음을 바꾸는데 과연 얼마나 걸릴까 고대했거든요. 지금이 밤 10시 30분이니까 내가 내기에서 이겼군요."

한나는 입을 떡 하니 벌렸다.

"내기라고요?"

"사무실에서 말입니다. 난 가장 적은 시간을 말했거든요. 빌은 당신이 자정쯤 연락할 거라고 했지만, 난 그렇게 오래 걸리지 않을 거라고 했죠. 릭 머피는 내일 아침 8시, 그랜트 서장님은 내일 정오라고 했고요. 릭 머피의 막내 동생인 로니를 제외하고는 다들 그 중간 시간대 어디쯤을 골랐어요. 로니는 무려 이틀이나 걸릴 거라고 했죠."

"도대체 몇 명이나 내기를 한 거예요?"

한나가 물었다. 하지만 정말로 알고 싶진 않았다.

"열두 명쯤. 각자 10달러씩 냈으니까, 난 120달러를 벌었군요."

"110달러죠." 한나가 바로 지적했다.

마이크가 자기를 두고 내기를 벌였다는 사실에 몹시 화가 난 한나의 입에서는 스키터 미사일처럼 냉랭한 말들이 쏟아져 나왔다.

138

"마이크가 낸 10달러를 제외하면 110달러예요."

"오늘따라 더 냉정한데요, 한나."

마이크의 목소리는 어쩐지 즐겁게 들렸다.

"당연하죠. 당신이 나를 두고 축구 게임을 하듯 내기를 벌였는데, 어떻게 화가 안 날 수 있겠어요. 게다가 사무실에서 내기하는 건 불법이라고요."

"그럼 우리 모두를 신고할 수도 있겠군요. 하지만 무엇에 대한 내기였는지도 설명해야 할 테니, 그렇게 되면 한나도 곤란할 겁니다."

"그렇군요."

한나가 마침내 두 손을 들고 말했다.

"어쨌든 이기게 해줘서 고마워요, 한나. 딴 돈으로 내가 저녁 살게요. 더 할 얘기가 없으면, 난 이만 가봐야겠어요. 내일 잠깐 들를 테니 수집한 정보들을 비교해 봅시다."

"어……, 좋아요."

한나는 한숨을 내쉬며 수화기를 내려놓았다.

이건 웃어야 할지 울어야 할지 모를 상황이었다.

한나의 수사 결심에 대해 마이크가 화를 내지 않았다는 건 다행한 일이었지만, 경찰서 사람들 대부분이 한나가 약속을 지키지 못하리라고 생각했다는 건 우울한 일이었다.

하지만 한나는 다시 론다의 죽음에 대한 생각으로 골똘해졌다. 어쩐지 마음 한구석이 개운하지 않았다. 뭔가 중요한 단서 하나를 놓치는 듯한 느낌이었다.

한나는 다시 한 번 머릿속으로 사건 현장을 그리며 세세한 것 하나까지도 기억해내려 애썼다.

보웰커 부인의 집에는 두 개의 출입구가 있다. 집 안으로 들어갈 때는 현관을 이용했지만, 쓰레기를 버리러 나왔을 때는 뒷문을 사용했다. 그리고 한나는 엄마가 원하는 물품에 꼬리표를 붙이는 것을 도우러 모든 방에 다 들어가 봤었다.

현재 단서라고 말할 수 있는 것이라곤 주방에 있던 한나의 파이와 쓰레기통에 있던 포장용기, 그리고 플라스틱 와인잔뿐이다. 집 안팎에서 수상한 점이나 싸움의 흔적 같은, 론다의 시체가 지하실에 있으리라고 상상할 만한 것은 전혀 발견되지 않았다.

지하실로 내려가는 계단도 잘 수리되어 있어 어딘가 부서진 흔적도 전혀 없었다. 노먼을 따라 내려간 지하실에도 아무런 이상이 없었다. 그저 일상적인 잡동사니들과 퀴퀴한 냄새만 났을 뿐이다. 그런 것이 없다는 게 오히려 지하실로서는 더 이상한 일 아닌가.

소각장 문은 경첩 하나가 떨어져 나가 있었지만, 가까이 살펴봐도 그것이 최근에 떨어진 것인지 오래전부터 그렇게 되어 있던 것인지 도통 알 수가 없었다.

한나는 소각장 안의 모습을 그려보았다. 먼지 쌓인 바닥에 굴러다니던 깨진 잼 병을 제외하고는 눈에 띄는 단서라곤 하나도 없었다.

그런데 그 병은 누가 깬 것일까? 론다의 시체를 보고 놀란 엄마가? 아니면 범인이 론다와 몸싸움을 벌이다가?

"미안, 모이쉐." 한나가 모이쉐를 쓰다듬어주었다.

"미안하지만, 네가 가장 싫어하는 사람에게 전화를 걸어야겠어."

한나는 수화기를 집어 엄마의 집 전화번호를 눌렀다. 그리고 몇 초

뒤 엄마가 전화를 받았다.

"덕분에 저녁 맛있게 먹었어요, 엄마."

"별말을 다 하는구나. 너랑 노먼이 함께 있는 모습을 봐서 나도 좋았단다. 캐리와 집에 돌아오는 길에 줄곧 얘기를 나눴는데 말이다. 두 사람이 정말 잘 어울린단다."

"고마워요." 될 대로 되라는 심정으로 한나가 대답했다.

여전히 생생하고 들뜬 엄마의 음성이 사뭇 놀라울 뿐이다. 60대에 가까운 보통의 여자들이라면 온종일 일하고 돌아와 저녁식사를 하는 것만으로도 충분히 지쳐 할 테지만, 그에 더해 살인 용의자를 찾는 일에도 엄마는 여전히 기운이 왕성했다.

"알아볼 게 좀 있어요, 엄마."

"론다에 대해서 말이냐? 난 지금 막 집에 돌아온 터라 아직 전화를 못 걸어봤는데."

"론다에 대해서가 아니에요, 그와 관련되어 있긴 하지만. 소각장에 있던 깨진 잼 병에 대해 물어보려고요. 정말 엄마가 떨어뜨린 게 아니에요?"

"확실하단다. 난 건드리지도 않았어. 안 그래도 바닥에 유리 조각들을 보면서 누가 좀 치워야겠다고 생각했었는걸."

"알았어요. 고마워요, 엄마. 정말 큰 도움이 됐어요. 그럼 그만 쉬세요. 다음에 뵐……."

"잠깐, 애야."

한나의 말이 채 끝나기도 전에 엄마가 끼어들었다.

"노먼과의 일이 잘되어서 내 마음이 무척 기쁘다는 얘길 해주고 싶구나."

"잘 되다니요?"

"마이크 대신 노먼을 선택한 것 말이다. 정말 잘한 결정이다. 마이크도 좋은 사람이긴 하지만, 좋은 남편감은 아니야."

한나는 깊은 숨을 들이마시고 천천히 내쉬며 매우 주의 깊게 말했다.

"너무 기대하지 마세요, 엄마. 두 사람 중 어느 누구도 저한테 청혼하지 않았어요. 설사 한다고 해도 뭐라고 대답해야 할지 모르겠어요."

"아주 잘하고 있구나, 한나!"

엄마가 환한 웃음을 터뜨리며 말했다.

"마음을 드러내 보이지 않는 게 현명하다고 내가 늘 말하지 않았니."

한나는 끝내 참지 못하고 항변했다.

"안드레아도 그랬지만, 소용없었어요. 마을 사람들 모두 안드레아가 빌에게 매달리고 있다는 사실을 알고 있었다고요."

"그건 다르지. 그 두 사람은 어렸고, 졸업반 때 이미 빌이 안드레아에게 졸업반지를 선물하지 않았니. 그건 약혼반지나 마찬가지였어. 그런 다음에는 모두 자연히 두 사람이 커플이라고 생각하게 됐지. 곧 결혼할 사이라고 말이다. 그러니 지금 네 상황을 동생과 비교한다는 건 말도 안 된다. 안드레아는 동시에 두 남자를 만난 적도 없어."

한나는 입을 굳게 다문 채 아무 말도 하지 않았다.

안드레아도 고등학교 시절 양다리를 걸친 적이 분명히 있었는데, 엄마는 그 사실을 전혀 모르는 듯했다.

한나는 차마 사실을 알릴 수가 없었다.

"이제 그만 끊어야겠구나, 얘야. 점점 갈라지고 있어."

"갈라져요?"

"내 얼굴 말이다. 얼굴에 팩을 했는데, 이제 15분이 다 됐거든. 얼른 씻지 않으면, 힘들게 벗겨내야 할 게야. 잘 자라, 애야."

전화를 끊고서 한나는 모녀의 대화를 가만히 듣고 있던 모이쉐를 쳐다보았다. 녀석은 꼬리를 위협적으로 흔들고, 귀를 바짝 뒤로 붙인 채 공격 자세를 취하고 있었다.

한나는 씩 웃으며 모이쉐의 털을 쓰다듬어 주었다.

"괜찮아. 이제 전화 끊었어. 오늘 밤엔 다시 엄마와 통화할 일 없을 거야."

하지만 모이쉐의 심기는 쉽게 누그러지지 않았다. 녀석은 사뭇 원망스러운 눈빛으로 한나를 쳐다보고 있었다.

"어서, 모이쉐." 한나가 다시 녀석에게로 손을 뻗었다.

"이리 와. 내가 귀를 긁어줄게."

모이쉐는 몇 초간 굳은 자세로 서 있더니 소파 저 끝으로, 한나에게서 최대한 멀리 어슬렁어슬렁 걸어갔다.

"난 네 적이 아니야, 모이쉐. 사실 네가 엄마와 대면할 뻔했던 것도 모면하게 해줬다고. 오늘 저녁식사 약속에 나를 데리러 오시겠다고 했거든. 내가 그러시라고 했다면, 우리 집에 오셨을 거야. 생각해 봐. 그랬으면 네가 얼마나 싫어했겠니!"

고양이의 마음은 도통 알 수가 없다. 하지만 어쨌든 모이쉐는 한나의 얘기를 알아듣기라도 한 듯 한나 무릎에 머리를 둘 수 있을 정도로 가까이 다가왔다.

"그렇지." 한나는 모이쉐의 귀를 긁어주었다.

한나의 노력에 보답이라도 하는 듯 녀석은 기분 좋게 가르랑거렸다.

"너도 알겠지만, 나한테 차가 있다는 게 얼마나 다행한 일이니. 어디든 운전해서 갈 수 있으니 말이야. 누군가에게 의지할 필요가……."

순간 한나는 하던 말을 멈추고 모이쉐를 쓰다듬어주던 손길도 멈췄다. 어리둥절해진 모이쉐가 고개를 들어 한나를 쳐다보았다.

"뭔가 생각났어." 한나가 모이쉐에게 말했다.

"그러고 보니 보웰커 부인의 집에서 론다의 차를 본 기억이 없어. 도로변에도 없었고, 차고에도 없었어. 유리창을 통해 들여다본 차고 안에는 땔감용 목재들만 가득 쌓여 있었단 말이야."

모이쉐의 표정은 마치 그래서? 그게 어쨌다고?라고 말하는 듯했다.

한나는 계속 말을 이었다.

"론다가 그곳에 차를 몰고 갔다면, 분명히 차가 남아 있어야 해. 하지만 누군가의 차를 타고 갔다면, 차가 그녀의 아파트 부근에 주차되어 있겠지."

모이쉐는 야옹과 가르랑의 중간 소리를 냈고, 그것을 또 다른 가능성을 생각해보라는 녀석의 제안으로 이해한 한나는 고개를 끄덕였다.

이렇게 대화에 참견하는 것을 좋아하는 것을 보면 고양이도 사회적 동물이라는 사실을 알 수 있다.

"네 말이 맞아, 모이쉐. 또 다른 유일한 가능성은 범인이 론다의 차를 훔쳐 타고 달아난 거야."

한나는 수첩을 펼쳐 '론다의 아파트에 차가 있는지 확인할 것'이라고 썼다. 만약 그곳에 차가 있다면, 그다음 단계는 론다의 이웃들에게 그녀가 외출하는 것을 봤는지 묻는 것이 될 것이다.

그때 전화벨이 울렸고, 한나는 메모를 재빨리 끝낸 후 수화기를 들었다. 귀에 익은 리사의 음성에 한나의 얼굴엔 저절로 미소가 흘렀다.

"안녕, 리사. 파이 사간 사람들 명단을 찾았어?"

"네, 늦어서 죄송해요. 이제 막 집에 돌아왔거든요."

"괜찮아. 데이트는 재미있었어?"

"네, 코너 터번에서 스테이크를 먹고, 볼링장에 갔는데, 마침 한 팀에 커플 팀원이 부족하다기에 허브와 제가 가서 뛰었어요."

"어땠어?"

"나쁘진 않았어요. 한 게임에 200점 정도 얻었는데, 그 정도 점수면 분발한 거거든요. 경기를 끝내고 보니 허브가 야간 순찰을 할 시간이라서 허브랑 같이 순찰을 돌았어요."

허브의 야간 순찰이라면 한나도 잘 알고 있었다.

경찰서에서 근무하는 빌이나 마이크와는 달리 허브 비즈먼은 레이크에덴 순찰대 소속이었다. 그래서 그는 낮 동안 불법주차 딱지를 떼거나 과속으로 달리는 차량을 단속했다.

그런데 두 달 전 시의회에서 허브에게 매일 저녁 상업지구의 순찰을 해달라고 요청했고, 상업지구의 상인들은 그가 비상시에 사용할 수 있도록 상점 열쇠를 맡기곤 했다.

두 달간의 야간 순찰 경과는 매우 효과적이었다. 홈과 로즈의 레스토랑에 수도꼭지가 고장 나 계속 물이 새던 것을 발견하거나 스탠 크래머의 사무실에 저녁 내내 켜 있던 등을 대신 꺼주기도 했던 것이다.

"보통 지루하기만 한데, 오늘 밤은 조금 흥미진진했어요."

리사가 말을 이었다.

"'그래니의 앤티크' 앞을 지나는데 경보기가 꺼져 있지 뭐예요."

"도둑이라도 든 거야?"

"아뇨. 허브가 열쇠로 열고 들어가 구석구석 살펴봤는데, 아무런 이상도 없었어요."

한나는 혼란스러웠다.

"아무도 들어가지 않았다면, 경보기는 왜 꺼져 있었던 거지?"

"전기 문제였어요. 쿠키단지와 그래니의 앤티크 사이에 있는 전신주 알죠?"

"물론이지." 한나가 대답했다.

그 전신주는 눈엣가시였다. 건물주는 그래니의 앤티크에 배선 작업이 끝나는 대로 철거해주겠다고 약속한 터였다.

"회로에 문제가 있었던 것 같아요. 앤티크의 경보기 전선이랑 우리 카페 냉동고와 냉장실에서 나오는 전선이 같이 묶여 있어서 과부하가 발생하면 앤티크점의 경보기 전원이 꺼지기도 하나 봐요."

"그래? 그럼 또 그런 일이 발생하지 않을까?"

"그럴 수도 있죠. 근데 스웬슨 부인이 알아서 조치해놓겠다고 하셨어요. 허브가 전화로 말씀드렸거든요. 그랬더니 내일 아침 경보기 회사에 전화해서 전선을 다른 곳으로 옮기도록 하겠다고 하셨어요."

"잘 됐네. 우리 냉동고와 냉장실은 어때? 아무 이상 없어?"

"허브 덕분에 이젠 괜찮아요. 냉장실에 문제가 있긴 했는데, 허브가 재생 버튼을 눌렀더니 다시 가동되더라고요."

"역시 허브가 최고라고 전해줘."

리사가 웃음을 터뜨렸다.

"그럴게요. 그럼 명단의 이름을 지금 불러줄까요?"

"물론." 한나가 수첩과 펜을 꺼내들었다.

"좋아, 준비됐어."

리사가 불러주는 대로 한나가 이름들을 받아적었다.

명단에 있는 사람들 중 론다에게 파이를 선물했을 만한 사람은 보이지 않았지만, 어쨌든 한나는 리사에게 감사의 인사를 전한 다음 내일 아침에 보자고 인사한 후 전화를 끊었다.

그만 자야 할 시간을 넘기고 말았다. 아침은 순식간에 찾아오게 마련이니까. 밤마다 치르는 연례행사처럼 한나는 문이 모두 잘 잠겼는지 확인하고, 내일 아침 마실 커피의 타이머를 설정한 다음, 세수와 양치질을 한 후 잠옷으로 즐겨 입는 큰 사이즈의 셔츠로 갈아입고 침대 위로 기어올랐다.

그런데 바로 그때 전화벨이 울렸다.

"여보세요?"

한나는 침대 머리맡에 놓인, 할인매장에서 산 쇼킹 핑크색의 수화기를 집어들었다. 어둠 속에서도 빛을 발하던 기능은 많이 죽었지만, 그래도 전화기 자체는 여전히 쓸 만했다.

"안녕, 언니. 나야."

안드레아의 목소리가 수화기에 송송 뚫린 구멍을 통해 흘러나왔다.

"너무 늦게 전화해서 미안해. 내일 아침 일찍 전화하지는 못할 것 같아서."

"괜찮아. 아직 잠자리에 들기 전이거든."

"잘 됐다. 언니랑 얘기한 다음 바로 낯 군데 전화를 걸어봤는데, 그땐 아직 문을 연 레스토랑이 그렇게 많지 않았어. 근데 1시간 전에 굉장한 발견을 했잖아. 마침 빌이 집에 돌아오는 바람에 잠들기를 기다렸다가 언니한테 전화하는 거야."

"뭘 발견했는데?"

"바로 알프레도의 레스토랑이었어. 호수 옆에 새로 생긴 레스토랑인데, 금요일 밤에 오소부코 포장 주문을 받았대."

"정말 잘했어!" 한나가 레스토랑 이름을 수첩에 적으며 말했다.

"고마워, 안드레아."

"별거 아냐. 이 정도야 식은 죽 먹기지. 이젠 내가 뭘 하면 좋을까?"

한나는 잠시 생각에 잠겼다.

"혹시 론다의 아파트가 어딘지 알아?"

"당연하지. 내 고객 명단에 그녀의 주소도 있는 걸. 론다는 비아트리스와 테드 퀘스터가 작년에 구매했던 아파트에 살고 있어."

"그럼 나대신 내일 아침에 그곳으로 가서 아파트 차고에 론다의 차가 있는지 확인해줄래?"

"그럴게. 만약 차가 있으면?"

"그냥 쿠키단지로 와서 나에게 알려주기만 하면 돼. 다음에 무엇을 해야 할지는 그때 같이 결정하자."

"좋아. 내가 거실에서 뭘 하고 있는지 빌이 의아해하기 전에 얼른 침실로 돌아가야겠어. 그럼, 내일 아침에 봐, 언니."

한나는 전화를 끊고 혹시 밤바람이 불지는 않는지 침실 창문을 열었다. 그리고는 나방들이 한나의 집을 향해 자살을 감행하는 것을 막으려고 서둘러 불을 끄고 침대 위로 기어올랐다.

그때 작은 지진이라도 난 듯 침대가 요동치는 것이 느껴졌고, 어둠 속에서 털 뭉치가 하나 쪽으로 슬금슬금 기어오는 것이 그녀의 눈에 들어왔다.

한나는 베개를 단단히 움켜쥐고는 녀석을 쏘아보며 말했다.

"이 베갠 내 거야. 새것이 올 때까지 결코 뺏기지 않겠어."

그러자 녀석이 옆 베개로 옮겨가는 움직임이 느껴졌다.

한나가 모이쉐를 위해서 특별히 준비해둔 것이었다. 침실에는 잠시 정적이 감돌더니 모이쉐의 부드러운 숨소리가 울려 퍼지기 시작했다.

한나는 손을 뻗어 모이쉐를 다정하게 쓰다듬어 주고 나서 얼른 손을 빼냈다. 그간의 경험으로 보건대 네 번 정도 쓰다듬어주면 녀석은 으레 침대 밑으로 폴짝 뛰어내려 사라져버리기 때문이었다.

한나는 시계에 알람이 제대로 설정되어 있는지 확인하고는 젖 먹던 힘을 다해 베개를 움켜쥐고 눈을 감았다.

제발 자다가 팔에 힘이 빠져 또 모이쉐에게 베개를 빼앗기게 되지 않기를 바라며.

칠흑 같은 어두운 침실에서 한나는 번쩍 눈을 떴다. 알람시계가 요란한 기계음이 울려대고 있었다.

한나는 재빨리 자리에서 일어나 앉아 알람을 껐다. 그리고는 자신의 머리가 매트리스 위에 덩그러니 놓여 있었음을 깨닫고 말았다. 한나는 불을 켜고 자신의 오리털 베개를 찾아 헤매기 시작했다.

역시나, 이번에도 베개는 모이쉐의 차지가 되어 있었다.

몇 분 더 뒹굴고 싶은 생각이 간절했지만, 한나는 이불을 제치고 굳건하게 바닥에 발을 내리고 침대에서 벌떡 일어났다.

이건 대학시절에 터득한 방법으로 너무나 피곤해서 차마 몸이 침대에서 떨어지려고 하지 않을 때 사용하면 꽤 효과가 있었다. 사실 나머지 하루 일과보다 아침에 자리에서 일어나 이부자리를 정돈하는 일이 몇 배는 더 힘들었다.

한나는 슬리퍼를 신고 복도를 따라 주방으로 향했다. 주방 불을 켜고는 곧장 커피포트가 있는 곳으로 다가갔다. 주전자에는 이미 따뜻한 커피가 한가득 담겨 있었고, 붉은색의 조그마한 불빛이 깜빡이고 있었다.

편리한 현대 문명의 혜택에 대해 짤막한 감사의 기도를 올린 다음 한나는 오늘의 첫 커피를 따랐다. 사실 커피는 막 끓인 스튜처럼 뜨거웠지만, 개의치 않고 감미롭게 커피를 홀짝였다.

상쾌한 커피가 한나의 식도마저 꼿꼿하게 펴서 다려주는 듯한 기분이었다. 한나는 카운터에 한쪽 엉덩이를 기대고 서서 커피 한 잔을 다 마셔버리고는 또 한 잔을 따랐다. 이제 눈도 더는 감기지 않았고, 머리도 서서히 깨어나는 것 같았다.

모이쉐의 먹이그릇이 있는 쪽에서 녀석의 요란한 울음소리가 들렸다. 한나는 고개를 돌려 찡그린 얼굴로 모이쉐를 쳐다보았다.

새 베개가 빨리 와야 할 텐데!

모이쉐의 약삭빠른 행동에 한나의 목은 단단하게 굳어버렸지만, 녀석의 동그란 눈을 쳐다보는 한나의 마음은 그만큼 굳어지지 않았다.

모이쉐에게 깨끗한 물과 키티 크런치를 부어준 후, 한나는 커피잔을 들고 탁자에 앉아 수첩을 펼쳤다. 그나마 잠이 완전히 달아나지 않은 지금 하루의 일과를 정리하지 않으면 빡빡한 일정에 금방 기가 질려버릴 것이다. 한나는 주방 벽에 걸려 있는 달력을 쳐다보았다.

쿠키단지 작업실에 걸려 있는 것과 똑같이 일정 체크가 되어 있는 것이었다. 오늘 2시에는 트루디의 수예점에서 레이크 에덴 퀼트 모임을 위한 출장서비스 일정이 잡혀 있었으며, 3시에는 레이크 에덴 도서관에서 또 다른 모임이 있었다. 한나는 오늘의 일정을 모두 수첩에 옮겨 적은 다음 또 다른 일거리들로 주의를 옮겨갔다.

쿠키단지의 월세도 내야 했고, 트럭에 항상 갖고 다니는 손전등의 배터리도 갈아줘야 했으며, 저녁으로 먹을 상추 한 봉지와 저칼로리의 칠면조 가슴살도 사야 했다. 생각하기에 따라서 간편하게 끝낼 수 있는 일거리들이었지만, 어쨌든 그걸 하려면 시간을 할애해야만 했다.

채소 가게에 들르고, 쿠키를 굽고, 출장서비스를 나가는 틈틈이 론다의 살인사건을 수사해야만 했다.

"샤워할 시간이야."

한나가 모이쉐를 내려다보며 말했다.

하지만 녀석에게 지금 이 순간 가장 중요한 것은 크런치를 먹어치우는 일뿐이었다. 모이쉐의 사료그릇은 반이나 남아 있었지만 녀석은 마치 비관주의자처럼 바닥의 가필드 그림이 조금이라도 보이기 시작하면 공황상태에 빠지곤 했다. 샤워하기 전 한나는 보험을 들 듯 크런치를 한 주먹 정도 더 퍼주었다.

정확히 15분 후 한나는 하루를 시작할 준비를 모두 마친 채 침실에서 나왔다. 여름철 출장서비스를 나갈 때 입을 생각으로 짧은 팔 정장을 세 벌 정도 가지고 있었는데, 오늘은 초록색 정장을 택했다.

바지를 입으며 한나는 허리 부분이 조금 낙낙하다고 느꼈다. 느낌만으로는 알 수 없지만, 한나의 바람에 비추어 볼 때 다이어트가 어느 정도 효과를 내는 듯했다.

나가기 전 몇 분간 시간 여유가 났던 한나는 수첩을 들고 주방 탁자 앞에 다시 앉았다. 그리고는 노먼이 알려줬던 정보를 메모했다.

보웰커 부인의 집을 청소했던 도우미가 루앤의 어머니인 마조리 행크스였단 말이지. 어젯밤 집에 돌아왔을 때 루앤의 집에 전화를 해볼까도 생각했지만, 너무 늦은 시간이라 그만두었다.

지금은 또 너무 이르다. 물론 마조리 역시 동 트기 전에 일어나겠지만, 새벽부터 이런 전화를 받고 싶진 않을 것이다.

한나는 다음 페이지를 넘겼다. 리사가 복사해준 파이 구매자 목록을 다시 한 번 살펴볼 참이었다.

정신이 맑은 지금 다시 보면 뭔가 발견할 수 있을지도 모른다. 모두 열 명이었다. 한나는 한 명 한 명 주의 깊게 살펴보았다.

대부분은 자주 오는 손님들이었다. 금요일 저녁 가족들을 위한 디저트로 파이를 사가곤 하는 엄마들 말이다. 그들 중 어느 누구도 론다에게 파이를 대접할 사람은 없었다. 딱 두 명 있는 남자도 용의선상에서 쉽게 지워낼 수 있었다.

한 명은 양로원에 사는 노인으로 친구들과 함께 나눠 먹기 위해 한나의 파이를 사가곤 하는 사람이었고, 다른 한 명은 조단 고등학교 학생이었는데, 여자친구 집에 초대받아 그녀의 어머니께 선물하려고 파이를 사간 것이었다.

한나는 고개를 저었다. 이렇게 되면 의심의 여지가 있는 사람은 오지 한 명뿐이다.

클레어 로저스. 클레어는 파이를 세 개나 사갔다.

한나는 잠시 생각에 잠겼다. 미혼의 클레어는 아직 혼자 살고 있었다. 그런 그녀가 파이를 세 개나 사갔다면 다른 누군가에게 주기 위함이 아니었을까? 그중 한 명이 론다였을 수도 있다.

아이디어를 샘솟게 하는 카페인을 몇 모금 섭취하자 한나의 머릿속에 그럴듯한 시나리오가 펼쳐졌다.

금요일 오후 론다가 여행 때 입을 옷을 살려고 클레어의 드레스샵에 들렀다면? 클레어가 이미 파이를 사간 다음이었고, 론다가 그 파이를 보고 자신도 레몬 머랭 파이를 좋아한다고 했다면, 클레어가 론다에게 파이를 줬을 수도 있다.

론다라면 평소 클레어의 드레스샵에서 옷을 많이 사곤 하니 감사의 인사로 말이다. 생각할수록 설득력이 있는 시나리오였다. 정말 그런 일이 있었을 수도 있다.

한나는 부 몽드에 들러 클레어에게 사실을 확인해보자고 결심했다.

쿠키단지로 들어가는 골목에 접어들 즈음 하늘은 서서히 밝아지기 시작하고 있었다. 하지만 한나는 헤드라이트를 끄지 않았다.

쓰레기통과 건물 뒤편의 거뭇거뭇한 부분을 구분해서 주차하려면 아직도 헤드라이트 불빛이 필요했다.

한나는 늘 세우던 자리에 트럭을 주차하고, 차창을 올렸다. 하지만 온실 효과를 방지하려고 운전석 쪽 창문은 1인치 정도 열어 두었다.

조수석에 던져두었던 낡은 해변 타월을 집어 두 번 접어서는 운전대를 돌돌 감았다. 그렇게 천으로 감싸두면 검은색 비닐로 싸인 운전대가 빛과 열기를 흡수하는 것을 막아줘서 조수석이 많이 뜨거워지지 않아 좋았다. 물론 오븐용 장갑을 끼고 운전할 수도 있겠지만, 그렇게까지 하고 싶진 않았다.

트럭에서 내리자 뜨거운 바깥공기가 한나를 훅하고 덮쳤다. 공기에도 무게가 있을까에 대해 한 번도 생각해본 적이 없는 한나였지만 적어도 지금은 마치 보이지 않는 푸딩 속을 걷는 듯한 느낌이었다. 그 정도로 공기는 습기가 가득 차 몹시 눅눅하고 무거웠다.

한나는 카페 작업실에 들어서자마자 에어컨을 켰다. 그리고는 냉장실이 잘 가동되고 있는지 확인했다.

다행히 냉장실이 잘 돌아가는 것을 확인한 한나는 안도의 한숨을 내쉬며 쿠키 반죽을 꺼내 작업대 위에 올려놓았다. 의자를 하나 질질 끌고 냉장실로 들어가 그곳에 몇 분간 앉아 있고 싶은 생각이 간절했지만, 오늘도 변함없이 할 일은 많았고 시간은 없었다.

한나는 오븐을 데우고, 붉은빛의 곱슬머리 위로 종이 모자를 쓰고는 깨끗하게 손을 씻었다. 그런 다음 앞치마를 두르고 바로 작업에 들어갔다. 오늘 구울 쿠키는 여러 종류였지만, 한나는 리사가 오기 전에 굽기를 마치고 싶었다.

동업자인 리사는 손님들을 맞고, 전화 주문을 받고, 쿠키를 포장하는 일만으로도 바빴다. 계획했던 대로 한나는 리사가 카페에 나올 즈음엔 굽기를 모두 마쳤다.

선반에는 블랙 앤 화이트와 오트밀 건포도 쿠키, 그리고 트윈 초콜릿 딜라이트가 꽉 들어차 있었고, 다른 쿠키들도 이미 유리 단지에 넣어져 홀에 마련되어 있는 카운터에 깔끔하게 진열되어 있었다.

"바빴겠어요!"

한나 주변을 둘러보며 리사가 탄성을 질렀다.

"도대체 혼자 얼마나 많이 해놓은 거예요?"

"별로. 새 메뉴인 시나몬 크리스피도 아직 맛보지 못했는걸."

"레시피는 어디서 구하셨어요?"

리사가 하나 집어 맛을 보며 물었다.

"내가 만들었어. 엄마가 앤티크 일에 바빠 아침 일찍 외출하시면 늘 아빠가 시나몬 토스트를 만들어주시곤 했거든. 쿠키도 그렇게 만들면 맛있을 거라고 생각했지."

"맛있어요." 리사가 또 한 입 베어 물며 말했다.

"바삭바삭하고, 담백하면서도 정말 맛있어요."

"정말 맛있어?"

"흠, 잠깐, 잠깐……, 아직 잘 모르겠어요. 생각 좀 해봐야겠는데요."

리사가 개구쟁이 같은 미소를 지었다.

"몇 개 더 먹어봐야 확실히 알겠어요."

한나가 웃음을 터뜨렸다.

"마음껏 먹어. 오늘은 시험 삼아 구워본 거니까 팔지 않을 거야. 레시피가 좀 더 완벽해진 다음에 팔 생각이야."

"이미 완벽해요."

리사가 두 개를 더 집어 홀로 향하며 말했다.

"나가서 커피 올려놓고, 나머지 단지들도 채워놓을게요."

둘이서 함께 일하니 개점시간 20분 전에 모든 준비가 끝나버렸다.

그래서 두 사람은 머그컵에 커피를 가득 담아 그들이 좋아하는 홀 뒤편 탁자에 자리를 잡고 앉았다.

"결정했어요?" 리사가 한나 맞은편에 앉으며 물었다.

"시나몬 크리스피 말이야?"

"아뇨, 론다 사건 말이에요. 범인 잡는데 나서기로 한 거죠?"

"한 번 해보려고."

"잘 생각했어요."

리사가 살짝 몸을 떨며 두 손으로 머그컵을 감싸쥐었다.

"아직도 믿을 수가 없어요. 멀쩡하게 우리 카페에 왔었는데, 다음날 죽다니. 그 집에서 발견했던 파이는 어떻게 됐어요? 그게 그녀의 죽음과 연관이 있는 걸까요?"

"아마도. 설사 전혀 상관이 없다고 해도 론다가 언제 죽었는지, 그 시간을 추정하는 데 도움이 될 거야. 론다가 그날 어디에 갔었고, 누구와 얘기했으며, 무얼 했는지 알아야 하니까 말이야."

"좋은 시작이네요. 내가 뭐 도울 일 없어요?"

"그냥 귀만 열어 두고 있어. 사람들이 하는 얘기를 듣고 있다 보면 론다가 마지막으로 뭘 했었는지 알게 될지도 몰라. 뭔가 듣게 되는 얘기가 있으면 당장 나한테 알려줘. 그리고……."

한나가 하던 말을 멈추고 눈을 깜빡였다.

"왜 그래요?"

리사가 걱정스러운 표정으로 물었다.

"갑자기 끔찍한 두통이 왔어. 뭔가가 내 머리통을 내려치는 소리가 귓가에 생생하게 들릴 정도야."

"그건 한나의 머릿속에서 나는 소리가 아니라 밖에서 나는 소리예요. 잠깐만 기다려요. 제가 보고 올게요."

리사가 앞문을 열고 밖을 내다보았다. 그리고 다시 자리로 돌아왔을 때는 웃고 있었다.

"한나 말이 맞았어요. 이보다 더한 골칫거리는 없죠."

"뭐가?"

"조단 고등학교 밴드부요. 한나가 들은 소리는 밴드의 베이스 드럼 소리였어요. 제가 가서 아스피린을 가져올게요. 밴드가 이쪽으로 오고 있거든요."

한나가 두 알의 아스피린을 삼키고 나자 밴드부의 모습이 보였다.

문과 창문이 모두 닫혀 있는데도 '애국가'를 연주한다는 걸 분명히 알 수 있을 정도로 시끄러웠다.

"심하네요." 리사가 손으로 귀를 막으며 말했다.

한나도 두 손으로 귀를 막았다.

트럼펫 분단은 샵과 플랫에 대한 예습을 좀 더 해야 할 것 같았다. 한나는 이 곡이 피콜로 연주곡이 아니라는 사실에 엄청난 안도감을 느꼈다. 밴드가 점점 가까워지자 한나는 숨을 멈추고, 이내 큰소리로 신음을 냈다. 클라리넷을 부는 두 소녀의 솜씨는 정말이지 들어줄 수가 없을 정도였다.

"퍼레이드 할 때는 좀 더 나아지겠죠."

리사가 재미있다는 듯 말했지만, 고통스러운 한나의 표정을 눈치 채고는 이내 고개를 저었다.

"그래요. 너무 많은 기대는 하지 않는 편이 좋겠어요."

벽시계가 9시를 알리자 리사가 카페 문을 열었고, 이내 아침 커피와 쿠키를 사러 온 손님들로 카페 안이 북적이기 시작했다. 영업을 시작한 첫 1시간은 한나도 리사도 손님들을 맞느라 눈코 뜰 새 없이 바빴다.

10시가 지나고 나서 조금 여유가 생기자 안드레아가 카페 안으로 들어왔다. 얼굴에 띤 미소를 보니 론다에 대해 뭔가 알아낸 모양이었다.

"뭐야?"

안드레아에게 오렌지 주스를 따라주며 한나가 물었다.

안드레아가 주변을 둘러보았다. 홀에는 아멜리아 그리어슨과 밥스 듀빈스키 밖에 없었는데, 두 사람은 그들만의 대화에 빠져 있었다.

"그 사람 차가 거기에 있었어."

"론다의 차 말이야?"

"쉿!" 안드레아가 입술에 손가락을 갖다 대었다.

"괜찮아." 한나가 앞쪽으로 몸을 기울이며 말했다.

"밥스는 지금 중매 계획이 한창이거든."

"그녀의 아들 일로 말이야?"

"그래. 근데 아멜리아는 탐탁지 않아 하고 있어. 밥스의 아들이 아멜리아의 손녀보다 너무 나이가 많거든."

"그건 사실이야. 아멜리아의 손녀는 이제 막 고등학교를 졸업했으니 거의 15살 차이가 나잖아. 게다가 그가 세금전문 회계사라는 사실은 엄청난 마이너스지."

"네 말이 맞아."

엄마가 밥스의 아들과 억지로 선을 보게 했던 그 고통스러웠던 저녁의 기억을 떠올리며 한나가 맞장구쳤다, 지루함의 극치였다고나 할까.

"그밖에 더 알아낸 거 있어? 들어올 때 보니까 체리셔 고양이처럼 웃고 있던데."

"뒤쪽으로 가자."

안드레아가 오렌지 주스 잔을 들고 앞장섰다.

그녀는 내내 입을 꾹 다물고 있다가 마침내 작업대 앞에 자리를 잡고 앉지 자랑스러운 미소를 지었다.

"나이트 박사님이 작성한 검시 보고서를 오늘 아침에 손에 넣었어."

"빌의 것을 봤단 말이야?"

"아니, 그이는 아직 갖고 있지도 않아."

"어제 아침에 그이한테 전해주라며 나이트 박사님이 보고서 샘플을 주셨거든. 그때 결과를 물어봤지."

"샘플?"

"그래, 샘플. 근데 그건 엄마 때문에 그이에게 전해주지 못했어. 엄만 꼭 우리가 외출하려고만 하면 전화해서 수다를 떠신다니까."

한나는 금세 감을 잡았다.

"그래서 결국 빌은 아직 받지 못했단 말이지?"

"그래, 그래도 어쨌든 잘된 일이었어. 그냥 대화나 이끌어낼까 해서 론다에 대해 물었거든. 그런데 박사님이 론다가 금요일 밤 8시에서 9시 사이에 살해당한 것 같다고 얘기해주셨어. 위 내용물에 대해서도 말해줬는데, 언니의 레몬 머랭 파이와 오소부코가 있었대."

한나는 깜짝 놀랐다.

"나이트 박사님이 그게 오소부코라는 걸 알아보셨단 말이야?"

"아니, 재료가 그러했거든."

"그건 또 어떻게 알았어?"

한나는 혼란스러웠다.

"한 번도 만들어본 적 없잖아, 안 그래?"

안드레아가 고개를 저었다.

"요리책에서 한 번 봤어."

"너도 요리책이 있어?"

"당연하지. 내가 결혼할 때 친구들이 한 세트를 선물해줬어. 오소부코 재료가 아닌 건 생올리브뿐이었어."

한나는 그것을 머릿속에 기억해두었다.

"혹시 론다가 또 다른 거 먹는 건 없어?"

"별로. 레드 와인을 조금 마시긴 했대. 그때 또 다른 검시 테스트에 대해 얘기하기 시작해서서 내가 말을 잘랐어. 속이 역했거든."

한나가 충분히 식은 초콜릿칩 크런치 쿠키 쟁반을 안드레아의 코앞에 들이밀었다.

"몇 개 먹어. 초콜릿이 속을 좀 진정시켜 줄 거야. 난 클레어에게 줄 것을 좀 싸야겠어."

"부 몽드에 가려고?"

"그래. 2시에 출장서비스를 나가기 전까지 리사가 카페를 봐주기로 했어."

"드디어 다이어트에 성공해서 작은 치수의 옷을 사러 가는 거야?"

"그건 아니고, 금요일에 클레어가 파이를 세 개나 사갔거든. 혹시 그중 하나를 론다에게 주지 않았는지 물어보려고."

"나도 같이 가."

안드레아가 자기 몫의 쿠키를 챙긴 다음 클레어의 것도 포장하기 시작했다.

"마침 클레어가 내가 주문한 임부복이 들어왔다고 메시지를 남겼거든. 내가 옷을 입어보는 동안 언니가 클레어와 얘기해보면 되겠네."

한나는 한숨을 내쉬었다. 안드레아가 옷을 입어보는 건 보통 천만년의 시간이 걸리곤 했다. 하지만 클레어는 옷을 많이 팔 수 있을 것 같은 손님을 맞을 때면 평소의 몇 배는 더 밝아지곤 하니까 한나의 질문에 기꺼이 대답해줄지 모른다.

"오래 있을 수 있어, 언제까지?"

"오후 1시 30분까지."

안드레아의 문법적 실수를 애써 무시하며 한나가 대답했다.

고등학교 시절부터 안드레아의 나쁜 습관을 고쳐주려 여러 번 지적해봤지만, 한나의 문법 수업도 안드레아에게는 소용이 없었다.

"그럼 몇 시간 정도는 여유가 있겠어. 클레어에게 갔다가 론다의 아파트로 가서 이웃들도 만나보고 우편함도 확인해보자. 대부분 은퇴한 사람들이니 집에 있을 거야."

"좋아." 한나도 동의했다.

론다의 이웃을 인터뷰하는 일은 그렇게 위험할 것 같지 않았다. 게다가 안드레아라면 사람들과 얘기하는데 능통하니 말이다.

"다 끝나면 언니의 출장서비스 일도 도와줄게. 커피 정도는 따를 수 있으니까."

한나는 미소를 지었다.

한 사람이라도 더 있으면 출장서비스 일은 훨씬 수월했다.

"그래. 하지만 그전에 너한테 얘기해줄 게 있어."

"뭔데?"

"첫 번째 장소는 트루디의 수예점이야."

"그게 뭐가 어때서? 트루디 슈먼은 좋은 사람이야."

"나도 그렇게 생각해. 하지만 그녀가 이번 레이크 에덴 퀼트 모임을 주선했거든. 네 시어머니도 거기에 오실 거야."

"오."

안드레아가 천장을 향해 두 눈을 크게 떴다.

안드레아는 그녀의 시어머니인 레지나 토드와 별로 사이가 좋지 않았다. 레지나는 안드레아가 부동산 중개인 일을 그만두고, 집에 콕 박혀서 빌과 아이의 뒷바라지를 하는 것이 옳다고 늘 불평해댔다.

"괜찮을 거야, 언니. 임부복만 입고 있으면 문제없다니까. 어머님이 물론 트레시도 좋아하시긴 하지만, 손자를 얼마나 바라신다고."

"그래, 네가 정 그렇다면."

하지만 한나는 레지나가 안드레아에게 직장을 그만두라고 끊임없이 잔소리를 해대는 모습과 그런 시어머니의 손등에 뜨거운 커피를 흘리는 안드레아의 모습이 자꾸만 상상이 되는 것을 어쩔 수 없었다.

"30분 이상은 안 걸릴 거야. 다 끝나면 다시 카페로 돌아와서 3시 출장서비스를 준비해야 해."

"그건 어딘데?"

"커뮤니티 센터에 있는 도서관. 마지 비즈먼이 달마다 한 번씩 모이는 도서관 모임을 거기서 열기로 했대."

"그럼 그것도 내가 도와줄게. 마침 트레시에게 새 책도 빌려다 줘야 하니까. 그이가 읽어주는 책들은 좋아하지 않더라고."

시나몬 크리스피

오븐을 162℃로 예열합니다. 틀은 오븐 중앙에 놓습니다.

재료

녹인 버터 2컵 / 흑설탕 2컵 / 백설탕 1컵(거친 것으로)

거품 낸 계란 2개 분량(포크로 저으면 쉬워요) / 시나몬 1티스푼

베이킹소다 1티스푼 / 타르타르 크림 1티스푼 / 소금 1티스푼

밀가루 4와 1/4컵(체질하지 않은 것) / 바닐라 2티스푼

반죽을 굴릴 용으로 필요한 것

백설탕 1/2컵 / 시나몬 1티스푼

만드는 법

1. 버터를 녹인 다음 설탕을 넣고 섞은 후, 계란을 거품 낼 동안 실온에서 식도록 놓아둡니다. 그리고는 거품 낸 계란을 넣고 섞습니다. 바닐라와 시나몬, 베이킹소다, 타르타르 크림, 소금을 넣고 잘 섞어줍니다. 마지막으로 밀가루를 넣고 골고루 반죽합니다.

2. 손으로 호두 크기로 반죽을 떼어 굴립니다(반죽이 끈적거리면, 굴리기 전에 한 시간 정도 식혀주세요). 작은 그릇에 시나몬과 설탕을 넣고 그 위에 떼어놓은 반죽을 굴려줍니다(포크로 굴리면 잘 됩니다). 시나몬과 설탕이 골고루 묻은 반죽은 미리 기름칠을 한 12개짜리 쿠키틀에 올려놓습니다. 그리고 기름칠을 하거나 밀가루를 묻혀놓은 주걱으로 꾹 눌러줍니다.

3. 162℃의 오븐에서 10~15분 정도 굽습니다(가장자리가 황금빛을 띠어야 합니다). 틀 위에서 2분간 식혀준 다음 선반에 얹어 식혀줍니다.

리사가 무척 좋아합니다.
그녀가 쿠키를 앉은 자리에서 8개나
먹어치우는 건 처음 봤거든요.

"이렇게 금방 올 줄은 몰랐어요, 안드레아."

드레스샵의 문을 연 클레어가 한나와 안드레아를 뒤쪽 방으로 안내하면서 깜짝 놀랐다는 듯 말했다.

뒷방은 1.8m 정도 되는 협소한 공간이었는데, 옷가지들과 아직 조립하지 않은 부 몽드의 옷상자들로 가득했다. 한편에는 클레어의 작은 책상과 함께 다리미판, 그리고 재봉틀이 놓여 있었다.

"집에서 나오기 전에 메시지를 남겼는데, 불과 10분도 안 됐을 거예요. 어떻게 이렇게 빨리 왔어요?"

"일찍부터 언니 카페에 있었거든요. 메시지는 핸드폰으로 확인했고요. 마침 언니가 여기 온다기에 따라왔어요. 아직 드레스샵의 문을 안 연 건 알아요. 혹시 내가 너무 일찍 온 거면, 다음에 다시 들를게요."

"괜찮아요. 다행히 안드레아의 임부복을 먼저 다려놓았거든요."

윤기나는 머리카락을 쓸어 올리는 클레어는 사뭇 당황한 듯 보였다.

"새로 들어온 옷들의 포장을 뜯고 있었어요. 문 열기 전에 새옷으로 갈아입을 생각이었는데."

안드레아가 당황한 클레어를 이러저러한 말로 달래주었다.

면바지에 면 셔츠를 입은 클레어는 여전히 아름다웠다.

안드레아와 클레어는 비슷한 부류에 속한다. 쭈글쭈글한 삼베바지에 집에서 신는 슬리퍼를 신고 외출해도 사람들의 시선을 한몸에 받곤 하는 사람들 말이다.

"이 색깔 좋네요."

옷걸이에 걸린 라벤더 색의 실크 정장을 어루만지며 안드레아가 말했다.

"너무 부활절 느낌이 나지 않나요?"

클레어와 안드레아가 옷의 색깔이며 각종 명절 모임에 대해 얘기하는 동안 한나는 가져 온 쿠키 꾸러미를 커피포트 옆에 내려놓았다.

패션은 한나의 관심사가 아니었다. 대신 한나는 클레어에게 질문할 것들을 머릿속으로 다시 한 번 정리했다.

파이에 대해서뿐만 아니라 다른 유용한 정보도 들을 수 있을지 모른다. 안드레아가 즐겨 말하듯이 레이크 에덴에 사는 사람이라면 누구든 부 몽드에서 디자이너의 옷을 구입하니까.

트라이 카운티 쇼핑몰에 있는 상점들의 옷이 더 저렴할지도 모르지만, 클레어는 손님 한 사람 한 사람의 요구에 세심하고 친절하게 응해 주었다.

손님들은 보통 짝을 지어 드레스샵을 찾으니 클레어는 자연히 그들이 수군대는 소문 거리를 많이 듣게 될 것이다. 그중 론다의 사생활에 관한 것도 있었을지 모른다.

"이건 어때, 언니?"

안드레아가 임부복 상의 하나를 들어올리며 물었다.

"지금 옷에 대한 내 의견을 묻는 거야?"

한나가 웃음을 터뜨렸다.

"참고는 할 수 있잖아. 어쨌든 입어볼 거야."

안드레아가 한나와 야릇한 눈길을 주고받은 다음 클레어를 돌아보며 말했다.

"괜찮다면, 전부 다 입어보고 싶은데요."

"그럼요. 괜찮아요."

클레어가 옷걸이를 모두 그러모아 안드레아를 탈의실로 안내했다.

한나가 새로 들어온 옷가지들을 채 구경하기도 전에 클레어가 다시 돌아왔다.

"안드레아는 한창 갈아입는 중이에요."

클레어가 말하고는 싱크대 옆에 놓인 커피포트로 다가가 물었다.

"방금 커피 올렸는데, 한 잔 마실래요?"

"좋아요."

클레어의 커피는 그다지 맛이 좋진 않았지만, 커피를 사이에 두면 대화도 한층 자연스러워질 뿐만 아니라 한나에게 자신감도 안겨주었다.

"쿠키를 좀 가져왔어요."

"고마워요, 한나. 어떤 쿠킨데요?"

"초콜릿칩 크런치예요."

"오, 잘 됐네요. 그거면 힘이 좀 나겠어요. 아침 8시부터 계속 다리미질만 했거든요. 저기 책상 의자 가져와서 앉아요. 한나가 가져 온 쿠키도 낼까요?"

"고맙지만, 괜찮아요."

한나가 의자를 가져와 앉는 동안 클레어는 두 잔의 커피를 따랐다. 그리고 한 잔은 받침에 담아 탁자 위에 내려놓은 다음 한 손에 커피와 쿠키를, 그리고 다른 한 손에는 의자를 들고 와 앉았다.

"살이 좀 빠진 것 같네요."

"정말요?" 한나는 기분이 좋아졌다.

사람들의 외향을 늘 꼼꼼히 뜯어보는 클레어가 살이 빠진 것 같다고 하면 그건 정말 살이 빠진 것이다.

"직업상 사람들을 주의 깊게 살펴보거든요. 단골손님이 왔을 때 살이 좀 붙은 것 같으면, 그저 아무런 언급없이 평소보다 큰 사이즈를 보여 줘야 하니까요."

"그냥 보기만 해도 안다는 말이에요?"

"그럼요. 이래 봬도 꽤 눈썰미가 있답니다."

한나는 잠시 생각에 잠겼다. 클레어의 눈썰미라면 어마어마하게 살이 붙는 걸 막아주는 지표가 되어주지 않을까?

"그럼 얼마나 빠졌는지도 알아맞힐 수 있어요?"

"약 1.5kg 정도. 얼굴도 갸름해지고 팔뚝 살이 좀 빠진 것 같아요."

"굉장하네요."

한나는 그렇게 말했지만, 사실 속으로는 실망하고 있었다.

얼굴이나 팔뚝에서는 살이 전혀 빠지지 않았다. 빠진 부분은 허리와 엉덩이 부분이었다.

"안드레아가 그러는데, 나한테 물어볼 게 있다면서요?"

"그래요."

한나는 얼른 체중 감량에 대한 생각을 마음 뒤편으로 밀어두었다.

"지난주 금요일에 우리 카페에서 파이를 세 개나 사갔다고 리사가 그러던데, 혹시 그중에 하나를 론다에게 주진 않았는지 해서요."

클레어의 눈이 휘둥그레졌다.

"맞아요! 어떻게 알았어요?"

"그냥 추측해본 거예요."

"론다의 사건을 수사하는 건가요?"

"네. 이미 마이크에게도 얘기했으니 비밀도 아니에요. 혹시 론다를 죽일 만한 동기가 있는 사람이 있는지 알고 있나요?"

클레어는 커피를 한 모금 마시더니 잠시 생각에 잠겼다.

"글쎄요. 작년에 소문을 듣긴 했어요. 누군가 론다에게 남자친구가 있다고 했는데, 그 남자친구에 대해 아는 사람은 아무도 없었어요."

"그 소문은 저도 들어 알고 있어요. 짐작 가는 사람이라도?"

클레어는 고개를 저었다.

"없어요."

"그럼, 론다의 사생활에 대해 뭔가 아는 게 있나요?"

클레어는 또다시 골똘히 생각해보더니 이내 어깨를 으쓱해 보였다.

"별로요. 우리 샵에 오는 대부분의 손님은 론다를 조금 이상한 여자라고 생각했어요. 늘 짙은 화장에 나이에 걸맞지 않은 의상하며, 아내에게 선물할 향수를 사려고 화장품 코너를 찾은 남자들에게 꼬리를 친다고 말이에요. 하지만 그렇다고 해서 악의를 갖고 그녀를 험담하거나 하는 사람은 없었어요."

"좋아요. 그럼 파이 얘기로 돌아가요. 론다가 돈을 주면서 파이를 사 달라고 부탁했나요? 아니면 그냥 준 건가요?"

"나한테서 거저 얻은 거죠."

클레어가 킥킥거리며 말했다.

"금요일 오후에 우리 샵에 와서는 여행 때 입을 옷들을 거의 600달러 가까이 샀거든요. 마침 파이 상자가 카운터 위에 놓여 있었는데, 돈 계산을 하면서 론다가 그걸 본 거죠."

"론다가 자신도 레몬 머랭 파이를 좋아한다고 했고, 그래서 하나를 그녀에게 주었군요?"

"맞아요. 옷을 600달러어치나 팔아줬는데, 그 정도는 해줄 수 있다고 생각했거든요."

한나는 의기양양했다.

생각했던 시나리오가 정확히 맞아떨어졌다.

"궁금한 것이 있는데요, 클레어. 파이를 왜 세 개나 사간 거죠?"

클레어의 양 볼이 발그레하게 물들기 시작했다.

몰래 간식을 먹다 들킨 아이와도 같은 모습이었다.

"말하면, 비밀로 해줄 수 있어요?"

"그럼요. 론다의 사건과 아무런 연관이 없다면요."

"그거랑은 상관없어요. 우리 교회에서 새 찬송가집을 사려고 한창 기금을 모으는 중이라는 건 알고 있죠?"

그 사실은 지난번 루터교 모임에 출장서비스를 나갔을 때 들어 하나도 알고 있었다.

"2주 전 일요일 모임에서 기금 마련 방법에 대해 회의를 했었어요. 그때 내가 토요일 아침마다 빵이나 쿠키 같은 걸 팔자고 의견을 냈죠."

"사람들이 클레어를 책임자로 임명했고요?"

"맞아요. 사람들이 나를 책임자로 지목했어요. 처음부터 내 아이디어였기 때문에 거절할 수가 없더라고요. 뭔가 만들긴 해야 하는데, 난 제빵을 할 줄 모르잖아요."

"그래서 대신 내 파이를 산 거예요?"

"그래요. 나머지 두 개를 다시 포장해서 가지고 갔어요. 내가 굽지 않았다고 말하진 않았지만, 그렇다고 내가 구웠다고도 하지 않았어요. 이것도 사람들을 속인 측에 드는 걸까요?"

"아마도요, 하지만 나쁜 의도로 한 건 아니었으니 이해해요. 그래서 얼마에 팔았어요?"

"한 조각에 10달러요. 덕분에 기금 모금은 매우 성공적이었어요. 밥이 얼마나 좋아했다고요."

"어떤 밥이요?" 한나가 물었다.

레이크 에덴에서 밥이란 흔해빠진 이름을 가진 사람이 적어도 열두 명은 넘었다.

"크누드슨 목사님이요. 날보고 그냥 밥으로 부르라고 했거든요."

다시 클레어의 볼이 붉어졌다.

바스콤 시장과의 오랜 연애가 끝난 뒤 클레어는 한동안 그 누구와도 데이트하지 않았다. 하지만 다시금 그녀의 볼이 발그레한 것을 보니 한나의 추측이 틀리지 않았다면, 클레어의 애정사가 다시금 부활한 모양이었다.

"잠깐만요, 클레어. 혹시 크누드슨 목사님과 만나고 있어요?"

"그런 건 아니에요, 물론 좋은 친구사이로 지내고 있긴 하지만요. 난 그 사람 할머니를 무척 좋아해요."

그때 한나의 머릿속에 멋대가리 없는 질문이 떠올랐고, 스스로 제어하기도 전에 그만 입에서 툭 튀어나오고 말았다.

"시장님을 그렇게 오래 만났으면 목사님의 지루함에도 질릴 법한데요?"

"아뇨, 전혀 그렇지 않아요. 나만큼 그 사람을 잘 알게 되면 한나도 생각이 바뀔 거예요. 봅이 얼마나 재미있는 사람인데요."

한나는 자신의 표정이 생각하는 것처럼 미더워 보이지 않길 바랐다.

죗값에 대한 크누드슨 목사님의 설교는 한나에게는 전혀 재미있게 들리지 않았다. 물론 주제 자체가 그러했지만 말이다.

"한나가 물어보기 전에 먼저 얘기할게요. 내가 시장님을 만났던 사실은 봅도 알고 있어요."

클레어가 한나의 생각에 끼어들었다.

"내가 털어놓았거든요."

"그랬더니 뭐래요?"

한나가 숨을 멈췄다. 크누드슨 목사님은 보수적인 사람이니 말이다.

"이제는 별로 중요하지 않으니 걱정하지 않아도 된다고 했어요."

한나는 눈을 깜빡였다.

"바람을 피웠는데도 괜찮다고요?"

"그래요, 봅은 한나가 생각하는 것만큼 보수적이고 융통성 없는 사람이 아니에요. 목사 가운을 벗기고 만나보면 얼마나 재미있는 사람인지 알게 될 거라니까요."

갑작스러운 뉘앙스에 한나는 눈썹을 치켜들었고, 클레어는 짓궂게 킥킥거리기 시작했다. 그녀의 웃음소리는 꼭 십대 소녀 같았고, 두 눈도 순수하게 반짝거렸다.

"그런 의미는 아니었어요!"

안드레아가 새 옷을 입은 채 나타날 때까지도 두 사람은 배를 잡고 깔깔대며 웃고 있었다.

커다란 금색의 해바라기가 수놓인 짙은 녹색의 면 드레스였다.

"이거 전부 살게요, 클레어. 이건 입고 갈 거예요."

"마음에 들었다니 다행이에요." 클레어가 신이 난 듯 말했다.

"특히 그 드레스는 안드레아의 피부나 머리색과 너무 잘 어울려요."

"저도 그렇게 생각해요. 오후에 언니가 출장서비스 나가는 걸 돕기로 했는데, 이왕이면 옷도 좋은 걸로 입어야죠."

안드레아가 한나를 돌아보았다.

"언니도 한 벌 골라. 내가 사줄게. 둘 다 녹색 옷이면 이상하잖아."

한나는 무의식적으로 방어 심리를 느꼈다.

"그럼 네가 다른 걸 입어. 녹색 옷을 먼저 입은 건 나야."

"하지만 언니 옷은 2년도 더 된 거잖아. 내 옷은 새것이고. 새것이 우선권을 갖는 거 몰라?"

한나는 고개를 저었다.

"싫어. 조수보다는 사장에게 우선권이 있어."

두 자매는 질세라 서로 눈을 쏘아보았다. 하지만 잠시 후 언제 싸웠느냐는 듯이 두 자매는 동시에 웃음을 터뜨리고 말았다.

"미안해, 언니."

안드레아가 웃는 가운데 간신히 입을 열었다.

"언니가 사장이니까 언니가 이겼어."

"아냐, 넌 임신한데다가 시어머니도 만나야 하잖아. 내가 양보할게."

"정말?"

소낙비가 내리던 가운데 갑작스레 내리쬐는 찬란한 태양빛처럼 안드레아의 얼굴이 환해졌다.

"정말이지?"

"그래, 그리고 나한테 옷을 사줄 필요까진 없어. 내 카드를 쓰지, 뭐. 거의 한도 초과이긴 하지만."

10분 후, 클레어의 대폭적인 할인에도 불과하고 80달러만큼 더 가난해진 한나는 드레스샵에서 나왔다. 새로 산 옷은 한나가 매우 좋아하는 색깔의 의상이었다. 꼭 한 번쯤 입어보고 싶었던 색상 말이다.

흔하지 않은 어두운 적색의 여름 스커트와 재킷은 한나의 빨간 머리와도 묘하게 잘 어울렸다. 새로 들어온 옷 중에서 클레어가 특별히 골라준 의상이었는데, 단 1센트도 아깝지 않을 정도로 한나에게 맵시 있게 잘 어울렸다.

"론다의 아파트까지 내가 운전할게."

주차장을 가로질러 쿠키단지의 뒷문을 향해 걸어가던 안드레아가 한나의 큰 보폭을 따라잡으며 말했다.

"언니 트럭에는 옷을 걸 수 있는 곳이 없잖아. 내 차에는 있으니까 내 차로 가자. 새 옷이 구겨지는 건 싫거든."

"좋아."

한나가 뒷문을 열고 작업실로 들어갔다. 그리고는 건물 주인이 욕실이라고 지칭했던 조그마한 공간에 입고 있던 녹색 정장을 던져 넣었다.

"어서 가자. 늦어도 1시 30분까지는 돌아와야 하니까."

"문제없어."

안드레아가 앞문을 통해 자신의 차로 향했다.

그녀는 자동 개폐기로 차 문을 연 다음 미끄러지듯 운전석에 올라탔고, 한나도 안드레아를 따라 조수석에 올라탔다.

"내가 운전한다고 하면 언니가 엄청나게 잔소리를 해댈 줄 알았는데."

"내가 왜?"

"난 과속을 밥 먹듯이 하잖아. 앞도 제대로 안 보고 말이야."

"그건 사실이야."

한나가 안전벨트를 동여맸다.

"네가 사고 한 번 안 냈다는 게 정말 기적이라니까."

안드레아가 시동을 걸고 천천히 거리로 차를 몰기 시작했다.

"그러면서 어떻게 내가 운전하도록 내버려두는 거야?"

"난 영원한 낙천주의자거든. 언젠가는 나아지리라 믿어."

안드레아는 잠시 생각에 잠긴 듯하더니 고개를 설레설레 저었다.

"아냐, 내 차를 몰고 가도록 내버려둔 건 무슨 다른 이유가 있어. 빨리 말해, 언니. 뭔지 말해보라고."

"넌 내 동생이야. 친동생에게 희생의 기회를 주는 게 그렇게 나빠?"

"말도 안 돼."

한나는 한숨을 내쉬었다, 안드레아는 역시 고집불통이었.

지금이든 나중이든 안드레아라면 어차피 사실을 알아낼 터였다.

"내 트럭의 에어컨이 고장 났거든."

"거봐, 뭔가 이유가 있는 줄 알았다니까!"

앞 유리창을 응시하던 한나는 있지도 않은 오른쪽의 브레이크 페달을 발로 밟으며 말했다.

"속도 좀 줄여, 안드레아. 신호가 바뀌려고 하잖아."

"아직 여유 있다구."

안드레아가 고집을 부리며 바람 같은 속도로 교차로를 통과했다.

"봤지? 내가 말했잖아. 노란불에는 무조건 가는 거라니까."

"도착하거든 말해줘."

한나는 가죽 좌석에 몸을 기대고는 안드레아가 과속을 해도 한 번도 사고를 낸 적이 없다는 사실을 다시 한 번 떠올리며 눈을 감았다.

비겁한 방법일지는 몰라도 보지 않는 편이 그나마 덜 불안했다.

론다의 이웃을 모두 만나고 나니 시간은 어느새 정오를 향해 가고 있었다.

한나는 몸과 마음 모두 지쳐버리고 말았다. 새롭게 알아낸 사실이 아무것도 없긴 했지만, 딱히 그 때문은 아니었다.

살인사건의 단서들이 보란 듯이 한나 앞에 나타나주지 않는다는 건 잘 알고 있으니까 말이다.

"론다가 외출하는 걸 본 사람이 아무도 없어서 실망한 거야?"

보도블록을 따라 차가 있는 곳으로 걸어가던 중 한나의 침울한 표정을 눈치 챈 안드레아가 물었다.

"아니."

"그럼, 뭐가 문제야?"

"아무것도 아니야."

안드레아가 발걸음을 멈추고 허리에 두 손을 올리며 말했다.

"하나밖에 없는 언니가 가장 친한 친구를 잃은 듯한 표정을 짓고 있을 땐 분명히 뭔가 문제가 있는 거야. 어서 말해봐."

"새 옷이 나한테 잘 어울리는 줄 알았어."

"잘 어울려."

"그럼 왜 다들 너한테는 '정말 사랑스러워요.' 라고 말하면서 나한테는 '한나도 예쁘네요.' 라고 말하는 거야?"

"그건 내가 임부복을 입었기 때문이야. 임신을 하면 사람들이 어떻게 대하는지 언니도 알잖아."

"몰라."

"흠, 난 임신해본 적이 있기 때문에 잘 알아."

안드레아가 차 문을 열고 운전석에 올라탔다. 그리고 한나가 조수석에 앉아서 안전벨트를 매자 다시 설명하기 시작했다.

"임신한 여자들은 풍선처럼 우스꽝스럽게 보이기 마련이야. 그런 나를 위해 사람들이 그냥 위로하느라고 그렇게 얘기해주는 거야."

안드레아는 한나를 위로하려고 부단히 애쓰고 있었지만, 불행히도 한나에게는 별 소용이 없었다.

평소에는 안드레아를 향한 사람들의 칭찬에 무관심한 한나였지만, 오늘은 웬일인지 몹시 신경이 쓰였다. 큰 키에 털털한 한나와 예쁘고 가냘픈 안드레아를 두고 선생님과 친구들이 비교하던 고등학교 시절로 되돌아간 듯한 기분이었다.

"사소한 얘길 너무 심각하게 받아들이고 있잖아."

안드레아가 사뭇 점잖게 타일렀다.

"언니가 다이어트중이라 다소 초췌하게 보였을 수도 있어."

한나는 드디어 안드레아의 말이 맞을지도 모른다는 생각이 들었다.

"네가 나보다 더 언니처럼 보일 때가 제일 싫어."

"그건 나도 마찬가지야. 언니 같다는 건 나로서도 그다지 반가운 애긴 아니니까."

안드레아가 차의 시동을 걸고 커브 길에서 차를 몰고 나왔다.

"어디 다른 데 갈 덴 없어? 출장서비스 가기 전까지 2시간이나 남았잖아."

"편의점으로 가자."

"왜?" 안드레아가 물었다.

"수지에게 줄 장난감을 산 다음 루앤의 집으로 가려고. 노먼의 말로는 보웰커 부인의 집을 청소했던 도우미가 루앤의 어머니였다니까 가서 한 번 만나보려고."

"그래, 마조리 아주머니가 뭔가를 알고 있을 지도 모르겠다."

안드레아가 신이 나 말했다.

"가사 도우미들은 온갖 걸 다 보게 마련이니까. 그럼 편의점까지 갈 것 없이 우리 집으로 가자. 마침 수지에게 주려고 장난감들을 포장해놓았거든."

"트레시가 갖고 놀던 거?"

안드레아는 이미 수지에게 트레시가 입던 옷이며 가지고 놀던 장난감들을 거의 한 트럭이나 준 적이 있었다.

"아니, 이번 건 새 거야. 지난달에 쇼핑몰에 있는 완구점에서 큰 세일을 하기에 좀 샀어."

"새 장난감이면 루앤에게 뭔가 변명거리를 만들어야 할 거야. 루앤과 마조리 아주머니가 동정받는 걸 얼마나 싫어하는지 너도 잘 알잖아."

"언니 말이 맞아. 그래서 그냥 트레시가 쓰던 거라고 하려고. 트레시는 장난감이 너무 넘쳐서 탈이라니까."

"넌 못됐어, 안드레아."

한나가 안드레아를 향해 미소를 지어 보이며 말했다.

"하지만 착하기도 하지. 내가 네 언니라는 것이 자랑스러워."

"고마워. 근데 다른 부동산 중개인들에 비하면 난 못된 게 아니라니까. 나도 언니가 자랑스러워."

"이게 전부 수지 거란 말이야?"

마조리 행크스가 안드레아와 한나가 가져온 쇼핑백을 안으로 들여놓으며 탄성을 질렀다.

짙은 갈색 머리카락에 헤이즐 눈동자가 인상적인 마조리 행크스는 50대 중년 여성으로 작지만 다부진 체격을 하고 있었다.

"정말로 트레시가 이 많은 걸 다 안 갖고 논단 말이야?"

"자기 옷장을 청소했거든요."

안드레아가 가짜 모피 옷에 가짜 진주 목걸이를 한 핑크색 벨벳 곰 인형을 꺼내며 말했다.

"트레시가 이건 꼭 수지에게 주라고 했어요. 어느 정도 나이가 되면 여자아이들이 어떤지 잘 아시잖아요. 이제 분홍색은 자기한테 너무 유치하다나요."

마조리는 곰 인형을 집어 털을 부드럽게 쓰다듬었다.

"수지가 무척 좋아하겠는걸. 지금 낮잠을 자고 있는데 이따가 일어나면 바로 이 곰 인형을 줄게. 근데 이건 쇼핑몰에 있는 완구점에서 최근에 팔던 인형 같은데?"

"그럴 리가 없어요."

안드레아가 능청스럽게 말했다.

"뭐, 재생산했거나 하지 않았다면요. 제 친구가 트레시 세례식 때 선물해준 거거든요."

안드레아가 더 깊은 무덤을 파기 전에 한나가 나서야 할 때였다.

"론다에 대해 여쭤볼 것이 있어요, 행크스 부인. 지금 론다의 사건을 수사중인데 노먼 애기론 부인이 보웰커 부인의 집을 청소하셨다고 하더라고요."

"맞아, 내가 했어. 짧은 기간이어서 얼마나 아쉬웠다구. 정말 좋은 자리였거든."

"그렇지만 일이 많았을 것 같은데요?"

안드레아가 질문에 동참하며 물었다.

"첫날만 조금 힘들었지. 론다의 대고모인 보웰커 부인은 1980년부터 휠체어에 앉아서만 생활하셨다고 하더니 정말 집이 엉망이었어. 보웰커 부인과 함께 살던 분이 도통 청소를 안 했던 모양이야."

"그럼, 청소하는데 꽤 오래 걸리셨겠어요."

"그렇게 오래 걸리진 않았어. 론다가 다락방엔 아무것도 없으니 괜찮고, 지하실도 그냥 그대로 두면 된다고 했거든. 그래서 그냥 바닥 청소만 했지. 프레디와 제드가 날 도와줬어. 마침 론다가 부탁한 작업을 하고 있었는데, 무거운 쓰레기봉투를 옮기는 걸 대신 해줬지."

"어떤 작업을 하고 있었는데요?"

한나는 호기심이 생겼다.

"유리창을 갈아 끼우는 일이었는데, 정말 능숙하게 잘하던걸."

안드레아가 고개를 끄덕이더니 이내 앞의 대화로 돌아갔다.

"그럼 첫날만 힘들고 그다음부터는 편하셨단 말씀이시죠?"

"그럼! 그냥 먼지만 떨어내고 청소기만 돌리면 됐어. 물론……, 침실만 빼고."

"침실이요?" 한나의 귀가 솔깃했다.

"침실이 왜요?"

"먼지 떨고, 청소기 돌리고, 욕실 청소하고 침대의 시트도 갈아줘야 했어. 론다가 자기 집이 있긴 하지만, 때때로 거기서 묵기도 했거든. 죽은 사람 얘기라 조심스럽긴 하지만 만나는 사람이 있는 것 같더라고, 무슨 얘긴지 알지? 다음날 가보면 늘 수건도 4장이 나와 있고, 쓰레기통에 여행용 애프터세이브 병과 면도칼이 들어 있곤 했으니까."

"어떤 면도칼이었어요?"

쉽게 추적할 수 있게 특별난 점이 있길 바라며 한나가 물었다.

"코스트 마트 같은 곳에서 흔히 볼 수 있는 12개짜리 일회용 면도칼이었어."

"애프터세이브는요? 어떤 브랜드였는지 기억하세요?"

"그럼, 올드 스파이스 제품이었어. 병이 너무 귀여워서 집에 가져갈까 생각했었으니까. 수지가 민들레를 곧잘 꺾어오곤 해서 탁자에 놓는 화병으로 쓰면 좋겠다 싶었거든."

마조리가 잠시 멈칫하더니 이내 얼굴을 찡그렸다.

"혹시 그거 중요한 건가?"

"그럴 수도 있어요." 한나가 말했다.

"그걸로 지문 감식을 할 수도 있으니까요. 론다와 함께 밤을 보낸 남자가 사건에 대해 뭐가 아는 게 있을지도 몰라요."

마조리는 몸을 살짝 떨었다.

"아님 그가 론다를 죽였거나. 이럴 줄 알았으면 병이랑 면도칼도 보관해놓는 건데……, 모두 증거로 쓸 수 있었을 텐데 말이야. 난 그것도 모르고 그냥 쓰레기봉투에 넣어서 밖에 내놓았지."

한나가 살짝 얼굴을 찌푸렸다. 한나와 마찬가지로 마조리도 무심결에 중요한 증거물을 쓰레기차에 실어 보내고 만 것이다.

"걱정하지 마세요." 안드레아가 나섰다.

"그런 것들이 없이도 언니라면 범인을 잡아낼 수 있을 거예요."

한나가 깜짝 놀라 안드레아를 쳐다보았다.

행크스 부인을 위로하려고 한 말이거나 정말로 한나의 능력을 믿거나 둘 중 하나일 것이다.

하지만 불행하게도 한나에게는 그만큼의 자신감이 없었다. 론다의 남자친구가 실제로 존재한다는 사실 말고는 다시 원점으로 돌아온 셈이었다.

"고맙습니다, 행크스 부인. 정말 많은 도움이 되었어요."

한나가 환하게 미소 지으며 말했다.

"노먼이 병원 청소 일을 아주머니한테 맡겼다고 하던데, 금세 새 일자리를 찾게 되셔서 다행이에요."

"그러게 말이야. 로드 박사가 일당을 두둑이 쳐줄 뿐만 아니라 치과 진료도 싼값에 해주겠다고 약속했어. 한나를 위해 짓고 있는 새집 청소도 내게 맡길 거라고 했고."

"그건 저를 위한 집이 아니에요." 한나가 얼른 나섰다.

"노먼의 집이지, 제 집이 아니니까요."

마조리가 어깨를 으쓱해 보였다.

"상관없어요. 집이 다 지어질 때쯤이면 한나의 마음도 바뀔지 모르니까. 로드 박사 같은 신랑감을 찾기도 힘들어."

한나는 딱히 할 말이 떠오르지 않았다. 대신 간절한 눈빛으로 안드레아를 쳐다보자, 안드레아는 재치 있게 한나에게서 대화를 넘겨받았.

두 사람은 수지가 얼마나 밝은 아이인지, 그리고 얼마나 빨리 숫자를 배웠는지에 대해 한참 동안 얘기를 나눴고, 꽤 오랜 시간이 지난 후에야 한나와 안드레아는 집 밖으로 나설 수 있었다.

"찾아간 보람이 있었지?"

마을을 향해 고속도로를 내달리며 안드레아가 물었다.

"새롭게 알게 된 게 있었잖아."

"그래. 론다한테 남자친구가 있었을 거라고 추측하고 있었는데, 이젠 그걸 확신할 수 있게 됐어."

"애프터셰이브 말이야?"

커다란 목재를 가득 실은 트럭 옆을 쏜살같이 스쳐 지나가며 안드레아가 물었다.

한나는 안전벨트가 단단히 매였는지 다시 한 번 확인했다.

"론다가 좋은 여성용 향수를 다 놔두고 올드 스파이스 같은 향을 좋아하는 독특한 취향이 있었던 것이 아니라면 그건 남자가 썼다고 보는 게 맞겠지."

한나가 마지막 쿠키 상자를 싣고 나자 안드레아가 자신의 손목시계를 내려다보았다.

"아직 20분이나 남았네. 일부러 일찍 가고 싶진 않아. 잠깐 엄마네 앤티크점에 들르면 안 될까? 엄마와 루앤이 지난주에 이삿집 장터(미국에선 이사할 때 집 마당에 이러한 장터를 열어 필요없는 가구나 물건들을 팔곤 한다)에서 장미목으로 만든 앤티크 요람을 하나 구입했대. 새로 태어날 아기한테 안성맞춤일 거라고 하시던데."

"좋은 생각이야. 마침 엄마와 로드 부인을 만날 일도 있으니까. 론다의 남자친구가 누구인지 주변에 물어보겠다고 하셨거든."

한나는 트럭 문을 잠그고 안드레아와 함께 주차장을 가로질러 엄마의 앤티크점으로 향했다.

뒤쪽에 주차하는 손님들의 편의를 위해 뒷문도 활짝 열려 있었다.

두 자매는 뒷문을 통해 앤티크점으로 들어가 포장박스와 낡은 가구들을 헤집으며 앞쪽으로 향했다.

"노먼의 말이 맞아. 창고 공간이 더 많이 필요하겠어."

한나가 다리 세 개짜리 탁자에 걸려 거의 넘어질 뻔 비틀거리며 중얼거렸다.

"그러게 말이야. 천장까지 쌓아놓았는데도 부족하잖아. 엄마한테 마땅한 창고를 찾아보겠노라고 했는데."

"안녕, 애들아!"

두 자매를 발견한 엄마가 반갑게 외쳤다.

"어서 와서 저기 저 요람 좀 보렴. 안드레아, 저기 동쪽에 곡선 모양의 하이보이(다리가 높은 서양식 장롱)와 주석으로 된 유리문 사이에 있단다."

"론다의 남자친구는 좀 알아보셨어요?"

한나가 엄마와 로드 부인이 있는 카운터로 다가가 물었다.

"안타깝게도 별로 알아낸 것이 없구나."

엄마가 살짝 얼굴을 찡그렸다.

"생각나는 사람한테는 모두 전화를 해봤다만, 누군지 아는 사람이 없더구나."

"이거 하나는 알아냈지."

로드 부인이 슬며시 미소를 지으며 말했다.

"뭔데요?"

"괴츠가 연 새해 전야 파티에서 론다가 술이 많이 취해서는 제럴딘에게 누군가 만나고 있단 얘길 했대. 그런데 그 사람과 결혼할 수는 없다면서 말이야."

한나는 로드 부인의 얘기를 머릿속에 잘 메모해두었다.

"이유는 얘기 안 하고요?"

"제럴딘이 물어봤는데, 그 사람과 결혼하려면 장례식부터 치러야 한다고 했대."

"장례식이요?"

"네 엄마와 난 그 남자가 유부남이 아닐까 생각한단다. 론다가 그렇게 얘기하는 건 그 남자가 자기 부인과 이혼하지 않겠다고 했던 게 아닐까 하고."

한나는 잠시 생각에 잠겼다.

"정말 그럴 수도 있겠네요."

"또 하나 재미있는 사실을 알아냈지."

앤티크점에 손님이라곤 없었는데도 엄마가 목소리를 낮춰 말했다.

"어젯밤에 브리짓 머피가 남편인 시릴을 협박했다더라."

한나는 입이 떡 벌어졌다.

브리짓 머피라면 레이크 에덴에서 둘째가라면 서러워할 정도로 따뜻하고 친절한 여성이었다. 그런 그녀의 결혼생활에 그런 일들이 벌어지리라고는 상상도 못했다.

"그러니까……, 흉기로요?"

"당연히 그건 아니지. 시릴이 브리짓에게 생일선물로 줬던 차 기억나니? 그게 그동안 세 번이나 고장이 났었는데, 지금 당장 고쳐주지 않으면 차에 페인트로 커다란 레몬을 그려서 퍼레이드 행렬에 내보내겠다고 했다더구나."

다시 쿠키단지로 돌아왔을 때 시간은 오후 4시였다.

두 건의 출장서비스는 무사히 끝났고, 안드레아의 새 임부복도 시어머니에게 톡톡한 효과를 발휘했다.

하지만 두 사람이 나눈 짤막한 대화라고는 병원에 입원할 때 어떤 색의 산모복이 안드레아에게 잘 어울릴까 하는 것이었다.

"갔다 왔어, 리사."

한나가 카운터를 보고 있는 리사에게 다가가 말했다.

"좀 쉴래?"

"아니, 괜찮아요. 3시쯤에 손님이 몰아닥치긴 했지만, 이젠 많이 한가해졌거든요. 마이크가 한나를 만나러 왔었어요."

한나가 한숨을 내쉬었다.

"불행하게도 못 만나고 말았네."

"마이크가 걱정하지 말라고 했어요. 어차피 바빠서 오래 못 있을 거라고 했거든요. 이따가 카페 문 닫을 때쯤 전화하겠다면서요. 작업실에서 혹시 제드 못 봤어요?"

한나는 고개를 저었다.

"아니, 거기엔 그냥 가방만 두고 바로 이리로 왔는데."

"제드가 한나에게 할 말이 있대요. 20분쯤 전인가 프레디가 와서 선반 작업이 다 됐다면서 알려주더라고요. 아마 일당 때문에 그러는 것 같아요."

"그래, 그럼 일당부터 주고, 내일 쓸 반죽을 해야겠어."

한나는 카페를 찾은 단골손님들에게 반갑게 인사를 한 뒤 작업실로 돌아갔다.

새로 단 저장실의 선반은 튼튼하고 깔끔해 보였다.

제드는 열중해서 마지막 나사를 조이고 있었다.

"안녕하세요, 정말 잘 달렸네요."

"고마워요. 잠깐만 들어와 봐요, 한나. 우리가 한 작업을 보여주고 싶어요."

한나가 저장실 안으로 들어가자 제드가 문 뒤와 벽 사이의 조그마한 직사각형의 공간을 가리키며 말했다.

"여긴 선반을 놓기엔 장소가 협소해서 주머니 걸이를 달았어요. 우리에게 일을 맡겨줘서 감사하다는 의미로요."

한나가 흥미 어린 눈길로 주머니 설이를 바라보았다. 벽과 같은 색으로 칠한 긴 판자에 그물코로 짠 주머니들이 매달려 있었다.

"선반에 올려놓기엔 너무 작은 것들을 넣어 두시면 될 거예요. 그물이라 떨어지지도 않고, 안에 뭐가 들어 있는지도 한 눈에 볼 수 있죠."

한나는 기뻤다. 늘 쓰다 남은 땅콩이나 초콜릿칩, 마시멜로 같은 것들을 어디에 보관해야 할지 고민이었다.

"정말 생각을 잘했네요. 아이디어는 어디서 얻었어요?"

"제가 일했던 공장 구내식당에서요. 거기에도 이런 주머니 걸이가 있었거든요."

"정말 유용하게 쓸 수 있을 것 같아요. 생각해줘서 고마워요, 제드."

저장실에서 나온 한나는 지갑에서 일당을 꺼냈다. 그리고 한창 돈을 세어 보던 중 아까 제드가 했던 말이 떠올랐다.

"공장 주방에서 일했었다고 했잖아요. 혹시 요리사였어요?"

"아뇨, 전 그냥 수리공이었어요. 덕분에 주방용품에 대해선 도가 텄죠. 여기서 뭔가 쓰다가 고장 나는 게 있으면 언제든 부르세요. 웬만한 건 제가 다 고칠 수 있을 거예요."

"기억하고 있을게요."

한나가 일당을 봉투에 넣어 하나는 프레디에게, 그리고 또 하나는 제드에게 건네주었다.

"주머니 걸이 정말 고마워요. 둘 다 수고 많았어요."

프레디가 봉투를 받아들더니 한나를 향해 미소를 지었다.

"고맙습니다. 근데 제드가 큰 집에서 일했던 거 모르죠?"

"큰 집이요?"

한나가 제드를 돌아보며 의아한 표정을 지었다.

"그게 어디에요?"

"사람들이 보통 교도소라고 부르는 곳이에요." 제드가 말했다.

프레디는 당황하는 듯 보였다.

"미안해, 형. 말하면 안 되는 걸 깜빡했어."

"한나에겐 괜찮아. 언뜻 들으면 다들 오해하겠지만."

제드가 한나에게 설명하기 시작했다.

"전 거기 직원이었어요, 죄수가 아니라."

한나는 고개를 끄덕였지만, 과연 제드의 말을 믿어도 될지 알 수가 없었다. 교도소에 갔던 사람이라면 그 사실을 숨기려고 거짓말도 해댈 테니 말이다.

"거기서 오래 일했어요?"

"돈이 어느 정도 모일 때까지만 했어요. 한 몇 달 일했나? 그래도 딱 한 가지, 기술직 직원들한테는 소급액을 지급했기 때문에 정말 좋았어요. 그 돈을 오늘 우편으로 받았거든요. 여기 일이 끝나는 대로 시릴 머피의 중고차 매장에 가서 프레디의 어머니가 타시던 낡은 차를 소형 트럭으로 바꿀 계획이에요."

"하지만 그건 지금 프레디 것이잖아요?"

"그렇죠, 하지만 녀석은 운전도 못 해요. 제가 와서 몰기 전까지는 거의 폐차에 가까웠는걸요. 어차피 이제 고물이나 마찬가지고요. 주차도 항상 언덕 위에 해야 하고 말이죠."

"언덕이요?"

"시동 장치를 바꿨는데, 여전히 잘 작동하지 않아요. 그래서 두 번 중 한 번은 언덕 위에서 차를 굴리면서 시동을 걸어야 엔진이 돌아갔어요. 게다가 프레디도 트럭을 갖고 싶어하고."

"당연하지!"

프레디가 한나를 향해 함박웃음을 지으며 말했다.

"정말 트럭이 갖고 싶어요. 제드가 그러는데, 여자애들은 트럭을 가진 남자를 좋아한대요."

프레디와 제드가 연장이며 도구를 챙겨 카페를 떠나는 것을 지켜보는 내내 한나는 생각에 잠겼다.

제드가 교도소에서 직원으로 일했었다는 얘기가 어쩐지 믿음이 가질 않았다. 한나는 나중에라도 확인해보자고 생각했다. 게다가 프레디의 새로운 모습도 마음에 들지 않았다.

한나가 아는 한, 프레디는 여자에게 별로 관심이 없었다.

제드가 나름대로 좋은 의도로 그랬는지는 몰라도 어쩐지 프레디에게 안 좋은 것들을 가르쳐주고 있다는 의심을 떨쳐버릴 수가 없었다.

옷 고리에 앞치마를 벗어 걸며 한나는 시계를 흘끗 쳐다보았다.

"이제 그만 가, 리사. 오트밀 건포도 쿠키나 좀 싸서 아버지께 갖다드려. 벌써 6시 30분이야."

"알았어요. 두말없이 따를게요."

리사가 마지막 반죽 그릇을 냉장실에 집어넣고는 앞치마를 벗어 한나 것 옆에 나란히 걸었다.

"마이크 전화 기다릴 거예요?"

"조금 기다려보다가 안 오면 그냥 집에 갈 거야. 어차피 집 전화번호도 알고 있으니까."

"그럼, 내일 봐요."

리사는 남은 쿠키 꾸러미를 들고 카페를 나섰다.

리사가 떠나고 난 뒤 한나는 저장실에 있는 재료들을 확인하고 새로 구입해야 할 것들의 목록을 정리하는 등 떠날 준비를 했다.

7시 30분이 될 때까지 마이크로부터 전화는 걸려오지 않았다. 하는 수 없이 가방을 들고 막 문밖을 나서려는데 전화벨이 울렸다.

한나는 발길을 멈추고 전화기를 뚫어져라 쳐다보았다. 제발 전화를 받지 않아도 상대방이 누구인지 훤히 알 수 있는 신기술이 개발되기를 바라며 말이다.

엄마일까? 아니면 마이크? 채 대답을 내리기도 전에 한나는 쏜살같이 달려가 수화기를 들었다. 엄마라고 해도 전화를 빨리 끊을 수 있는 비법은 이미 여러 개 챙겨 두고 있으니 문제없었다.

"여보세요?"

"안녕, 한나." 어쩐지 미안해하는 듯한 마이크의 음성이었다.

"늦게 전화해서 미안해요. 워낙 바빴거든요. 혹시 저녁에 약속 있어요?"

"오늘이요?"

"네, 어디 멋진 식당에서 같이 식사하면서 론다에 대해 얘기 좀 해볼까 하는데요. 장소는 당신이 선택해요."

"좋아요." 그야말로 일거양득의 기회였다.

"그럼 알프레도의 이탈리아 레스토랑에서 저녁을 먹고, 편의점에 데려다 주겠어요? 미셸을 마중 나가야 하거든요. 그런 다음에 엄마의 호수 방갈로로 데려다 주면 좋겠는데요."

"기꺼이 해드리죠. 몇 시로 예약해놓을까요?"

한나는 시계를 쳐다보고는 머릿속으로 셈을 하기 시작했다.

지금이 7시 30분이니까 차는 별로 안 막히겠지? 집까지 가는 데 15

분, 모이쉐에게 밥 주는 데 2분이 걸리니까 총 17분. 출장서비스를 위해 마련한 의상 덕분에 새로 옷을 갈아입을 필요는 없고, 세수하고, 양치질하고, 머리카락 빗는 데 3분, 그리고 기타 등등에 10분 여유를 잡으면 되겠어.

"8시 30분으로 잡아요. 우리 집에는 8시에 데리러 오면 되겠어요."

"집에 가서 외출 준비하는 데까지 30분밖에 안 걸린단 말입니까?"

한나가 씩 웃었다, 마이크는 사뭇 놀란 듯했다.

"그럼요."

"하지만 보통 여자들은 데이트 나갈 때 그보다 더 오래 걸리던데요."

"난 보통 여자가 아니거든요. 그 정도면 충분해요."

모이쉐에게 크런치를 부어주며 한나는 시계를 쳐다보았다.

7시 50분. 세수도 하고, 양치질도 했으며, 머리카락도 단정하게 빗어 미셸이 작년에 맥칼레스터 대학교 아트페어 때 사서 한나에게 선물했던 핀으로 묶어 올렸다. 심지어 대학시절 룸메이트에게서 받은 향수를 뿌리는 여유도 부렸다.

준비는 모두 끝났고, 마이크가 벨을 울리기까지는 아직도 10분이나 남아 있었다. 그때 사료그릇이 놓인 쪽에서 울음소리가 들렸다.

한나는 고개를 돌려 함께 사는 고양이 친구를 내려다보았다.

"걱정하지 마. 마이크랑 그저 저녁을 먹으러 가는 것뿐이야. 그런 다음 버스 정류장으로 미셸을 데리러 갈 거야."

한나의 대답에 안심이라도 한 듯 녀석은 다시 사료그릇으로 고개를 숙였고, 한나가 수첩을 꺼내 주방 탁자 앞에 앉을 때까지 한 번도 들지 않았다. 5분 동안 론다의 살인사건에 대해 메모한 내용을 몇 번이고 읽어보며 내쉬는 한나의 한숨소리와 크런치를 맛있게 씹어대는 모이쉐의 오물거림이 침묵 속에 울려 퍼졌다.

징밀이지 수사에 진전이 없다.

클레어가 론다에게 레몬 파이를 줬다고 했으니 적어도 한 가지 수수께끼는 해결되었다. 그리고 포장용기에 담겨 있던 오소부코는 알프레도의 이탈리아 레스토랑에서 사온 것이었다.

이왕이면 론다의 남자친구가 오소부코를 사갔고, 레스토랑의 누군가 그 사람을 기억하고 있다면 좋을 텐데 말이다. 만약 그렇지 않다면, 그 사람이 누구인지 밝혀내려면 더 깊게 파고들어가야만 한다.

론다에게 남자친구가 있었다는 사실로 한나는 몇 가지 살해 동기를 더 떠올려볼 수 있었다.

엄마와 로드 부인이 추측한 대로 그 남자가 유부남이었다면, 그의 부인이 질투심에 눈이 멀어 론다를 죽였을 수 있다. 하지만 이 추측에는 그녀가 매우 튼튼한 여성이어야 한다는 전제가 따른다. 지하실의 소각장 바닥을 뜯고 땅을 파려면 보통의 힘 갖고서는 어림도 없을 테니 말이다.

한나는 살해 동기와 가능성이 머릿속에 떠오르는 대로 수첩에 적었다. 만약 론다의 연애가 한 가정을 파탄으로 몰고 갔다면, 그의 자식들, 심지어 십대라고 해도 부모님의 이혼에 대한 복수로 그녀를 죽였을 수 있다. 무리가 있다고 생각할지도 모르겠지만, 자매나 형제, 혹은 남매간에 엄마의 라이벌을 제거하려고 힘을 합쳤을 수도 있다.

론다의 수다스런 입방아도 빌미가 되었을 수 있다. 론다의 입방아로 누군가가 상처를 받았다면 말이다. 그건 엄마와 로드 부인에게 확인해보면 될 것이다.

약국에서의 생활도 있다. 론다가 동료 직원을 험담해 그 사람을 직장에서 잘리게 했다면, 그가 론다에게 복수를 했을 수도 있다.

내일 레이크 에덴 이웃 약국을 찾아가서 약사이자 약국 주인인 존 워커를 만나봐야겠다.

그때 인터폰으로 벨 소리가 울렸고, 한나는 아파트 입구의 나무 바를 올려주는 버튼을 눌렀다. 그리고는 자리에서 일어나 모이쉐에게 작별 인사를 한 다음 크런치를 더 부어주고, 수첩을 챙겨서 문 밖을 나섰다.

눅눅한 공기와 피부가 노출된 곳이라면 어디든 미니 드라큘라처럼 들러붙는 모기떼들을 제외한다면 꽤 낭만적인 저녁이었다.

마침 마이크의 차는 코너를 돌고 있었고, 한나는 잔디밭을 가로질러 걸어갔다. 사실 잔디밭에 들어가는 것을 아파트 관리실에서 금지했었지만, 아파트 주민들 대부분이 멀리 돌아가는 길보다는 잔디밭을 가로질러가는 지름길을 택했다.

결국 계속되는 주민들의 성화에 못 이겨 관리실이 포기하고 말았고, 정원사를 시켜 이미 사람들이 숱하게 지나다녀서 헐벗은 잔디밭 위에 징검다리 돌을 놓게 하였다.

한나가 걸어오는 것을 본 마이크가 살짝 경적을 울렸고, 그런 마이크를 향해 한나는 손을 흔들어주었다.

하지만 그제야 한나는 자신이 아직도 손에 수첩을 쥐고 있다는 사실을 깨닫고는 수첩을 가방 깊숙이 집어넣었다.

마이크가 이번 수사에는 호의적으로 나오긴 하지만, 그렇다고 해서 증거가 되는 정보들을 당당하게 내보이는 것은 한나로선 아직도 위험 부담이 컸다.

한나는 만족스러운 표정으로 레스토랑 안을 둘러보았다.

알프레도의 이탈리아 레스토랑은 매우 훌륭했고, 음식 또한 나무랄 데 없었다.

마이크가 미리 예약해둔 에덴 호수가 한눈에 보이는 창가에 자리를 잡은 뒤 한나는 레몬을 곁들인 닭 가슴살 요리를 주문했고, 마이크에게는 오소부코를 주문해보라고 설득했다. 예상했던 대로 오소부코는 생 올리브 장식과 함께 나온다고 메뉴판에 쓰여 있었다.

"파스타는 안 먹어요?"

웨이트리스가 한나 앞에 놓아준 메뉴판의 사이드 메뉴들을 넘겨보며 마이크가 물었다.

"먹고 싶지만, 다이어트중이에요."

"그럼, 내가 주문해도 되겠어요?"

다른 걸 주문했으면 했지만, 한나는 고개를 끄덕였다.

메뉴판의 설명에 따르면 파스타는 전통방식으로 순수 만든 리가토니(파스타의 일종)를 처음으로 짜낸 순수한 올리브기름과 버터로 볶아 돈 주고도 살 수 없다는 값비싼 파마산 치즈를 솔솔 뿌린 것이었다.

내키는 대로 먹을 수 없는 지금의 상황에서 한나는 마이크가 먹는 모습도 보고 싶지 않았다.

이를테면 이런 사랑의 공식과 똑같은 것이다. 내가 가질 수 없다면, 아무도 갖지 못해.

그리고 보니 전에는 미처 생각해보지 못했다. 만약 론다가 양다리를 걸치고 있었고, 결국 한 남자를 떠나 다른 남자에게 가려고 했다면, 론다를 잃게 된 남자가 그녀를 보내느니 죽이는 게 낫다고 생각했을지도 모른다. 많은 수의 삼각관계가 비극으로 끝나는 데는 모두 그러한 이유가 있다.

"무슨 생각을 그렇게 하죠?"

마이크가 한나가 먹고 싶어하는 파스타를 먹어치우며 물었다.

"긴장하는 것 같은데."

"디저트 때문에요. 하나도 먹을 수가 없으니까요."

"그게 아닌 것 같은데요."

마이크가 고개를 저었다.

"디저트 생각을 하고 있었다면, 슬픈 표정을 지었겠죠. 뭡니까?"

한나는 거짓말로 둘러댈까도 생각해봤지만, 마땅한 핑계가 떠오르지 않았다. 어쩌면 솔직하게 얘기하는 것이 최선일지도 모른다.

"사실 론다에 대해 생각하고 있었어요. 질투심에 얼마만큼 눈이 멀어야 사람을 죽일 수 있을까 하고. 내 생각엔 론다가 삼각관계에 연루되어 있었던 것 같아요."

"유부남과 그의 아내 사이에 말인가요?"

"어쩌면. 하지만 내 생각은 좀 달라요. 만약 론다가 두 남자 사이에 끼어 있었다면, 한 남자가 다른 남자에게로 보내주느니 죽이는 게 낫다고 생각했을 수도 있잖아요."

마이크는 잠시 생각에 잠겼다.

"그게 더 말이 맞겠군요. 나이트 박사님 말씀으로는 여자도 칼로 찌르는 정도는 할 수 있다고 하더군요. 날만 제대로 서 있다면 그다지 힘들이지 않고 찌를 수 있으니까. 하지만 론다를 죽인 사람은 땅에 무덤도 팠어요. 먼지가 콘크리트만큼이나 무거운 바닥에 말이죠. 빌과 내가 구석을 한 번 파봤는데, 보통 일이 아니더군요."

"그럼 범인은 어떻게 했을까요?"

"곡괭이로 내리찍은 다음에 삽질을 한 겁니다. 지하실 한쪽 구석에서 연장들을 발견했어요."

"지문은요?"

마이크가 고개를 저었다.

"전혀 없었어요. 지문감식반에서는 범인이 분명히 장갑을 끼고 있었을 거라고 추정하더군요."

"그럼 살해도구는 어떻게 된 거죠? 발견되었나요?"

"아뇨. 살해도구는 긴 칼날의 흔한 사냥용 칼이었어요. 어디서든 살 수 있는 것 말이죠. 범인은 아마 칼을 가지고 돌아가 어딘가에 숨겨놓았을 겁니다. 운이 보통 좋지 않은 이상 찾기 어려울 거예요."

마이크의 음성에는 통 기운이 없었고, 한나는 그런 마이크의 심정을 알 수 있을 것 같았다. 미네소타에 사는 사냥꾼들이라면 누구나 그런 칼 하나쯤은 갖고 있을 테니 말이다.

"론다의 아파트는 수색해봤나요?"

"물론이죠. 하지만 사건과 관련된 건 아무것도 발견하지 못했어요."

"검시 결과에도 특이할 만한 점이 없었고요?"

"별로. 론다의 위에서 발견된……, 그녀가 저녁식사로 먹은 음식물을 가지고 사망 시간을 추측했을 뿐입니다. 특히 그녀의 피에서 검출된 알코올 성분을 조사해봤더니 그날 저녁에 적포도주를 거의 한 병 가까이 마셨더군요."

"그럼 지하실 계단을 내려올 당시에는 상당히 취해 있었겠네요?"

"분명히 그랬을 겁니다. 그래도 직접 운전하지 않은 것이 다행이죠.

그녀의 차가 그녀의 아파트에 있던 것으로 보아 누군가 그녀를 보웰커 부인의 집에 데려다 준 것이 확실해요."

"그 사람이 누군지 알아요?"

마이크가 고개를 저었다.

"그걸 알아내려고 동분서주했지만, 소용없었어요. 한나는 어때요?"

"나도 똑같은 지점에서 막혔어요."

그렇게 말하면서도 한나는 어쩐지 힘이 솟았다. 이제 마이크도 더는 사건에서 손을 떼라, 방해하지 말라는 얘기를 하지 않는다.

"이번에는 내가 수사하는데 정말 이의가 없는 거죠?"

"썩 내키지는 않지만, 괜찮아요. 어쩔 수 없다는 표현이 더 맞을지도 모르겠지만 말입니다. 그저 위험한 일에만 뛰어들지 말고 내가 알아야 할 것들이 있으면 바로 알려줘야 해요."

"언제는 안 그랬나요?" 한나가 대답을 살짝 피해갔다.

"범죄현장은 어때요? 난 자세히 살펴보지 못했는데, 단서라도 잡았나요?"

"한 개뿐이었죠. 그걸로 처음에는 유력한 용의자를 찾아냈다고 생각했는데, 결국 범인이 아니었어요."

한나는 몸을 살짝 앞으로 기울였다.

이번 사건에 용의자가 있었단 얘기는 처음 들었다.

"누구였는데요?"

"제드 소여. 지하실에서 미네소타 트윈스 야구팀 모자가 나왔는데, 제드가 쓰고 다니는 걸 봤다고 빌이 얘기하더군요. 그래서 제드를 불러 물어보았더니 론다가 보웰커 부인의 집을 부동산에 내놓을 준비를 하면서 제드와 프레디를 불러서 뭔가를 수리하도록 했다더군요."

"사실이에요. 유리창을 갈았다는 얘길 나도 들었어요."

"그렇다면 제드의 얘기와도 일치하는군요. 지하실에서 유리창을 갈면서 모자를 벗어뒀는데 나올 때 잊어버리고 그냥 두고 나왔다고 하더군요."

"그 말을 믿어요?"

"확인해봤어요. 현장 사진을 다시 살펴봤는데, 제드가 갈았다던 유리창에는 여전히 상표가 붙어 있었어요."

"안됐네요." 한나가 한숨을 내쉬며 말했다.

"어째서요? 제드를 싫어합니까?"

"그를 싫어한다는 게 아니라요. 그러니까……, 그가 프레디에게 안 좋은 것들을 가르치는 건 아닌지 걱정이 되어서요."

"무슨 말이죠?"

"아마 별거 아닐 거예요."

마이크가 엄한 눈빛을 쏘아 보내며 말했다.

"어서 털어놔요, 한나. 말을 빙빙 돌리는 건 당신답지 않아요."

"내 생각엔 제드가 프레디에게 무리한 일들을 강요하는 것 같아요."

"이를테면?"

"프레디 어머니의 차를 트럭으로 바꾼다든지, 여자들을 쫓아다닌다든지 하는 일 말이에요. 프레디는 제드가 하는 것이라면 뭐든지 따라하려고 해요. 그래서 제드가 시키면 무조건 하죠. 그게 걱정이에요."

한나는 제드의 얘기를 꺼내놓자 문득 생각이 떠올랐다.

"뭐 하나만 좀 확인해줄 수 있어요?"

"살인사건 수사와 관련된 겁니까?"

"아뇨. 그냥 궁금해서 그러는데, 제드가 교도소에서 수리공으로 일했었다고 얘기한 적이 있거든요, 일종의 직원이었다면서. 그가 굳이 거짓말을 할 이유는 없겠지만, 어쩐지 의심스러워서요."

"얘기를 듣고 보니 그렇군요. 전과가 있다면 금방 찾아낼 수 있을 겁니다. 어느 교도소죠?"

"그건 모르겠어요. 물어보지 않았거든요. 미네소타에 있는 곳 같던데……."

"좋습니다. 내일 아침에 출근하자마자 바로 알아보죠."

"고마워요, 마이크." 한나가 미소 지었다.

"잠깐만 실례해도 되겠어요?"

"그럼요. 마실 거라도 주문할까요?"

"고맙지만, 괜찮아요. 커피만 조금 더 마시면 될 것 같아요. 계속 생각하려면 카페인의 힘이 필요하거든요."

한나는 자리에서 일어나 레스토랑 입구 쪽을 향해 걸어갔다.

레스토랑에서 포장이 가능한 메뉴도 알아보고 론다의 집 쓰레기통에서 운명을 마감한 오소부코를 산 사람을 기억하는 사람이 있는지도 알아봐야 했다. 레스토랑의 여직원이 입구에 서 있었고, 한나는 미소를 띤 채 그녀에게 다가갔다.

"메뉴에 보니 오소부코가 있던데, 포장도 되나요?"

"네, 저희는 주요 요리들을 요일별로 포장해드리고 있습니다."

여직원이 미소로 답했다.

"오소부코는 매주 금요일 저녁 6시부터 8시까지 가능합니다. 미리 전화로 주문을 하셔야 해요."

"그렇군요. 금요일 저녁에는 손님이 많아서 미리 주문해야만 되는가 보죠."

"아뇨, 사실 그 시간대가 제일 한가한 때랍니다. 잠깐만 기다려보세요. 보여드릴게요."

한나는 여전히 미소를 띤 채 여직원이 뭔가를 찾은 듯 노트를 넘기는 것을 지켜보았다.

"여기 있군요."

여직원이 깔끔하게 매니큐어를 칠한 손톱으로 한 페이지를 톡톡 두드리며 말했다.

"오소부코 주문 6개. 지난주 금요일에 판매된 거예요. 근데도 그날은 재료가 모자라서 더 못 팔았어요. 그건 곧 손님들이 전화로 주문하지 않고 직접 와서 메뉴판을 보고 주문한단 얘기죠."

한나는 내심 감탄했다.

"시스템이 매우 효율적이네요. 혹시 포장을 해간 사람들의 이름도 모두 기록되어 있나요?"

"그렇게 하는 것이 의무예요. 주문해서 나온 음식이 올바른 손님에게로 갔는지 확인해야 하니까요. 여기 보세요. 세 분의 손님이 포장 주문을 했는데, 두 개만 개별 주문이었어요."

한나는 다행히 거꾸로 된 글씨도 잘 읽을 수 있었다.

안드레아가 어렸을 때 책을 읽는 안드레아의 앞에 앉아 잘못 읽은 글씨를 지적해주면서 터득한 기술이었다.

굳이 자리를 바꿀 필요 없이 그 자리에 앉아서도 지적해줄 수 있어 매우 편리했다. 게으름이 이런 효력을 발휘할 때도 간혹 있다.

"포장용 메뉴판을 드릴까요?"

"몇 장 주세요."

한나는 여직원이 건네주는 메뉴판을 받았다.

"금요일에 전화할게요. 엄마와 엄마 친구분들이 오소부코를 무척 좋아하시거든요."

"이번 주는 안 되세요. 매달 넷째 주 금요일에는 문을 닫거든요."

"알았어요."

한나가 대답했다. 포장 주문을 해간 사람들을 머릿속에 새겨 넣느라 레스토랑의 휴일에 대해 생각할 여유가 없었다.

"그럼, 다음 주 금요일에 전화할게요. 고마워요."

한나는 여직원에게 싱긋 웃어 보이고는 화장실로 들어갔다. 그리고는 수첩을 꺼내 포장 주문을 해간 사람들의 이름을 적었다.

맨 처음에 적은 사람은 조단 고등학교의 교장인 켄 퍼비스였다. 론다의 남자친구감으로 켄 교장은 정말이지 어울리지 않았다. 두 번째 사람은 조단 고등학교의 상담선생인 길 서마였고, 세 번째 사람은 절대 론다의 남자친구일 리 없는 크누드슨 목사였다.

그는 유부남은 아니었지만, 할머니와 함께 살고 있었다. 그러고 보니 장례식을 치르지 않는 이상 그 사람과 결혼할 수 없다는 론다의 말이 크누드슨 목사의 할머니인 프리실라 크누드슨을 의미한 것일지도 모르겠다.

크누드슨 부인이 새해 전야 파티가 있기 몇 주 전 갑작스러운 발작을 한 적이 있긴 하지만, 그녀가 완전히 회복했다는 사실을 그녀가 알고 있었을 리 만무하다. 세 명의 남자 중 누가 론다와 관련이 있는지를 알아내려면 상당한 시간이 필요할 것 같았다.

마침 화장실에 놓인 공중전화기가 눈에 띈 한나는 먼 길을 가려면 지금보다 더 좋은 시작점도 없다고 생각하며 수화기를 들었다. 길의 부인인 보니 서마는 첫 번째 신호에 전화를 받았다.

한나는 얼굴에 미소를 띠고(텔레마케터들이 사용하는 방법이라고 들었다) 심호흡을 했다.

"안녕하세요, 보니. 저, 한나 스웬슨이에요. 알프레도의 이탈리아 레스토랑에 왔는데……."

"그럼, 꼭 오소부코를 먹어봐요." 보니가 나서서 말했다.

"금요일 저녁에 길이 거기서 오소부코를 사왔었는데, 정말 환상적이더라고."

한나의 가식적인 미소가 진짜 미소로 번져갔다. 길이 보니를 위해 오소부코를 포장해갔다면 론다의 남자친구가 아닌 것이 확실했다.

"금요일이 마침 우리 결혼기념일이었거든요. 길은 뭔가 특별한 것을 해주고 싶어했는데, 내가 몸이 안 좋아서 외출을 못하게 되자 대신 오소부코를 사왔어요."

"정말 자상하네요."

펜을 꺼내 길 위에 죽 선을 그으며 한나가 말했다.

"저녁을 먹은 직후 회의가 있다고 급하게 나가지만 않았으면 더 좋을 뻔했는데, 뭐, 결혼생활이 언제나 완벽할 순 없으니까요. 그래도 길과 나는 제법 아름다운 결혼생활을 영위해나가고 있어요."

'아름다운 결혼생활을 영위해나가고 있다.'

한나는 몰래 킥킥거렸다. 보니도 엄마와 같은 레이크 에덴 레전시 로맨스 클럽에 나가는 모양이다.

"뭐 할 말 있어서 전화했어요, 한나? 길은 지금 시의회 회의에 나갔어요. 끝나면 전화하겠다고 해서 길의 전화를 기다려야 해요."

"어……, 네, 그래요. 할 말이 있어서 전화했어요. 트레시가 '동화 읽기 모임'에 가고 싶다고 해서요. 몇 살이 되어야 갈 수 있는 건지 궁금해서요."

"트레시가 관심을 보인다니 반갑네요. 아직 어리긴 하지만, 안드레아에게 안내책자와 함께 소포를 보낼게요."

"고마워요, 보니. 그것 때문에 전화했어요. 그럼 이만 끊을게요."

한나는 수화기를 내려놓고 안도의 한숨을 쉬었다.

보니와 길이 론다와는 전혀 상관없이 행복한 결혼생활을 한다는 것이 새삼 다행으로 느껴졌다.

다음 대상자는 켄 퍼비스. 걸핏하면 안경을 벗어 입김을 불어가며 문지르는 버릇을 가진 켄이 론다와 함께 있는 모습은 상상하기도 어려웠지만, 켄은 금요일 밤에 2인분의 오소부코를 포장해갔으니 가능성을 완전히 배제할 수는 없다.

보니와의 통화를 통해 한나는 만약의 경우를 대비해 전화를 건 핑계를 준비하는 것이 좋겠다고 생각했다. 켄이나 켄의 부인인 케시가 전화를 받는다면 조단 고등학교에서 가을부터 시작될 예정인 커뮤니티 야간 프로그램에 대해 물어볼 생각이다.

마침 지난주에 레이크 에덴 저널에도 기사가 실렸으니 전화로 물어본다고 해서 그리 이상하진 않을 것이다. 바구니 짜기나 낚시, 뭐 그런 수업에 등록해볼까 생각 중이라고 말하면 되겠지.

한나는 전화번호를 눌렀다. 신호가 몇 번 가더니 이내 달칵하고 자동응답기의 음성이 흘러나왔다.

메시지를 남기느니 그냥 끊는 것이 낫겠다 싶어 한나는 수화기를 내려놓고, 크누드슨 목사의 집 전화번호를 눌렀다.

"여보세요."

크누드슨 목사의 할머니가 두 번째 신호음에서 전화를 받았다.

"안녕하세요, 크누드슨 부인. 한나 스웬슨이에요."

"안녕, 한나."

크누드슨 부인의 음성에 반가움이 가득 묻어났다.

"목사님은 지금 집에 없다우. 하지만 오거든 메시지를 전해주지. 내일 아침에 전화하라고 말이야."

"괜찮아요. 부인께서 도와주실 수 있을 것 같으니까요. 실은 더 일찍 전화 드리려고 했는데 깜빡 잊고 있었어요. 지금 알프레도의 이탈리아 레스토랑에 와 있는데요. 혹시 여기 오소부코 드셔 보신 적 있으세요?"

"아니, 하지만 내가 좋아하는 음식 중 하나긴 하지."

"손자분이 포장 주문을 해가도 될 텐데요."

한나는 좀 더 많은 정보를 알아낼 수 있기를 바라며 말했다.

크누드슨 목사가 오소부코를 할머니께 드리지 않았다는 사실은 확실하다. 그럼 금요일 밤 무엇 때문에 2인분의 오소부코를 사갔던 것일까?

"금요일마다 주문을 받는대요."

"하필이면 금요일!"

크누드슨 부인이 절망스러운 한숨을 내쉬었다.

"목사님은 금요일 밤마다 외출을 한다우. 교회 일과 관련된 회의가 있다나."

"그렇군요."

한나가 크누드슨 목사 이름 주위로 동그라미를 그리며 대답했다.

금요일 밤에 교회 일로 회의라. 오소부코를 가지고 집으로 돌아가지 않은 것만은 확실했다.

"아까 내가 도와줄 수 있을지도 모른다고 했는데, 그게 뭐지, 한나?"

크누드슨 부인의 질문에 한나는 생각에서 퍼뜩 깨어나 준비했던 핑계를 댈 준비를 했다.

"매주 토요일마다 교회에서 빵이나 쿠키를 파는 행사를 한다고 들었어요. 저도 뭔가 돕고 싶은데, 제가 구운 쿠키를 팔면 어떨까요?"

"왜 안 되겠어. 그래 주면 정말 고맙지, 한나. 목사님도 무척 좋아할 거야. 그럼 이번 주에 한나 차례로 돌려놓을까?"

"좋아요."

수화기를 내려놓으며 한나는 미소를 지었다.

크누드슨 부인이 한나에게 제공해준 정보에 비하면 쿠키 정도야 별 것 아니었다. 길 서마는 확실히 아니고, 퍼비스 교장과는 아직 통화를 해보지 못했지만, 용의자 명단의 상위에는 크누드슨 목사가 펄쩍 뛰어 올라와 있었다.

가파른 언덕을 넘으며 한나는 마이크의 차 계기판 불빛에 비춰 손목시계를 내려다보았다.

편의점까지는 얼마 남지 않았고, 다행히 미셸이 탄 버스가 도착하려면 아직 15분이나 남아 있었다.

"옆길에 주차해놓고 들어가요. 션과 론을 만나서 내 쿠키가 잘 팔리고 있는지 물어보고 싶어요."

마이크는 건물 옆길에 차를 세우고 시동을 껐다.

"그거라면 굳이 물어보지 않아도 될 겁니다. 당신의 쿠키는 날개 돋친 듯 팔리고 있으니까요."

"어떻게 알아요? 션과 론에게 벌써 물어봤어요?"

"물어볼 필요도 없어요. 경찰서 사람들이 출근길엔 늘 도넛과 커피를 사들고 오곤 했는데, 요즘에는 커피와 한나의 쿠키를 사오더군요. 이젠 도넛을 사는 사람은 아무도 없어요."

"말해줘서 고마워요." 기분이 좋아진 한나가 말했다.

몇 달 전부터 편의점에 쿠키를 납품하고 있었는데, 나날이 주문량이 늘어나고 있었다. 좋은 징조이긴 했지만, 션과 론이 한나의 쿠키를 파는 것이 아니라 자기들끼리 먹어버리는 건 아닌지 새삼 궁금했었다.

"궁금하면 들어가 봐요." 마이크가 미소를 지으며 말했다.

"미셸이 탄 버스가 예정보다 일찍 도착할지도 모르니까 난 여기서 미셸을 기다리고 있을게요."

한나가 웃음을 터뜨렸다.

"고맙지만, 그래 봤자 소용없을 거예요."

"어째서요?"

"미셸을 한 번도 본 적이 없잖아요. 어떻게 생겼는지도 모르고 있을 텐데……."

"아니, 압니다. 당신 집 벽난로 위에 있는 액자에서 사진을 봤거든요. 안드레아와 당신 사이에 서 있던 갈색 머리의 아가씨가 미셸이죠."

사소한 것에도 주의를 놓치지 않는 마이크의 직업병은 잘 알고 있었지만, 한나는 깜짝 놀라고 말았다.

"맞아요. 근데 그건 옛날 사진이에요. 지금 보면 또 다를걸요."

"그래 봤자 머리 색깔도 그대로일 테고, 몸무게가 늘거나 줄었을 수 있겠지만 골격은 같을 테죠. 잘 찾아낼 테니, 걱정하지 말아요."

한나는 웃으면서 말했다.

"오래된 운전면허증 사진에서 용의자를 가려내는 경찰이니까 오래된 가족사진에서 사람 하나 찾는 것쯤은 식은 죽 먹기죠."

"맞습니다."

그때 마이크가 차창을 내리더니 밖을 쳐다보고는 한나를 향해 웃으며 말했다.

"아직 떠나지 않아서 다행이군요. 저기 버스가 오고 있어요."

한나도 창문 밖을 내다보았다.

하지만 길 위에는 아무것도 없었다.

"어디요? 난 안 보이는데요."

"언덕쯤에 다다르면 보일 겁니다."

"도대체 정체가 뭐예요?" 한나가 마이크를 짓궂게 쏘아보며 물었다. "투시력을 가진 슈퍼경찰?"

"아뇨, 하지만 초음속도 들을 수 있는 슈퍼경찰쯤은 되는 것 같은데요."

"버스 소리를 들었어요?"

"네, 디젤 엔진에서는 특유의 '끼익' 소리가 나거든요. 조용한 밤에는 멀리까지도 그 소리가 들리죠."

한나는 마이크를 쳐다보았다. 제법 진지한 얼굴이었다.

"좋아요. 버스를 수없이 보아오면서도 그런 소리는 한 번도 못 들었지만, 당신 말을 믿을게요."

"깨닫지 못한 것뿐이겠죠."

"경찰이 아니기 때문에요?"

"아뇨, 트럭에 익숙한 사람이 아니기 때문이죠. 예전에 아버지께서 트럭을 여러 대 소유하면서 배달일을 하셨는데, 매해 여름이 오면 난 아버지 대신 단거리 배달을 나가곤 했어요. 매일 똑같은 길을 운전하는 건 몹시 지루한 일이죠. 그때부터 트럭에서 나는 소리에 주의를 기울이기 시작했어요. 나중엔 많이 능숙해져서 그 소리가 피터빌트(트럭의 일종)에서 나는 소리인지 아님 켄워스(트럭의 일종)에서 나는 소리인지 0.25마일 밖에서도 구분할 수 있게 되었죠."

마이크가 얘기를 시작할 때부터 저음의 덜거덕 소리가 들려왔는데, 이제는 그 소리가 점점 가까워져 오고 있었다.

그때 언덕 위에서 그레이하운드(미국의 고속버스 회사) 버스가 모습을 보였고 한나의 눈은 휘둥그레지고 말았다.

"당신 말이 맞았어요. 저기 버스가 오네요. 미셸이 버스 여행을 지루하진 않았는지 모르겠네요."

"누군가 얘기할 상대를 만났을 겁니다. 아주 예쁜 여성이던데요."

"소녀죠." 한나가 바로잡았다.

"아직 십대인걸요."

"간신히 걸쳐 있는 거죠. 내가 열아홉 살짜리 여자친구들을 몇 아는데, 생각보다 성숙해요."

"듣고 보니 그렇기도 하네요."

차에서 내리며 한나는 마이크를 흘끗 쏘아보았다.

그 열아홉 살짜리 여자친구들에 대해 좀 더 알고 싶었지만, 대놓고 물어볼 수는 없었다. 자신의 얘기를 좀처럼 꺼내지 않는 마이크가 그래도 오늘은 아버지의 트럭에 대한 얘길 해주었으니 당장은 그것으로 만족해야 한다.

마이크와 함께 걸으며 한나는 버스 하차장을 비추는 할로겐 불빛을 올려다보았다. 수많은 나방이 위험에도 불구하고 뜨거운 불빛의 전구 주위로 몰려들고 있었다.

무리 중 몇 마리는 도보로 떨어져 버스를 맞이하는 사람들의 발밑에서 유명을 달리하고 말았다.

마이크가 환영객들 사이를 비집고 들어가 앞쪽에 자리를 잡았고, 한나도 그 옆에 나란히 섰다.

마이크가 한나의 팔을 잡으며 미소로 그녀를 내려다보았다.

"오랜만에 동생을 만나게 돼서 기대되죠?"

"그래요." 한나도 미소로 대답했다.

사실 어린 시절 엄마를 도와 갓난아기였던 미셸을 업고 잠들 때까지 거실을 빙빙 돌았던 기억에 대한 향수를 느꼈던 때도 있었다.

거대한 엔진 소리, 끼익 거리는 브레이크 소리와 함께 디젤 특유의 검은 연기를 내뿜으며 버스가 정류장에 멈춰 섰다.

운전기사는 버스 안의 불을 켜고, 클립보드에 무언가를 기록했다. 그런 후 기계음과 함께 버스 문이 열리고 간호사 복장을 한 풍채 좋은 여인이 버스 계단을 내려오기 시작했다.

그녀의 뒤로 비옷을 손에 든 남자와 아기를 안은 엄마, 그리고 밀짚 모자를 쓴 노년의 신사가 따라 내려왔다. 한 젊은 남자가 튜바가 든 커다란 짐 가방을 들고 계단을 내려오느라 쩔쩔맸고, 그의 뒤로 청바지와 스웨터를 입은 두 명의 십대 소녀들이 폴짝폴짝 뛰어내렸다.

한나는 인상을 찌푸렸다. 마지막으로 여자 승객이 한 명 더 내리고 있었는데, 미셸이 아니었다.

"이런. 아무래도 미셸이 버스를 놓쳤나 봐요."

"아니요. 지금 내리고 있잖아요."

한나는 마지막 여자 승객을 다시 한 번 쳐다보았다.

초록색 브릿지를 넣은 머리에 왼쪽 팔에는 공격자세로 똬리를 튼 뱀 모양의 문신이 새겨져 있었으며 번쩍번쩍 빛나는 황금색 상의는 몸에 착 달라붙어 그녀의 호흡까지 한눈에 볼 수 있을 정도였을 뿐만 아니라 엉덩이 선부터 시작되는 빨간색의 바지는 배꼽이 훤히 드러나 보였다. 그런 그녀의 뒤로 내리는 사람이라곤 아무도 없었다.

"안 보이는데요, 어디요?"

"바로 저기 있잖아요. 초록색 머리말입니다."

한나는 또 한 번 살펴보았다.

여전히 계단 위에는 기이한 외모의 여자가 서 있을 뿐이었다. 그녀는 한 손에 황금색의 하이힐을 들고는 한쪽 신발이 철제 계단 사이에 끼어 끙끙대고 있었다.

"미셸이 아니에요."

한나가 고개를 설레설레 저으며 말했다.

"아니, 맞아요. 볼래요?"

마이크가 초록색 머리의 여자에게 가까이 다가가며 손을 흔들었다.

"안녕, 미셸. 여기야!"

그러자 여자의 얼굴이 환해지더니 이내 이쪽을 향해 손을 흔들어 답례했다.

"안녕, 언니! 잠깐만. 신발이 꼈어."

정말 미셸이었다.

한나는 한숨을 내쉬었다.

요즘 대학생들이 최신 유행을 많이 따라한다는 건 잘 알고 있었기에 미셸도 모습이 조금 달라졌을지도 모르겠다고 생각했지만, 마냥 어린아이 같기만 하던 막내 동생이 이 정도로 달라졌으리라고는 생각도 못 했다. 저 모습은 마치…….

"네가 기시 도와주고 올세요."

마이크의 말에 더는 생각하고 싶지 않았던 한나의 상상이 다행히도 깨어지고 말았다.

"너무 걱정하지 마요. 저것도 다 한때니까요."

"한때."

어찌 됐건 애써 환영의 미소를 머금으며 한나가 중얼거렸다.

한나는 앞서 나가는 마이크 뒤로 시선을 피하며 혹시 엄마가 대학을 상대로 고소하지는 않을지 걱정이었다.

내일 아침에 호위 레빈에게 전화해서 승소할 수 있는지 한 번 물어봐야겠다. 아니다, 빠를수록 좋겠다. 집에 돌아가자마자 전화하자.

"여기 왔네요."

마이크가 한쪽 팔로는 미셸을 부축하고, 또 다른 손에는 미셸의 왼쪽 하이힐을 들고서 한나에게 걸어왔다.

"난 미셸을 데리고 차로 갈게요. 그래야 신발을 갈아 신을 수 있을 테니까. 지금 한창 짐을 내리는 중인 것 같은데, 한나는 기다렸다가 가방을 가지고 와요. 분홍색 캠프 가방 하나래요. 혼자서 할 수 있겠죠?"

"그럼요."

한나는 밝게 대답하며 버스로 다가가 분홍색 가방을 찾아냈다.

아마 대학측에서는 자기들 책임이 아니라며 발뺌을 할 것이다. 사실 미셸은 학교 기숙사에 딱 1학기 동안만 살았을 뿐이다. 하지만 그렇다고 해도 최소한 등록금은 반환해줘야 하지 않는가?

"그래, 여행은 어땠어?"

미셸의 가방을 트렁크에 싣고 나서 뒷좌석에 나란히 자리를 잡고 앉으며 한나가 물었다.

"흥미진진했어. 하마터면 버스를 놓칠 뻔했지 뭐야."

미셸이 큰 언니를 향해 '씩' 웃어 보였다.

"카메라를 갖고 왔어야 했는데. 내가 버스에서 내렸을 때 언니 표정을 사진으로 찍어두지 못한 게 정말 안타깝다."

"너 모습이, 참……, 굉장하단 거 너도 아니?"

제3자를 의식하며 한나가 말했다.

꾸중은 미셸과 단둘이 있을 때 하는 것이 좋겠다고 생각했다.

"엄마한테도 이 모습 그대로 가고 싶지만, 그건 별로 좋은 생각이 아니겠지?"

"아마 그럴걸." 나름대로 불편한 심기를 억누르며 한나가 말했다.

"뭐, 어쨌든 심장은 건강하시니까……, 아직은 말이야."

미셸이 폭소를 터뜨렸고, 한나는 새삼 기분이 나아졌다.

적어도 동생의 변화가 한나의 유머감각까지 죽게 할 만큼 충격적이었던 건 아니었나 보다.

"언니 집부터 들러서 이 초록색 물감 좀 빼면 안 될까?"

"그게 지워져?"

"물론이야. 이건 뷰티샵에서 산 스프레이거든. 설마 매일 이런 모습으로 다닐 거라고 생각한 건 아니겠지?"

"아니야?"

"당연히 아니지. 옷도 이렇게 입고 다니지 않아. 어젯밤에 학교에서 연극 공연이 있었는데, 버스 시간이 다 돼서 미처 의상을 갈아입을 시간이 없었어."

"의상이라고!"

한나가 미소를 지으며 소리를 질렀다.

"마이크와 나는 이게 새로 유행하는 패션인 줄 알았어. 그럼, 문신은 어떻게 된 거야? 이거 진짜야?"

미셸이 고개를 저었다.

"이것도 일회용이야. 비누로 쓱쓱 문질러 씻으면 없어진다고. 언니가 욕실을 빌려주면 20분 만에 깨끗한 모습으로 나올 수 있어. 약속해."

"그럼, 당신 집으로 갑시다."

마이크가 시동을 걸고 차를 출발시키며 한나의 손을 톡톡 두드렸다.

"문신이 매우 인상적이었어요. 그런 문신을 한 여자를 한 명 알고 있거든."

"레이크 에덴에요?"

한나가 깜짝 놀란 표정으로 마이크를 쳐다보며 물었다.

"아뇨, 미니애폴리스에서요. 신참 경찰이었을 때 그녀를 세 번이나 체포했었죠."

한나는 커피를 또 한 모금 들이켰다. 평소보다 더 짙은 카페인에 머리가 빙글빙글 돌았지만, 잠에서 깨어나려면 어쩔 수 없었다.

어젯밤 엄마와 미셸과 함께 새벽 1시까지 오두막에서 시간을 보낸 것으로 모자라 또다시 한나의 집 앞에서 마이크와 십여 분간 실랑이를 벌여야만 했다.

그건 다름 아닌 그를 안으로 초대해야 할지 말아야 할지의 문제 때문이었는데, 시간을 다시 한 번 확인하고 난 뒤에야 승강이는 잠잠해졌다. 새벽 1시 30분은 아무리 생각해도 너무 늦은 시간이었던 것이다.

특히 새벽 5시에 일어나 하루 일과를 시작해야만 하는 작은 규모의 사업가한테는 더더욱 그랬다.

한나는 혼자 집 안으로 들어와 모이쉐에게 밥을 주고 곧장 침대에 기어올랐다. 그리고 오늘 아침 힘겹게 눈을 뜨고 나서야 자동응답기에 매우 흥분한 음성의 두 개의 메시지가 녹음된 것을 발견하고 말았다.

둘 다 전날 저녁에 남긴 급한 주문 메시지였다.

특히 로레타 리차드슨은 몹시 당황한 목소리로 독립기념일에 갑자기 많은 손님을 맞게 되었다며 다섯 상자의 프랄린(아몬드, 호두 등을 넣은 사탕과

자) 샬롯을 주문했고, 두 번째 메시지는 나이트 박사에게서 온 것이었는데, 그는 간호사들에게 선물할 세 개의 사랑스러운 레몬 바 쿠키를 주문했다.

"한나?"

리사가 회전문 틈으로 고개를 내밀며 한나를 불렀다.

"노먼에게서 전화가 왔는데, 12시에 병원에서 보자고 하는데요? 중요하게 할 말이 있대요. 근처 카페에서 같이 점심 먹자면서요."

한나는 '그러자고 해.'라고 말하려다 문뜩 리사의 점심시간 생각이 떠올랐다.

"리사는 어떻게 할 거야? 1시까지 점심 안 먹고 기다릴 수 있겠어?"

"괜찮아요. 그냥 '로즈'에서 햄버거 하나만 사다주세요."

"좋아."

한나가 미소 지었다, 오랜만에 노먼을 만날 생각에 즐거워졌다.

"그리고 마이크가 왔어요. 만나고 싶대요."

"알았어. 커피 한 잔 들려서 이리로 보내주겠어?"

"네, 로레타에게 갈 프랄린은 다 됐어요?"

"다 됐어. 노먼 만나러 가는 길에 갖다줘야겠어."

한나가 카운터 위에 쌓아둔 상자들을 가리키며 말했다.

"샘플로 몇 개 남겨뒀는데, 밖에 내고 싶으면 가지고 가."

리사가 고개를 저었다.

"샘플로 맛보기엔 너무 아까워요. 지금은 출장서비스나 주문용으로만 만들고 있지만, 우리 매장에도 내면 좋겠어요."

"그러려면 가격을 올려 받아야 해. 설탕 장식에 꽤 공이 들거든."

"맛있으니까 사람들은 기꺼이 돈을 낼 거예요, 한나. 사촌인 샬롯이 이걸 맛봤어야 하는데."

"나도 동감이야. 그녀의 이름을 따서 붙였는데 말이지. 몇 개 싸서 소포를 보낼까 해."

그 말에 리사는 행복한 표정을 한 채 홀로 돌아갔다.

뉴올리언스에서 세탁소를 하는 리사 어머니 쪽 사촌이 리사에게 크리스마스 선물로 프랄린 한 박스를 보낸 일이 있었다. 우연히 그 프랄린의 맛에 완전히 반해버린 한나가 프랄린 쿠키를 만들어보자고 결심해 지금의 프랄린 샬롯이 탄생했다.

쿠키 포장을 막 끝마치자 때맞춰 마이크가 손에 커피잔을 들고 들어왔다.

"안녕, 한나. 어젯밤에 우리가 의논했던 것을 확인해봤어요."

"어떤 거요?"

"잠깐만요."

마이크가 저장실로 걸어가더니 열린 문을 통해 안을 들여다보았다.

처음에 한나는 마이크가 갑자기 왜 저럴까 의아해했지만, 이내 교도소에서의 제드의 일에 대해 알려주려 한다는 것을 깨달았다.

"제드와 프레디는 어제 작업을 끝냈어요. 지금 여긴 당신과 나밖에 없어요. 물론 밀가루 속의 쌀벌레들을 제외하면 말이죠."

"밀가루 속에 벌레가 있단 말입니까?"

마이크는 인상을 잔뜩 쓴 표정으로 한나를 쳐다보았고, 한나는 혹시 마이크가 식품의약품 안전관리청에 자신을 고발하려는 것은 아닐까 덜커 겁이 났다. 물론 그럴 리 없겠지만, 그래도 얘기는 바로 해야겠다고 한나는 생각했다.

"진정해요, 마이크. 그냥 농담이었어요. 난 항상 밀가루를 통에 넣고 쌀벌레가 안 생기게 하려고 뚜껑 안쪽을 월계수 잎으로 단단히 두른 다음 보관한다고요."

"그게 효과가 있나요?"

"한 번도 실패한 적 없어요. 밀폐용기에 넣어서 냉동 보관하는 방법도 있긴 한데, 냉동 보관할 만한 공간이 충분하지 않거든요."

"경찰 일을 하면서 매일 새로운 걸 배우게 되는군요."

마이크가 씩 웃었다.

"제드에 대해 얘기해줄까요?"

"네, 궁금해서 못 참겠어요. 의자 갖고 와서 이쪽으로 앉아요."

마이크가 한나 맞은편에 의자를 갖고 와 앉더니 수첩을 꺼내들었다.

"오늘 아침에 출근하자마자 확인했죠. 제드는 스틸워터에 있는 교도소에서 수리공으로 일했어요. 거짓말이 아니었지만 전부 진실만 얘기한 것 같진 않더군요."

"진실은 뭔데요?"

"그는 해고당했더군요. 그의 상관과 얘기를 해봤는데, 매우 불성실했답니다. 거의 매일 지각에다 근무 중에 술도 마셨다더군요. 결국 어느 날 술 마시는 현장을 포착하고는 그 자리에서 해고해버렸답니다."

"제드는 그런 얘길 전혀 안 하던데."

"당연히 그랬겠죠. 내가 걱정되는 건 프레디입니다. 제드가 프레디에게 큰 영향을 미치는 것 같다고 했죠?"

"그래요. 프레디는 제드가 세상의 기준인 줄 알더라고요."

"그렇다면 제드의 음주가 중독으로 발전하지 않았기를 바라는 수밖에 없겠군요. 혹시 여기서 일할 때 술을 마시지 않던가요?"

한나는 잠시 생각하더니 이내 고개를 저었다.

"아뇨, 그랬다면 내가 못 봤을 리가 없어요. 이제 예전 모습은 버린 게 아닐까요?"

"그랬거나 아니면 눈에 띄지 않도록 조심하는 것이거나 둘 중 하나겠죠. 지금은 두 사람, 어디에 소속되어서 일하는 겁니까?"

"모르겠어요."

"내가 알아보죠. 제드도 계속 관찰해야겠어요."

마이크가 커피를 마저 마시고 자리에서 일어났다.

"쉬는 시간이 끝났으니 이만 가봐야겠어요. 나중에 전화할게요."

마이크가 떠나자 한나는 수첩을 꺼내 새로 알게 된 사실을 적었.

론다 살인사건과는 별다른 연관이 없었지만, 그래도 모든 정보를 한 곳에 기록해두고 싶었다.

그리고는 해야 할 일들을 확인하다가 문득 크누드슨 목사에 대한 메모가 눈에 띄었다. 크누드슨 부인은 금요일 밤 부인의 손자가 교회 일과 관련한 회의에 참석했다고 믿고 있었지만, 한나는 어쩐지 그 사실이 의심스러웠다.

리사가 카페를 잠시 봐준다면 그 사이에 옆집 클레어에게 달려가 크누드슨 목사가 2인분의 오소부코를 들고 갈 만한 곳이 어디가 있을지 물어보는 것이 좋겠다.

"어제 사간 옷에 문제가 있나요?"

한나의 노크에 문을 열자마자 클레어가 물었다.

"그럴 리가요. 어제 마이크와의 저녁식사에 그 옷을 입고 갔는데, 여신같다고 칭찬받은 걸요."

클레어가 미소 지었다.

"사실이에요. 그 옷은 한나에게 정말 잘 어울렸으니까요."

"고마워요."

한나가 답례 인사를 했다. 이제 요점으로 들어갈 시간이다.

"뭔가 생각난 것이 있어서 크누드슨 목사님에 대해 얘기 좀 하려고 왔어요. 시간 괜찮아요?"

클레어가 손목시계를 내려다보았다.

"정확히 5분 정도. 지금 베키 서머스가 탈의실에 들어갔는데, 5분간은 지퍼와 씨름을 하거든요. 하지만 결국엔 도와달라고 날 부르죠."

"그럼, 서둘러야겠네요."

클레어의 드레스샵 안으로 들어서며 한나가 심호흡을 했다.

"어려운 질문인 줄은 알지만, 혹시 크누드슨 목사님이 금요일 밤에 어디 있었는지 알고 있어요?"

"론다의 살인사건과 관련이 있는 건가요?"

"네. 금요일 밤에 론다가 보웰커 부인의 집에 누군가를 초청했는데, 그가 2인분의 식사를 포장해왔더군요. 근데 그날 밤 크누드슨 목사님도 2인분의 식사를 포장해갔더라고요. 제발 목사님이 론다의 손님이 아니었기를 바라요."

"아니에요."

"정말 확실해요?"

"그럼요. 봅은 내 손님이었으니까요."

"목사님이 몇 시에 당신 집에 가서 몇 시에 나왔죠? 그리고 저녁식사로 뭘 가지고 갔어요?"

"정말 그걸 전부 알아야 해요?"

클레어의 푸른 눈이 휘둥그레졌다.

"아니면 그냥 호기심에서 묻는 건가요?"

"내가 그런 사람이 아닌 거 알잖아요. 정말 알아야 해서 그래요, 클레어. 목사님과의 관계를 비밀로 하고 싶어하는 것을 알기 때문에 지금 클레어에게 묻는 거예요. 목사님을 용의자 명단에서 지워야 마이크에게 얘기를 안 하죠."

클레어는 골똘히 생각에 잠긴 듯하더니 이내 입을 열었다.

"알았어요. 봅은 우리 집에 저녁 7시쯤 와서 자정 너머까지 머물렀어요. 오소부코를 사왔고요."

"좋아요. 그럼 목사님은 명단에서 지울게요."

한나가 안도의 한숨을 내쉬었다.

"괜찮다면 한 가지만 더 물어볼게요. 크누드슨 부인은 어째서 목사님이 교회 회의에 갔다고 생각하고 계신 거죠?"

클레어가 조심스럽게 웃었다.

"왜냐하면 원래 계획이 그랬으니까요. 교회 회의가 있는 날이었는데, 오후 늦게 갑자기 취소됐어요. 그래서……, 그래서 기회다 싶어 약속을 잡았죠. 그나저나 그는 정말 춤을 잘 춰요."

"크누드슨 목사님이요?"

"네, 대학시절에 아르바이트로 댄스 강사를 하기도 했었데요. 지금껏 내가 만나본 사람 중에 봅이 탱고를 가장 잘 추는 것 같아요."

한나는 눈을 깜빡였다.

교회 연단 뒤에 서 있는 성직자가 탱고를 추는 모습은 좀처럼 상상하기 어려웠다.

"그럼 두 사람, 춤추러 갔었나요?"

"나가지 않고 집에서 췄어요. 거실에 가구들을 밀어놓고 공간을 만들었죠. 봅은 정말 멋진 사람이에요, 한나. 지금같이 행복한 적은 없었어요. 그가 결과가 어찌 되든 신도들에게 우리의 약혼을 발표하자고 했는데, 나도 그러고 싶은 마음이 점점 커져요."

한나는 한숨을 내쉬었다.

클레어의 행복이 기쁘긴 하지만, 신도들이 그 소식을 반길 리 없다.

"무슨 생각을 하는지 알아요. 하지만 내 과거에도 불구하고, 난 교회에서 활발한 활동을 하고 있어요. 봅에게는 언제나 되찾은 양의 표본이 되어줄 거예요."

그때 입 밖으로 내서는 안 되는 의문이 한나의 머릿속에 퍼뜩 떠올랐고 미처 제어하기도 전에 입이 열리고 말았다.

"정말로 클레어가 작은 마을 교회의 목사 부인이 될 수 있을 거라고 생각해요?"

"그럼요, 난 정말 봅의 아내가 되고 싶어요. 물론 한 가지 망설이게 하는 것이 있긴 하지만요."

"클레어의 과거?"

"아뇨, 봅은 그런 거 상관 안 해요. 실은 내가 악보를 못 읽거든요. 대부분 목사 부인들은 오르간을 연주할 줄 아는데 말이에요."

로드 치과병원 앞에 차를 세우며 한나는 손목시계를 흘끗 내려다보았다. 오는 길에 로레타에게 들러 프랄린 샬롯을 배달해주었는데도, 노먼과 약속한 시간보다 20분이나 일찍 도착하고 말았다.

한나는 트럭에서 내려 문을 잠그고 병원 대기실로 들어갔다. 진료실에서는 말소리가 들려오고 있었는데, 노먼은 아직 환자를 보는 중인 듯했다.

한나는 대기실에 앉아 별로 읽고 싶지도 않은 잡지를 뒤적이며 시간을 죽이느니 병원 근처에 있는 레이크 에덴 이웃 약국으로 가서 론다와 함께 일했던 존 워커를 만나보는 편이 좋겠다는 데 생각이 미쳤다.

뜨겁게 내리쬐는 햇살에 약국까지 가는 길 위로 아지랑이가 피어올랐다. 큰길은 다니는 사람도 거의 없어 한적하기만 했는데 한나는 그 이유를 쉽게 알 수 있었다.

조금이라도 생각이 있는 사람이라면 이런 날씨에 밖을 활보하느니 집에 틀어박혀 커튼을 꼭꼭 치고, 선풍기나 에어컨을 돌려 눅눅해진 공기를 휘휘 쫓아내기에 바쁠 테니 말이다.

특히 오늘 날씨는 한나 스스로 시의회에 전화해 공식 낮잠시간을 만들어달라고 요청하고 싶을 만큼 무덥고 뜨거웠다. 걸어가는 도보 위로 갈라진 틈이 군데군데 눈에 띄었다.

잉그리드 할머니는 이런 갈라진 틈을 밟으면 엄마의 등을 밟는 것과 마찬가지라고 하셨다. 근거 없는 할머니의 말은 한나의 무의식에 깊게 각인되어 그건 말도 안 되는 얘기라고 생각하면서도 자신도 모르게 틈을 밟지 않고 걸으려 애쓰게 되었다.

약국 입구 천장에는 커다란 선풍기가 돌아가고 있었고, 한나는 안으로 발을 들여놓았다.

찬란한 여름 햇살 때문에 실내는 왠지 어둑어둑하게 느껴졌다. 어두운 배경에 눈이 적응하기를 기다렸다가 마침내 눈이 다시 재가동을 시작하자 한나는 자신이 사탕 코너의 카운터 앞을 막아서고 있다는 것을 깨닫고 얼른 자리를 옮겼다.

"안녕, 한나."

역시나 어둑한 안쪽에서 목소리가 들려왔다. 그리고는 린다 넬슨이 한나 앞에 흐릿하게 모습을 보였다.

"안녕하세요, 린다. 여기서 일하는 줄 몰랐어요."

"베스 홀버슨 대신 여름 동안만 일하는 거야. 과학 캠프에 갔거든."

한나는 고개를 끄덕였다.

베스는 피콜로 연주자였는데, 조단 고등학교 밴드부의 연주를 듣는 사람이라면 누구나 베스의 연주 솜씨를 그리워했다.

"존과 얘기를 하고 싶은데요. 여기 있나요?"

"약국 코너에, 따라와. 내가 전화해줄게."

한나는 깜짝 놀랐다.

예전에 그를 만나러 왔을 때는 직원이 카운터 뒤로 들어가 약국 코너의 문을 열어 존을 불렀었는데 말이다.

"전화를 해야 해요?"

"새로운 규칙이야. 이제 약국으로 통하는 문은 항상 잠가두고 사용하지 못하게 되었어. 그래서 워커 씨를 만나러 온 손님이 있으면 전화를 해야만 해."

"도둑이 들었었나요?"

한나가 추측했다.

"모르겠어. 지난 금요일 아침에 출근하자마자 워커 씨가 앞으론 그렇게 하자고 하더라고. 이유는 설명하지 않았어."

한나는 린다를 따라 약국 카운터 앞에서 린다가 수화기를 들고 전화번호를 누르는 모습을 지켜보았다.

안쪽에서 전화벨이 울렸고, 곧 존 워커가 모습을 보였다.

그는 치페와 인디언 혈통으로 레드 레이크 보존구역에서 태어났다. 존이 고등학교에 진학할 무렵, 그의 가족이 레이크 에덴으로 이사를 왔고 그는 조단 고등학교를 졸업한 후 도시에서 대학을 마치고 다시 레이크 에덴으로 돌아와 약국을 운영하고 있었다.

"무슨 일이에요, 한나?"

존이 등 뒤에서 문을 잠그며 물었다.

"물어볼 것이 있어서요. 약국 안쪽에 들어가서 잠시 얘기를 나눌 수 없을까요?"

존이 고개를 저었다.

"미안하지만, 안쪽은 나 외엔 아무도 들어갈 수 없어요. 대신 내 사무실로 가요."

한나는 존을 따라 약국 뒤편에 있는 창고를 지나 그 안에 자리한 작은 사무실로 들어갔다.

거의 옷장 크기만 한 사무실은 책상 하나와 의자 두 개를 놓기에도 몹시 빠듯해 보였다. 하지만 어찌됐든 사적인 대화를 나누고자 했던 한나의 목적을 달성하기에는 아무런 걸림이 없었다.

"커피?"

존이 작은 커피 메이커를 가리키며 물었다.

언제 씻었는지 알 수 없을 만큼 더러운 통에는 갈색의 잔여물들이 군데군데 남아 있어 마시면 즉사해버리진 않을까 의심스러울 정도였다.

"고맙지만, 괜찮아요. 새로 정한 규칙이란 게 다 뭐예요? 혹시 도둑이라도 들었어요?"

"아니, 그런 건 아니에요. 그동안 너무 긴장을 늦추고 있었던 것 같아서 이제부터라도 보안에 특별히 신경 쓰려고요."

한나가 존을 똑바로 바라보았다.

"그러지 마요, 존. 도둑맞은 일도 없는데 그렇게 갑자기 규정을 바꿨단 말이에요? 나한테 솔직하게 털어놔 봐요."

그러자 존은 고개를 떨어뜨리며 한나의 시선을 피했다.

"그냥 불운한 사건이 발생해 그 일이 다시 재발하는 것을 막으려고 그랬다 칩시다."

"불운한 사건이요? 정치가처럼 말하는군요, 존."

"그럴지도 모르죠. 어쨌든 더 이상은 말할 수 없어요."

한나는 존을 유심히 뜯어보았다.

그의 입은 굳게 다물려 있었다.

정말 아무 말도 하지 않을 심산인 것 같았다.

"좋아요. 그 사건이 론다와 관련이 있지 않은 것이라면, 나도 굳이 알아야 할 필요는 없어요."

존은 여전히 아무 말도 없었지만, 그의 낯빛에 서리는 긴장감을 한나가 놓칠 리가 없었다.

"론다와 관련이 있군요."

"그래요, 한나. 당신이 무슨 생각을 하는 건지 충분히 알아요. 지금 이 일이 론다의 살인사건과 관련이 있다고 생각하는 거죠? 또 경찰과 함께 일하는 겁니까?"

"난 한 번도 경찰과 함께 일한 적 없어요. 경찰에서는 날 필요로 하지 않는다는 사실을 늘 강조해서 각인시켜주곤 하니까요."

"알만 하네요."

존이 맥없는 미소를 흘렸다.

"어쨌든 지금 론다의 살인사건을 수사하는 거죠?"

"비공식적으론 그래요. 그래서 알아야 한다고 말하는 거고요."

"그럼, 비밀로 해줘요. 아무에게도 말해선 안 돼요."

"알았어요."

한나는 뒤로 기대 앉아 존이 입을 열기만을 기다렸다.

"지난달에는 론다가 맡은 화장품 코너에 주문량이 많아 론다가 늦게까지 일했었어요. 난 집에 일찍 들어가기 때문에 혼자 늦게까지 남아있곤 했죠. 근데 저녁 8시쯤 레지 요크가 급하게 약국으로 달려왔대요. 직장에서 전화로 처방전을 알려줬는데, 교통체증 때문에 약을 받으러 지금에서야 왔다면서요."

레지는 거스와 어마 요크 부부의 맏아들이었는데, 부부는 아들이 월드 웨이즈 항공사의 소송사라는 사실을 매우 자랑스러워했다.

지난번 어마를 만났을 때, 레지가 트윈시티에 있는 공항까지 출근하는 시간이 그의 비행시간보다 훨씬 많다면서 불평을 터뜨렸었다.

"그리고 론다는 내가 있었으면 했을 법한 일들을 했어요. 일단 그를 들어오게 한 다음, 약국 코너의 문을 열어 선반에서 그의 처방전을 찾아냈죠. 론다는 매니저였기 때문에 마스터 열쇠를 갖고 있었거든요."

"그럼 론다가 처방대로 약을 지어줬단 말이에요?"

"아뇨, 약은 이미 준비가 되어 있었기 때문에 아무 문제없었어요. 단지 그녀가 레지에게 아직도 비행을 하고 있느냐고 물어본 것이 문제였던 거죠."

"그게 어때서요?"

"그건 문제가 없어요, 적어도 거기까지는. 레지가 그렇다고 대답하자 론다가 녹내장이 있는 사람은 비행을 못하는 걸로 알고 있다는 얘길 한 거죠."

"레지가 녹내장이 있는 줄은 어떻게 알았대요?"

"론다의 대고모였던 보웰커 부인이 녹내장이 있었거든요. 종종 대고모 대신 약을 타다 드리곤 했었나 봐요. 그래서 레지가 사용하는 안약을 한눈에 알아본 거죠."

"그렇다면."

한나가 한숨을 내쉬며 말했다.

"그 사실을 론다가 사람들에게 퍼뜨렸고, 누군가 그걸 월드 웨이즈 항공사에 얘기를 했더군요. 결국 레지는 비행을 못하게 되었고요."

"바로 그거에요. 레지의 녹내장은 심한 편도 아니었고 약물로도 충분히 치료할 수 있지만, 월드 웨이즈 항공사는 조종사들을 까다롭게 관리하고 있거든요. 레지가 지상 근무를 신청하긴 했지만, 아직 결과는 나오지 않았어요. 어쩌면 자신의 건강상태를 숨기고 비행했다는 이유로 해고당할지도 몰라요."

"그럼 론다가 소문을 퍼뜨린 것에 대해 레지가 몹시 화가 났겠군요?"

"화가 난 정도가 아니에요. 완전 꼭지가 돌았어요. 목요일 밤에 내게 전화해서는 환자의 기록을 유포한 혐의로 고소하겠다고 협박까지 하더라니까요."

한나의 입이 떡 벌어졌다.

"레지가 당신을 고소한다고요?"

"아뇨, 간신히 달래놓긴 했어요. 나한테 그렇게까지 화가 났던 건 아니었거든요. 하지만 론다가 자신의 질병을 퍼뜨리고 다닌 것에 대해선 정말 단단히 화가 났죠. 앞으로는 약국 코너의 자물쇠도 바꾸고 인가받은 약사가 아니면 절대 들어가지 못하도록 하라고 이르더군요."

"오, 세상에." 한나가 말했다.

"그래서 론다를 해고했나요?"

"어쩔 수가 없었어요. 금요일 아침에 출근하자마자 얘길 했죠. 휴가를 떠나기 전날 그런 얘길 해야 해서 내 맘도 정말 좋지 않았어요. 하지만 이 사실을 사람들이 알게 되면 우리 약국엔 절대 처방전을 갖고 오지 않을걸요."

"론다의 반응은 어땠던가요?"

"그게 참 놀라운 일이었어요. 다시 생각해봐 달라고 빌거나 나를 비난할 줄 알았는데, 전혀 기분 상하지 않은 듯 보였다니까요. 내 입장을 충분히 이해한다면서 웃으며 그 길로 집에 돌아갔어요."

"이상한 일이네요. 다른 직원들은 어때요? 이 일에 대해 아는 사람이 있나요?"

답은 이미 아는 듯했지만 한니는 다시 물었다.

"다른 직원들에게는 얘기하지 않는 게 좋을 듯해서 말하지 않았어요. 그저 레지가 말한 대로 보안만 좀 더 강화했죠."

"대답하기 어려운 질문을 하나 할게요."

"레지가 론다를 죽였을 수도 있지 않을까요?"

존은 잠시 생각에 잠기더니 이내 한숨을 내쉬었다.

"그럴 리 없을 거라 생각하고 싶지만, 가능성을 아예 배제하긴 어렵겠죠. 레지는 정말 비행을 좋아했으니까요."

"솔직하게 말해줘서 고마워요, 존. 한 가지 질문이 더 남았는데, 너무 기분 나쁘게 생각하지 않았으면 좋겠어요. 금요일 밤에 혹시 어디 있었나요?"

"내가 론다를 죽였다고 생각하는 거예요?"

존은 크게 충격을 받은 듯했다.

"물론 아니죠. 그래도 동기는 있는 듯해서요."

"무슨 동기죠?"

"조금 다르게 생각해보면, 론다가 당신의 사업을 위험에 빠뜨리려고 했을지도 모르잖아요. 당신 역시 용의자 명단에 올려야 하는데 별다른 알리바이가 없으면 지워줄 수가 없어요."

"말해도 괜찮을 것 같군요. 5시에 약국 문을 닫고 주디를 태운 다음 밀레 락스 레이크에 계신 장모님 댁에 갔어요. 장모님 생신이었거든요. 주디에게 확인해봐도 좋아요. 그래서 거기서 하룻밤을 지내고 다음 날인 토요일 아침 일찍 마을로 돌아왔어요. 그래야 9시에 약국 문을 열 테니까요."

"고마워요, 존."

한나가 수첩을 다시 가방에 넣고 자리에서 일어섰다. 그리고 밖으로 발걸음을 하다 말고 커피 메이커를 흘끗 쳐다보며 말했다.

"다음번에 우리 카페에 들르게 되면 제가 커피를 대접할게요. 지금 저기 담긴 커피는 쥐약으로 써도 되겠어요."

프랄린 샬롯

오븐은 176℃로 예열합니다. 틀은 오븐 중앙에 둡니다.

재료

녹인 버터 1과 1/2컵 / 흑설탕 1과 1/2컵

바닐라 2티스푼 / 베이킹소다 1과 1/2티스푼

베이킹파우더 1티스푼 / 거품 낸 계란 2개 분량

소금 1티스푼(염분 처리가 된 피칸을 사용한다면 반으로 줄여도 좋습니다)

곱게 간 피칸 1과 1/2컵(측량은 갈고 난 다음에)

밀가루 3컵(체질할 필요 없어요)

만드는법

1. 그릇에 버터를 넣고 전자레인지에 넣어 녹입니다. 거기에 설탕과 바닐라를 넣고, 잘 섞은 다음 베이킹소다와 베이킹파우더, 소금을 넣고 잘 저어줍니다.

2. 피칸을 전동 조리 기구에 넣고 간 다음, 1에 넣고 잘 섞습니다. 거품 낸 계란과 밀가루를 넣고 모든 재료들이 골고루 섞일 때까지 반죽합니다.

3. 반죽이 단단해질 때까지 몇 분간 기다린 다음 반죽을 호두 크기로 떼어 기름칠을 한 쿠키 시트 위에 올려놓습니다(공처럼 굴리기에 반죽이 아직 끈적거리면 몇 분 더 식힌 다음 다시 해보세요).

4. 포크로 십자 모양을 그리며 반죽을 눌러줍니다(포크에 반죽이 들러붙으면 팸을 뿌려주거나 밀가루를 묻혀서 사용하면 됩니다).

5. 이제 176℃의 온도에서 10분 정도, 가장자리가 먹음직스러운 황갈색으로 변할 때까지 구워줍니다. 그리고 완성된 프랄린은 틀 위에서 2분간 식혀준 다음 선반으로 옮겨 마저 식힙니다. 충분히 식었으면 장식할 준비를 합니다.

프랄린설탕장식

재료

버터 3/4컵 / 설탕가루 3과 1/2컵

크림 1/3컵 / 잘게 다진 피칸 1/2컵

바닐라 2티스푼(혹은 바닐라 1과 1/2티스푼과 아몬드 향료 1/2티스푼)

반으로 쪼갠 피칸 72개(선택사항입니다)

만드는법

시작하기 전에 쿠키를 충분히 식혀주어야 합니다. 버터를 넣은 소스 팬을 중간 불에 올려놓고 중간 중간 저어주며 버터가 부드러운 갈색을 띨 때까지 녹입니다(땅콩버터와 같은 색입니다). 불에서 소스 팬을 내린 다음 바닐라(원한다면 메이플 시럽도 넣어도 좋습니다)를 넣고 설탕가루와 크림, 잘게 다진 피칸을 넣고 숟가락으로 잘 저어줍니다. 하지만 완전히 식히지는 마세요.

6. 완성된 소스로 쿠키 위에 장식을 하고 쪼갠 피칸을 얹습니다(선택사항입니다). 버터를 펴 바르듯 소스를 쿠키 위에 바르면 되는데 취향에 따라 양을 조절합니다. 장식이 끝나지 않았는데 소스가 굳어버리면 전자레인지에 넣고 30초~1분 정도 돌려주면 됩니다. 그렇게 하면 다시 소스가 부드러워지거든요.

7. 장식을 마쳤으면 소스가 굳을 때까지 선반 위에서 식혀줍니다. 그런 다음 단지에 넣고 뚜껑으로 봉합니다.

장식하지 않은 쿠키도 가볍고 담백한 것이
차 마실 때 함께 먹으면 아주 좋답니다.
그저 반죽을 조금 작게 떼어내어 굴려준 다음
오븐에서 8분 정도 구워주면 되지요.
안드레아는 핫 초콜릿과 함께 먹으면
맛이 그만이라고 하더군요.

한나가 노먼의 병원으로 돌아왔을 때에도 아직 4분이라는 시간이 남아 있었다.

한나는 수첩을 꺼내 '레지 요크를 만나볼 것'이라고 적었다. 요크는 론다가 퍼뜨린 소문 때문에 직장을 잃을 처지에 놓이게 되었으니 그 정도면 살해 동기로 충분했다.

한나는 켄 퍼비스 밑에 두 번째 용의자로 레지 요크의 이름을 적었다. 크누드슨 목사와 길 서마는 혐의를 벗었기 때문에 오로지 켄 퍼비스 만이 오소부코와 함께 수첩 위에 동그마니 남아 있었다.

안내 데스크와 대기실을 분리시켜 주는 유리문이 열리고 노먼의 미소 띤 얼굴이 나타났다.

"오, 벌써 와 있었군요. 잘 됐네요. 어서 나갑시다."

노먼은 방금 치료받은 환자에게 올바른 칫솔질 방법이며, 새로 나온 치약에 대해 설명해주고는 환자가 지나갈 수 있도록 문 옆으로 비켜섰다. 그런데 놀랍게도 그 환자는 다름 아닌 한나의 막내 동생이었다.

"안녕, 미셸. 네가 여기 온 줄 몰랐어."

"안녕, 언니. 로드 박사님은 정말 실력이 좋으셔. 이것 좀 봐!"

미셸은 미소를 지고 있었고, 한나는 동생의 앞니에 박힌 보석을 보고 그만 충격을 받고 말았다.

"정말 멋지지 않아?"

미셸이 손가락으로 앞니를 톡톡 두드렸다.

"이쪽 건 빨간색이고 이건 파란색이야. 특별할 뿐만 아니라 애국적이기까지 해. 독립기념일을 기념하기에는 정말 딱이야."

한나는 뭔가 말을 하려고 했지만, 목이 메여 말이 나오지 않았다.

미셸의 앞니가 저런 꼴이 되고 말다니!

한나는 심호흡을 하고는 목을 가다듬은 뒤 마침내 입을 열었다.

"노먼, 당신이 어떻게?!"

노먼과 미셸은 서로 야릇한 눈길을 주고받더니 이내 킬킬거리며 웃기 시작했다.

한나는 자리에서 일어나 한바탕 난리를 치고 노먼을 자신의 인생에서 완전히 제명해버릴 마음의 준비를 했다.

하지만 바로 그때 노먼이 한나의 팔을 잡으며 말했다.

"정말로 한 게 아니에요, 한나. 일시적인 거라고요."

"그게 무슨 말이에요?"

"보석이 박힌 치아는 치아교정기에 붙인 거예요. 진짜 치아와는 상관이 없다고요."

"오."

한나가 다시 조용히 자리에 앉으며 말했다.

"그럼, 가짜란 말이에요?"

"난 이걸 현대 치의학술의 기적이라고 부르죠. 뭐, 가짜라고 해도 상관은 없지만. 보여드려, 미셸."

한나가 지켜보는 가운데 미셸은 미소를 지으며 치아교정기를 입에서 빼냈다.

막내 동생의 치아가 무사한 것을 확인한 한나는 안도의 한숨을 내쉬었다.

"하느님, 감사합니다! 당신이 정말로 저런 걸 해줬으리라고는 생각하지 않았어요, 노먼."

"그런 것 같지 않던데요. 당신 눈이 이글이글 타오르는 걸 봤어요. 당장에라도 나를 마을 밖으로, 아니 나라 밖으로 쫓아 내버릴 기세였는데."

"뭐……, 어쩌면요." 한나도 인정했다.

"걱정하지 마, 언니."

미셸이 치아교정기를 플라스틱 상자에 담아 가방에 넣으며 말했다.

"엄마한테는 보여드리기 전에 가짜라고 분명하게 말씀드려 놓을 테니까."

"당연히 그래야지. 그런 충격은 감당하기 어려우실 거야. 안 그래도 론다의 시체를 발견한 일 때문에 예민해져 계시는데 말이야."

"알아. 엄마한테 들었어." 미셸이 노먼을 돌아보며 말했.

"정말 돈 안 내도 돼요? 나, 저축한 돈도 조금 있는데."

"그 돈은 그냥 아끼도록 해. 어떻게 지불할 건지 이미 함께 계획도 세웠잖아."

"비싼 거 아니에요?" 한나가 물었다.

마침 미셸에게 생일선물도 사주지 못했으니 안드레아와 함께 치아교정기를 선물하는 것으로 해도 좋을 것 같았다.

"매우 비싸죠. 하지만 이미 타협을 봤어요."

노먼이 한나에게 윙크를 했다.

"미셸이 A학점을 받을 때마다 갚아야 할 치료비에서 50달러씩 감해 주기로 했어요. B학점은 25달러. 들은 바로는 공부를 잘한다고 하니 3학년 말쯤엔 전부 갚아버리겠네요."

미셸은 고개를 저었다.

"그렇게까지 걸리지 않을 거예요. 돌아오는 학기엔 만점을 받을 생각이거든요. 성적표가 나오면 복사해서 보내드릴게요."

"꼭 그래야 해. 그리고 다음번에 집에 오면 병원에 다시 들러. 교정기가 제 역할을 하고 있는지 확인도 해야 하니까."

"그럴게요."

"같이 점심 먹을래? 한나랑 같이 로즈의 카페에서 먹을 생각인데."

"고맙지만, 안 되겠어요. 저도 친구들이랑 점심 약속이 있거든요. 안녕, 언니. 그리고 다시 한 번 감사드려요, 로드 박사님. 이 교정기를 보면 애들이 다 깜빡 죽을 거예요!"

"커피 더 하겠어요, 한나?"

로즈가 커피 주전자를 들고 부스로 다가왔다.

"아뇨, 괜찮아요."

"샐러드는? 접시를 치워줄까요?"

"그게 좋겠어요. 이미 좋은 건 다 먹었거든요."

로즈가 한나가 남긴 치킨 시저 샐러드를 흘끗 내려다보더니 고개를 끄덕였다.

"알 것 같아요. 상추만 남았네요. 로메인 상추 싫어해요?"

"웬걸요. 좋아하죠. 근데 지난 한 달간 상추를 너무 먹어서요. 어쩌면 한 달이 더 될지도 모르고."

"다이어트를 하는 중인 가봐."

로즈가 맞은편에 앉으며 말했다.

"노먼이랑 같이 들어왔을 때부터 눈치 채고 있었어요. 안 그래도 홀한테 한나가 살이 빠진 것 같다고 얘기했는데."

"그랬어요?"

몇 분 전까지만 해도 바닥까지 가라앉았던 한나의 기분이 로즈의 말에 로켓처럼 솟아올랐다.

갑자기 노먼의 호출기가 울려댔고, 응급 상황이라며 노먼이 급히 병원으로 돌아가고 말았던 것이다.

"디저트 주문은 묻지도 않을 생각이었어요. 유혹하면 안 될 테니까."

"유혹은 이미 받았어요. 여기 발을 들여놓은 순간부터 로즈가 구운 코코넛 케이크 생각이 머릿속에서 떠나지 않는걸요."

"그렇담 한나가 운이 좋네요."

로즈가 몸을 앞으로 숙이며 한나를 향해 씩 웃어 보였다.

"아니, 안 돼요. 운이 좋아도 먹을 수 없어요."

"나도 알아요. 난 그저 바스콤 시장님이 마지막 남은 조각을 포장해 갔다는 얘길 하려고 했던 것뿐이에요. 얘길 들으니 기분이 좀 낫죠?"

"시장님의 사무실로 달려가 그가 케이크를 먹어치우기 전에 내 입에 넣을 수만 있다면요."

로즈가 기분이 좋아진 듯 경쾌한 웃음을 터뜨렸다.

그녀의 코코넛 케이크는 가히 전설적이었고 그녀는 사람들의 칭찬에 좀처럼 질리는 법이 없었다.

"잠시 앉아 있어도 되겠어요?" 로즈가 물었다.

"그럼요." 한나가 대답했다.

이미 자리에 앉아 있으니 묻고 어쩌고 할 것도 없지 않은가.

"모두 코코넛 케이크를 너무 좋아해요. 오늘 아침에도 어마 요크가 와서는 레지의 총각파티 때 쓴다며 두 개나 주문했지 뭐예요."

레지의 이름이 나오자 한나의 귀가 솔깃해졌다.

"레지가 결혼하는 줄 몰랐는데요."

"어마도 금요일 저녁때까지 몰랐대요. 하와이에 사는 어떤 아가씨와 연애를 했었다나 봐요. 월드 웨이즈 항공사의 예약팀에 근무하는 아가씨라는데, 금요일 아침에 레지가 자신의 승진 소식을 듣자마자 호놀룰루로 날아가서 청혼했다는군요."

"좋은 소식이네요."

한나가 말했다. 그리고는 조용히 머릿속으로 덧붙였다.

'여러 면에서 말이죠.'

레지가 금요일에 하와이로 날아갔다면, 론다를 죽였을 리는 없다.

"어마는 결혼 준비로 하와이에 갈 생각에 온통 들떴더라고요. 두 사람 다 월드 웨이즈 항공사 직원이라 공짜 비행기표가 나온다나."

로즈가 시계를 내려다보더니 부스에서 미끄러지듯 일어섰다.

"리사의 햄버거가 다 됐겠네. 홀에게 피클이랑 겨자소스를 특별히 더 많이 넣으라고 했어요. 프렌치프라이도 닉닉하게 남았고요. 참, 다이어트중이면 채소도 많이 먹어야 해요. 잡지에서 봤거든요."

"여기 있어, 리사."
한나가 카페에서 사온 햄버거를 건네며 작업실 쪽을 가리켰다.
"들어가서 먹고, 1시간 동안 다른 할 일을 찾아봐. 당연히 쿠키 구우란 얘긴 아니야. 너도 휴식이 필요해."
"정말요?"
"물론이지. 한 주 내내 한 번도 못 쉬었잖아."
"알았어요." 리사가 환하게 웃었다.
"그럼 점심 먹고 유치원에 가볼래요. 노인분들이 거기 다 계시는데, 트레시의 반 아이들이 수레를 장식하는 걸 도와주신대요."
"멋지네. 리사는 수레를 봤어?"
"어젯밤에 봤어요. 정말 굉장한 게 나올 거예요, 한나. 안드레아가 정말 좋은 아이디어를 짜냈거든요."
"안드레아가?" 한나의 호기심이 불뚝 솟았다.
"무슨 색인데?"
리사가 고개를 설레설레 저었다.
"말할 수 없어요. 모두 비밀로 하기로 약속했거든요. 안드레아와 재니스는 퍼레이드 날까지 한나가 몰랐으면 좋겠대요."
그 말에 한나는 그만 포기하고 말았다.
리사라면 한나가 아는 그 누구보다도 비밀을 철통같이 지키는 사람이니 아무리 졸라봤자 소용없을 것이다.

"안녕, 언니."

커피 잔을 다시 채우려는데 안드레아가 카페 정문으로 들어왔다.

"굉장한 소식이 있어. 다니엘 왓슨이 마을에 돌아왔어. 예전보다 얼굴도 좋아 보였고."

"정말 반가운 소식이네."

마을 사람들 모두가 다니엘이 남편을 죽였다고 의심하고 있었을 당시 그녀가 얼마나 힘들어했었는지 한나는 누구보다 잘 알고 있었다.

"잠깐 다니러 온 거야?"

"아니, 완전히 돌아온 거야."

"정말? 플로리다에 있는 어머니한테 가기로 하고 네가 다니엘의 집을 팔아준 거 아니었어?"

"그랬지. 그 집엔 안 좋은 기억들이 너무 많아서 다니엘이 계속 살고 싶어하지 않았으니까. 대신 아파트를 찾고 있어. 언니 아파트에 매물로 나온 건 없어? 우리 부동산 매물 목록에는 올라온 게 하나도 없던데, 혹시 개인적으로 팔려고 내놓은 사람이 있을지도 모르잖아."

한나는 골똘히 생각해보았다.

"그럼 워즈니액 부인에게 한 번 물어봐. 얼마 전에 동생 남편이 세상을 떠나 동생과 함께 이사할 생각을 하고 계신다고 들었어."

"고마워. 좋은 정보야."

안드레아가 가죽으로 된 다이어리를 꺼내 이름을 적었다.

"다른 사람은 또 없어?"

"내가 아는 건 그 사람이 전부야. 헌데, 수 플랏닉에게도 한 번 연락해봐 필이 주민 대표라서 아무도 그의 승인 없이는 아파트를 팔 수 없거든."

"그것 또한 좋은 정보네. 혹시 부동산 중개일 해볼 생각은 안 해봤어, 언니?"

"단, 한 번도."

한나는 안드레아가 자신을 섭외하려 하기 전에 화제를 돌리는 게 좋다고 생각했다.

"혹시 다니엘이 마을에서 일자리도 찾고 있어?"

"꼭 그렇다고는 말할 수 없지. 왜냐하면 마을에 댄스 교습소를 열었거든. 교습소 하기에 아주 완벽한 장소를 내가 소개해줬어. 빨간 부엉이 식료품점 바로 위층인데, 높게 난 창이랑 나무 바닥에 다니엘이 완전 반해버렸다니까. 그러고 보니 생각난 건데, 빨간 부엉이 식료품점이 체인이었던 거 알고 있었어? 본사는 망해버렸지만 우리 마을에 있는 식료품점은 의회에 탄원서를 내서 아직까지 '빨간 부엉이'라는 이름을 달고 영업을 할 수 있었던 거래."

"흥미로운 얘기네. 근데 다니엘은 교습소 언제 열거래?"

"9월에, 학교에서 가을학기가 시작되면. 위층을 꾸미는데 그렇게 시간이 오래 걸리진 않을 것 같다고 그랬어. 바닥만 다시 깔고, 벽면 거울을 설치하고 장식만 조금 하면 될 것 같다면서 말이지"

"잘 됐다." 한나는 진심으로 기뻤다.

"나도 그 자리를 소개해줄 수 있게 돼서 얼마나 좋은지 몰라. 무려 석 달 동안이나 매물로 올라와 있었는데 좀처럼 나가지 않았거든. 다니엘이라면 좋은 댄스 선생님이 될 수 있을 거야."

한나는 입술을 깨물었다. 다니엘의 재정상태가 그렇게 좋은 편이 아니었기 때문이다. 하지만 그거야 한나가 상관할 일이 아니었다.

"나 잠깐 들른 거야. 트레시 유치원 끝날 시간이 되기 전에 해야 할 일이 산더미거든. 오늘 저녁식사 때 언니도 올 거지?"

"무슨 저녁식사?"

"호숫가 방갈로에서 있는 저녁식사. 모두 초대받았어. 엄마가 왜 언니한테는 아직 전화를 안 하셨지?"

한나는 문득 안도감이 들었다.

아마도 깜빡하신 모양이다. 그렇다면 굳이 오늘 저녁에도 다이어트 계획 무산의 유혹을 느낄 필요가 없겠다. 하지만 엄마가 그런 걸 잊어버리실 분은 결코 아닌데.

"분명히 전화하실 거야."

그건 해가 으레 동쪽에서 떠오르는 것처럼 당연한 일이었다.

"론다 사건 때문에 하도 전화를 많이 하셔서 귓병이라도 나신 게지. 그래서 잠시 쉬시는 걸 거야."

"저 왔어요." 리사가 미소를 띤 얼굴로 작업실에서 나타났다.

"노인분들과 아이들이 한창 다운볼 게임을 하고 있어요. 재니스가 생각을 정말 잘했어요. 아이들은 노인분들 중에 몇 분은 기억장애가 있다는 것도 모르고 노는 것 같아요."

"그 나이대의 아이들은 뭐든지 수용적이니까. 나이가 들어서도 계속 그럴 수만 있다면 세상이 좀 더 평화로워질 텐데."

"동감이에요!"

리사가 한숨을 내쉬며 말했다. 하지만 순산 얼굴이 환해지더니 다시금 입을 열었다.

"재니스가 이런 모임을 정기적으로 하면 좋겠다고 했어요. 일주일에 한 번이라도 노인분들과 아이들이 함께 할 수 있는 시간이 있으면 서로에게 좋을 것 같다면서요."

"좋은 생각이네. 트레시 또래들 중 몇몇은 할아버지, 할머니랑 같이 살지 않잖아. 노인분들도 손자들과 함께 살지 않으시는 분이 많고."

리사가 카운터 뒤로 들어가 대형 커피포트에 신선한 커피를 채워 넣기 시작했다.

"제가 없는 동안 새로 들어온 주문은 없었어요?"

"하나 있었어. 도나 렘크가 16살짜리 딸아이의 생일 파티를 하는데, 아이스크림 샌드위치를 만들어줄 수 있겠느냐고 하더라고."

"그게 가능해요?"

"할 수 있을 것 같다고 했어. 우리가 마지막으로 피칸 츄를 만들었던 때 굉장히 부드러웠던 것 기억나?"

"기억나요. 맛도 좋았어요."

"습기만 조금 더 있으면 돼. 그렇게 해서 반죽을 한 다음 그 사이에 아이스크림을 바르는 거야. 그런 다음 따로따로 포장해서 냉동시키는 거지."

"그럼 반은 바닐라로 하고, 반은 초콜릿으로 해요."

리사가 제안했다.

"좋은 생각이야. 생각대로 잘 되면, 여름 메뉴로 올려도 되겠어. 요즘 같은 날씨에는 사람들이 시원한 걸 먹고 싶어하니까 말이야."

"지금 시작할까요?"

"아니, 만나야 할 사람이 있거든. 한 시간만 카운터 좀 봐줄래?"

"그럴게요. 혹시 그 일이……."

리사가 말을 멈추더니 주위를 두리번거렸다. 하지만 손님들은 자신들만의 대화에만 빠져 있었다.

"론다의 살인사건과 관련된 것?"

"그래, 가능한 한 빨리 돌아올게."

"천천히 오세요. 한나가 수사하는 동안 카페 일은 걱정하지 말라고 했잖아요. 제가 뭐 달리 해야 할 일 없어요?"

한나는 잠시 생각에 잠겼다.

"특별한 건 없어. 눈만 똑바로 뜨고 마치 인간 커피포트처럼 서서 손님들 얘기에 귀 기울이고만 있으면 돼."

"정말 그게 가능하던데요." 리사가 킥킥거리며 말했다.

"손님들은 마치 내가 없는 것처럼 스스럼없이 얘기한다니까요."

"맞아. 그게 우리의 큰 장점이지. 론다와 관련된 얘기가 있으면 잘 들어두었다가 나한테 얘기해줘."

"누구 만나러 가는지 얘기해주면 안 돼요?"

한나는 잠시 망설였다.

하긴 리사라면 사람들에게 떠벌리고 다닐 성격이 못된다.

"케네스 퍼비스."

"퍼비스 씨요?" 리사의 눈이 휘둥그레졌다.

"그가 론다를 죽였다고 생각하세요?"

염려스러운 리사의 표정에 한나는 잠시 방어벽을 두르기로 했다.

"론다에 대해 뭔가 알고 있는 것이 있을까 해서 만나는 거야. 집에 계시는지 먼저 전화부터 해봐야겠어."

"아마 학교에 계실 거예요."

"어떻게 알아?"

"지난주 수요일에 퍼비스 부인이 왔었는데, 그녀가 게일 핸슨에게 가족 모임이 있어서 로체스터에 갈 거란 얘길 하는 걸 들었거든요. 3일이 되어야 돌아올 거라면서요. 퍼비스 씨는 가을학기 일정 때문에 할 일이 태산 같을 테니 자신이 돌아올 때까지는 거의 학교에서 살다시피 할 거라고 했어요."

한나가 미소 지었다.

"인간 커피포트 마술이 제법 통하는걸."

"사실 그땐 인간 쿠키 상자 마술이었어요. 퍼비스 부인이 어머니께 드릴 거라며 정통 설탕 쿠키를 세 상자나 포장해갔거든요."

외출했다 돌아오는 길에 바닐라와 초콜릿 아이스크림을 사오면 되겠다고 생각한 한나는 작업실을 지나 뒷문을 통해 트럭으로 갔다.

그러고는 트럭 문을 연 다음 창문을 모두 내리고 숨 막힐 듯한 공기를 밖으로 내보냈다. 32℃를 넘나드는 오늘 같은 날씨에는 그야말로 에어컨을 빵빵하게 틀어주어야 했다.

학교까지는 오래 걸리지 않았다.

한나는 조단 고등학교 직원전용 주차 공간에 세워져 있는 켄 퍼비스의 차 옆에 트럭을 주차했다. 주차장에는 음악 선생의 차도 주차되어 있었는데, 저 멀리 축구장에서 밴드부의 음악 소리를 들을 수 있었다.

후끈거리는 시멘트 바닥을 가로지르며 한나는 밴드부의 요란한 연습 소리에 얼굴을 찡그렸다.

어쨌든 연습은 하고 있으니 다행이다. 지금 밴드부에는 연습이 절실히 필요했다.

학교 안은 뙤약볕이 내리쬐는 밖보다 한층 시원했다.

아무도 없이 황량한 복도를 지나는데 먼지와 분필이 뒤섞인 듯한 묘한 냄새가 한나로 하여금 어린 시절의 기억을 떠올리게 하였다.

학교에 가던 첫날, 반짝반짝 윤이 나게 닦은 노란색 학교버스에서 책가방을 맨 학생들이 우르르 쏟아져 나왔던 기억.

등교 첫날의 기억은 한나가 제일 소중하게 여기는 것이었다.

여름 햇살에 생긴 콧등의 주근깨를 찡긋거리며 새 교복을 단정하게 입은 한나는 역시 새 가방을 들고 교실로 들어갔다.

티 하나 없이 깨끗한 칠판과 흠집 하나 나지 않은 길고 선명한 분필, 그리고 줄지어 놓여 있는 책상들.

한나는 복도 끝에 멈춰 서서 켄 퍼비스의 사무실이 있는 모퉁이를 슬쩍 들여다보았다.

사무실 문은 열려 있었고, 비서 자리는 비어 있었다.

한나는 안도의 한숨을 내쉬며 안으로 들어갔다.

켄을 왜 만나러 왔는지 구차하게 둘러대지 않아도 되게 되어서 다행이었다.

안쪽에 자리한 켄의 개인 사무실에서는 종이가 바스락거리는 소리가 났다.

한나는 열린 사무실 문을 향해 발걸음을 떼다 말고 멈춰 섰다.

어딘가에서 친근한 향이 나고 있었다.

올드 스파이스. 분명하다.

한나의 아버지가 늘 올드 스파이스 애프터세이브를 쓰셨기 때문에 그녀에게 올드 스파이스의 향은 초콜릿 향만큼이나 익숙한 것이었다.

켄 퍼비스가 론다의 남자친구였던 게 틀림이 없다.

한나는 확신했다.

한나가 열린 문에 노크를 하자 켄이 고개를 들었다.

그는 순간 당황한 듯 보였으나 이내 미소를 지으며 말했다.

"들어와요."

고등학생이라면 벌벌 떨며 들어갈 성역으로 한나는 성큼성큼 들어가 켄의 책상 앞에 놓인 의자에 앉았다.

자연스러우면서도 점잖게 대화를 이끌어낼 만한 화제가 무엇이 있을까 한참 고민하고 있는데 켄이 먼저 나서서 말했다.

"이렇게 만나니 반갑군요, 한나. 설마 가을학기 등록을 하러 온 건 아닐 테죠?"

교장 선생님다운 농담에 한나는 웃음을 터뜨렸다.

"아뇨, 다른 일 때문에 왔어요."

"무얼 도와줄까요?"

켄이 안경을 벗어 읽고 있던 서류 더미 위로 뒤집어 얹어놓았다.

한나는 망설였다.

요령 있는 말솜씨를 부려보고 싶었지만, 도통 좋은 방법이 생각나지 않았다.

"금요일 밤에 왜 2인분의 포장 음식을 들고 론다 스차프를 만나러 보웰커 부인의 집에 가신 거죠?"

켄의 얼굴이 창백해지는가 싶더니 이내 미소를 지었다.

"그건 어떻게 알았죠?"

"그냥 알았어요."

"한나 말고 또 아는 사람이 있나요?"

"아직은……. 저한테 솔직하게 말씀해주신다면 비밀로 해드릴게요."

켄이 땅이 꺼져라 한숨을 내쉬었다.

한나가 보기에도 그는 완전히 풀이 죽은 듯한 모습이었다.

"당신이 생각하는 것이 맞아요, 한나. 부끄러운 일이지만, 론다와 가깝게 지냈어요."

"가깝게 지냈다는 게 제가 생각하는 의미가 맞나요?"

"그래요, 이렇게까지 된 건 모두 내 탓이에요. 내 책임이 큽니다. 제발 케시가 이 사실을 알게 되지 않기를 바랄 뿐이에요."

그가 염려하는 바를 한나는 잘 알 것 같았다. 불같은 케시 성미에 남편의 바람 소식을 듣고 가만히 있을 리 없었다.

"저희끼리만 아는 일로 할게요. 어떻게 된 건지 말씀해보세요."

"케시와 좀 문제가 있어요."

켄이 깊은 한숨을 내쉬며 말했다.

"무슨 문제인지까지는 말 안 해도 되겠죠?"

"네."

"그게……, 케시를 달래주고 싶어서 약국에서 향수를 샀어요."

한나는 시간을 좀 더 단축하기로 했다. 남자들을 향한 론다의 치근거림이라면 아주 잘 알고 있으니 말이다.

"근데 론다가 접근을 해왔군요."

"바로 그거예요. 그녀가 대고모의 집을 물려받은 직후였는데, 가서 살펴보고 싶은데 힘센 남자가 같이 가주면 도움을 받을 수 있을 것 같다면서……."

"그만하면 더 말씀하시지 않아도 알 것 같아요."

한나가 말을 잘랐다.

"그렇게 해서 다른 날에 또 한 번……, 어……, 론다를 만나게 된 거로군요, 금요일 밤에?"

켄이 고개를 저었다.

"꼭 그랬던 건 아니에요. 케시와의 갈등이 해결됐거든요. 케시가 가족모임 때문에 수요일에 집을 떠나자마자 난 론다와의 관계를 정리해야겠다고 결심했어요."

"론다가 미친 듯이 화를 내도 부인이 돌아오기 전까지 2주의 시간 여유가 있으니까요?"

"그렇죠." 켄이 인정했다.

"모두에게 최선인 방법을 찾으려고 했던 것뿐이에요."

"당신을 포함해서요?"

"나를 포함해서요."

한나는 예리한 눈으로 켄을 쏘아보았지만, 그는 정말로 진심을 말하는 듯했다.

"그럼, 헤어지자는 말을 하러 만나는 길에 론다에게 저녁식사를 사다 줬다는 거예요?"

"이상하게 들리겠지만 사실이에요. 론다에게 전화를 걸어 만나자고 했더니, 대고모 집에 무엇을 좀 가지러 가야 한다고 그러더군요. 그래서 같이 가자고 했어요. 론다를 먼저 내려주고 우리가 먹을 저녁을 사 오면 된다고요. 그랬더니 론다도 좋다고 하면서 자기가 디저트를 가져오겠다고 했어요."

켄은 분명히 사실을 말하고 있었다. 하지만 그렇다고 해서 그가 론다를 죽이지 않았다고 생각할 이유는 없었다.

뭔가 무기가 될 만한 것을 지니고 왔어야 했던 것이 아닐까 하는 생각에 한나는 잠시 움찔했지만, 이내 그런 걱정도 사라져버리고 말았다.

켄은 그렇게 체격이 좋은 사람도 아니었고, 마이크에게서 호신술도 배워둔 터였다.

"그날 밤에 정확히 무슨 일이 있었는지 하나도 빠뜨리지 말고 말해보세요."

"알았어요."

켄은 수긍하면서도 어쩐지 불편한 기색이 가득했다.

"약부터 좀 먹을게요."

그는 책상의 가운데 서랍에서 약병을 꺼냈다.

"무슨 약을 드시는 거예요?"

"활액낭염(무릎의 뼈, 인대 등을 싸고 있는 물주머니에 염증이 생긴 병) 때문에 나이트 박사님이 처방해주신 거예요. 잘 들을 거라고 했는데, 아직은 별 효과를 못 느끼겠군요."

켄이 약을 한 알 꺼내 입에 넣고 책상 위에 놓여 있던 물을 마셨다.

"전부 듣고 싶다고요?"

"네."

"금요일 오후 5시에 나이트 박사님께 진료를 받았어요. 그 후에 바로 론다의 집으로 가서 그녀를 태우고 보웰커 부인의 집으로 갔죠."

"그때가 몇 시쯤이었나요?"

"대략 6시쯤이었을 거예요."

한나는 수첩에 시간을 기록했다.

"도착해서는 뭘 했죠?"

"그녀를 내려주고 난 바로 저녁식사를 사러 나갔어요. 헤어지잔 얘기는 저녁을 다 먹고 난 다음에 할 생각이었죠."

"식사는 알프레도의 레스토랑에서 주문했고요?"

"네. 미리 예약을 해두었어요. 금요일 저녁마다 오소부코 메뉴를 내놓는데, 론다가 마침 그걸 좋아한다고 했거든요."

"보웰커 부인의 집에 돌아왔을 때 그녀는 어디에 있었죠?"

"주방에요. 나를 기다리면서 쉬고 있었어요. 우리는 함께 식탁에 앉았고, 난 와인을 한 병 땄어요. 분위기를 좀 진정시켜줄 수 있을까 해서 고급 키안티를 사가지고 갔거든요."

"그렇군요."

한나는 자신의 대꾸가 너무 빈정대는 것으로 들리지 않기를 바랐다.

고작 술 같은 것으로 난처한 분위기를 진정시킬 수 있을 거로 생각했다니 켄은 정말 어리석다.

"식사를 하는데, 너무 긴장이 돼서 제대로 먹을 수가 없었어요. 오소부코에 곁들여진 채소만 깨작거리고는 음식엔 거의 손도 대지 않고 있으니까 론다가 눈치 채고는 무슨 일이 있느냐고 묻더군요. 그래서 그때 말했죠."

"그녀의 반응이 예상했던 것만큼 심각했나요?"

"그보다 더했어요. 완전히 화가 나서는 자신을 싸구려로 봤다며, 자신이 무슨……."

켄이 말을 멈추더니 목청을 가다듬었다.

"론다가 뭐라고 했는지 정말로 듣고 싶어요?"

"아뇨. 그래서 다음엔 어떻게 됐죠?"

켄이 다시 물을 마셨나.

"내게 소리를 질러대며 욕을 하기 시작했어요. 차마 입에 담기도 험한 욕들이었죠. 무슨 말인지 알겠죠?"

"네, 그래요. 계속 해보세요."

"그쯤 되니까 더는 어떻게 할 수 없겠더라고요. 도저히 론다를 진정시킬 수가 없어서 그냥……, 자리를 떴어요."

한나는 다시 수첩을 꼭 잡아 쥐었다.

"그때가 몇 시였죠?"

"저녁 7시 30분쯤이요."

"그리고 어디로 가셨나요?"

"집으로 돌아와서 장모님 댁에 있는 케시에게 전화를 했어요."

한나는 신음을 냈다.

"론다와 무슨 일이 있었는지 케시에게 얘기하셨어요?"

"당연히 안 했죠. 론다와 그런 짓을 하다니 내가 너무 어리석고 무책임했어요. 하지만 그렇다고 해서 그녀가 죽기를 바라거나 했던 건 아니에요."

한나는 그 말에 미소를 지었다.

"그럼, 케시에게 뭐라고 하셨어요?"

"힘든 하루를 보낸 후라 목소리가 듣고 싶어 전화했다고 했어요. 그리고 가족 모임이랑 아내가 어렸을 때 이후로 만나지 못했던 사촌들에 대해 얘길 했죠. 아내랑 통화를 하고 나니 기분이 한결 낫더군요. 동시에 허기도 느껴졌어요. 점심도 걸렀고, 저녁에도 고작 오소부코 위에 장식되어 있던 올리브 조각만 먹었을 뿐이었으니까요. 근데 집에 먹을 것이 없어서 햄버거라도 사오자고 생각했죠. 그래서 밖으로 나와 차로 갔는데, 문득 보웰커 부인의 집에 론다를 혼자 두고 온 생각이 났어요. 론다는 집으로 돌아올 방편이 아무것도 없었는데 말이죠."

"언제쯤 그 생각을 떠올리셨을까 안 그래도 궁금했던 차였어요. 그래서 보웰커 부인의 집으로 다시 돌아갔나요?"

"네, 내키지 않았지만 그녀를 그곳에 혼자 둘 수 없었어요. 마을까지 걷기에는 너무 먼 거리였거든요."

"다시 도착하신 게 몇 시였어요?"

한나는 펜을 집었다.

시간대는 매우 중요한 정보였다.

"9시 30분쯤이었을 거예요. 불이 켜져 있기에 아직 안에 론다가 있나 보다 생각했어요. 그래서 차 안에 1, 2분 동안 그냥 앉아 있었어요. 안에 들어가면 또 그녀와 싸우게 될까 봐 정말 싫었거든요. 하지만 이왕 데리러 온 바에야 론다를 데리고 나오자고 마음먹었죠."

한나는 론다가 살해당했을 거라고 추정되는 시간을 적어둔 페이지로 수첩을 넘겼다.

대부분 그랬듯 이번에도 나이트 박사님의 추정이 정확하다면, 켄이 현관문을 두드렸을 시점에 론다는 이미 숨이 끊어져 지하실에서 차갑게 식어가고 있었을 것이다.

"그 집 부근에 또 다른 차는 못 보셨어요?"

"아뇨. 다른 차를 봤다면 론다를 데리러 온 건가 보다 생각하고 아예 차를 세우지도 않았을 거예요."

"들어갔을 때 무슨 일이 있었나요?"

"들어가지 않았어요, 그러니까 바로는요. 노크를 하고 잠시 기다렸죠. 근데 응답이 없어서 다시 노크를 했어요. 그리고는 문을 열고 안으로 들어갔죠."

"안으로 들어가서 제일 먼저 무얼 하셨는데요?"

"론다를 불렀어요. 그렇게 큰 집이 아니었기 때문에 부르면 어디에 있든 들을 수 있을 거라고 생각했죠. 하지만 여전히 대답이 없어서 걱정이 되기 시작했어요. 무슨 사고라도 당한 것이 아닌가 하고요. 그래서 방마다 문을 열어봤는데, 론다는 어디에도 없었어요. 심지어 뒷마당까지 나가 봤거든요."

"론다가 왜 뒷마당에 있을 거라고 생각하신 거죠?"

"포장용기가 사라진데다가 뒷문도 열려 있었거든요. 그건 론다가 쓰레기를 버리러 나갔거나 아니면……."

켄이 말을 멈추더니 꿀꺽하고 침을 삼켰다.

"론다를 죽인 범인이 그 길로 도망쳤을 거라고 생각하시는 건가요?"

"어쩌면요."

켄이 몸을 부르르 떨었다.

"지금 생각난 건데, 내가 오는 걸 보고 달아난 걸지도 모르겠어요. 내 차가 들어왔을 때 범인이 지하실에 있었다면, 달아날 수 있는 곳은 뒷문밖에 없잖아요."

한 조각의 퍼즐이 제자리를 찾아가는 것을 느끼며 한나는 고개를 끄덕였다.

무덤에 대해 마이크와도 의논한 바 있었다.

범인은 론다를 완전히 묻어버릴 생각이었지만, 무언가에 놀라 일을 다 마치지 못하고 황급히 달아난 것이 분명했다. 그리고 범인을 놀래

킨 사람이 바로 켄 퍼비스였을지도 모른다.

켄의 차가 들어왔을 때 범인이 지하실에 있었다면, 뒷문으로 달아날 시간은 충분했다.

"어쩌면 범인은 내가 뒷마당에 나가봤을 때까지 그 집에 있었을지도 몰라요."

켄의 음성이 미세하게 떨렸다.

"아무 소리도 못 듣긴 했지만, 주변이 어두웠으니 어딘가에 숨어 있었을지도 모르잖아요."

한나는 이제 그만 켄을 안심시켜야 하겠다고 생각했다.

그의 얼굴은 창백한 회색빛으로 변했으며 앞이마에는 땀이 송골송골 맺혀 있었다.

"제 추측엔 그때쯤 범인은 이미 어디론가 사라진 지 오래였을 것 같아요. 다시 얘기로 돌아가요. 뒷마당에 나가본 다음에……?"

"다시 안으로 들어와 뒷문을 닫았어요. 나중에라도 그녀가 다시 올 수 있으니까요."

"주방은 어땠어요? 지하실 문이 열려 있진 않던가요?"

켄은 기억을 떠올리려는 듯 얼굴을 잔뜩 찡그렸다.

"분명히 닫혀 있었어요. 열려 있었다면 내가 내려가 봤을 테니까요."

"그럼 론다가 지하실에 있을 거란 생각은 전혀 못하셨군요?"

"전혀 생각 못했어요."

켄이 깊은 한숨을 내쉬며 말했다.

"한 번 확인이나 해볼 걸 그랬어요. 좀 더 일찍 발견했더라면 병원에라도 데려가 볼 수 있었을 텐데."

"잊어버리세요, 켄. 나이트 박사님 말씀이 론다는 즉사했다고 하셨어요. 그때 발견했다고 해도 살리지 못했을 거예요."

"말해줘서 고마워요, 한나."

켄이 또다시 물을 들이켰다.

"그 얘기를 듣고 나니 기분이 조금 낫네요, 여전히 끔찍한 일이긴 하지만. 적어도 내가 도울 수 있을 만한 일은 아무것도 없었다는 것을 알고 나니 말이에요."

"결국 론다를 못 찾아냈을 때 어떤 생각을 하셨어요?"

한나가 물었다.

"그녀의 친구 중 하나가 집 옆을 지나다가 불빛을 보고 집에 들러 그녀를 데려갔다고 생각했어요. 아니면 론다가 큰길까지 걸어가 누군가의 차를 얻어 탔거나. 달리 생각할 수 있는 게 없었죠."

"뭔가 일이 잘못됐다는 생각은 못하셨고요?"

"네, 별로. 불을 켜놓고 나간 게 이상하긴 했지만, 불같이 화가 나 있었을 테니 깜빡하고 그냥 나갔을지도 모르겠다고 생각했어요. 아무도 없는 집에 불을 켜두면 전기 낭비이니까……."

켄의 음성이 점점 잦아들더니 이내 다시 물을 들이켰다.

"그래서 불을 끄고 나왔어요. 론다에 대해선 전혀 생각도 못하고요."

"이해해요. 그럼 보웰커 부인의 집에서 나와 어디로 가셨어요?"

"편의점에 들러서 연료를 조금 사고, 코너 테번에 가서 햄버거와 프렌치프라이를 샀죠."

한나는 수첩을 접어 다시 가방에 넣은 다음 자리에서 일어섰다.

"지금으로선 이 정도면 충분해요. 솔직하게 말해줘서 감사해요, 켄."

"잠깐만요."

몹시 당혹스러운 듯한 기색이 켄의 얼굴에 스쳐 지나갔다.

"설마 내가 론다를 죽였다고 생각하는 건 아니겠죠?"

"물론 아니죠. 하지만 혐의를 완벽하게 벗고 싶으시다면 이거 하나만 확인해주면 되는데."

"그럴게요! 그게 뭔데요? 케시에게 전화를 걸었던 기록? 아니면 편의점에서 구입했던 연료 영수증?"

"그걸로는 안 되고. 켄의 활액낭염이면 될 것 같은데요."

"그게, 어떻게요?"

"나이트 박사님께 전화해서 금요일에 켄의 활액낭염이 일시적으로 악화했다는 증명만 해주면 돼요."

"그거라면 문제없어요. 지금 바로 전화할게요."

켄은 수화기를 들고 전화번호를 눌렀다.

켄이 나이트 박사에게 필요한 설명을 하는 동안 한나는 교장실 안을 둘러보았다.

삼 면의 벽에는 조단 고등학교 졸업식 사진들이 개교 이래 한 해도 빠짐없이 촘촘히 걸려 있었다.

한나는 자신이 졸업한 해의 사진 속에서 빙그르르 웃은 자신의 앳된 얼굴을 발견하고는 살짝 얼굴을 찌푸렸다.

사진 속 한나의 볼이 방금 이를 뽑은 아이의 그것처럼 부하게 부어올라 있는 것을 보면 그때 사진사가 "치즈"라고 외치라고 강요했던 게 분명했다.

"여기, 한나."

켄이 수화기를 건네주며 말했다.

"한나에게 필요한 정보들을 다 얘기해달라고 나이트 박사님께 말씀드렸어요."

한나는 수화기를 건네받아서는 짧은 전화선 탓에 책상 쪽으로 몸을 기울였다.

"안녕하세요, 박사님."

"안녕, 한나. 켄이 그러는데, 그의 활액낭염에 대해 알고 싶어한다면서? 지난주 금요일에 그를 진료했는데, 당시 통증이 심해서 아무래도 행동에 제한이 있었을 거야."

"얼마나요?"

"오른쪽 팔은 허리선 이상 올릴 수 없었을 테고, 왼쪽 팔은 그보다 더 심했을걸. 론다의 살인사건을 수사하고 있는 건가?"

"네, 그래요."

"그럼, 켄을 난처하게 만들기 전에 나한테 먼저 물어봤어야지. 금요일의 켄의 상태로는 아무리 미친 듯이 화가 났어도 론다를 칼로 찌르기 어려웠을 거야. 론다는 범인을 향해 등을 돌리고 서 있었는데, 둘은 거의 비슷한 키였던 걸로 추정돼."

"만약 론다가 구덩이 안에 서 있었다면요?"

"그건 아니야. 그렇게 되면 각도가 달라지거든. 어쨌든 켄의 이름은 용의자 명단에서 빼, 한나. 켄은 범인이 아니야."

"듣던 중 반가운 얘기예요. 고맙습니다, 박사님. 큰 도움이 됐어요."

한나는 전화를 끊고 켄을 돌아보며 미소를 지었다.

"좋아요. 나이트 박사님이 당신은 아니라고 말씀해주셨어요. 퍼비스

씨는 이제 결백해요."

"그럼 끝까지 비밀로 해주는 거죠? 그러니까 나와 론다의……, 관계 말이에요."

"흠, 무슨 말씀 하시는지 모르겠는데요."

한나가 문 쪽을 향하며 말했다.

"전 오늘 그냥 제 학교 기록을 확인하러 온 것뿐이에요."

한나가 다시 쿠키단지로 돌아왔을 때 카페 안은 손님들로 북적대고 있었다. 한나는 바닐라 아이스크림과 초콜릿 아이스크림을 냉동실에 넣은 다음 리사와 잠시 얘기를 나눴다.

물론 리사의 예전 교장 선생님의 이미지를 해칠 만한 말은 전혀 하지 않았다. 론다와의 관계에 대한 얘기도 물론이었다. 그저 옛날 학교 기록들을 확인하러 갔었는데, 켄이 매우 협조적이었다는 얘기만 했을 뿐이었다.

피칸 츄 반죽에는 그리 오랜 시간이 걸리지 않았다. 한 시간도 채 지나지 않아 오븐에서 피칸 츄를 굽고 식히는 과정이 모두 끝냈다.

샌드위치를 만들기 위해 아이스크림을 부드럽게 만들려는 찰나 프레디가 뒷문을 노크했다.

"들어와, 프레디." 한나가 말했다.

"와서 쿠키 좀 먹어."

"고마워요, 한나. 나 한나가 만든 쿠키 진짜 좋아해요. 엄마가 구워줬던 거랑 거의 똑같아요."

한나는 프레디의 말을 칭찬으로 받아들였다. 한나의 기억에 의하면 소여 부인은 쿠키를 제법 솜씨 좋게 구우셨다.

한나는 프레디에게 우유 한 컵과 쿠키 두 조각을 냅킨 위에 담아 내어준 뒤 그가 쿠키를 맛있게 오물거리는 모습을 지켜보았다.

"나도 쿠키 만드는 법 알았으면 좋겠어요."

프레디가 냅킨으로 입가를 닦으며 말했다.

"콕스 양이 가르쳐주겠다고 했는데, 요즘은 제드를 돕느라 너무 바빠요. 우린 돈도 아주 잘 버는데, 알고 있어요?"

"알아."

"새로 산 내 시계도 봤어요?"

프레디가 시계를 찬 손목을 내밀며 물었다.

"오늘 아침에 제드가 사줬어요. 거의 10달러나 했는데 말이에요. 창문에 진열되어 있던 건데, 상점 아가씨가 나를 위해 꺼내줬어요. 이거 스포츠용이라고 했는데, 난 할 줄 아는 스포츠가 하나도 없어요. 그래도 괜찮겠죠?"

"물론이지. 스포츠 시계를 찬 사람들 모두가 스포츠를 하는 건 아니니까."

"그건 어째서요?"

한나는 어깨를 으쓱해 보였다. 지금껏 한 번도 생각해보지 않은 문제였다.

"글쎄, 그건 그 사람들이 단순히 터프하기 때문이 아닐까?"

"그 대답 맘에 들어요." 프레디가 환하게 웃었다.

"제드는 항상 나보고 더 터프해져야 한다고 말하거든요. 누군가 나를 괴롭히거나 하면 혼쭐을 내줘야 한댔어요. 그래서 싸우는 법도 가르쳐

줬어요."

그 얘기에 한나는 기뻐해야 할지 걱정을 해야 할지 알 수가 없었다. 자신을 적당히 방어하는 방법이라면 프레디도 이미 터득하고 있었는데 말이다.

한나는 지금이 제드에 대해 물어볼 기회라고 생각했다.

"제드가 잘 싸워?"

"그럼요! 제드가 예전에 제드의 두 배만 한 덩치의 남자를 예뻐해준 적이 있었는데, 그 사람은 바로 병원에 실려 갔대요. 예쁨을 받은 게 왜 병원에 갈만한 일인지는 모르겠지만요. 나도 매일 콕스 양의 강아지를 예뻐해 주지만, 하나도 다치지 않거든요."

"그렇지. 내 생각에는 제드가 말한 의미는 아마도……."

저속한 은어를 프레디에게 어떻게 설명하면 좋을까 하는 고민에 한나는 잠시 멈칫했다.

"오, 이런! 깜빡하고 있었잖아!"

프레디가 자신의 새 시계를 내려다보더니 외쳤다.

"한나와 좀 더 얘기하고 싶지만, 이제 가야 해요. 제드와 15분 이내에 카페에서 만나기로 했거든요."

한나는 재니스 콕스가 프레디에게 시계 보는 방법을 가르쳤다던 리사의 말을 떠올렸다. 이제 프레디는 시간의 개념을 완전히 이해하는 듯했다.

"새로 산 시계가 큰 도움이 되겠어, 프레디."

"맞아요."

프레디는 자리에서 일어나 문쪽으로 향했다.

그때 한나가 그를 불러 세웠다.

"뭔가 필요한 게 있었던 거 아니었어, 프레디? 그냥 인사나 하려고 들렀던 거야?"

"오, 세상에! 제드 말이 맞아요. 난 멍청이예요!"

프레디가 자신의 앞이마를 때렸다.

"까맣게 잊어먹고 있었어요, 한나. 뭘 좀 보관해줄 수 있어요?"

"물론이지."

한나는 그것이 돌멩이거나 작업중에 주은 조그마한 물건 같은 것일 거라고 생각했다.

"바로 여기 있어요. 조심하세요. 정말 소중한 거니까."

프레디가 배낭에서 낡은 신발상자를 꺼내어 한나에게 주었다.

한나는 조심스럽게 상자를 건네받았다. 상자는 포장용 끈으로 묶여 있었는데, 깨끗해 보이지 않았다.

"설마 살아 있는 건 아니겠지?"

"아니에요."

프레디가 웃으며 대답했다.

"샌드위치 같은 것도 아니에요. 상하지 않아요."

"다행이네. 그럼 이게 뭔지 얘기해줄 수 있어?"

"제드가 잃어버린 거예요. 쓰레기 수거차가 다녀간 다음에 쓰레기통에서 찾았어요. 전부 깨끗하게 닦아서 제드한테 선물로 줄 거예요. 그럼 정말 깜짝 놀라겠죠!"

"멋진 생각이야."

자신이 버린 것을 다시 선물로 가져다주었는데 과연 제드가 좋아할까 한나는 속으로 의아해했다.

"어디에 보관하면 좋을까?"

프레디가 주변을 두리번거리더니 저장실을 가리켰다.

"저기 어때요? 저기 두면 아무도 모를 거예요."

"좋아. 날 따라와."

한나가 상자를 들고 저장실 앞으로 가 문을 열었다.

프레디가 그런 한나의 뒤를 따랐다.

"여기에 둘게. 우유 박스가 놓인 선반 뒤에."

프레디가 고개를 끄덕이자 한나는 우유 박스를 옆으로 밀어두고 선반 뒤쪽에 신발상자를 올려놓았다.

"아주 좋아요, 한나. 거기면 아무도 보지 못할 거예요."

"언제든 와서 꺼내달라고 말해."

한나가 프레디를 다시 문밖으로 이끌며 말했다.

"알았어요. 고마워요, 한나는 좋은 친구예요. 좋은 친구란 햇살과도 같아요. 햇살 없는 하루는 음울하니까요."

한나가 알쏭달쏭한 표정으로 프레디를 쳐다보자 그가 '씩' 웃었다.

"엄마가 늘 하던 말이에요. 엄마한테는 친구들이 많았는데, 그들이 곧 내 친구들도 된다고 했어요."

내일 구울 반죽을 모두 끝낸 뒤 저장실에 넣어두고 나오는데, 리사가 10달러 지폐를 흔들며 작업실로 들어왔다.

"이것 봐요, 한나. 여기 재밌는 게 있어요."

"재밌어서 재밌는 거? 아님 이상하게 재밌는 거?"

한나가 초등학교 3학년 때 담임이었던 칼슨 선생의 말투를 따라하며 물었다.

"이상하게 재밌는 거요. 지금 칼슨 선생님 따라하신 거죠?"

리사가 웃으며 말했다.

"이것 좀 봐요, 한나. 오래된 지폐가 이렇게 새것 같은 건 처음 봐요."

리사가 한 말에 논리적 오류가 귀에 거슬리긴 했지만, 한나는 아무 말 없이 지폐를 들여다보았다. 지폐의 발행일은 1974년이었는데, 정말로 지폐는 방금 발행한 것처럼 빳빳하고 깨끗했다.

"정말 이상하네."

"위조지폐 아닐까요?"

"그럴지도. 은행에 확인해보는 게 좋겠어."

한나는 벽에 걸린 시계를 올려다보았다.

오후 3시가 넘었으니 은행은 이미 문을 닫았겠지만 제일상업 은행의 대표인 도우 그리어슨은 5시까지 사무실에 남아 있을 것이다.

"도우에게 가서 확인해볼게. 이거 누가 줬어?"

리사가 약간 염려스러운 얼굴로 대답했다.

"아마 한나의 동생이었을 거예요."

"안드레아?"

"아뇨, 미셸. 한나가 노먼과의 점심 약속 때문에 카페를 비운 사이 친구 집에 가져간다고 쇼트 스택 쿠키를 반 상자 포장해갔거든요. 제가 기억하기론 5달러짜리 지폐가 없어서 전부 1달러짜리로만 거스름돈을 줬거든요."

시폐를 내려다보며 한나가 인상을 찌푸렸다.

"미셸에게서 받은 거라면, 트윈시티 지역에서 나온 걸 거야. 오늘 저녁에 호숫가 방갈로에서 다 같이 식사하기로 했으니까, 만약 도우에게 물어봐서 이게 정말 위조지폐면 어디서 흘러들어온 건지 미셸에게 물어볼게."

10달러짜리 지폐를 들고 은행 문 밖에 서 있는 한나를 보고 도우 그리어슨은 깜짝 놀란 듯했다.

그는 한나에게 잠시 기다리라고 손짓한 다음 한쪽 구석으로 들어가 자동 잠금장치의 비밀번호를 눌렀다. 그리고는 다시 문으로 돌아와 몇 개의 자물쇠들을 풀어낸 뒤에 문을 열어주었다.

"고마워요, 도우."

한나가 지폐를 흔들며 안으로 발을 들여놓았다.

"이게 오늘 오후에 저희 카페에 들어왔는데요, 리사랑 제가 보기에 조금 이상하게 웃긴 것 같아서요."

도우가 킥킥거렸다.

"초등학교 3학년 때, 칼슨 선생님이로군요. 그분 아직도 기억해요. 내 사무실로 먼저 들어가서 편히 있어요. 난 경보 시스템을 다시 맞춰두고 갈게요. 주전자에 커피도 있어요. 콜롬비아와 과테말라, 브라질, 그리고 수마트라산 커피가 섞인 거예요."

"향이 좋을 것 같은데요."

"정말 그래요. 첫 맛은 진하고 무거운데, 끝 맛은 아주 부드러워요."

"꼭 맛봐야겠어요."

한나가 '씩' 웃어 보이고는 도우의 사무실로 들어갔다.

도우는 크리스마스 선물로 아내에게서 커피콩과 커피 빻는 기구를 받은 이후 커피 애호가가 되어버렸다.

도우의 사무실에 있는 커피포트는 존 워커의 사무실에 있던 것과는 너무도 다르게 잡티 하나 없이 깨끗했다. 한나가 자기 몫의 커피를 따라 책상 앞에 놓인 의자에 앉는데, 도우가 들어왔다.

"커피 맛이 어때요?" 그가 물었다.

한나는 한 모금 마셔보고는 미소를 지었다.

"정말 좋은데요."

"다음 주까지 기다려 봐요. 내가 마침 뉴욕에 있는 자바에서 블루마운틴을 주문해놨거든요. 세계에서 가장 좋은 커피죠."

"기대하고 있어야겠어요."

한나가 말하며 또 한 모금 커피를 들이켰다.

"이 지폐 좀 봐줘요, 도우."

도우가 한나가 건넨 지폐를 받아들고는 책상 위에 놓인 할로겐 램프를 킨 후 책상 서랍에서 루페(보석상, 시계 수선공 등의 소형 현미경)처럼 보이는 것을 꺼냈다.

그는 잠시 지폐를 살펴보더니 이내 고개를 설레설레 저었다.

"이건 위조지폐가 아니에요."

"그렇지만 날짜를 봐요. 1974년에 발행됐다고 적혀 있는데, 이렇게 새것 같아 보이는 것이 이상하지 않아요?"

"별로, 누군가 금고에 넣어뒀거나 침대 매트 밑에 보관했던 건지도 모르죠. 어떤 사람들은 일부러 이렇게 깨끗하게 돈을 보관하기도 하니까요."

"수집가들 말이에요?"

"이건 수집할 만한 가치가 있는 지폐는 아니지만, 누군가 기념품으로 만들려 했는지도 몰라요. 돈으로 기념품을 만들 때 보통 은행에 와서 새 지폐를 받아가니까요."

한나는 고개를 끄덕이며 지폐를 다시 건네받았다.

"왠지 실망한 것처럼 보이는데요?" 도우가 물었다.

"리사랑 전 위조지폐 고리의 한 가닥을 잡았다고 생각했거든요. 무척 흥미진진했는데."

도우가 슬그머니 웃음을 흘렸다.

"그런 일에 엮여서 좋을 것 하나도 없어요. 그게 정말 위조지폐였다면 연방 보안국에서 나와 2초 만에 당신 숨통을 조여 놨을걸요."

"마을에 새 손님들이 올 뻔했군요."

한나가 웃으며 말하고는 지폐를 지갑에 넣어 자리에서 일어섰다.

"고마워요, 도우. 덕분에 옛날 지폐를 오래 간직하는 법에 대해 유용한 정보를 얻었어요. 누군가 어디서 몰래 얻은 현금이라 지금까지 쓰기가 두려웠는지도 모르죠."

"잠깐만, 한나. 당신 말을 듣고 보니 조금 수상쩍네요. 고유 번호를 확인해볼게요."

"그걸 보면 뭘 아나요?"

"은행에서 새 지폐를 발행할 때 금액과 고유 번호가 찍혀 나오거든요. 만약 이 돈이 강도에 의해 도둑맞은 것이라면 은행에서 고유 번호를 확인해 경찰에 알려주죠."

"그럼 지금 그걸 확인할 수 있어요?"

"물론이죠. 지금 컴퓨터에 자동 백업 프로그램이 가동중이긴 한데, 조회 가능한 고유 번호 명단은 하드에 저장되어 있어요."

"고유 번호 명단이요?"

"보통 그렇게 불러요. 정식 명칭은 무척 길거든요."

"그걸 보면 도둑맞은 지폐의 고유 번호들을 알 수 있다는 거네요?"

"일부는. 만약 강도가 금전등록기의 있는 돈들을 털어갔다면 고유 번호 기록이 남지 않지만 금고에서 털어간 것은 남아 있죠. 은행털이범이 가져간 돈이 아니라도 따로 또 기록이 남기도 하고요."

"경찰에서 범인을 추적할 때 인적사항 목록을 배포하는 것과 같은 거군요?"

"맞아요. 잠깐만 기다려요. 내가 출력물을 갖고 올게요."

도우가 자리를 비운 사이 한나는 커피를 한 잔 더 따랐다.

새로 맛본 커피가 너무 좋아 쿠키단지에도 커피 애호가들을 위한 커피 메뉴를 마련해볼까 생각해봤지만, 레이크 에덴에서 그런 아이템이 잘 될 리 없었다.

새로운 유행도 레이크 에덴에 자리를 잡으려면 몇 년은 걸리니 말이다. 게다가 레이크 에덴 사람들이라면 특수 제작된 커피 따위에 힘들게 번 돈 3, 4달러를 더 소비할 이유가 없었다.

"찾았어요."

도우가 세 개의 링으로 묶은 커다란 노트를 들고 들어왔다.

"고유 번호를 불러주면 내가 확인해볼게요."

한나는 그에게 지폐의 고유 번호를 불러주었고, 그는 맞는 영역을 찾아 페이지를 넘겼다.

그가 손가락으로 번호들을 훑어나가더니 이내 흥분된 표정으로 고개를 들었다.

"그럴 가능성은 없는 줄 알았는데, 여기 있네요. 한나의 10달러짜리 지폐는 1974년 레드윙 시티은행에서 도둑맞은 거예요."

"도둑맞은 돈이라고요?"

"맞아요. 혹시 더 있나 찾아보고 리사에게도 똑같이 얘기해줘요. 난 이 페이지를 복사에서 그랜트 서장님께 보낼게요. 경찰들을 시켜 다른 상점들에도 이것을 배포하게 해야겠어요. 잘하면 우리 힘으로 은행 강도를 잡을 수 있을지도 모르겠군요. 잘 생각해봐요, 한나. 이 지폐를 누가 줬는지 기억나요?"

한나는 고개를 저으며 최대한 결백한 표정을 지어내려 애썼다.

도우는 누구든 위조지폐 사건에 연루되기만 하면 연방 보안국에서 나와 숨통을 조여 놓을 거라고 했다.

한나는 귀여운 막내 동생을 그런 처지에 놓이게끔 그냥 두고 볼 수는 없었다. 적어도 미셸과 얘기해보기 전까지는 말이다.

예상했던 대로 엄마는 한나에게 전화로 가족 저녁식사에 참석할 것을 통보했다.

 한나는 모이쉐에게 밥을 주고, 잦은 세탁으로 색이 흐리게 바랜 청바지로 갈아입었다. 옅어져 버린 색깔 덕에 여름에 입기 안성맞춤인 청바지는 허리가 넉넉하게 남아돌았다. 한나는 자신이 몇 kg이나 감량한 것인지 새삼 궁금해졌다.

 한나는 거울 앞에 서서 짧은 소매의 면 티셔츠를 미끄러지듯 두 팔 위로 입었다. 옅은 청록색의 티셔츠는 그녀의 빨간 머리와 아주 잘 어울렸기 때문에 즐겨 입곤 했는데, 작년 소방서 자원 활동가 모임에서 함께 떠났던 피크닉에서 티셔츠 위에 겨자 소스를 흘린 뒤로는 조금은 꺼리게 되었다.

 물론 겨자 자국은 지워졌지만, 얼룩제거제가 너무 강력하게 작용한 나머지 그 부분만 색이 더 옅어져 버리고 말았던 것이다. 한나는 엉망이 된 티셔츠를 옷장 구석으로 좌천시키는 것보다 얼룩제거제를 일부러 군데군데 뿌리는 방법이 더 낫겠다고 생각했다.

 덕분에 군데군데 낙엽이 된 티셔츠는 어느 디자이너의 작품 못지않게 근사해졌다.

나쁘지 않군, 한나는 거울을 들여다보며 생각했다. 그리고는 머리카락을 높이 올려 하나로 질끈 동여맸다. 이런 포니테일 스타일이 자신에게 어울리지 않는다고 생각했지만, 창문을 모두 활짝 열어놓고 운전할 계획이므로 머리카락이 흩날리지 않도록 묶어야만 했다.

그런 후 한나는 모이쉐의 사료그릇을 마지막으로 채워주고, 어깨에 가방을 걸친 채 서둘러 트럭을 타고 에덴 호수로 향했다.

20분 뒤, 한나는 먼지 쌓인 길옆으로 주차 공간을 찾아 트럭을 몰며 지난 30년 동안 스웬슨 가의 소유인 호숫가 방갈로 옆을 지나갔다.

방갈로는 원래 여름마다 이곳에서 나오는 세로 부수입을 올리곤 했던 조부모의 소유였는데, 한나의 아버지가 물려받은 뒤에도 계속해서 사람들에게 세를 주었다.

어린 시절 한나는 매해 두 번의 주말을 꼭 이곳에서 보내곤 했는데, 시작은 호수에 발을 담그기엔 아직은 추운 5월이었다. 5월부터 여름휴가 붐이 일기 전까지 방갈로를 단장하고 온기도 불어넣을 겸 이곳에서 주말을 보냈고, 다른 한 번은 에덴 호수의 표면이 해초로 두껍게 뒤덮여 수영 금지 푯말이 세워지곤 하는 8월 삼복이 지난 후였는데 방갈로에 머물면서 단수를 하고, 파이프가 새는 곳은 없는지 확인하며, 매서운 겨울바람에 대비해 창문을 튼튼한 판자로 덧대어 다는 등 겨울맞이 준비를 했다. 물론 내년 여름에 다시 사용해야 할 접시들과 은수저 등을 챙기는 일도 잊지 않았다.

어린 시절의 기억을 떠올리며 한나는 한숨을 내쉬었다.

어렸을 때는 단 한 번이라도 한창 휴가철에 방갈로에서 지내보는 것이 소원이었다. 상점에서 온갖 맛있는 아이스캔디를 사 먹으며 아이오와나 위스콘신 같은 멋진 지역에서 온 아이들과 함께 수영을 하는 일 말이다.

하지만 너무 커버린 지금은 한창 휴가철에 방갈로를 찾아도 전혀 기쁘지 않았다. 심지어 수영복조차 갖고 있지 않을 뿐더러 다이어트 중이라 아이스캔디는 있어도 먹지 못한다. 때때로 삶은 매우 불공평하게 다가온다.

한나는 트럭에서 내려 안드레아의 볼보를 지나 걸었다. 안드레아와 트레시는 이미 도착해서 기다리고 있는 모양이다. 노먼의 차도 보였다, 로드 부인의 것도 물론.

엄마가 좀 더 확장된 의미에서 '가족'들을 모두 소집한 모양이다. 어차피 많이 모일수록 좋다. 그래야 아무도 모르게 미셸을 슬쩍 불러내 10달러 지폐에 대해 물어볼 수 있을 테니 말이다.

방갈로 덧문을 향해 걸어가면서 한나는 공기를 마음껏 들이마셨다. 혹시나 공기 중에 엄마가 좋아하는 음식인 하와이식 항아리 로스트나 라자냐 냄새가 묻어 있을까 해서였다.

사실 두 개 다 한나가 즐기는 음식은 아니었지만, 다이어트 때문에 먹을 수 없다는 사실이 이상하게도 한나의 군침을 돌게 했다. 지금 한나가 먹을 수 있는 것이라곤 채소뿐이었다. 이건 이미 엄마에게도 약속을 받아둔 참이있다.

한나가 문 앞으로 다가서자 노먼이 한나를 맡기 위해 걸어 나왔다. 한나를 보고 매우 안심한 듯한 노먼의 표정에 잠시 어리둥절했지만, 이내 노먼이 지금껏 엄마와 얘기를 나누고 있었다는 사실을 깨닫고는 상황이 금세 이해되기 시작했다.

분명히 엄마는 노먼에게 혼자 살 거면서 왜 그렇게 큰 집을 지으려는 것인지, 앞으로의 계획은 어떻게 되는지 꼬치꼬치 묻고 있었을 것이다.

"고문당하고 있었나 봐요?" 한나가 물었다.

"그렇다고 할 수 있죠."

"그럼, 내가 제때 왔군요."

"거기에 이유가 하나 더 있어요." 노먼이 미소를 지으며 말했다.

"빌과 마이크가 피자를 사러 나갔거든요. 금방 돌아올 거예요."

"피자를 사온다고요?"

"네, 한나 어머님이 당신을 위해 저칼로리 피자를 주문하셨어요."

한나의 얼굴이 찌푸려졌다.

"그건 단어의 모순이에요. 피자가 어떻게 저칼로리일 수 있겠어요?"

"저지방 치즈를 뿌리면 되지 않을까요?"

"그래도 소용없어요. 빵에다가 매콤한 소스에 페페로니, 소시지, 올리브, 그리고······."

"잠깐만." 노먼이 손수건을 꺼내며 말했다.

"지금 침 흘리고 있잖아요."

노먼이 장난을 치는 거라는 것을 알면서도 한나는 손수건을 받아 얼굴을 닦는 척했다.

"피자는 내가 좋아하는 음식이란 말이에요. 한 입만 댔다 하면 다이어트 같은 건 흔적도 없이 사라져버릴걸요."

"이제 그만하면 많이 빼지 않았어요? 당신 지금 정말 말라보여요."

"정말?"

애교의 팔촌쯤 될 만한 눈빛을 하고는 한나가 노먼을 쳐다보았다.

"난 처음부터 당신이 살을 빼야 한다고 생각하지 않았어요."

"그래요?"

아마 단 둘이 있었다면, 한나는 그를 와락 끌어안고 진한 키스를 해 주었을 것이다. 그만큼 한나는 감동을 받았고, 바보 같은 눈물이 주르륵 흘러내리기 전에 일부러 농담을 꺼냈다.

"시력이 어떻게 돼요?"

"양쪽 모두 2.0이에요. 단, 안경을 써야지만."

"안경이요? 당신이 안경 쓴 모습은 한 번도……."

한나는 말을 멈추고 단호한 눈빛으로 그를 쏘아보았다.

"지금 장난치는 거죠?"

"전부 장난은 아니에요. 나 정말 안경 써요. 몇 년 전에 렌즈로 바꿨을 뿐이죠."

"저녁식사가 오고 있구나!"

엄마가 창가에 서서 외쳤다.

"방금 빌과 마이크가 탄 차가 모퉁이를 돌았다. 누가 나가서 피자 나르는 걸 돕겠니?"

"제가 할게요." 한나가 문 밖으로 나섰다.

피자를 먹지도 못할 바에야 테이블까지 가져오는 길에 냄새라도 잔뜩 맡아 보자는 생각이었다.

저녁식사를 한 뒤 한나는 디저트로 가져온 쿠키들을 내놓았고, 엄마는 빨간 부엉이 식료품점에서 사온 아이스크림용 토핑을 잔뜩 올린 아이스크림을 내놓았다.

퍼지 소스로의 눈길 한 번에 한나는 마음속 악마들을 한꺼번에 내쫓을 수 있는 부적을 온몸에 붙이고 싶은 심정이 되어버리고 말았다.

하지만 악마들을 막을 수 있는 흔한 마늘 목걸이 하나조차 없는 한나였기에 다들 쿠키를 오물거리고 선데 아이스크림을 만들어 먹느라 정신이 없는 틈에 미셸을 붙잡았다.

"나랑 호숫가 좀 걸을까?" 한나가 물었다.

"얘기 좀 해."

"그래, 안 그래도 저칼로리 피자를 너무 많이 먹어서 디저트 들어갈 자리가 없어."

"뭐가 들어 있었는데?"

한나가 호기심에 물어보았다. 커다란 샐러드 그릇에만 파묻혀 피자는 쳐다보지도 않았던 것이다.

"탈지유로 만든 모차렐라 치즈랑 햇빛에 말린 토마토, 채 썬 닭 가슴살, 아스파라거스. 가장자리 빵도 저칼로리였어. 일반 피자 빵보다 더 얇더라고."

"그래서 배를 채우려니 두 배의 양이 필요했던 거야?"

미셸이 씩 웃으며 말했다.

"맞아. 평소엔 두 조각이면 됐는데, 오늘은 네 조각이나 먹었어."

한나과 미셸이 문 밖으로 나서려는데 안드레아가 두 사람을 보고 후다닥 달려왔다.

"동료가 더 필요하지 않아? 나도 디저트는 그냥 패스했는데."

"그럼, 같이 가." 한나가 말했다.

"호숫가에 좀 앉아 있으려고 해."

"오, 잘됐다. 난 물에 발 좀 담가야겠어. 하루 종일 여기저기 돌아다녔더니 발목이 시큰거려."

"그럼 두 사람이 먼저 가 있어." 한나가 말했다.

"난 모기약을 챙겨 갈게. 밤에 나가면 모기가 극성이거든."

동생들을 먼저 보낸 뒤 호숫가까지 향하는 계단을 내려가며 한나는 모기약을 뿌려댔다. 그리고 동생들을 만나자 모기약을 미셸에게 던져주고 안드레아에게는 로션을 건네주었다.

"뿌리는 해충약에 대해 네가 했던 말이 생각나서 로션도 갖고 왔어."

"고마워, 언니."

안드레아가 이미 그녀의 팔을 정복한 모기 한 마리를 찰싹 내리치며 말했다.

"나이트 박사님이 임신중에는 절대 안 된다고 하셨어. 헤어스프레이, 향수, 심지어 요리용 스프레이도 안 된다고."

한나는 웃음을 터뜨렸다.

"요리용 스프레이는 전혀 위험할 게 없을 것 같은데."

"사실이야." 안드레아가 순수하게 동의했다.

"빌이 아침마다 계란 요리 만들 때 스프레이를 쓰거든. 근데 내가 주방에서 나갈 때까지 기다렸다가 쓰곤 한다니까."

"아침은 언니가 준비하는 줄 알았는데."

미셸이 놀라며 말했다.

"그랬지. 결혼한 지 일 년이 될 때까지는 말이야. 매일 아침 에그 스크램블을 해줬는데, 내가 프라이팬을 너무 많이 태워 먹는다고 인제부

턴가 빌이 스크램블을 만들고, 내가 토스트를 굽게 됐어."

한나는 안드레아에게 토스트는 또 몇 개나 태워 먹었느냐고 물어보고 싶었지만, 애써 참으며 미셸을 향해 고개를 돌렸다.

"오늘 리사한테 10달러짜리 지폐를 줬지?"

"응, 언니가 점심 먹으러 간 사이에 칼리에게 줄 쿠키를 사려고 들렀었거든."

"그 지폐 어디서 났는지 기억해?"

"모르겠는데." 미셸이 잠시 생각해보더니 고개를 저었다.

"정말 기억이 안 나. 근데 그건 왜?"

"그게 은행에서 도둑맞은 것이라는 게 밝혀졌어. 도우 그리어슨이 확인해줬거든."

안드레아가 깜짝 놀라며 말했다.

"빌은 아무 얘기 안 하던데. 그랜트 서장님은 알고 계셔?"

"도우가 얘기한다고 했어."

한나는 다시 미셸에게로 고개를 돌렸다.

"그래서 언제, 어디서 그 지폐를 손에 넣게 됐는지 알아야 하는 거야. 어디서부터 흘러들어온 돈인지 추적해야 하거든."

"내가 마을에 가지고 들어온 게 아닌 건 확실해. 미니애폴리스 버스 정류장에 도착했을 때 출금기에서 찾은 20달러짜리 지폐 4장이랑 1달러 지폐 몇 장을 갖고 있었거든."

"버스표는?" 안드레아가 물었다.

"현금으로 지불했어?"

"응, 그게 얼마였더라. 20달러 가까이 됐던 것 같아. 거스름돈으로

10달러 넘는 돈을 받진 않았거든."

안드레아가 핸드폰을 꺼내 전화번호를 하나 눌렀다.

"왕복 끊었어, 편도 끊었어?"

"왕복."

한나와 미셸은 표에 대해 묻는 안드레아의 전화 통화를 가만히 듣고 있었다.

안드레아는 고맙다는 인사를 건넨 뒤, 전화를 끊고 한나와 미셸을 돌아보며 말했다.

"버스 정류장에서 나온 건 아니야. 레이크 에덴까지의 왕복표가 18달러 정도 한대."

"그럼 여기 마을에서 나온 건데, 난 여기서 뭘 산 적이 없어. 그건 확실해. 내가 들어갔던 유일한 상점이라고는……."

"어딘데?"

동생이 망설이자 한나가 재촉했다.

"약국. 보석이 두 개가 필요해서 약국으로 달려가 조그맣게 포장된 색깔 있는 라인석(모조 다이아몬드)을 샀어."

"라인석이라고?"

안드레아가 얼굴을 찡그렸다.

"그건 너무 볼품없잖아. 보석이 필요했으면 나한테 전화를 했어야지. 쇼핑몰에 가면 싸고 좋은 인조 보석이 얼마나 많은데……."

"진정해, 안드레아." 한나가 끼어들었다.

"미셸은 보석이 필요했던 게 아니야. 치아에 사용할 거였거든."

"치아?"

"가짜 치아 말이야. 미셸이 나중에 설명해줄 거야."

한나가 미셸을 돌아보며 다시 묻기 시작했다.

"라인석은 얼마였어?"

"10달러 미만이었어, 난 20달러짜리 지폐로 지불했고. 그랬으니까 거스름돈은 10달러와 동전 몇 개였을 거야."

"말이 되네."

한나가 가능성을 가늠해보며 대답했다.

두 개의 사건이 서로 어떻게 얽혀 있는지는 모르겠지만 론다 역시 약국에서 일했다. 물론 도난당한 돈이 약국에서 나왔다는 사실이 론다의 살인사건과 직접적인 연관이 있다고는 확실히 말할 수 없겠지만, 어쨌든 흥미로웠다.

"언니 지금 나랑 같은 생각하는 거지?"

안드레아가 한나를 향해 말했다.

"그래." 한나가 재빨리 대답했다.

"그 옛날 은행 강도에 대해 좀 더 알아봐야겠어."

"어이, 여러분. 안녕!"

세 자매가 돌아보니 노먼이 호숫가로 내려오는 계단 위에 서 있었다.

"나도 내려가도 되겠어요? 아니면 자매들끼리의 조촐한 단합 시간인가요?"

"우린 이미 단합되었어요."

한나가 웃음을 터뜨리며 말했다.

"엄마가 우리에게 배 통조림을 먹이려고 하셨을 때부터 말이에요. 어서 내려와요."

노먼이 합세하자 한나는 그에게 모기약을 던져주었다.

"이걸 사용하는 게 좋을 거예요. 밤이 되면 모기들이 극성이거든요."

"고맙지만 필요 없어요."

"필요 없다니 무슨 소리예요? 지금 모기들은 피에 굶주렸다고요. 모기약 뚜껑을 채 따기도 전에 수혈이 필요할 정도였는데."

"모기들은 날 안 물거든요."

"뭐라고요?!"

"사실이에요." 노먼이 순진무구한 표정으로 말했다.

"왜인지는 모르겠는데, 모기들이 나한테는 달려들지 않더라고요."

"특수한 비타민제라도 드세요?" 미셸이 물었다.

"아니."

"비누는요?" 이번엔 안드레아가 물었다.

"무슨 특별한 비누를 쓰시는 거 아니에요?"

"그냥 코스트 마트에서 산 걸 쓰는데요."

한나는 얼굴을 찌푸렸다.

그녀가 아는 한 모기는 누구나 가릴 것 없이 문다. 한나 정도만 되어도 모기들에겐 디저트와 채소를 포함해 다섯 가지 음식이 나오는 근사한 저녁 코스요리쯤 될 것이다.

한나는 노먼의 말이 허풍이라고 생각했다.

"믿을 수 없어요, 노먼. 소매를 걷고 팔을 내봐요. 내 눈으로 직접 확인해봐야겠어요."

"좋아요." 노먼이 대답하여 소매를 걷어올렸다.

그러자 세 자매가 지켜보는 가운데 작은 모기떼가 앵앵거리며 노먼의 팔 주위로 몰려들었고, 마침내 한 마리가 노먼의 팔 위에 내려앉았다. 하지만 어쩐 일인지 모기는 노먼의 팔을 물지 않고 이내 날아가 버리고 말았다.

"봤죠?" 노먼이 싱글거렸다.

"날 싫어한다니까요."

한나는 패배를 선언할 수밖에 없었다.

노먼의 말은 사실이었다. 모기들은 노먼을 좋아하지 않는다. 모기들도 싫어하는 사람을 난 좋아할 수 있을까? 그 문제에 대해선 나중에라도 생각해봐야 할 것 같았다.

지금은 10달러 문제를 생각하느라 머릿속이 만원이었다.

"지금 무슨 일이 어떻게 돌아가는지 당신에게 설명을 해줘야 할 것 같네요."

한나가 노먼에게 말했다.

"미셸이 오늘 우리 카페에서 10달러짜리를 냈는데, 그게 은행에서 도난당한 돈이래요."

노먼은 한나의 설명에 가만히 귀를 기울이고 있더니 말했다.

"그럼 그 옛날 은행 강도에 대해 더 알아보려 하는 건가요?"

"그래요."

"1974년에 레드윙에서 일어났던 일이고요?"

"도우 그리어슨의 말로는 그랬어요."

"그럼, 쉽네요. 지역 신문 어딘가 그에 관한 기사가 남아 있을 거예요. 온라인으로 기사 검색을 할 수 있는지 확인해볼게요."

"그래 줄 수 있겠어요?" 한나가 기뻐하며 되물었다.

그녀의 컴퓨터 솜씨는 볼품없었기 때문이다.

"문제없어요. 마침 차에 노트북 컴퓨터가 있는데, 지금 인터넷에 연결해볼까요?"

"지금은 말고요." 한나가 고개를 저었다.

"이건 비밀로 해두고 싶어요."

"빌이나 마이크에게도 얘기 안 하고요?"

"그래요. 론다의 살인사건에 관여하는 것도 간신히 허락받았어요. 게다가 미셸이 지폐를 가지고 있었다는 걸 알게 되면 연방 보안국에 연락해야 할 거예요. 그러면 미셸은 방학 내내 수만 개의 쓸데없는 질문 공세에 시달려야 할걸요."

"무슨 말인지 알았어요. 그럼 오늘 모임이 끝난 후에 같이 당신 아파트로 가서 함께 찾아보는 건 어때요?"

"좋은 생각이에요."

그때 한나의 귓가에 발걸음 소리가 들려왔다.

마이크와 빌이 계단을 내려오고 있었다.

빌이 계단을 다 내려온 후 안드레아의 옆으로 다가가며 말했다.

"우리 가봐야 할 것 같아, 여보. 방금 부검 결과가 나왔는데, 나이트 박사님과 함께 해야 할 일이 좀 있어. 트레시가 여기서 자도 되느냐고 묻던데? 장모님과 로드 부인이 트레시와 같이 보드 게임을 하자고 하셨나봐."

"괜찮다고 해줘요. 할머니랑 같이 자는 걸 워낙 좋아하니까."

"딱 됐네." 그때 미셸이 말했다.

"트레시한테 내 침대 쓰라고 해. 덕분에 엄마 혼자 계시지 않아도 되겠어."

한나가 놀란 눈으로 막내 동생을 쳐다보며 물었다.

"혼자? 어디 가니?"

"데이트가 있어."

"남자친구한테 외진 곳에는 가지 말자고 하십시오."

마이크가 끼어들었다.

"론다를 죽인 범인이 아직 잡히지 않았으니까요."

그러자 미셸이 웃음을 터뜨렸다.

"그건 걱정하지 않으셔도 돼요. 전 완벽하게 안전할 테니까요."

"확실합니까?"

마이크는 여전히 염려스러운 얼굴이었다.

"확실하죠. 로니 머피를 만날 거거든요."

한나는 숨이 넘어갈 듯 웃음을 터뜨렸다.

마이크의 염려가 어이없이 무너지고만 순간이었다. 로니는 위넷카 카운티 경찰서의 신입 경찰이었으며, 마이크가 좋아하는 부하 직원이기도 했다.

로니의 큰 형인 릭 또한 경찰에서 3년째 근무하고 있었는데, 언젠가 한 번 마이크는 머피 형제가 한 경찰서에 근무하게 됐으니 좋은 수사팀이 탄생할 거라고 얘기했던 적도 있었다.

"트레시에게 침대를 빌려주겠다고 했는데."

마이크가 미셸의 기억을 상기시켜주었다.

"밤새 같이 있을 겁니까?"

"당연히 아니죠. 근데 로니와 함께 고등학교에 가서 해야 할 일이 좀 있거든요. 그게 다 끝나면 시간이 늦을 것 같아서요. 밤중에 들어갔다가 괜히 엄마를 깨우면 곤란하니까 마침 언니한테 집에 가도 되느냐고 물으려던 참이었어요."

"물론이지."

마이크가 또 다른 훈계를 하기 전에 한나가 재빨리 동의했다.

"당신 혼자 두는 게 내키지 않는데 말이야, 여보."

빌이 안드레아의 옆에 앉아 그녀의 어깨를 팔로 감싸며 말했다.

"혼자 있지 않을 거예요. 나도 언니 집으로 갈래. 일이 다 끝나면 마이크한테 언니 집 앞에 내려달라고 해요. 내 차로 같이 가요."

"새벽 3시나 4시가 될 수도 있어. 박사님을 만나고 온 다음에 서류 작업을 좀 해야 하거든."

그러자 안드레아가 빌의 가슴을 토닥였다.

"내 걱정은 말아요, 여보. 피곤하면 소파에서 눈 좀 붙일 테니까."

두 사람의 대화를 듣고 있자니 한나는 기분이 알쏭달쏭해졌다.

나를 저토록 염려해주는 사람이 있다는 건 정말 멋진 일이지만 한편으론 누군가에게 구속당하는 듯한 느낌도 털어버리지 못할 것 같았다.

결혼이란 그야말로 물물교환이다. 몇 가지는 잃고 몇 가지는 얻게 된다. 교환의 시각에서 아직은 소원한 한나에게 연단을 다소곳이 걷는 일은 아직은 머나먼 미래의 일과도 같았다.

노먼의 컴퓨터에 완전히 매혹되어 버린 듯 커피 테이블 위에 올라앉아 키보드를 향해 발을 버둥거리는 모이쉐를 향해 한나가 손을 뻗으며 말했다.

"컴퓨터를 사수해요, 노먼. 이 녀석은 내가 주방으로 데려가 먹이를 줄게요. 그럼 당신을 더 이상 귀찮게 하지 않을 거예요."

"괜찮아요. 그냥 호기심에서 그러는 것이니까요."

노먼이 모이쉐를 번쩍 안아 자기 무릎에 앉혔다.

"이 녀석, 컴퓨터랑 가까이 있으면 안 돼."

안드레아가 공기 중에 떠다니는 오렌지빛 털 뭉치들을 손으로 휘휘 저어 날리며 말했다.

"털갈이를 하고 있잖아."

"고양이들이 다 그렇죠, 뭐. 녀석의 잘못이 아니에요."

노먼이 한 손으로 모이쉐의 귀를 긁어주며 또 한 손으로는 컴퓨터의 자판을 두드렸다.

"집에 가서 청소기로 키보드 청소 좀 하면 돼요."

"쿠키 남은 거 더 없어, 언니?"

안드레아가 빈 쿠키 꾸러미를 손으로 구기며 물었다.

"없어. 마침 새로 굽고 있으니까 얼마나 구워졌는지 가봐야겠다."

한나는 주방으로 들어가 공기 냄새를 맡았다. 시나몬과 카르다멈(생강과의 향신료), 그리고 노먼과 안드레아는 결코 추측할 수 없는 비밀 재료가 한 가지 더 추가된 쿠키의 냄새는 매우 근사했다.

비밀 재료는 그 어느 누구도 맞출 수 없을 만큼 흔치 않은 것이었기 때문에 한나는 이 쿠키를 미스터리 쿠키라고 이름 붙이기로 했다.

바로 그때, 마치 큐 사인이라도 떨어진 듯 오븐의 타이머가 울려댔고, 한나는 오븐을 열고 쿠키들을 꺼냈다.

노먼과 안드레아가 저녁식사 때 먹고 남은 쿠키를 굶주린 늑대들처럼 먹어치우는 것을 본 한나는 바로 반죽을 만들고 쿠키를 구웠다.

처음에는 초콜릿칩 크런치 쿠키를 구우려고 했지만, 초콜릿칩과 콘플레이크가 다 떨어져서 구울 수가 없었고 땅콩버터도 거의 다 비었기 때문에 땅콩버터 쿠키도 구울 수 없었다.

게다가 정통 설탕 쿠키 정도는 구울 수 있었지만, 구운 후 식히는 시간이 오래 걸렸기 때문에 쿠키가 완성되기도 전에 먹을 것이 떨어져 굶주린 늑대들이 한나를 공격할까 봐 겁이 났다.

한나는 찬장 안을 물끄러미 바라보다가 재료들을 되는 대로 그러모아 놓고, 잉그리드 할머니의 요리책을 뒤적이며 레드 스파이크 케이크의 레시피를 찾아냈다. 그러고는 그것을 쿠키에 한 번 적용해보자고 마음먹었다.

새로운 쿠키들을 다시 오븐에 넣은 후 한나는 다 식은 열두 개의 쿠키를 접시에 담아 거실로 가지고 나갔다.

"여기. 일단 완성된 거, 지금 더 굽고 있어."

"고마워, 언니."

안드레아가 왼손으로 쿠키를 집어 입으로 가져가며 또 다른 손으로는 노먼의 컴퓨터 화면에 뜬 정보를 수첩에 받아 적었다.

"이거 정말 맛있다. 촉촉하고 매우 시나몬스러워. 그리고……, 근데 이거 말 되는 거야?"

"뭐가 말이 돼?"

"시나몬스럽다는 것."

한나는 웃음을 터뜨렸다.

"말이 안 되더라도 훌륭한 표현인데."

"음……." 안드레아가 쿠키를 또 하나 집어 맛을 보았다.

"이게 뭐야?"

"스파이스 쿠키. 미스터리 쿠키라고 부르기로 했어."

"좋은 이름이네요."

안드레아가 미처 세 번째 쿠키를 집기 전에 노먼이 하나를 집었다.

"뭐가 미스터리인데요?"

"비밀 재료가 하나 들어갔거든요. 아무도 알아맞히지 못할 거예요. 안드레아라면 혹시 모를까."

"나?"

안드레아가 깜짝 놀라며 말했다.

"내가 어떻게 알아? 난 제빵을 할 줄 모르는 거 언니도 알잖아."

요리도 못 하지, 지난 몇 년간 안드레아는 미숙한 요리 솜씨에 대해 핀잔을 자주 들었다.

"잉그리드 할머니의 레드 스파이스 케이크를 떠올려 봐. 그럼 알 수 있을 거야."

"그렇지만 그건······."

안드레아가 순간 말을 멈추더니 '씩' 웃기 시작했다.

"뭔지 알 것 같아. 그 비밀 재료라는 것이 빨갛고 하얀 통에서 나온 거 맞지?"

"그래, 근데 아무한테도 말하지 마. 앞으로 반죽을 도와야 할 테니까 리사에게는 말하겠지만, 그것도 비밀로 지키라고 당부해둘 거야."

"얘기 안 할게. 약속해."

안드레아가 자신의 가슴에 십자가 표시를 하며 말했다.

"하늘에 맹세코 말이야. 근데 이런 표현은 어디서 온 거지?"

"그건 십자가를 본 뜬 거야. 노크 온 우드(Knock on wood, '그러길 바라요.'라는 뜻) 역시 나무 십자가에서 기인한 표현이거든."

"정말이요?" 노먼이 한나를 쳐다보며 물었.

"그건 어떻게 알았어요?"

한나는 어깨를 으쓱해 보였다.

"오래 전에 어딘가에서 읽었어요. 사소하게 머릿속에 남는 정보들 있잖아요."

"컴퓨터가 있으면 인터넷으로 그에 대한 좀 더 다양한 정보를 찾아볼 수 있을 텐데요."

한나는 한숨을 내쉬었다.

이런 얘기는 전에도 한 번 했던 적이 있었다. 노먼은 자꾸만 한나를 사이버스페이스의 공간으로 끌어들이려 하고 있었다.

"이미 아는 걸 무엇 하러 또 찾아봐요?"

"전부 다 아는 건 아니니까요. 인터넷에서 정보를 찾는 일이 얼마나 재미있는데요. 이제 한나도 컴퓨터 한 대가 아니라 두 대쯤은 갖고 있어야 옳은 시점이라고요."

"한 손에 한 대씩 쓰게요?" 한나가 빈정댔다.

"아뇨, 한 대는 집에, 다른 한 대는 쿠키단지에 두라고요."

"왜요? 컴퓨터 없이도 잘하는걸요."

"언니 레서피도 컴퓨터 파일로 정리해둘 필요가 있어."

안드레아가 말다툼에 끼어들었다.

"그럼 매번 복사해서 양쪽 장소에 보관해둘 필요가 없잖아. 만약 카페에서 레시피를 수정했다면 컴퓨터로 그냥 보내기만 하면 집에서도 볼 수 있어. 그러니까 어디서든 손쉽게 업데이트한 내용을 확인할 수 있는 거야."

"지금도 그렇게 하고 있어. 약국에서 복사한 다음 집에 가져간다고."

"내가 말하고자 하는 건 그런 게 아니잖아."

안드레아가 끈질기게 고집했다.

"컴퓨터가 있으면 약국까지 갈 필요가 없어. 그리고 돈도 아낄 수 있잖아. 복사비만 해도 얼만데."

그러자 한나가 웃음을 터뜨렸다.

"두 대나 되는 컴퓨터는 안 비싸?"

"생각만큼 비싸지 않아요."

이제 노먼이 배턴을 이어받았다.

"작년 모델 같은 건 상당히 싼 값에 살 수 있어요. 게다가 특별히 디자인이 예쁜 것이 필요한 것도 아니잖아요."

"두 사람, 너무하는 거 아니야?"

한나가 안드레아와 노먼을 비난했다.

"여기까지 데리고 와서 쿠키도 구워줬는데 말이야."

안드레아가 네 번째 쿠키를 집으며 말했다.

"언니 말이 맞긴 한데, 언니 집에 출력기도 한 대 있었으면 좋겠어. 그럼 노먼의 컴퓨터 화면에 있는 걸 이렇게 옮겨 적는 수고를 하지 않아도 되잖아. 학교 다닐 때 칠판에 있던 것 받아 적는 것하고 똑같아. 그때도 얼마나 하기 싫었었는데. 오죽하면 그것 때문에 두통이 다 생길 정도였어."

그건 네가 안경을 쓰지 않았기 때문에 그런 거지. 한나는 생각했다.

"물론 안경을 안 썼기 때문이라는 이유도 있지만. 안경을 쓰면 안 예뻐 보이거든."

안드레아가 계속 말을 이어나갔다.

"그래서 난 컴퓨터가 더 좋더라. 조금만 가까이 다가가서 보면 안경을 쓰지 않아도 되잖아. 지금 오븐 타이머가 울리는 것 같은데, 언니."

안드레아의 말이 맞았다.

한나는 주방으로 달려가 오븐을 열고 쿠키틀을 꺼냈다.

한나가 또 하나의 틀을 집어넣고 다시 거실로 돌아왔을 때 안드레아와 노먼이 활짝 웃고 있었다.

"뭣 좀 찾았어?"

"빙고!"

안드레아가 외치며 한나의 수첩을 손에 쥐었다.

"전부 다 옮겨 적었어. 두 명의 남자였는데, 모두 20만 달러를 훔쳤대. 한 명은 그날 밤에 붙잡혔는데, 다른 한 명은 돈을 갖고 달아났다는 거야. 달아난 남자는 결국 일주일 만에 캐나다 국경을 넘으려다가 붙잡혔는데, 수중에 가진 돈이 5천 달러뿐이었대. 나머지 돈은 어디에 숨겼는지 끝내 말하지 않았다는데? 은행 경비원 중 한 명이 두 사람 때문에 목숨을 잃어서 두 사람 다 살인죄로 종신형을 선고받았대."

"어느 교도소에 갇혀 있는데?"

"그건 기사에 안 나와 있어. 어쨌든 알아볼 순 있을 것 같아. 내일 아침 여러 군데 교도소에 전화해서 혹시 은행 강도가 수감되어 있는지 물어볼게."

"흥을 깨고 싶진 않지만, 그 방법으로는 소용이 없을 것 같은데요."

노먼이 고개를 저었다.

"교도소 관계자들이 전화로 그런 정보를 알려줄 리 없어요."

한나는 웃음을 터뜨렸다.

"사실이에요. 쉽게 알려줄 리 없죠. 하지만 안드레아가 통화하는 모습을 아직 못 봐서 그래요."

"맞아요." 안드레아가 살짝 으스대며 맞장구를 쳤다.

"난 부동산 중개인이라고요. 사람들에게 정보를 얻는 데 도가 텄죠."

그때 초인종이 울리자, 한나는 손목시계를 내려다보았다.

미셸은 많이 늦을 거라고 했는데 아직 11시밖에 안 된 시간이었다.

"문 열어주기 전에 문구멍으로 밖을 들여다봐."

안드레아가 말했다.

"밤에는 소용없어. 밖에 등이 엉뚱한 곳에 달려 있어서 보이는 거라곤 실루엣뿐이거든."

"그럼, 문에 체인은 풀지 마요." 노먼이 제안했다.

한나는 조금 바보 같은 방법이라고 생각했지만, 체인은 그대로 두고 문을 열어주기로 결심했다. 어쨌든 지금 밖에는 살인범이 활보하고 있으니 말이다.

"나야, 언니."

문틈으로 미셸이 한나를 향해 손을 흔들었다.

"일찍 왔네. 데이트에서 무슨 일 있었어?"

"아니, 어쩌면 그렇다고 대답해야 하나? 로니는 경찰서에서 호출이 와서 다시 서로 들어갔어."

"론다를 죽인 범인을 잡았대?"

"아니, 그런 게 아니라 로니가 아무래도 경찰서에서는 막내이다 보니까 잡일을 시키려고 부른 것 같아."

"안됐다."

한나는 로니의 심정을 알 수 있을 것 같았다.

요즘 젊은이들은 새로 취업하자마자 선배 직원들이 하기 싫어하는 온갖 잡다한 일을 도맡아 하게 되곤 하니 말이다.

"잠깐만 기다려. 문 닫았다가 체인 풀고 다시 열어줄게."

체인이 풀리자 문이 활짝 열렸고, 미셸은 안으로 발을 들여 놓았다.

그때 모이쉐가 문쪽으로 쪼르륵 달려가기 시작했다.

"안녕, 모이쉐. 어젯밤에 봐서 날 기억하는구나."

"지난 크리스마스 때 연어 사다준 걸 기억하는 거야. 들어봐. 벌써 가르랑거리고 있잖아."

"이번에는 연어를 가져오지 못했는데, 어쩌지? 대신 이건 있지."

미셸이 가방을 뒤적이더니 줄이 달린 셀로판테이프를 꺼냈다.

"모이쉐는 노는 거 별로 안 좋아해, 미셸."

미셸이 테이프를 카펫 위로 떨어뜨리는 것을 본 한나가 말했다.

"이건 다를걸. 한 번 보라고."

미셸은 셀로판테이프를 들고 앞서 걸었고, 그런 그녀의 뒤를 모이쉐가 쫓기 시작했다.

줄을 잡을 듯 아등바등 대다가 미셸이 다시 앞서 걸으면 쪼르륵 쫓아서 녀석은 안드레아와 노먼이 앉아 있는 소파에까지 따라갔다.

"금방 올게!"

한나는 주방으로 들어가 오븐에서 마지막 쿠키를 꺼냈다.

모이쉐를 처음 집으로 데리고 왔을 때 한나는 온갖 종류의 고양이 장난감을 사다 녀석에게 안겼지만, 거만하게도 녀석은 거들떠보지도 않았다. 그런데 이제 보니 모이쉐에게 필요했던 건 어디서나 흔히 볼 수 있는 셀로판테이프에 매달린 줄 하나였다.

한나가 갓 구운 쿠키를 들고 다시 거실로 돌아오자 미셸이 신나서 달려들었다. 무서운 속도로 두 개를 먹어치우고는 한나를 향해 엄지손가락을 치켜들었다.

"정말 맛있다. 안 그래도 다 같이 모여 있을 때 이 얘기를 해주려고 언니를 기다리던 참이었다. 사실 로니가 경찰서로 불려간 건 오늘 밤에 프레디 소여에게 문제가 생겼기 때문이었어."

"프레디가 어디 다친 거야?"

최악의 상황을 상상하며 한나가 다급하게 물었다.

"지금은 괜찮은데, 완전히 취해서 나가떨어졌어. 제드가 다시는 이런 일이 생기지 않도록 하겠다고 약속했대."

"프레디가 술을 마시는 줄 몰랐는데."

안드레아가 혼란스러운 표정으로 말했다.

"사촌이 오기 전까지는 마시지 않았지."

한나가 한숨을 내쉬며 말했다.

"이제는 제드가 역할 모델이 되어버려서 안 좋은 것들을 프레디에게 많이 가르치고 있어."

"나도 그런 인상을 받았어." 미셸이 말했다.

"로니와 내가 프레디를 깨워서 집까지 데려다 줬어. 로니는 경찰서로 돌아가 서류들을 정리해야 해서 나를 여기 내려주고 갔어."

"제대로 데이트를 즐기지 못했다니 안타깝네." 노먼이 말했.

"로니는 정말 좋은 청년인 것 같던데 말이야."

"그를 아세요?"

미셸이 깜짝 놀라며 물었다.

"치과 보험에 들기 전에는 매주 토요일 아침 병원에 왔었는걸. 그것도 건강 정책 중 하나라서 말이야. 그의 치아 상태는 꽤 괜찮은 편이었지만, 안 좋은 습관 몇 개는 내가 바로잡아줬지."

"맞아요. 언제 어디서 누구를 물어야 하게 될지 모르니까 치아는 항상 긴장하게 관리해야죠."

한나가 농담을 던졌다. 그리고는 다시 미셸을 돌아보며 물었다.

"프레디에게 무슨 일이 있었던 건지 자세히 말해봐. 술집에서 싸움이라도 했어?"

"아니, 그런 게 아니라 프레디가 최근에 산 트럭의 뒤에 타고는 스쳐 지나가는 길 위의 사람들을 향해 엉덩이를 내보였어."

한나는 충격을 받았다. 누군가 다치지 않았다는 게 다행한 일이긴 하지만, 프레디의 그런 행동은 많은 사람을 불쾌하게 만들었을 것이다.

"내가 아는 한 프레디는 그런 종류의 위법을 저지를 사람이 아닌데. 게다가 그런 짓을 할 생각을 스스로 해냈다는 것도 믿어지지 않아."

"언니 말이 맞아. 로니가 그러는데, 술집에서 프레디랑 같이 술을 마시던 여자가 그를 부추긴 거래. 재밌을 거라고 생각했다나."

한나는 매스꺼움을 느꼈다.

"프레디가 술집에 가서 여자와 술을 마시고, 길 위에서 스트립쇼를 하다니? 제드가 남자가 되는 법을 그렇게 가르친 거라면, 정말 마음에 안 들어!"

"나도 그래요." 노먼이 말했다.

"우리 병원 내부 수리 할 때 그가 와서 일을 도와줬었는데, 그때 보고 무척 착하고, 성실한 청년이라고 생각했어요. 어떻게 보면 수줍음도 타는 듯했고. 그런데 지금 들은 얘기는 그때의 모습과 너무 다르네요."

"그러게요." 안드레아가 동의했다.

"이건 분명히 제드 탓일 거예요. 프레디의 어머니도 돌아가시고 난 후, 실질적으로 그를 돌봐주는 사람은 아무도 없잖아요. 아마 소여 부인도 제드를 싫어하셨을 거예요. 그러니까 부인이 살아계셨을 때는 한 번도 나타나지 않았죠."

"내일 프레디와 얘기를 좀 해봐야겠어요."

노먼이 노트북 컴퓨터를 닫아 다시 가방에 집어넣고 지퍼를 잠그며 말했다.

"이렇게 된 데는 우리 책임도 있어요. 모두 각자 일에 바빠 프레디를 챙겨줄 여유가 없었잖아요."

노먼이 자리에서 일어나 안드레아와 미셸에게 작별인사를 건넸고, 한나는 그런 그를 따라 문밖까지 나가 등 뒤에서 현관문을 닫고는 그를 꼭 껴안아주었다.

"당신은 정말 좋은 사람이에요, 노먼."

"고마워요. 사실 별로 한 것도 없는데요, 뭐. 인터넷에서 정보 찾는 거야 간단하죠."

"그것 말고 프레디에 대한 것 말이에요. 우리 모두 관심을 둬야 한다고 했던 얘기, 정말 좋았어요."

"한나는 이미 관심을 기울이고 있잖아요. 바쁠 때도 항상 시간을 내서 프레디와 얘기하는 것 알아요. 당신도 그렇게 하는데 나도 이제 발 벗고 나서서 그를 도와야죠."

미스터리 쿠키

오븐을 176°C로 예열합니다. 틀은 오븐 중앙에 놓습니다.

재료

녹인 버터 1/2컵 / 백설탕 3과 1/2컵 / 시나몬 2티스푼

베이킹소다 2티스푼 / 소금 2티스푼 / 건포도 2컵

거품 낸 계란 2개 분량(포크로 저어주시면 됩니다)

농축된 토마토 수프 1캔('보통 맛'으로 삽니다)

잘게 썬 호두 2컵(썰고 난 다음에 측량합니다)

밀가루 4와 1/2컵(체질할 필요 없습니다)

육두구 향신료 2티스푼(만약 직접 간 것이라면 1스푼으로도 충분합니다)

만드는 법

1. 버터를 그릇에 담아 전자레인지에 돌려서 녹입니다. 거기에 설탕을 넣고 잠시 식힌 다음 거품 낸 계란을 넣습니다. 토마토 수프 통조림을 따서 그릇에다 붓고 잘 섞습니다. 다음엔 시나몬, 육두구 향신료, 베이킹소다, 소금을 넣고 건포도와 호두를 넣은 다음 저어줍니다. 마지막으로 밀가루를 한 컵 분량씩 재어 그릇에 넣고 반죽하고 다시 한 컵 넣고 반죽하는 것을 반복합니다.

2. 완성된 반죽을 10분간 식혔다가 반죽을 티스푼으로 떼어 미리 기름칠을 해둔 열두 개짜리 쿠키틀에 올려놓습니다(반죽이 자꾸 달라붙으면 몇 분 더 식히거나 티스푼을 찬물에 담갔다가 사용하면 됩니다).
3. 176℃에서 10~12분 정도, 쿠키 가장자리가 먹음직스러운 황금빛이 될 때까지 구워줍니다. 쿠키가 완성되면 틀 위에서 1~2분간 식힌 다음에 선반으로 옮겨 끝까지 식혀줍니다.

미스터리 쿠키 반죽 하나로
120개 정도 되는 쿠키를 만들 수 있습니다.
너무 많은 거 아니냐고 할지 모르겠지만,
일단 만들어놓으면 눈 깜짝할 사이에 다 없어져 버릴 겁니다.
그만큼 부드럽고 촉촉해요. 재료로 토마토 수프를 넣었다고
알려주지 않으면 아이들은 절대 모를 겁니다.

"벌써 11시 30분이야. 피곤하지 않아?"

다시 거실로 돌아오며 한나가 동생들에게 물었다.

"난 괜찮아."

미셸이 고개를 저으며 대답했다.

"넌 어때, 안드레아?"

한나가 안드레아를 쳐다보며 물었다.

"넌 두 사람 몫의 잠을 자야 하잖아."

그러자 안드레아가 웃음을 터뜨렸다.

"두 사람 몫을 먹는 거지, 두 사람 몫의 잠을 잔다는 얘기 같은 건 없어. 뱃속에 아기야 자고 싶을 땐 언제든지 잘 수 있잖아. 내가 깨어 있든 잠들어 있든 상관없이."

"정말 안 피곤해?"

"꼭 빌처럼 그러지 마. 정말이야, 언니. 난 전혀 안 피곤해."

그때 미셸이 혼란스러운 표정으로 물었다.

"그렇지만 임신중에는 쉽게 피곤해진다고 들었는데."

"그래, 지난 몇 달간은 그랬지. 한창 체중이 늘기 시작할 때 말이야.

최근에 2kg이나 더 늘었거든. 온종일 서 있으면 다리가 아파. 그래도 다리만 아프지, 다른 데는 괜찮아. 오히려 임신하기 전보다 더 힘이 난다니까."

"나도 시험 때문에 며칠 밤을 새워야 할 때는 기운이 달리는데, 얼른 임신을 해야 힘이 나려나."

미셸은 엄청난 충격을 받은 듯한 언니들의 표정을 눈치 채고는 킥킥거렸다.

"농담이야. 한나 언니만큼 나이 든 다음이면 모를까."

한나는 끙 소리를 냈다, 어쩐지 미셸의 말이 자신을 흉보는 것처럼 들렸다.

"아니야. 그렇게까지 오래 기다릴 필요 없어."

안드레아가 충고했다.

한나는 다시 끙 소리를 냈다, 이번에는 정말로 자신을 흉본다고 생각해도 좋을 것 같았다.

"생체시계 얘길랑은 그만둬. 이미 엄마한테 귀에 못이 박히도록 들었으니까. 계속 이렇게 얘기할 거면 가서 핫 초콜릿이나 좀 만들어 올게. 안드레아? 넌 미셸이랑 은행 강도 건에 대해 의논해봐."

한나는 늘 코코아와 우유, 설탕을 사용해 전통적인 방법으로 핫 초콜릿을 만들었기 때문에 핫 초콜릿이 완성되기까지는 상당한 시간이 걸렸다.

두 개의 머그컵에 완성된 핫 초콜릿을 따르고, 한나는 자기 몫으로 제로 칼로리 커피를 따른 다음, 세 개의 머그컵을 들고 거실로 나왔다.

거실에서는 안드레아와 미셸이 한창 얘기꽃을 피우고 있었다.

"그를 많이 좋아하긴 해, 하지만 학교에 만나는 사람이 있어."

한나가 머그잔을 내려놓자 미셸이 한나를 돌아보며 미소를 한 번 짓고는 얘기를 계속 이어나갔다.

"애인까지는 아니고, 그냥 좋은 친구 사이긴 해, 내 말 무슨 뜻인지 알지?"

"어떻게 좋은 사인데?"

안드레아가 한나에게서 머그잔을 받아들며 물었다.

한나는 소파에 앉으며 눈을 깜빡거렸다. 미셸의 남자친구 얘기를 놓쳐버리고 말았다.

지금 안드레아는 막내 동생에게 얘기 보따리를 풀어놓으라며 계속 옆구리를 찌르고 있었다.

"그렇게까지 가까운 사이는 아니야."

미셸이 뾰로통한 표정으로 말했다.

"그와 자지는 않았어. 언니가 묻는 게 그런 뜻이라면 말이야."

"그 사람에 대해서 좀 더 얘기해봐. 학생이야?"

"응. 스물네 살, MBA(경영학 석사) 과정을 밟을 계획이고, 이름은 라지(Raj, 인도식 이름)야."

이제 그만 한나가 끼어들어야 할 차례였다. 국가와 문화를 초월한 만남에 대해 안드레아는 어떻게 생각하고 있을까?

"라지의 어머님은 커리를 잘 만드셔? 인도 사람들은 대부분 대대로 내려오는 그 집안 특유의 커리 요리법이 있던데. 슈퍼마켓에서 파는 인스턴트 커리는 정말 별로거든."

그러자 미셸이 웃음을 터뜨렸다.

"라지는 인도 사람이 아니야. 그의 정식 이름은 로저 앨런 젠슨이야. 라지는 이름의 첫 글자만 따서 만든 거고."

"오!"

조금 창피해진 한나는 일부러 시급하게 화제를 돌렸다.

"프레디가 트럭 위에서 그런 짓을 했다는 게 난 아직도 믿어지지 않아. 제드도 걱정되고. 설사 도난당한 돈에 대해 제드가 뭔가 알고 있다고 해도 그렇게 놀라울 일만은 아닐 것 같아."

"정말 그렇게 생각해?"

자신의 남자친구에 대한 화제가 끝나자 미셸도 크게 안도한 듯 기운차게 물었다.

"가능성은 있어. 특히 네가 그 돈을 약국에서 받은 것이라면 말이야. 프레디가 오늘 새 시계를 샀다며 보여줬는데 그것과 똑같은 시계를 약국에서도 팔거든. 값은 10달러 미만이었고, 돈은 제드가 줬다고 했어."

"하지만 하루에 약국을 들르는 사람 수가 몇인데."

안드레아가 지적했다.

"잠깐, 그것 말고 더 있어. 제드가 나한테 교도소에서 기술공으로 일했었다고 했는데, 그때 뒷돈을 조금 챙긴 것이 있다고 했어."

"그럼, 제드가 제소자였다는 거야?"

안드레아가 물었다.

"아니, 마이크가 확인해봤는데 그거 아니래. 하지민 스딜워터 교도소에서 일하는 동안 은행 강도를 만났던 걸지도 몰라. 그들이 훔친 돈을 어디에 숨겨뒀는지 제드에게 알려줬을 수도 있어."

안드레아가 어깨를 으쓱해 보였다.

"그건 말도 안 돼."

"한나 언니 말이 맞는 것 같은데." 미셸이 말했다.

"근데 훔친 돈을 쓰는 것도 불법인가? 훔친 당사자가 아닌데도?"

"그럴걸. 만약 그 돈이 훔친 돈이란 걸 알고 있었다면."

한나가 안드레아를 쳐다보았다.

"혹시 그것에 대해 알아?"

"잘은 모르지만, 아마 맞을 거야. 하지만 제드가 그 돈이 훔친 돈인 줄 몰랐다고 해도 적어도 잠시 동안 프레디에게서 제드를 분리시킬 수 있는 명목은 충분해."

"잘 됐어." 미셸이 한숨을 내쉬며 말했다.

"프레디를 집에 데려다 주면서 로니와 내가 제드에게 문제가 있다는 걸 몇 번이고 설명했지만, 프레디는 전혀 들으려 하지 않더라고."

한나도 한숨을 내쉬었다.

"알만 해. 프레디는 누구든 잘 믿고 따르니까. 제드가 생각만큼 좋은 사람이 아니라는 사실을 설득시킨다는 건 무척 어려울 거야. 하지만 프레디는 정직한 사람이기도 해서 만약 제드가 훔친 돈을 쓰고 다녔다는 걸 알게 되면 금방 마음이 돌아설걸."

"지금이 시작하기 좋은 때야."

안드레아가 한나를 손짓하며 말했다.

"내 가방 좀 줘, 언니. 내 핸드폰은 장거리 통화도 가능하니까 스틸워터 교도소에 전화해서 그 은행 강도들이 수감되어 있는지 물어볼게."

"지금?"

한나가 안드레아의 가방을 짚으려 손을 뻗다 말고 멈칫하며 물었다.

"하지만 교도소 사무실 직원들은 이미 퇴근했을 텐데."

"오히려 그게 더 좋아. 전화를 받는 사람이 누구든 직원이 아니니 규칙에 대해 잘 모를 거 아니야. 그 틈을 타서 내가 원하는 정보를 알아내는 거지."

"그렇지만 내일 아침에 직원들이 출근한 다음 다시 전화하라고 하지 않을까?"

안드레아는 고개를 저었다.

"물론 다른 사람이 걸었다면 그렇게 말하겠지. 하지만 난 아니야. 난 전화를 걸 만한 매우 합당한 이유가 있거든. 아마 전화를 받는 사람은 내가 원하는 걸 알려주려고 무지하게 애를 쓸걸. 자, 이제 내 가방 좀 주겠어?"

한나는 안드레아에게 가방을 건네주었다.

안드레아는 가방에서 휴대폰을 꺼내 전화번호 안내서비스에서 교도소 전화번호를 알아낸 다음 교도소로 전화를 걸었다.

그 모습을 지켜보며 한나는 마음속으로 행운을 빌었다. 만약 안드레아가 스틸워터 교도소에 은행 강도들이 수용되어 있다는 사실을 제대로 확인한다면, 제드가 훔친 돈과 연관이 있을 가능성이 더욱 농후해지게 된다.

"늦게 전화 드려 정말 죄송합니다만, 저희 어머니 수표책을 결산하다가 한 가지 확인할 게 있어서요. 저희 어머니께서 토렌 울란스키라는 사람에게 수표를 보내셨던데 말이죠."

안드레아가 말을 멈추더니 한나 쪽을 향해 윙크를 해보였다.

"네, 맞아요. 울란스키. 스틸워터의 재소자라고 하던데, 그의 구호가

금으로 얼마의 돈을 내놓으신 것 같아요. 근데 그게 상당히 큰 액수라서요, 울란스키 씨가 정말로 그 교도소 재소자로 수용되어 있는지 확인해보고 싶어요."

안드레아가 다시 말을 멈추더니 이내 미소를 지었다.

"물론이죠. 기꺼이 기다려 드릴게요."

"해냈어, 언니!"

미셸이 경이로운 시선으로 안드레아를 쳐다보며 말했다.

그러자 안드레아가 고개를 저었다.

"아직은 아니야. 일단 컴퓨터를 확인해보겠대."

한나도 따라 고개를 저었다. 때만 잘 타고 났다면 안드레아도 날리는 첩보원으로 활약할 수 있었을 텐데, 참 안타까운 일이 아닐 수 없다.

"네, 여보세요." 안드레아가 다시 입을 열었다.

"그런 사람은 없다고요? 확실한가요?"

안드레아는 수첩에 뭔가를 메모하더니 계속 말을 이어갔다.

"데이비드 아스펜은요? 저희 어머니께서 그 사람의 구호기금도 내고 계시거든요. 그 이름도 확인해주실 수 있으시겠어요?"

한나는 안드레아가 들고 있던 펜을 빼앗아 수첩에 '이송? 죽음? 가석방?'이라고 휘갈겨 쓴 다음 다시 안드레아에게 보여주었다.

안드레아는 수첩을 흘끗 내려다보더니 다시 통화에 집중했다.

"그 사람도 없다고요? 이건 정말 제가 우려했던 대로군요. 혹시 이송된 건 아닌가요? 아니면 죽었거나? 그것도 아니라면 가석방됐다거나. 컴퓨터에 그런 기록은 남아 있지 않나요?"

답을 기다리며 한나는 심호흡을 했다.

재소자 중에 은행 강도가 없다면, 자매들의 가설은 모두 물거품이 되어버리고 만다.

"알았습니다. 어쨌든 확인해주셔서 고마워요. 정말 감사드려요. 이 지급필 수표들은 내일 아침에 적합한 기관으로 돌릴게요. 누군가 나이 드신 노인들을 상대로 사기를 친 모양이네요."

안드레아가 전화를 끊자 한나가 웃음을 터뜨렸다.

"나이 드신 노인들? 만약 엄마가 그 얘길 들으셨으면, 넌 바로 끝장이야."

"알아, 아마 날 죽이려 드시겠지."

안드레아의 미소가 귀에 걸렸다.

"하지만 엄마가 이 사실을 아실 리가 없지……, 안 그래?"

"맞아." 미셸이 대답했다.

"당연하지." 한나도 동의했다.

"확인 작업 고마워, 안드레아. 네 솜씨 정말 놀라워."

"언제든 말만 해. 이젠 뭘 할까?"

"글쎄." 한나가 깊은 한숨을 내쉬었다.

"제드에 대한 가설도 결국 백지로 돌아가고 말았어. 그 은행 강도들이 스틸워터 교도소에 수감되어 있었던 적이 한 번도 없었다면, 제드가 그들을 만났을 리도 없지. 어떻게 보면 창피한 일이야. 난 제드가 훔친 돈을 사용할 사람이었길 내심 바랐거든."

"그건 나도 그래." 미셸이 말했다.

"그는 얼간이야."

"나도 알아. 하지만 얼간이라고 해서 전부 범죄자는 아니잖아."

한나는 수첩을 집어 페이지를 넘겼다.

"은행 강도 건으로 우린 건진 게 하나도 없어. 제드와도 상관없고, 론다 살인사건과도 아무런 연관이 없단 말이야. 이제 은행 강도 건은 그만 빌과 마이크에게 맡기고, 손을 털어야 할까 봐."

다음날 아침 알람시계가 요란하게 울려댔다. 한나는 마음 같아선 시계를 들어 있는 힘껏 내동댕이치고 싶었지만, 당장은 시계를 들 기운도 없었다.

새벽 1시가 되어서야 빌이 안드레아를 데리러 왔고, 1시 30분에야 겨우 미셸을 손님방에 재울 수 있었다.

카페까지 멀쩡하게 운전할 수 있으려면 적어도 두 주전자의 커피는 필요하지 않을까 싶었다.

"새 베개가 빨리 와야 할 텐데."

뒷목을 문지르며 침대에서 일어선 한나가 투덜거렸다.

모이쉐를 쫓을 기력이 없었던 탓에 이번에도 어김없이 녀석에게 베개를 뺏겨버리고 말았다. 번개같은 샤워로 뒷목의 뻐근함을 풀어내고서 한나는 면바지를 입고 짧은 팔의 상의를 챙겨 입었다.

그리고는 모카신을 신고 아침식사를 재촉하는 모이쉐와 함께 주방으로 향했다. 모이쉐에게 사료와 물은 준 뒤 한나는 커피를 한 잔 따라서는 레시피 노트를 들고 탁자에 앉아 잠이 완전히 달아날 때까지 노트를 뒤적거렸다.

내일이 독립기념일인데도 바비큐 파티에 어떤 디저트를 준비하면 좋을지 결정하지 못했다. 한참을 커피를 홀짝이고 페이지를 넘기며 시간을 보내던 한나는 주방 벽에 걸린 사과 모양의 시계가 5시를 가리키자 그만 나가봐야겠다고 생각했다. 물론 디저트 결정은 아직도 하지 못한 상태였다.

이럴 때 엄마에게서 전화라도 온다면 복잡한 머릿속이 환기가 될 텐데, 새벽 5시는 엄마가 전화하기에도 이른 시간이었다.

이미 커피 한 주전자를 다 비우고 두 번째 주전자에서 따른 첫 커피까지 모두 마셔버린 한나는 남은 커피를 차내용 커피포트에 담았다.

그리고는 미셸에게 일어나거든 카페로 오라는 내용의 쪽지를 써서 눈에 잘 띄도록 소금통 밑에 끼워두고, 모이쉐의 사료그릇을 한 번 더 채워주고는 어깨에 가방을 둘러맨 채 이른 아침의 눅눅한 공기 속을 나섰다.

밖은 마치 사우나와 같았다. 어디선가 스팀이 올라오는 소리마저 들리는 듯했다. 오늘도 푹푹 찔 모양이었다. 이런 더위가 내일까지 사그라지지 않는다면, 내일 퍼레이드에서 조단 고등학교 밴드부 학생들은 두꺼운 유니폼 밑으로 땀을 비 오듯 흘려야 할 것이다.

한나는 차의 창문을 모두 내리고 바람의 숨결을 느끼며 도로 위를 달렸다. 들판에서는 귀뚜라미들이 울어대고, 저 멀리서는 소 울음소리도 들려왔으며, 길 위에는 반대편 연못으로 이동하려는 개구리들이 아슬아슬하게 한나의 차 밑을 뛰어다녔다. 쿠키단지에 차를 주차할 때쯤 동녘에서 해가 조금씩 솟아오르기 시작했다.

한나는 차 문을 잠그자마자 곧장 카페로 들어가 에어컨을 켰다. 그런 다음 어제 리사와 함께 미리 만들어놓은 반죽들을 꺼냈다.

1시간도 채 지나지 않아 작업실 안을 풍성하게 채워주는 시원한 에어컨 공기에 한나는 기분이 좋아졌다. 물론 쉬지 않고 열을 내뿜는 오븐과 선반에서 식고 있는 쿠키들 때문에 공기가 다소 훈훈하긴 했지만, 결코 덥지는 않았다.

아침 7시 30분이 되자 리사가 출근을 했다.

그녀의 얼굴에 만연한 미소를 눈치 챈 한나가 호기심 어린 표정으로 물었다.

"무슨 일이야? 허브가 프러포즈라도 한 거야?"

"아뇨, 아버지 때문에요. 아버지가 샘 삼촌이 됐어요!"

"뭐?"

"노인센터에서 의상을 빌려주기로 했어요. 아버지가 퍼레이드에서 전체 그룹을 이끌게 되셨어요. 아버지라면 샘 삼촌 역을 정말 훌륭하게 해내실 거예요!"

그러다 리사가 문득 말을 멈추고 얼굴을 찌푸렸다.

"이상해요, 한나."

"뭐가 이상해?"

"그냥 옛날 일이 생각났어요. 제가 2학년 때 학교에서 연극을 했었는데, 제가 부활절 토끼 역을 맡았었거든요. 그때 아버지가 무척 기뻐하시면서 나라면 부활절 토끼 역을 훌륭하게 해낼 거라고 하셨어요. 근데 제가 지금 똑같은 얘길 하고 있잖아요. 마치 자식을 자랑스러워하는 부모처럼 말이에요. 나이 들면 역할이 바뀐다더니 정말인가 봐요."

"그러게."

리사의 기운을 북돋워줄 만한 말이 뭐가 있을까 한나는 생각했다.

리사는 여전히 웃고 있었지만, 어쩐지 슬퍼 보였다.

"아버님께서 퍼레이드에 나가시면 사진을 많이 찍어둬. 노인센터 게시판에 붙일지도 모르잖아."

리사가 다시 환하게 미소 짓기 시작했다.

"좋은 생각이에요. 우리 카페 수레도 찍을 겸해서 미리 일회용 카메라도 사뒀거든요."

"수레는 어떻게 되어가고 있어?"

한나가 물었다. 쿠키단지 수레에 대해 좀 더 알아볼 기회였다.

"거의 다 끝나가요. 오늘 트레시네 반에서 마무리 손질을 했어요. 정말 굉장해요. 지금은 그 정도밖에 말해줄 수가 없어요."

"하지만 조금 더 말해 줄……."

"안 돼요." 리사가 씩 웃었다.

"내일 퍼레이드를 보면 아실 거예요."

리사의 고집스러운 양 볼이 한나의 눈에 띄었다.

빌어도, 협박해도 리사에게 소용이 없을 거란 걸 잘 아는 한나였다.

"엄마랑 로드 부인도 내일 우리랑 같이 퍼레이드 구경 가실 거니까 리사 아버님 사진 찍는 것도 도와주실 수 있을 거야. 안드레아도 물론 도울 수 있고. 금전등록기 돈으로 약국 문 열자마자 일회용 카메라를 더 사와."

"고마워요, 한나. 좋은 사진 많이 찍을 수 있을 것 같아요."

"많이 못 찍게 되어도 괜찮아. 우리한텐 노먼이라는 든든한 지원군이 있잖아. 노먼도 자기 카메라를 가지고 올 테니까 말이야."

리사가 행복한 미소를 지었다.

"내일이 정말 기다려져요. 퍼레이드도 그렇고 마을에서 열리는 행사들도 너무 즐겁거든요. 내일 파티 때 무슨 디저트로 준비할 것인지 결정하셨어요?"

"아직. 안 그래도 오늘 아침에 뭔가 특별한 걸 생각해보려고 했는데 아이디어가 다 떨어졌나 봐."

"그럼, 제가 고민해볼게요." 리사가 제안했다.

"한나는 지금 론다 살인사건만으로도 머릿속이 복잡하잖아요. 어제 줬던 10달러에 대해선 뭣 좀 알아냈어요? 그리어슨 씨가 위조지폐가 맞대요?"

"잠깐 앉아봐. 내가 전부 설명해줄게."

한나는 작업대 앞의 의자를 가리켰다. 그리고는 리사에게 은행 강도며 도둑맞은 돈의 이야기까지 모두 해주었다.

한나의 설명이 끝나자 리사의 눈이 휘둥그레졌다.

"어제 제가 집에 돌아가고 나서 엄청나게 많은 일이 있었군요!"

"그 이상이었지."

한나가 대꾸하고는 프레디 소여의 음주와 괴짜 행동에 대해서도 덧붙여 얘기해주었다.

"정말 일이 이상하게 되어가네요."

리사가 고개를 설레설레 저으며 말했다.

"경범죄에, 살인에, 오래전 은행에서 도둑맞은 돈의 갑작스러운 출현까지. 모두 한 주 만에 일어난 사건들이에요."

"작은 마을에서의 생활이 지루하다고 말하는 사람들은 꼭 레이크 에덴에서 살아봐야 해!"

"정말이에요."

리사가 말하고는 이내 인상을 찌푸렸다.

"그 모든 일이 서로 연관이 있는 걸까요?"

"연결 고리는 찾지 못했어. 어쩔 수 없지. 난 그래도 최선을 다 했으니까. 도둑맞은 돈에 대한 건 포기했고, 이제 론다 살인사건에만 집중할래. 물론 지금까지 이렇다 할 단서도 찾지 못했지만 말이야."

"알고 있는 걸 전부 얘기해봐요." 리사가 제안했다.

"한나의 생각을 제가 다시 정리해보면 한나가 놓친 걸 제가 발견할 수 있을지도 몰라요."

"정말 그럴까?"

"한 번 해봐요. 누군가 하고 있던 퍼즐 판에 처음으로 끼어든 사람은 당사자가 찾지 못하던 조각들을 발견해낼 수도 있다고요."

"새로운 시각이라?"

"그렇죠. 우리의 경우엔 새로운 청각이라고 할 수 있겠지만요."

"해볼 만할 것 같은데."

한나가 리사를 향해 미소를 지었다.

"가서 커피 올려놓고 와. 일단 쿠키 만드는 작업부터 끝내놓은 다음 잔인한 살인사건에 대해 같이 얘기해보자."

리사에게 론다의 남자친구가 누구인지만 빼고 모든 얘기를 다 해주었을 때 이미 쿠키단지의 선반에는 갓 구운 쿠키들이 빼곡하게 차 있었다. 대형 커피포트에서 막 내린 커피를 들며 한나와 리사는 가장 좋아하는 뒤쪽 자리에 앉아 휴식을 취했다.

"자?" 한나가 동업자를 돌아보며 말했다.

"내가 뭔가 놓친 것 같아?"

"아뇨, 전 단지 듣는 내내 론 라살르가 생각났어요. 그가 살해당했을 때 기억나세요?"

"아주 많이."

한나가 한숨을 내쉬었다. 코지 카우의 싹싹한 배달원을 잃었다는 사실은 여전히 한나를 슬프게 했다.

"그때 한나가 론이 저질렀던 실수라고는 그저 잘못된 시간에 잘못된 장소에 있었던 것뿐이라고 해잖아요. 아니, 제대로 된 시간에 잘못된 장소였나? 잘못된 장소에 제대로 된 시간이었나? 그것도 아니면……."

"그건 별로 중요하지 않아." 한나가 나섰다.

"리사 말이 무슨 뜻인지 알았으니까. 론다의 경우도 똑같다는 거야?"

"아마도요. 만약 범인이 지하실에서 남들에게 들키지 말아야 할 일을 하고 있었는데, 론다가 우연히 지하실에 내려가 그 장면을 보게 된 것이라면요? 그랬다면 범인은 아마도……."

"론다의 입을 막기 위해 그녀를 죽였겠지."

한나가 리사의 마지막 말을 대신해주었다.

"하지만 보엘커 부인의 집에서 도대체 뭘 하고 있었던 거지?"

"모르죠. 앤티크 가구 같은 걸 훔치려고 했을 수도 있고. 한나도 지하실에 내려가 봤잖아요. 거기 뭐가 있었어요?"

"내가 본 건 거미줄이랑 먼지랑, 곰팡이가 핀 고물들뿐이었어."

리사가 어깨를 으쓱해 보였다.

"그냥 일반적인 지하실의 모습이네요. 소각장은 어땠어요?"

"론다의 시체를 묻으려고 했던 구덩이를 제외하면 거기도 별거 없었어. 소각장이니까 당연히 소각로가 있었고, 한쪽 벽면에 집에서 만든 잼과 젤리 병들이 진열된 선반이 있었어. 그중 몇 개는 깨져서 바닥에 유리 조각들이 널려 있었고."

"정말 그게 다였어요?"

"그게 다였어. 론다의 시체를 발견한 뒤에는 너무 경황이 없어서 더 이상 둘러볼 정신이 없었고."

한나는 잠시 생각에 잠겼다.

"그러고 보니 리사가 잘 지적했잖아. 지하실을 좀 더 면밀하게 살펴봐야겠어."

"어떻게요? 집은 온통 범죄현장 테이프가 둘러 있을 텐데요."

"그렇지. 하지만 안으로 들어갈 건 아니니까 상관없어. 소각장에 창문이 하나 나 있으니까 그 너머로 안을 들여다보면 돼."

"사진도 찍어요." 리사가 제안했다.

"그래야 여기 와서도 범죄현장을 자세히 볼 수 있잖아요."

"좋은 생각이야. 그럼 집에 가서 카메라를 가져가야겠어."

"어젯밤에 산 일회용 카메라를 쓰세요. 지금 제 차에 있거든요."

리사가 재빨리 카메라를 들고 들어왔다.

한나가 일회용 카메라를 살펴보더니 얼굴을 찌푸렸다.

플래시가 터지는 설정이 되어 있어서 사진이 선명하게 나오지 않을 것 같았다. 더구나 유리창이라면 빛이 반사될 것이 뻔했다.

"왜 그래요?" 리사가 한나의 표정을 살피며 물었다.

"플래시가 터지는 걸 막을 방법을 생각해봐야겠어. 유리창에 빛이 반사되지 않도록 말이야."

그러자 리사가 다시 자리에서 벌떡 일어섰다.

"그건 검정 테이프로 해결하면 돼요. 주방 서랍에 쓰던 게 있어요."

플래시가 터지는 부분을 검정 테이프로 돌돌 감아 막은 뒤 한나는 보웰커 부인의 집으로 가려고 카페를 나섰다.

물론 경찰서에서 누군가 나와 그 집을 지키고 있겠지만, 여섯 개의 쿠키와 따뜻한 커피로 무장한 한나는 마음이 든든했다.

그에게 이른 아침의 간식거리를 선물하며 자신이 여기까지 달려온 이유를 설명하리라. 보웰커 부인의 집까지 가는 데는 10분이라는 요긴한 시간이 있으니 경찰관을 구슬릴 수 있을 만한 이유를 생각해내기에는 충분하다.

도로 옆에 트럭을 세우며 한나는 안도의 한숨을 내쉬었다.

마침 보웰커 부인의 집을 지키는 경찰관이 로니의 큰 형인 릭 머피였던 것이다.

그는 집 현관에 놓인 고리버들로 세공한 의자에 앉아 있었다. 릭은 한나의 쇼트 스틱 쿠키라면 사족을 못 썼다. 가져온 쿠키들을 그에게 안겨주면 한나의 변명도 쉽게 받아들일 것이다.

한나는 차고 있던 손목시계를 끌러 조수석 밑, 안 보이는 구석으로 슬그머니 밀어 넣고는 차에서 내렸다.

"안녕하세요, 릭. 아침으로 먹을 만한 걸 좀 갖고 왔는데."

릭이 쿠키와 커피를 받아들며 미소를 지었다.

"여기까지 어쩐 일이죠?"

"내 시계를 찾고 있어요. 론다의 시체를 발견하던 날 여기 어딘가에 떨어뜨린 것 같아요. 엄마랑 물건들을 챙기다가 손목에서 저절로 풀려서 떨어졌나 봐요."

"직접 찾아보게 하고 싶지만, 안으로 들여보낼 순 없어요."

"괜찮아요, 릭. 충분히 이해해요. 그래도 나 대신 들어가서 찾아봐줄 수는 있죠?"

"나도 역시 못 들어가요. 허락받은 사람들은 사건을 담당하는 형사들뿐이거든요. 미안해요, 한나."

한나는 깊은 한숨을 내쉬고는 이내 밝은 표정을 지었다.

"그러면 창문으로만 살짝 들여다보는 건 어때요? 그렇게 해서라도 찾게 되면 빌이나 마이크에게 가져다 달라고 부탁하면 되니까요."

"흠……, 그런 거라면 괜찮을 것 같군요. 창문으로 보는 것까지 뭐라고 하진 않겠죠."

"잘 됐어요."

한나가 그를 향해 따뜻한 미소를 지었다.

"그럼 나는 이쪽에서 시작할게요. 릭은 저쪽부터 시작해요. 두 사람이 나서야 빨리 살펴보고 올 수 있잖아요."

"좋은 생각이네요. 손목시계가 어떻게 생겼는데요?"

한나는 잠시 돌처럼 굳어졌다. 이런 질문이 나올 줄 미리 예상했었어야 했는데. 어색한 침묵을 시급하게 덮기 위해 한나는 되는 대로 현재 차고 다니는 시계 모양을 설명해주었다.

"방순데……, 둥근 모양에 검정 줄이에요."

"약국 진열장에 있던 것 같은 거요?"

"맞아요. 사실 거기서 샀거든요. 내가 시계 줄을 푼 기억이 없으니까 줄이 끊어져 있을 거예요. 바닥 어딘가에 떨어져 있겠죠."

릭이 잡 옆으로 돌아가자 한나는 반대편에 난 지하실 창문 쪽으로 서둘러 다가갔다.

그리고는 가방에서 카메라를 꺼내 지하실에 난 네 개의 창문을 통해 찰칵찰칵 사진을 찍었다. 사진을 충분히 찍었을 무렵 릭이 반대편에서 모습을 보였고, 한나는 재빨리 카메라를 다시 가방 속에 집어넣었다.

"뭣 좀 찾았어요?"

"아뇨, 한나는요?"

한나는 최대한 실망스러운 표정을 지어 보이며 고개를 저었다.

"이젠 정말 여기서 잃어버린 게 맞나 헷갈리기도 하네요. 어쨌든 한 번은 찾아봐야 했어요."

한나는 릭과 몇 분 더 얘기를 나누고는 다시 트럭으로 돌아왔다.

릭이 한나의 얘기를 수상하게 여길 거라고는 생각하지 않았지만, 그래도 혹시나 하는 마음에 로드 치과병원까지 가는 길에도 시계를 차지 않았다.

"안녕, 노먼." 문 안쪽으로 들어서며 한나가 인사했다.

"긴급 현상 필름이 있어요."

"뭐요?"

노먼이 안내 데스크에 설치된 유리문을 옆으로 스르륵 밀어 빠끔히 내다보며 되물었다.

"긴급하게 현상해야 할 필름이 있다고요. 사진을 몇 장 찍었는데, 최대한 빨리 현상해봐야 하거든요."

"잠깐 일정 좀 확인할게요." 노먼이 예약 장부를 뒤적였다.

"좋아요. 월터스 부인이 오전 9시에 오기로 되어 있고, 바스콤 시장님이 10시 예약을 취소하셨으니까, 응급 환자만 없다면 10시부터 12시 30분까지는 시간이 나겠어요."

"그럼 내 필름 현상해줄 수 있겠네요?"

"봐야겠는데요." 노먼이 말했다.

"론다의 살인사건과 관련 있는 거죠?"

"범죄현장을 찍은 사진이에요. 오늘 아침에 가서 지하실 창문으로 찍어 왔어요. 아무에게도 말하지 말아요. 그리고 한시라도 빨리 현상해봐야 해요."

"알았어요. 플래시 사용했어요?"

"아뇨, 유리창에 반사될까 봐 검정 테이프로 붙였어요."

노먼이 반가운 표정을 지었다.

"역시 한나답군요. 빛은 어땠어요? 지하실이 어두웠나요?"

"네, 하지만 창문으로 빛이 조금은 들어가고 있었어요. 갖고 있던 게 일회용 카메라라서 기능이 하나도 없더라고요."

한나가 유리창으로 카메라를 건네주자, 노먼이 살펴보았다.

"괜찮을 거예요. 조작을 좀 하면 되겠어요."

"무슨 조작이요?"

"그러니까 쿠키를 좀 더 바삭하게 구우려고 오븐 온도를 올리는 것과 같은 원리죠."

"그랬다간, 다 태우고 말 걸요!"

노먼이 웃음을 터뜨렸다.

"그래서 내가 제빵사가 안 된 거예요. 걱정하지 말아요, 한나. 암실에서 조금만 손보면 괜찮을 거예요."

"고마워요, 노먼. 12시까지 현상해서 쿠키단지로 가져다줄 수 있겠어요?"

"할 수 있지만, 아직 하겠단 얘긴 안 했어요."

"안 했다고요?"

"네, 안 했어요. 내가 봐야겠다고 했잖아요."

"뭘 보는데요?"

"한나의 오렌지 스냅스요. 어머니께 선물하게 열두 개 정도 구워줄 수 있어요? 어머니와 상의도 안 하고 집 짓는 일을 결정했다고 지금 단단히 삐치셨어요. 마침 오렌지 스냅스를 제일 좋아하시니 그거라면 화가 조금 누그러지실 것 같아서요."

"카페로 돌아가자마자 반죽을 시작할게요."

그때 병원 문이 열리고 월터스 부인이 들어왔다.

한나는 그녀에게 인사를 건넨 뒤 병원을 나와 자신의 트럭으로 향했다. 노먼이 부탁했으니 오렌지 스냅스를 굽기야 하겠지만 그 방법은 소용이 없을 것이다. 엄마 못지않은 성미를 지니신 로드 부인이 고작 쿠키 같은 걸로 화를 풀 리가 없다.

"마이크가 왔어요, 한나."

리사가 작업실에 머리를 빠끔히 내밀며 말했다.

"뭔가 중요하게 할 얘기가 있대요."

"알았어. 커피 한 잔 들려서 이리로 보내주겠어?"

노먼에게 줄 오렌지 스냅스를 포장하며 한나는 한숨을 내쉬었다.

마이크가 여기까지 온 건 한나의 이른 보웰커 부인의 집 방문 소식을 들었기 때문일 것이다.

분명히 내가 거기서 뭘 하고 있었는지 물어오겠지.

"한나."

작업실로 들어오며 마이크가 반갑게 인사했다.

"범죄현장에서 시계를 잃어버렸다던데, 그게 무슨 소리입니까? 어젯밤 방갈로에서는 분명히 치고 있있잖아요."

한나는 한숨을 내쉬고는 사실대로 말하기로 했다.

"시계는 그냥 핑계였어요. 지하실을 한 번 더 살펴보고 싶었거든요. 근데 빌에게 전화해서 미리 허락을 얻어낼 시간이 없었어요."

"그래서 가짜 얘기를 지어냈고, 릭이 깜빡 속아 넘어갔다는 거군요?"
마이크는 믿을 수 없다는 표정을 지어 보였다.
"네, 하지만 안으로 들어가지는 않았어요. 지하실이 내가 기억하는 모습 그대로인지 그냥 창문으로 확인만 했을 뿐이라고요."
마이크가 고개를 저었다.
"릭은 사람들 얘기를 의심하는 방법부터 익혀야겠군요. 그렇지 않으면 좋은 형사가 되지 못할 겁니다."
"그게 당신 방법인가요? 일단 의심부터 하는 것?"
"그런 셈이죠."
"그렇게 살면 인생살이가 힘들지 않나요?"
마이크는 한나의 말에 반박하려는 듯 입을 열었지만, 이내 그냥 어깨를 으쓱해 버리고 말았다.
"아마도. 그게 당신과 나의 크나큰 차이점이죠. 당신은 대부분의 사람들을 믿지만, 난 대부분의 사람들을 믿지 않죠."
"하지만 나는 믿잖아요, 아니에요?"
"그래요. 사실은 믿지 말아야 하는데 말이죠. 당신은 이미 나한테 거짓말을 충분히 많이……."
"난 거짓말한 적 없어요!"
한나의 눈빛이 번뜩였다.
"그저……, 몇 가지 얘기를 빠뜨리는 바람에 당신이 오해하게 된 것뿐이죠."
"어차피 다 지나간 일입니다."
작업대 앞 의자에 앉는 마이크의 표정이 어쩐지 즐거워 보였다.

"그래서 범죄현장을 다시 보고 싶었다고요?"

"그래요. 론다의 시체를 발견한 뒤에는 지하실을 제대로 살펴보지 않았다는 사실이 문득 떠올랐거든요."

"좋아요. 그 점은 알았어요. 하지만 왜 나한테 부탁하지 않았죠?"

"부탁했다고 한들 내게 무슨 이점이 있었겠어요?"

"그렇군요."

마이크가 웃음을 터뜨리더니 한층 더 부드러워진 목소리로 말했다.

"미안해요, 한나. 누군가와 사건 정보를 공유하는 일이 익숙하지 않아서요. 난 혼자 일하는 게 편해요."

"빌은요?"

"물론 빌도 사건 파일들을 마음대로 볼 수 있긴 하죠. 하지만 한밤중에 자다가 갑자기 떠오른 가설들 같은 건 나 혼자 담아두는 경우가 많죠. 언제나 그렇게 일해 왔거든요. 내 본성이 원래 그런 것 같아요. 그래서 우리는 차이점이 많은 거죠. 근데 알아요? 바로 그 점 때문에 내가 당신에게 끌리는지도 몰라요."

"음과 양의 조화란 말이죠?"

"네." 마이크가 킥킥거렸다.

"그래서……, 뭣 좀 발견했어요?"

"아뇨, 아무것도."

"아무것도?"

"그래요. 지하실은 내가 기억하던 모습 그대로였어요. 내가 괜한 시간 낭비를 한 것 같네요."

마이크가 자리에서 일어나 한나에게 다가오더니 그녀의 어깨를 팔로 감싸 안았다.

"그래도 끝까지 노력해야 해요. 내가 확실하게 아는 건 그것뿐입니다. 선량한 론다를 잔혹하게 살해한 범인을 꼭 우리 손으로 잡아 죗값을 치르게 합시다."

"그래요."

자신의 꿈을 좇으려 했던 남자의 품에 안겨 한나는 따스함을 느꼈다.

그는 이상을 가지고 있으며, 보기보다 심성이 착한 남자이기도 했다. 그런 그가 우리 손으로 범인을 잡아 죗값을 치르게 하자고 했다.

한나까지 포함해 말한 것이다. 이건 곧 그가 한나를 진심으로 받아들이기로 했다는 걸 의미했다.

"그럼, 최근 수사에 어떤 진전이 있었는지 말해줄 수 있어요?"

"안 돼요."

"안 된다고요?"

"나중에요, 지금은 안 돼요."

"한창 수사중이라 아직 누군가에게 얘기해줄 준비가 안 됐어요."

그러자 한나의 입이 쩍 벌어졌다.

"하지만 내 수사에 대해서는 전부 얘기해 달라고 했잖아요."

"물론 그랬죠. 당신은 아마추어고 난 전문가니까요. 그렇다고 해서 당신을 낮춰보는 건 아니에요, 한나. 그냥 그래야 할 뿐이에요."

"하지만……."

"이만 가봐야겠어요."

마이크가 커피잔을 내려놓고 한나를 다시 끌어당겨 재빠르게 포옹을 했다.

"이따 봐요, 알았죠?"

마이크가 떠나자 한나는 흔들리는 회전문이 멈춰 설 때까지 멍하니 서 있었다. 그리고는 성난 표정으로 하고 있던 작업에 몰입했다.

마이크는 한나를 대충 포옹하면서 그녀가 기분 상한 것에 대해 전혀 신경 쓰지 않고 골치 아픈 얘기는 나중에 하자며 미루기까지 했다. 그 어떤 것도 한나는 마음에 들지 않았다.

10분 뒤에 리사가 다시 작업실 안으로 고개를 내밀 때까지 한나의 기분은 가라앉지 않고 있었다.

"노먼이 왔어요."

한나의 얼굴 표정을 채 살피기도 전에 리사가 말했다.

"저런, 마이크랑 싸웠어요?"

"나 혼자만 싸웠지. 마이크는 내가 화난 줄도 모르고 있을걸."

리사는 뭔가 말하려는 듯하더니 그냥 어깨를 으쓱해 보였다.

"노먼을 이리로 보낼까요?"

"그래 주면 고맙겠어, 리사. 그리고 나중에라도 마이크가 다시 오면 쿠키랑 커피 값을 꼭 받도록 해. 다른 사람들이랑 똑같이."

"노먼은요?" 리사가 물었다.

그러자 한나의 분노가 물거품처럼 사라지더니 이내 씩 웃고 말았다.

"뭐든 원하는 대로 줘도 좋아……, 적어도 지금은 말이야."

오렌지 스냅스

오븐은 예열해두지 마세요. 반죽을 충분히 식혀야 하니까요.

재료

얼린 오렌지 주스 농축액 1/2컵(전 주로 미닛 메이드를 씁니다)

거품 낸 계란 2개분(포크로 저으세요) / 베이킹소다 4티스푼

소금 1티스푼 / 오렌지 껍질 간 것 1/2~1티스푼

밀가루 4컵(체질할 필요 없습니다) / 마지막에 쓰일 백설탕 1/3컵

녹인 버터 1과 1/2컵 / 백설탕 2컵

※오렌지 껍질 간 것은 오렌지의 풍미를 더 좋게 해요. 껍질에서 주황색 부분만 잘라 곱게 다지면 됩니다. 강판에 갈거나 감자 껍질 벗기는 도구를 사용해도 됩니다. 감자 껍질 벗기는 도구를 사용할 때는 얇은 실처럼 칼로 썰어야 해요.

만드는 법

1. 그릇에 버터를 넣고 전자레인지에 돌려 녹입니다. 거기에 설탕과 오렌지 주스 농축액을 넣고 저어줍니다. 살짝 식으면 거품 낸 계란과 베이킹소다, 소금, 그리고 오렌지 껍질 간 것을 넣고 잘 섞어줍니다. 마지막으로 밀가루를 넣고 골고루 반죽합니다. 그릇을 랩으로 싸서 냉장고에서 적어도 2시간 이상 숙성시킵니다(밤새 숙성시키면 더 좋습니다).

2. 구울 준비가 다 되었으면 오븐을 176℃로 예열하고 틀은 오븐의 중앙에 둡니다.

3. 손으로 호두 크기만큼 반죽을 떼어 백설탕이 담긴 그릇에 굴려줍니다. 그런 다음 기름칠 한 쿠키틀 위에 올려놓습니다. 틀을 오븐에 넣을 때 반죽이 틀 위에서 굴러다니지 않도록 반죽을 살짝 눌러줍니다.

4. 176℃에서 10~12분 정도 구워줍니다. 반죽이 아마 스스로 납작해지는 것이 보일 것입니다. 틀 위에서 2분간 식힌 뒤 선반으로 옮겨 식혀줍니다.

5. 이 쿠키들은 냉동이 잘 됩니다. 쿠킹호일에 싸서 냉장고에 넣어두면 3개월 이상 보관해도 괜찮습니다. 물론 그때까지 쿠키가 남아 있다면요.

트레시가 이 쿠키를 무척 좋아합니다.
안드레아에게 아침마다 오렌지 주스 대신
이걸 먹자고 졸랐을 정도니까요.

"새로운 게 좀 보여요?"

사진들을 주의 깊게 살펴보는 한나를 지켜보며 노먼이 물었다.

"하나도. 당신은요?"

"중요한 건지는 모르겠는데, 소각장에 있는 단지가 소각장 밖에 있던 단지보다 훨씬 더 작은 것 같은데요."

"맞아요. 소각장에 있던 건 작은 마요네즈 병이었거든요. 보웰커 부인이 거기에 잼이며 젤리를 담아 보관하셨죠."

"왜 손쉽게 밀봉할 수 있는 일반 유리병을 쓰지 않으셨을까요?"

"그건 다른 유리병보다 훨씬 비싸거든요. 그냥 유리병이라도 왁스로 쉽게 밀봉할 수 있으니까요."

"그건 몰랐네요."

"대학시절 룸메이트가 결혼했을 때 제가 들러리를 섰었거든요. 근데 드레스를 사느라 따로 선물을 살 돈이 없었어요. 그래서 와인잔 12개를 할인가에 사서 집에서 직접 만든 포도 젤리를 넣은 다음 밀봉해서 선물로 줬었죠."

"당신다운 선물이에요, 한나."

"무슨 뜻이에요?"

"정겹고 실용적이고······." 노먼이 어깨를 으쓱해 보였다.

"그냥 당신이 할 법한 일들이죠. 가난뱅이 남자에게 시집가도 아주 잘 살겠어요."

"고맙다고······, 해야겠네요." 한나가 킥킥거렸다.

어쨌든 칭찬인 건 분명했으니 말이다.

"그만 가봐야겠어요. 10분 후에 잇몸 치료 약속이 잡혀 있거든요."

한나의 킥킥거림은 웃음으로 번졌으며, 노먼이 오렌지 스냅스를 집어 문밖을 나설 때까지도 웃음을 멈출 줄을 몰랐다.

리사가 마지막 사진을 보더니 고개를 설레설레 저었다.

"미안해요, 한나. 단서가 될만한 건 하나도 못 찾겠어요."

"우리도 그랬어."

한나가 사진들을 모아 다시 노먼이 담아 온 봉투에 넣었다.

"뭔가 놓치는 건 분명한데 말이야. 그게 뭔지 모르겠단 말이지."

"저희 아빠의 방법을 써보시면 어때요? 다른 걸 생각하다 보면 어느 순간 팍하고 떠오른다고 했거든요."

"지금 같아선 어떤 방법이라도 다 시도해보고 싶은 심정이야. 이참에 쿠키 배달 갔다 올게. 열심히 일하다 보면 생각이 곧잘 나거든."

"알았어요."

리사가 앞치마 주머니에서 목록을 하나 꺼내주었다.

"오는 길에 빨간 부엉이 식료품점에 들러 주실래요? 내일 디저트에 대해 생각해봤는데, 몇 가지 필요한 게 있어서요."

"문제없어. 뭘 만들 건데?"

"독립기념일 장식을 한 컵케이크요. 정말 재미있을 거예요, 한나."

"정말 그렇겠는걸."

작업실로 돌아와 배달할 쿠키를 포장하며 한나는 미소를 지었다.

컵케이크를 만드는 일에 흥미를 느껴본 적은 지금껏 한 번도 없었지만, 리사라면 뭔가 대단한 것을 만들어낼 법했다.

"태워줘서 고마워, 안드레아."

조수석에 앉아 안전벨트를 매고 머리를 뒤로 기대며 한나가 말했다.

막 쿠키를 실으려는 찰나 안드레아가 와서는 한나를 태워다주겠다고 한 것이다.

"이제 다 됐어. 내 트럭 있는 데서 내려줘. 빨간 부엉이 식료품점에 가야 하거든."

"거기도 같이 가. 나도 내일 쓸 재료를 사러 어차피 들러야 하니까."

"정말?"

"그럼."

안드레아가 한나를 향해 미소를 지었다.

"게다가 다니엘에게 식료품점 위층에 세를 얻는 데 도움을 준 인사도 해야 하거든. 물론 아직 입주하지 않았으면 비어 있겠지만 말이야."

안드레아의 볼보가 빨간 부엉이 식료품점 앞에 멈춰 섰을 때 어둑어둑한 하늘과 함께 간간이 쏟아지던 빗줄기는 어느새 천둥번개를 동반한 소나기로 변해 있었다.

앞 유리창에 묵직하게 내리치는 빗방울을 바라보던 안드레아가 소나기가 어느 정도 지나간 다음에 나가는 것이 좋겠다고 제안했다.

"좋은 생각이야."

기다리는 동안 무슨 얘기를 하면 좋을까 고민하며 한나가 대답했다.

퍼레이드 때 선보여질 쿠키단지 수레에 대한 얘기는 금지되었지만, 살인사건에 관한 건 그렇지 않았다.

"범죄현장 사진 보여줄까?"

"싫어."

안드레아가 몸을 부르르 떨며 대답했다.

"어째서?"

"살인에 관한 건 그 어떤 것도 보기 싫어. 그이한테도 범죄현장 사진을 보여주지 말라고 했단 말이야."

"그런 거 아니야. 이건 그냥 보웰커 부인의 집 지하실이랑 소각장 사진이야."

"시체는 없어?"

한나가 고개를 저었다.

"없어."

"그렇다면 괜찮아. 근데 아무것도 없는 사진을 왜 보여주려는 거야?"

"한 번 보고 뭔가 이상한 점 있으면 얘기해 달라고."

"사진이 뭐가 어쨌기에?"

안드레아가 웃으며 물었다.

한나와 안드레아 모두 초등학교 2학년 때 그래크 선생님께 배웠었는데, 선생님은 아이들이 토론에 열성으로 참여하게 하는데 나름의 놀라운 기술을 갖고 계셨다.

"한 번 봐."

한나가 가방에서 사진이 든 봉투를 꺼냈다.

안드레아는 사진을 한장 한장 꼼꼼히 살펴보았다.

그러는 동안 차 유리창에는 뿌옇게 습기가 꼈다.

"빗물받이는 도대체 어떻게 된 거지?"

"어디?" 한나가 맨 위에 놓인 사진을 들여다보며 물었다.

"차 말이야. 볼보만큼 비싼 차에 그런 게 없다니. 아빠가 몰고 다니시던 크라이슬러 유리창에 빗물이 들이치는 걸 막아주던 거……, 기억 안 나? 비 오는 날 창문을 열고 다녀도 전혀 비가 들이치지 않았잖아."

본 화제에서 조금 빗나간 듯했지만, 한나는 안드레아를 이해할 수 있었다. 닫힌 차 안으로 점점 습기가 차고 있었기 때문이다.

"사진에서 이상한 건 발견하지 못했어?"

"이 마요네즈 병들 말고는 눈에 띄는 게 없는데."

안드레아가 소각로 뒤로 선반들이 찍힌 사진을 뒤적이며 말했다.

"그건 별로 이상한 일이 아니잖아. 마요네즈 병에 잼이나 젤리를 보관하는 사람들이 얼마나 많다고. 잉그리드 할머니도 머위잼을 마요네즈 병에 보관하셨잖아. 기억 안 나?"

"당연히 기억하지. 잉그리드 할머니가 만드신 머위잼을 내가 얼마나 좋아했었는데. 근데 내가 말하는 건 그게 아니야."

안드레아가 사진을 가리키며 말했다.

"여기 선반 제일 위 가운데 나란히 놓인 세 개의 병만 빨간색인 게 이상하다는 거야."

한나는 재빨리 사진을 들여다보았다.

"그저 다른 것들이랑 다른 잼일 뿐이잖아."

"나도 그건 아는데, 보웰커 부인은 꼼꼼한 분이셨어. 그래서 잼도 종류별로 구분해놓으셨어. 제일 위는 복숭아, 가운데는 블루베리, 제일 밑은 아마 딸기일 거야."

"그런데?"

"그러니까 왜 이 세 개의 딸기잼만 제일 위, 복숭아 선반으로 옮겨놓았느냐는 거지. 제일 밑 선반에 딱 세 개 정도의 공간만 비었잖아."

한나는 사진을 다시 한 번 들여다보았다.

안드레아의 말대로 누군가 딸기잼이 든 단지 세 개를 제일 위 선반으로 옮겨놓은 것 같았다.

"넌 천재야, 안드레아! 이게 바로 우리가 찾던 거였어."

"그랬다면 반가운 얘기지만, 언니가 그렇게까지 좋아할 만한 일인지는 잘 모르겠어. 보웰커 부인이 세 단지의 복숭아잼을 먹어버려서 그녀의 친구나 누군가가 밑에 있던 딸기잼을 꺼내기 편한 위치에 놓으려고 세 개만 올려놨을 수도 있잖아."

"그건 아니야. 여기 딸기잼 선반을 봐. 단지 사이에 먼지가 수북이 꼈는데, 여기 세 개의 자리만 아주 깨끗하잖아. 얼마 전까지 단지가 놓여 있었던 거야."

안드레아가 다시 한 번 사진을 관찰했다.

"언니 말이 맞아. 보웰커 부인이 돌아가신 세 6개월 선인데, 그전에 잼을 옮긴 거라면 여기에도 먼지가 쌓였을 거야. 그럼 론다를 죽인 범인이 옮겨놓은 걸까?"

"내 생각에는 그래."

안드레아가 슬쩍 몸을 떨었다.

"빌이랑 마이크에 말해야겠어. 지문을 채취할 수 있을지도 모르잖아."

"아냐. 범인은 장갑을 끼고 있었다고 마이크가 그랬어."

"아, 맞다. 그이도 그런 얘길 했었어. 근데 범인이 무엇 하러 그걸 옮겨놓았을까?"

"모르겠어. 하지만 뭔가 이유는 있었겠지. 그 이유가 뭔지 이제부터 찾아볼 생각이야."

한나가 습기가 찬 유리창을 쓱쓱 문질러 밖을 내다보았다.

"어서 가자, 안드레아. 비는 계속 오는데 여긴 점점 찜통이 되어가고 있잖아. 얼른 장도 봐야 하고."

식료품점 안에 들어서자 두 자매는 각자의 길로 흩어졌다.

한나는 야식으로 먹을 샐러드를 사려고 곧장 앞으로 걸어갔고, 안드레아는 저녁으로 먹을 냉동식품을 사기 위해 코너를 돌았다. 리사가 적어준 목록대로 물건을 고르는 일은 그다지 오래 걸리지 않았다.

한나가 다시 계산대로 돌아왔을 때 안드레아는 이미 그녀를 기다리고 있었다.

"그게 다 뭐야?"

안드레아가 한나의 카트를 내려다보며 물었다.

"난들 알아."

한나도 안드레아만큼이나 알쏭달쏭한 일이었다.

저녁에 먹을 샐러드와 모이쉐에게 줄 간식 한 봉지 말고 빨강과 푸른색의 식용 염료와 바닥이 평평한 아이스크림콘 몇 상자는 리사의 것이었다.

"리사가 내일 특별한 컵케이크를 만들 거래."

"오이랑 고양이 간식이랑 아이스크림콘으로?"

"아니, 오이랑 고양이 간식은 내 거야."

"흠, 그렇다면 다행이네!" 안드레아가 안도한 표정으로 말했다.

"그러고 보니 파란색 젤로는 없네."

"파란색 젤로는 생각해본 적도 없어."

한나가 카트를 밀며 가장 사람이 적은 계산대에 섰고, 안드레아가 그녀의 뒤를 따랐다.

"파란색 젤로는 왜?"

"파티 때 쓰려고 했지. 젤로를 쌓아서 독립기념일 젤로를 만드는 거야. 아래는 파랑, 위에는 빨강, 그리고 휘핑크림으로 장식을 하고 말이야. 그럼 정말 완벽할 것 같지 않아?"

한나는 표정 관리에 꽤 애를 써야만 했다.

안드레아의 거창한 요리는 그냥 젤로에 과일 통조림을 붓고 휘핑크림으로 대충 장식하는 것과 다를 게 없었다.

"그래서 뭘 가지고 올 건데?"

"찍어 먹는 칩. 파란색이랑 하얀색 옥수수 칩이 있으니까 그릇에 넣고 살사소스를 좀 뿌릴 거야. 살사 소스는 붉은색이니까."

"그럼, 되겠네."

파란색 젤로를 만들어주지 않은 것에 대해 제조사에게 마음속 감사의 인사를 전하며 한나가 대답했다.

다시 쿠키단지로 돌아온 한나는 리사가 제빵 작업을 하는 동안 카운터를 지켰다.

리사가 작업실로 들어간 지 30분 정도 지나자 먹음직스러운 아로마 향이 회전문을 통해 홀로 번져 한나의 코끝을 자극했다. 가능한 한 오래 버텨 보려고 했지만, 한나는 결국 참지 못하고 홀에 있는 손님들에게 양해를 구한 다음 작업실로 들어갔다.

"정말 좋은 냄새가 나. 초콜릿이야?"

"초콜릿 퍼지 컵케이크예요. 저희 어머니의 레시피죠. 애들뿐만 아니라 어른들도 좋아하더라고요."

"멋지다." 한나가 말했다.

그때 리사의 목에 걸려 있던 알람이 울려대기 시작했다.

"이제 세 차례네요. 제가 니기서 홀을 지킬게요. 한나는 컵케이크를 봐줘요."

그 후 30분 동안 한나는 정신없이 바빴다.

레이크 에덴은 관광객들이 마을로 들어오는 이때가 제일 바쁘다. 하지만 한나는 늘 관광객들이 왜 쇼핑몰에서 쇼핑을 하거나 빌린 방갈로에서 음식을 만든다거나 TV를 보는 등 큰 도시에서 흔히 할 수 있는 일들을 하지 않고 이런 조그만 마을을 둘러보러 올까 궁금했다.

작은 마을에서만 느낄 수 있는 친근감이나 따뜻함 같은 것을 느끼고 싶어서일까? 미네소타와 같은 큰 도시에서는 이웃 간에도 서로 문을 닫아걸고 말 한 마디도 나누려 하지 않으니 말이다.

확실히 여긴 그런 곳과는 다르다. 낯선 사람도 얼마든지 친구가 될 수 있다. 휴가를 보내러 호숫가 방갈로를 빌리고 마을을 구경하려는 관광객들은 대부분 좋은 사람들이었다.

독립기념일 연휴를 맞아 에덴 호수에서의 포트락과 바비큐 파티를 즐기러 오기에 파티 티켓은 불티난 듯 팔려나갔다.

퍼레이드를 구경하고, 에덴 호숫가에서 펼쳐질 각종 놀이를 즐기며 주민들이 준비한 음식들을 먹고 불꽃놀이를 구경하려 마을로 들어오는 외지인은 거의 500명이 넘을 거라고 바스콤 시장은 예상했다.

장사 역시 성황을 이뤄 한나의 낡은 금전등록기는 쉴 새 없이 링 소리를 울렸다. 갑자기 불어난 관광객들에 마을 주민들까지 합세해 카페 안은 온통 손님들로 북적거렸고, 한나는 들어오는 손님마다 물어오는 통에 왜 마을 이름이 레이크 에덴이고 호수 이름은 에덴 레이크라고 하는지 설명해야만 했다.

한나가 은행에 입금하려고 금전등록기에서 돈을 빼내 봉투에 담는데 현관 벨이 울리더니 제드 소여가 모습을 보였다.

제드가 친근한 미소를 지어 보였다.

"안녕하세요, 한나."

"전혀 안녕하지 않아요!"

한나가 그를 쏘아보며 말했다.

"어젯밤 일에 대한 얘기 들었어요."

"무슨 얘기요?"

"프레디에게 잔뜩 술을 먹인 다음 술집에 있는 여자와 시시덕거리게 두었던 일말이에요. 프레디를 잘 돌봐주고 있다고 생각했는데, 내 생각이 틀린 모양이군요!"

"진정해요."

제드가 마음을 가라앉히라는 듯 손짓을 해보였다

"그런 얘길 어디서 들었는지는 모르겠지만, 그건 사실이 아니에요."

"오, 아니라고요?"

"저기요, 한나. 프레디를 취하게 한 건 미안하지만, 일부러 그랬던 건 아니에요. 그저 맥주 한 병만 줬을 뿐인데 금방 취해 버리더라고요."

"그쯤은 알고 있었어야죠."

"알아요. 프레디가 술을 한 번도 마셔본 적이 없었다는 건 나중에야 알았어요. 정말 그때는 몰랐어요."

한나는 허리에 두 손을 가져다 댔다.

이대로 제드가 책임 망에서 빠져나가도록 두고 볼 수는 없었다.

"그 정도는 예상했어야죠. 소여 부인이 금주 주의자였잖아요. 집 안에 술은 단 한 방울도 못 들이게 하셨다고요."

"프레디의 아버지가 살아계셨을 땐 안 그랬어요. 매년 여름 아버지와 짐 삼촌은 오후가 되면 호숫가로 나가 낚시를 하셨는데, 두 분이 6병은 너끈히 해치우셨어요."

한나는 한숨을 내쉬었다, 요점을 좀 더 명확히 해야 할 것 같았다.

"하지만 프레디가 술 마시는 건 한 번도 못 봤을 거 아니에요?"

"못 봤죠. 그때는 우리 둘 다 어렸으니까요. 하지만 정말로, 한나. 이제 서른이 다 된 프레디가 맥주 한 병도 제대로 마시지 못할 줄은 상상도 못했어요. 앞으로는 절대로 그런 일 없을 거예요. 약속해요."

그러자 한나의 마음이 조금은 누그러졌지만, 아직도 할 얘기는 남아 있었다.

"맥주에 대한 것뿐만이 아니에요, 제드. 프레디에게 술집 여자를 소개해주진 말았어야죠."

"그녀는 술집 여자가 아니에요. 프레디가 집적거린 것도 아니고. 그러니까 이렇게 된 거예요, 한나. 같이 영화를 보러 갔는데, 내 여자친구가 프레디도 올 거란 것을 알고 자기 친구를 부른 거예요."

"그럼 술집은요? 제드도 거기 있었잖아요?"

"네, 하지만 영화 보러 가기 전에 잠깐 들른 거였어요. 이건 알아줘야 해요. 난 그때 운전 중이라서 앞만 쳐다보느라 경찰이 나타나 차를 세울 때까지 프레디가 뭘 하고 있는지 전혀 몰랐어요."

"봤으면 제지했을 거라고요?"

"당연하죠! 차를 세우고 당장 그만두라고 했을 거예요. 하지만 정말로 몰랐어요. 프레디가 그런 짓을 할 거라곤 생각지 못했단 말이에요."

한나는 아무 말도 하지 않았다.

제드의 얘기는 사실인 듯했지만, 완전히 마음을 놓을 수는 없었다.

"안 그래도 오늘 아침에 프레디와 오랫동안 얘기했어요."

제드가 말을 이었다.

"자기가 뭘 잘못했는지 알고 있더라고요. 나도 만나던 여자친구와 헤어지기로 했어요. 그녀의 친구가 프레디처럼 단순하고 착한 사람을 놀리는 걸 재미있다고 생각한다면 나도 더 이상 그런 사람들과 어울리고 싶지 않아요."

이쯤 되자 한나의 화가 완전히 풀어지고 말았다.

프레디를 다시 곤경에 빠뜨리지 않으려고 제느가 나름대로 최선을 다하는 것처럼 보였기 때문이었다.

"프레디가 많이 취했었다고 들었는데, 오늘 아침엔 좀 괜찮았어요?"

"미니애폴리스만큼 거대하게 몰려오는 숙취 때문에 고생 좀 했죠, 스스로도 창피해하고 있어요. 그래서 여기 들린 거예요. 내가 프레디한테 화난 게 아니라는 걸 보여줄 겸 쿠키를 좀 사다주려고요."

"좋은 생각이에요."

한나가 쿠키 열두 개를 포장해서 제드에게 건네주었다.

"이거 프레디에게 갖다줘요. 우리가 주는 거라고 하고요."

"고마워요, 한나. 한나는 정말 좋은 사람이에요."

제드가 떠나자 한나는 또다시 긴 한숨을 내쉬었다.

이번 일로 프레디가 깨달은 바가 있기를, 그리고 제드가 프레디에게 좀 더 관심을 기울여주기를 바랄 뿐이다.

다음 몇 분간은 손님이 조금 뜸했고, 한나는 한가한 틈을 타 홀의 탁자 위에 놓인 설탕통과 인공감미료 통을 가득 채워 넣었다.

쿠키를 곁들여 먹는 사람들이 무엇 때문에 커피에 설탕을 넣어 먹는지 한나는 이해할 수 없었지만 어쨌든 찾는 사람들이 있었기 때문에 항상 채워 넣어야 했다.

마지막 통까지 채워 넣고 일어서는데 미셸이 작업실에서 나타났다.

"안녕, 언니."

미셸은 팔로 자기 몸을 감싸고 몸을 살짝 떨었다.

"리사가 만드는 컵케이크 정말 환상적이야. 근데 그 이상은 말하면 안 된다고 해서 안 할래. 그보다 작업실에 에어컨을 풀 가동시켜놔서 안이 완전 냉장고야."

한나는 동생의 의상을 쳐다보았다.

미셸은 아주 짧은 흰색 반바지를 입고 있었는데, 어찌나 몸에 짝 달라붙는지 지퍼를 내리려고 해도 침대에 누워서 버둥거려야 겨우 내릴 수 있을 것 같았다. 핑크색 스판덱스 상의 역시 가려야 할 부분만 간신히 가리고 있었다.

물론 미셸에게 잘 어울리긴 했지만, 레이크 에덴의 여느 또래들의 옷차림과는 달리 눈에 띄었다. 어떤 옷을 입을지 정도는 스스로 결정하게 두어도 좋을 만큼 성장한 미셸이기에 한나는 아무 말도 하지 않으려고 했지만, 도저히 참을 수가 없었다.

"살을 좀 더 가렸으면, 그렇게 춥지 않았을 텐데."

"언니도야!"

미셸이 절망스러운 한숨을 내쉬었다.

"하루하루 지날수록 엄마와 똑같잖아!"

"아주 나쁜 일만은 아니네."

한나가 대꾸했다.

"엄마는 그래도 늘 합당한 이유를 갖고 계시니까."

"예를 들어봐!"

"그게, 그러니까 엄마는 항상, 음……."

한나가 말을 멈추더니 이내 웃음을 터뜨렸다.

"좋아. 지금 당장 생각나는 건 없지만, 어쨌든 그런 때도 많으셔. 친구들이랑 점심은 맛있게 먹었어?"

"환상이었지. 내가 언니 레시피대로 시금치 파이를 만들어줬는데, 애들이 정말 좋아했어. 전부 레시피를 알려달라고 난리였는데, 먼저 언니한테 물어봐야 한다고 했어. 비밀이거나 한 건 아니지?"

한나가 웃음을 터뜨렸다.

"아니, 애들한테 알려줘도 돼."

"잘 됐다. 방금 엄마 앤티크점에 들렀다오는 길인데 오늘 저녁에 방갈로에서 모두 모일 거래. 언니도 차를 갖고 올 거지?"

"글쎄……."

"그렇게 해, 언니. 내가 집에 자주 오는 것도 아닌데 같이 모이면 재밌잖아. 오늘은 중국 음식을 먹을 거래. 언니가 다이어트중이라서 엄마가 특별히 채소 요리만 주문할 거라고 했어. 로니도 오는 길에 음식을 갖고 오기로 했고."

"로니를 이틀 연속 보는 거야?"

"응."

대답하는 미셀의 두 볼이 발그레해졌다.

"어젯밤에는 프레디 때문에 데이트가 짧게 끝났잖아. 그래서 못한 일들도 있고."

한나는 아무 말도 하지 말자고 마음먹었다. 만일 엄마가 이 상황을 봤다면 레전시 로맨스풍의 어투로 짓궂은 말을 건네셨겠지.

"심각한 사이 아니니까, 걱정하지 마. 라지와는 견해차가 조금 있을 뿐이야."

"그래?"

"그는 뉴욕에서 자라서 작은 마을의 일을 잘 몰라. 내가 어젯밤에 전화로 포트락이랑 바비큐 파티 이야기를 해줬거든. 사람들이 저마다 조금씩 음식을 준비해 오는 방식에 대해서 말이야."

"그랬더니?"

한나가 이야기의 클라이맥스를 기대하며 물었다.

"그랬더니 포트락은 한 번도 가본 적이 없다면서 매우 귀찮은 일 같

350

다는 거야. 무엇 하러 음식을 각자 준비해 오냐고, 그냥 출장뷔페를 부르면 되지 않느냐면서 말이야."

"성장배경이 다른 탓인가?"

"수입이 다른 탓도 있지."

미셸이 한숨을 내쉬며 말했다.

"걔네 엄마는 한 번도 식사를 준비해 본 적이 없대. 상주 요리사가 있다나."

"상상이 간다."

한나가 때를 기다리며 말했다.

"라지는 우리 마을에 대한 얘기를 무척 신기해해. 우리가 무슨 시골 뜨기라도 되는 것처럼 말이야."

아무래도 미셸과 라지의 관계가 생각만큼 오래갈 것 같지 않았다.

"어쩌면 우리도 도시에서 사는 사람들을 그렇게 보는지도 모르지."

"알아. 하지만 라지의 태도는 가끔 날 열받게 해. 항상 자기가 더 많이 아는 것처럼 군다니까."

미셸이 손목시계를 내려다보았다.

"그만 가야겠어. 코스트 마트에 가야 하거든. 언니는 필요한 것 없어?"

한나는 마침 베개 생각이 떠올랐다.

"'덕'에서 오리털 베개가 입고됐는지 알아봐 줄래? 안드레아가 사주려고 했는데, 그때 재고가 없다고 해서 세일기로 주문해놨거든."

"그래."

한나가 미셸에게 주문장을 건네주었다.

"난 새 수영복을 사려고 해. 물어보기 전에 미리 얘기하는데 원피스

수영복으로 살 거야."

"가슴이 푹 파인 수영복? 아님 여기까지 올라오는 것?"

한나가 그녀의 허리만큼이나 굵은 허벅지를 가리키며 물었다.

"걱정하지 마. 엄마도 흡족할 만큼 얌전한 걸로 살 거니까. 방갈로에는 몇 시에 올 거야?"

한나는 잠시 일정에 대해 생각해보았다.

내일 쓸 반죽은 준비하지 않아도 되었다. 내일은 독립기념일이니 처음부터 카페 문을 닫을 생각이었고, 토요일과 일요일까지 3일간 쉴 계획이었다.

"문 닫은 다음에 집에 가서 모이쉐 밥 주고 갈게. 아마도 6시 30분에서 7시 정도에 도착할 것 같아."

"알았어. 베개가 입고됐다고 하면 내가 사가지고 올게."

"돈 좀 줄까?"

"엄마가 신용카드를 주셨어. 그걸로 계산할 테니까 엄마랑 나중에 얘기해."

한나는 카페를 나서는 미셸의 뒷모습을 바라보았다.

지나가는 차들이 속도를 줄여가며 미셸을 쳐다보았다.

확실히 막내 동생이 입는 의상은 레이크 에덴의 나이 든 여자들이 보기엔 마을의 남편들을 꼬드겨낼 차림이라며 눈살을 찌푸릴 만했다.

하지만 KCOW 라디오의 날씨 예보에서 오늘 저녁은 날이 선선해지며 비도 내릴 거라고 했으니, 이런 날 저런 옷차림으로 꼬드겨낼 수 있는 것이라곤 한여름 감기밖에 없을 것이다.

오후 5시 30분, 한나는 카페 문을 닫고 금전등록기를 정리하는데 리사가 홀로 들어왔다.

"다 됐어요, 한나."

"벌써?"

한나는 깜짝 놀랐다, 컵케이크를 굽는 데 이렇게 빨리 끝나다니.

"이제 냉장고에 넣기만 하면 돼요. 그전에 가서 어떤지 한 번 보고 얘기 좀 해줘요."

한나는 리사에게 살짝 미안함을 느끼며 작업실로 향했다.

리사가 내일 포트락에 쓸 컵케이크를 굽느라고 고군분투하는 동안 한나가 기여한 것이라곤 빨간 부엉이 식료품점에 들러 재료 몇 가지를 사다준 일밖에 없었다.

"오, 세상에!"

회전문에 발을 들여놓으면서 리사가 만든 컵케이크를 본 한나는 감탄을 금치 못했다.

몇몇 개는 밝은 파란색으로 아이싱이 되어 있었고, 다른 몇몇 개는 붉은색, 그리고 나머진 하얀색으로 아이싱이 되어 있었다.

컵케이크들은 커다란 직사각형 쟁반 6개에 담겨 있었는데, 빨강과 하얀색으로 아이싱을 한 컵케이크가 줄 맞춰서 나열되어 있었고 왼쪽 위의 파란색 아이싱 컵케이크 위에 하얀색의 별을 그려 마치 국기와 똑같은 모양을 하고 있었다.

쟁반에 가까이 다가간 한나는 그제야 컵케이크를 싸고 있는 것이 일반 기름종이가 아닌 아이스크림콘이라는 사실을 깨달았다.

"자? 어때요?"

한나는 미소 짓는 리사를 돌아보았다.

"정말 멋져!"

"아이스크림콘으로 과연 만들 수 있을까 했는데, 생각 외로 잘 되더라고요."

"그리고 리사 말이 맞았어."

한나가 리사에게 다가가 포옹하며 말했다.

"독립기념일을 축하하는 의미로는 최고야. 마을의 모든 엄마들이 리사에게 고맙다고 할걸."

"왜요?"

"기름종이를 벗겨 내거나 디저트를 먹은 후에 아이들의 손을 씻겨야 하는 수고를 덜게 됐잖아."

리사는 잠시 멍하게 있더니 이내 킥킥거리기 시작했다.

"맞아요. 아이들이 먹기엔 최고죠. 하지만 만들면서도 그것까진 생각 못했어요."

"그것 때문에 아이스크림콘에다가 만든 것 아니었어?"

리사가 고개를 저었다.

"아뇨, 찬장을 모두 뒤졌는데도 컵케이크 팬이 충분하지 않아서 그랬어요."

"정말 집에 바래다주지 않아도 괜찮겠어요?"

노먼이 방갈로의 덧문을 열어주며 염려스러운 얼굴로 물었다.

"날씨가 상당히 궂은데……."

"괜찮아요."

한나가 번개가 내리치는 하늘을 올려다보면서 대답했다.

저녁을 먹는 동안 호숫가에 태풍이 밀려왔고, 엄마가 막 행운의 쿠키를 쪼개려는 찰나 한나는 그만 일어서야겠다고 모두에게 말했다.

"잠깐 기다려요. 내가 데려다 줄게요."

마이크도 자리에서 일어나 한나 무리에 합류했다.

"이렇게 번개가 치는 날에 혼자 돌려보낼 수 없어요, 한나. 가는 길에 번개를 맞을지도 모르잖아요."

한나는 두 남자를 대동한 채 문밖으로 나섰다.

공기는 여전히 습기가 많아 눅눅했다. 누군가가 거대한 찻주전자를 올려놓아 거기서 나온 김이 온 마을을 뒤덮은 것만 같았다.

"괜찮아요, 이런 태풍 속에서도 여러 번 운전해봤는걸요."

"이번 건 정말 안 좋아 보여요."

한나의 트럭으로 걸어가며 마이크가 말했다.

"차에 와이퍼는 잘 작동합니까?"

"그럼요. 최근에 새로 교체해서 달았거든요."

"타이어는……?"

"거의 새것이나 마찬가지예요. 할아버지처럼 굴지 마요, 마이크."

한나는 그의 걱정에 답하려는 듯 미소를 지어 보였지만, 속으로는 너무 지나치게 걱정하는 것 같다는 생각을 떨쳐버릴 수가 없었다.

"소나기가 엄청나게 퍼붓기 시작하면 길옆에 차를 세우고 비가 잠잠해질 때까지 기다렸다 운전할게요."

"그럼, 집에 도착하면 방갈로로 전화해줄래요?"

노먼이 한나를 위해 트럭 문을 열어주며 물었다.

"그래야 잘 도착했는지 알 수 있죠."

한나는 운전석에 올라 차창을 내렸다.

"집에 가자마자 전화할게요. 그래도 집까지 가는 데 1시간 정도 걸릴 거예요. 어쩌면 그보다 더 오래 걸릴지도 모르고."

"내가 같이 가는 게 좋을 것 같은데요."

마이크가 얼굴을 찌푸리며 말했다.

"고맙지만, 괜찮아요."

한나는 시동을 걸고 차를 돌리며 두 사람을 향해 살짝 손을 흔들어주었다. 그리고는 백미러로 뒤를 쳐다보다가 쿡쿡거리며 웃고 말았다.

노먼은 한쪽 손을 반쯤 들어 흔들어주었지만, 마이크는 마치 내일이 오지 않을 것처럼 오만상을 찌푸리고 있었다.

자기 방식대로 해야 하는데 그게 먹히지 않아 성이 난 것이겠지.

자신을 걱정해주는 건 좋았지만, 그렇다고 적성에도 맞지 않는 연약한 여인 역을 하고 싶진 않았다.

높다랗게 자란 소나무 가지에 가려 하늘이 거의 보이지 않았기 때문에 큰길로 나서기 전까지 한나는 주변이 얼마나 어두워졌는지 모르고 있었다. 번개가 내리치는 검정빛의 하늘은 어쩐지 불길하게 느껴졌다.

자줏빛을 띤 태풍의 구름은 여러 가지 마법의 독약을 만들어내는 마녀의 솥단지 같아 전체적인 풍광은 엄마의 앤티크점에 걸린 유화만큼이나 끔찍했다. 마침 그 유화의 제목도 '재앙'이었다. 하필이면 이런 때 그런 제목이 생각나다니, 한나는 속으로 투덜거렸다.

편의점 옆을 지나는데, 바람이 더욱 거세어지기 시작했고, 론과 선 형제가 밖으로 나와 창문에 널빤지를 대는 것이 보였다. 편의점 창문에 널빤지를 대는 것은 한 번도 못 봤는데, 혹시 토네이도라도 오는 것일까? 한나는 라디오를 틀었다.

라디오에서는 처음에는 잡음만 들리더니 이내 아나운서의 목소리가 끊겼다 이어지기를 반복했다. 그 바람에 한나가 간신히 들을 수 있었던 단어라고는 "태풍"과 "몇 세기 만에"뿐이었다.

그때 돌풍이 불어왔고, 한나의 차는 위험스럽게 차로를 이탈했다.

한나가 애써 본 궤도로 돌아오자 반대편에서 또다시 돌풍이 불었고, 이번엔 길옆 도랑에 빠질 뻔한 걸 간신히 바로잡았다. 잠깐 차를 세우고 돌풍이 잦아들 때까지 기다릴까 생각하는데 저쪽에서 바람에 꺾인 커다란 오동나무 가지가 돌풍과 함께 곧장 한나의 차 앞으로 날아왔다.

한나는 재빨리 핸들을 꺾었지만, 미처 피하지 못하고 가지는 '퉁' 소리와 함께 앞 유리창에 와 부딪치더니 안테나를 꺾어서는 다시 튕겨나가고 말았다.

한나는 브레이크를 밟고 차를 길옆에 잠시 세웠다. 타이어 밑으로 자갈들이 바스락거리는 소리가 들렸다. 한나가 차를 살펴보려고 차에서 내리자, 이번엔 비가 쏟아지기 시작했다. 나뭇가지와의 충돌은 차에 생각만큼 심한 손상을 가져다주진 않았다. 하지만 안테나가 뽑혀나간 자리는 끊긴 전선만 날리며 휑하니 구멍만 남았다.

"적어도 태풍 소식은 듣지 않아도 되겠군."

한나는 전선을 구멍 속에 집어넣었다. 안테나는 어디로 날아갔는지 흔적도 보이지 않았지만, 테드 케스터에게 얘기하면 새로 달아줄 것이니 걱정할 것 없었다. 우선은 앞 유리창이 멀쩡했고, 차의 엔진도 잘 돌아가고 있으니 일단은 차가 한나를 집까지 데려다 줄 상태를 유지하고 있다는 것이 중요했다.

다시 운전석에 올라탄 한나는 그제야 입고 있는 블라우스와 청바지가 흠뻑 젖었다는 사실을 깨달았다. 이런 꼴로 집까지 운전했다가는 감기에 걸리기 십상이다. 여름 감기는 딱 질색이었다.

한나는 뒷좌석으로 손을 뻗쳐 미셸이 사다 준 베개를 옆으로 밀치고는 출장서비스 때 쓰려고 가지고 다니는 타월을 집어들었다.

타월로 머리카락과 얼굴, 그리고 손까지 닦고 나자 기분이 한결 좋아졌다. 생각해보면 그리 나쁘기만 한 상황도 아니었다. 나뭇가지가 창문을 꿰뚫지 않았을 뿐더러 그까짓 거 조금 젖는다고 해서 사람이 설탕처럼 녹아내리는 것도 아니지 않은가.

하지만 한나가 다시 차를 출발시키려는데 조수석 쪽의 와이퍼가 제대로 작동하지 않는 것이 눈에 띄었다. 간신히 운전석 쪽 와이퍼만 절름발이처럼 어설프게 좌우로 움직이고 있었던 것이다.

지금으로서는 그대로 출발하는 수밖에는 다른 방법이 없었다. 애매모호한 길 한가운데 서서 노먼과 마이크가 자신을 찾아내기만을 기다릴 수는 없었다. 그나마 조금 약해진 빗줄기에 감사하며 한나는 다시금 차를 출발시켰다.

고장 난 와이퍼는 발작적으로 움직였지만, 바람이 불기라도 하면 멈춰버리곤 했다. 한나는 뒤쪽에서 엄청난 속도로 추월해오는 차가 없기를 바라며 더듬더듬 어둠 속을 헤쳐나갔다.

고작 400m을 갔을 뿐인데, 다시 빗줄기가 굵어지기 시작했다. 빗방울이 무거워지는가 싶더니 비는 어느새 소낙비로 바뀌어 있었다. 또다시 불어오는 돌풍에 와이퍼는 거의 제 기능을 못하고 있었고, 한나는 그만 생사의 갈림길에 갇혀버리고 말았다.

한나는 다시 길옆에 차를 세우고 두 손으로 절망스러운 듯 핸들을 내리쳤다.

"오, 잘 됐군!"

어쩔 수 없는 상황을 받아들이려 애쓰며 한나는 신음을 냈다.

이제 집에 가려면 한 가지 방법밖에 남지 않았다. 한나는 창문을 내리고, 머리를 밖으로 내민 채 오가는 차가 없는지 일일이 확인하며 길옆에 최대한 붙어 움직여야 했다.

차를 움직이는 중간에 흠뻑 젖은 머리카락과 얼굴을 닦아야 했으므로 시간은 매우 오래 걸렸다. 이긴 걸고 유쾌하게 저녁 시간을 보내는 방법이 아니다. 이런 일이 있을 줄 진즉에 알았다면, 노먼과 마이크가 바래다주겠다고 했던 것을 애써 거절하지는 않았을 것이다!

교차로에 이르자 한나는 마치 물에 빠진 생쥐 같은 기분이 들고 말았다. 빗물에 흠뻑 젖어버린 머리카락은 기운 없이 착 달라붙었고, 양 볼은 내리치는 비 때문에 발그레해졌다.

한나는 손목시계를 내려다보고는 더 큰 소리로 신음을 냈다. 방갈로를 출발한 지 한 시간이 다 되었던 것이다. 한나의 집 앞에서 걱정스러운 표정으로 그녀를 기다리고 있을 노먼과 마이크의 모습이 떠올라 자신이 괜찮다는 것을 미리 전화로 알려야겠다고 생각했다.

그때 마침 론다가 살던 아파트를 지나치게 되었고, 한나는 아파트 안으로 들어가 방문자용 주차공간에 차를 세웠다. 그리고는 비아트리스와 테드 케스터의 집으로 향했다. 아파트의 관리인이자 주민인 그들 부부가 한나에게 기꺼이 전화를 빌려줄 것이다.

"한나!"

한나의 노크소리에 문을 연 비아트리스는 깜짝 놀란 듯했다.

"차가 고장이라도 난 거예요?"

"그렇기도 하고, 아니기도 해요. 아직 잘 굴러가긴 하는데, 와이퍼가 말을 안 들어요. 창문 밖으로 머리를 내밀고 운전하다 보니 이런 꼴이 되고 말았네요."

"이런, 그렇게 서 있지 말고 어서 들어와 말려요."

비아트리스가 문을 더 활짝 열어주었다.

"가서 수건을 가져 올게요."

한나는 물을 잔뜩 머금은 샌들을 벗으며 감사의 미소를 짓고는 보송보송한 실내로 발을 들여놓았다.

"전화 좀 빌릴 수 있을까요? 엄마가 제 전화를 기다리고 계실 텐데,

아무 사고 없이 무사하다고 알리려고요. 물 안 떨어트리도록 할게요."

"상관없어요."

비아트리스가 주방 벽에 걸린 전화기를 가리키며 말했다.

"어차피 오늘 밤에 바닥 물청소를 할 계획이었거든요. 다행히 쓰레기장에서 온통 먼지와 기름을 묻혀서 오는 것과는 달리 테드는 집이 깨끗한 걸 좋아하니까요. 그래도 돈은 잘 벌어요. 특히 폐차업까지 겸하게 된 이후로는. 어서 전화해요, 한나. 난 수건이랑 커피를 준비할게요. 무척 추워 보여요."

한나는 비아트리스가 건네주는 수건을 받아 가능한 물기 없이 머리카락과 얼굴을 닦아내고는 방갈로로 전화를 걸었다.

마침 미셸이 전화를 받았다.

"여보세요, 언니. 집에 잘 도착해서 다행이야. 마이크와 노먼이 막 걱정하기 시작했거든. 잠깐 기다려. 모두에게 얘기해줘야겠어."

한나는 아직 집에 도착한 것이 아니라고 말하려고 했지만, 미셸은 어느새 수화기를 내려놓고 모두에게 한나가 무사히 집에 도착했다고 얘기하고 있었다.

"얘기했어." 미셸이 다시 수화기를 들며 말했다.

"여긴 태풍이 더 심해졌는데. 가는 길에 폭우가 내리지 않았어?"

"오, 그랬지." 한나가 울컥하는 심정으로 대답했다.

비는 여전히 무서운 기세로 비아트리스의 집 창문을 내리치고 있었다.

"마이크와 노먼이 나중에 전화하겠대. 지금 엄마 차가 번개에 맞아서 차를 살펴보러 다들 밖에 나가 있거든."

한나는 재빨리 생각했다, 마이크와 노먼이 집에 전화해봤자 자동응답기만 받을 것이 뻔했다.

"45분 정도 후에 전화하라고 그래. 너무 추워서 뜨겁게 샤워부터 해야겠어."

"알았어, 언니. 그렇게 얘기할게. 집에 무사히 도착해서 정말 다행이야. 우리 모두 걱정하고 있었거든."

"여기요, 한나."

한나가 막 전화를 끊자 비아트리스가 커피를 건네주었다.

"고마워요, 비아트리스."

한나가 향기로운 커피를 한 모금 홀짝인 후 안도의 한숨을 내쉬었다.

"정말이지 이게 꼭 필요했어요."

"너무 젖어서 새 옷이 필요하겠어요. 내 걸 빌려줄게요. 맞진 않겠지만……."

"절대 안 맞을 걸요." 한나가 웃음을 터뜨렸다.

비아트리스의 체격은 미셸만큼이나 아담했다.

"사이즈가……."

비아트리스가 한나의 사이즈를 가늠했다.

"살이 많이 빠진 것 같네요. 가지고 있는 스커트 중 하나가 맞긴 하겠는데, 한나가 워낙 키가 커서 말이죠."

"걱정하지 마요, 비아트리스. 물기를 닦아냈으니 금방 마를 거예요."

비아트리스가 염려스러운 표정으로 말했다.

"그렇게 젖은 옷으로 집까지 못 가요. 그러다간 독감에 걸리고 말 거예요. 론다 걸 입는 건 어때요? 아직 옷장에 옷이 그대로 있거든요. 론다가 한나 사이즈 정도 됐잖아요."

"아직 아파트를 세 주지 않았어요?"

한나는 깜짝 놀랐다.

비아트리스와 테드가 관리하는 이 아파트는 매우 인기가 좋아 집을 얻고 싶어하는 대기자만 여러 명이 있을 정도였다.

"아직은 세를 줄 수가 없어요. 론다가 7월분 집세를 이미 낸 상태거든요. 그러니까 8월이 오기 전까지는 아무도 들어올 수 없죠."

"대기자가 많다면 그건 참 시간 낭비로군요."

"그러게요. 하지만 법이 그러니까. 그래도 재단장은 하지 않아도 돼요. 6월에 카펫도 새로 깔았고 페인트칠도 다시 했거든요. 론다가 마무리 단장도 모두 끝냈어요. 가보면 알겠지만 정말 실내가 멋져요, 한나. 친척들이 론다의 유품을 받고 싶어하지 않는다는 게 참 안 된 일이죠."

"그래요?" 한나는 깜짝 놀라고 말았다.

"그럼 유품들은 어떻게 하실 거예요?"

"론다의 차는 팔아서 콜로라도로 송금해달라고 하더군요. 나머지는 저희보고 알아서 처분하라면서요. 그래서 집을 가구 풀 옵션으로 내놓을 생각이에요. 그리고 처음으로 세 드는 사람이 이사 갈 때 원하는 것이 있다면 가져가라고 할 거예요. 그래서 입을 것을 좀 찾아보라고 한 거예요……, 한나만 괜찮다면 말이에요."

"론다의 옷을 입는 게 뭐가 어때서요."

"죽은 사람이니까요. 대부분은 죽은 사람 것에 대해 민감하잖아요."

"전 신경 안 써요."

한나가 그녀를 안심시켰다. 론다의 아파트를 둘러볼 기회가 생겼다는 것만으로도 하느님께 감사할 일이었다.

"근데 같이는 못 가요. 테드가 지금 회의중인데 끝나는 대로 필요한 것이 없는지 전화한다고 했거든요. 마침 필요한 게 생겨서요. 테드에게 세제를 사오라고 하려고요."

그편이 오히려 낫다, 한나는 너무 신이 난 듯 보이지 않으려고 표정 관리에 애썼다.

"괜찮아요, 비아트리스. 혼자 갈 수 있어요."

"정말 괜찮겠어요? 그러니까, 죽은 사람 집인데도?"

"상관없어요." 한나는 비아트리스가 건네주는 열쇠를 받았다.

"집에서 죽은 것도 아니잖아요. 가서 아예 갈아입고 내려올게요."

"서두를 것 없어요. 둘러보고 쓸 만한 것이 있으면 가져가요. 뭐든지 먼저 집는 사람이 임자니까."

잠긴 문을 열면서 한나는 심호흡을 하고는 안으로 발을 내디뎠.

론다의 집에는 한 번도 와본 적이 없었기 때문에 지금에서야 혼자 론다의 집으로 들어가는 것이 조금 이상하게 느껴졌다. 어떻게 보면 무단 침입을 하는 기분도 들었지만, 론다의 살인사건을 해결하기 위한 단서를 잡기 위한 것이니 괜찮다고 스스로 여러 번이고 되뇌었다.

한나는 문 안쪽에 있는 스위치를 올려 불을 켰다. 론다의 아파트는 잡지에서 막 빠져나온 것처럼 예뻤다. 소파에는 소파 색과 잘 어울리는 쿠션들이 놓여 있었고, 커피 테이블 위의 화병에는 조화가 꽂혀 있었다. 주방은 티 하나 없이 깨끗했는데, 론다가 곧 휴가를 떠날 계획이었던 걸 생각하면 그다지 이상한 일도 아니었다.

우선은 급한 일부터 처리하자, 한나는 생각했다. 그리고는 론다의 옷장으로 가서 제일 먼저 집히는 옷을 꺼내들었다. 검정 바지와 밝은 파란색의 풀오버 스웨터였다.

살인사건과 관련이 있는 게 아닌 이상 론다의 옷에 관심을 둘 이유는 하나도 없었다. 그저 젖지 않은 옷이기만 하면 되었다. 한나는 입고 있던 옷을 벗고 론다의 옷을 입었다.

바지가 너무 짧긴 했지만, 허리는 생각만큼 끼지는 않았다. 반면 스웨터는 너무 헐렁했다. 비아트리스의 말대로 살이 빠진 게 맞는 모양이다. 한나는 옷장 안을 한 번 둘러보았다. 별달리 이상한 점은 보이지 않았다. 한나는 재빨리 옷장 서랍도 전부 열어보았다. 하지만 론다의 죽음과 관련이 있어 보이는 건 아무것도 찾지 못했다.

한나는 주방 싱크대 밑에서 비닐봉지를 꺼내 젖은 옷을 담았다. 그리고는 주방 찬장과 서랍을 모두 뒤져보았다. 하지만 탐색 끝에 알게 된 것이라곤 론다에게 은색 주방용 칼 세트가 있다는 것과 그녀가 마카로니와 치즈를 무척 좋아한다는 것뿐이었다.

다음 목표는 거실이었다. 한나는 창문 밑에 놓인 탁자로 갔다. 가운데 서랍에는 영수증이 가득 차 있었고, 그녀는 탁자 앞에 앉아 영수증들을 살펴보기 시작했다.

그중 블로어빌 여행사에서 끊은 영수증이 눈에 띄었다. 살펴보니 론다가 직접 여행사로 찾아가 비행기표를 예약했을 뿐만 아니라 언제, 어디로 가는지까지 한나에게 거짓말을 했다.

쿠키단지에서 계약서를 작성하던 날, 론다는 전날 저녁 항공사에 전화로 비행기표를 예약했다며, 노먼 덕분에 로마로 휴가를 떠날 수 있는 충분한 비용을 마련할 수 있었다고 했다. 하지만 블로어빌 여행사에서 끊어준 영수증 날짜는 노먼이 집을 사겠다고 나서기도 훨씬 전인 2주 전 날짜가 찍혀 있었다! 론다의 거짓말이 좀처럼 이해되지 않았지만, 지금 당장은 그 문제에 대해 생각해볼 여유가 없었다.

한나는 영수증을 가방에 넣고선 다른 책상 서랍도 모두 뒤져보았다. 그리고 마지막 서랍에서 또 다른 수상한 물건을 발견했다. 론다의 대고모인 보웰커 부인 앞으로 온 편지였다.

"이상한데."

편지를 물끄러미 내려다보며 한나가 중얼거렸다.

보웰커 부인의 것을 론다의 집에서 발견하게 되다니.

론다가 보관하는 것이라면 분명히 중요한 것이다.

한나는 편지도 가방에 집어넣고는 자리에서 일어섰다.

이제 남은 곳은 방 하나뿐이다. 4분 후, 한나는 찌푸린 표정으로 론다의 욕실에서 나왔다.

론다의 약 선반과 욕실의 서랍들을 뒤져본 건 순전히 시간 낭비였다. 특이하게 찾아낸 것이라곤 콘돔뿐이었던 것이다.

이제 시간이 별로 없었다.

한나는 재빨리 소지품을 챙겨 불을 끄고 비아트리스에게 열쇠를 돌려주려고 아래층으로 내려왔다. 서두르지 않으면, 집에 도착했을 때 식구들은 물론 총출동한 위넷카 경찰서의 모든 경관들을 맞닥뜨리게 될 것 같았다.

다음날 아침 한나는 웃으며 자리에서 일어날 수 있었다. 이제 모이쉐에게도 자기 베개가 생겼기 때문에 그야말로 몇 달 만에 한나는 불편한 잠자리에서 해방을 맞았다.

독립기념일을 축하하는 옷으로 갈아입고 집을 나서는데 채 한 시간도 걸리지 않았다.

날씨는 환상적이었다. 파란 하늘에 뭉게구름이 피어올라 비는 전혀 떨어질 것처럼 보이지 않았다. 지난밤의 폭우 덕분에 잔디 위의 풀들은 에메랄드빛으로 파릇파릇하게 생기를 되찾았고, 공기중으로는 상쾌한 냄새가 잔뜩 묻어났다. 물론 그런 냄새를 따라한 향초와 방향제들도 가득했다.

차를 타고 길을 달리는데 사람들 모두 저마다 독립기념일 깃발과 배너, 리본 같은 것들을 들고 거리로 나오고 있었다. 심지어 크리스마스 시즌이면 장식나무로 쓰이고 하는 레이크 에덴 공원의 키 큰 소나무에도 빨갛고, 하얗고 파란 리본이 둘러 있었다.

아침 7시 45분에 한나는 카페 주차장에 도착해 뒷문을 열고 카페 안으로 들어갔다.

작업실에서는 향긋한 아로마 향이 풍기고 있었다.

리사가 벌써 도착해서 커피를 올린 모양이었다.

근데 리사의 차는 어디 세워둔 거지?

"기쁜 독립기념일이에요, 한나!"

한나가 미처 찾아 나서기도 전에 리사가 홀에서 작업실로 들어왔다.

"리사도, 근데 차는 어디 있어?"

"노인센터에 세워뒀어요. 여기까지는 허브가 데려다 줬고요. 커피 한 잔 따라서 앉아 있어요. 제가 저칼로리 아침식사를 만들어줄게요."

커피 향이 너무나 감미로워 한나는 리사가 시킨 대로 커피를 한 잔 따라 들고 가장 좋아하는 탁자로 가서 거리 쪽 유리창을 마주한 채 앉았다.

거리는 찬란한 햇빛에 반짝이고 있었다. 바스콤 시장이 퍼레이드 행렬이 지나갈 거리를 깨끗하게 청소하도록 일러두었기 때문에 테이프로 둘러놓은 거리에는 지나다니는 차량도 사람도 아무것도 없었다.

관람객들이 모이기에도 너무나 이른 시간이었으니 움직이는 것이라곤 거리에 즐비한 높은 소나무 가지 위를 날아다니는 자그마한 새 가족들뿐이었다.

한나는 한참을 커피를 홀짝이며 앉아 있었다. 사실 전에는 이렇게 오래 앉아 있어 본 적이 없었다.

지금이야말로 론다의 집에서 찾은 영수증과 편지를 다시 한 번 확인해볼 때다.

시계를 한 번 쳐다보고 나서 한나는 영수증부터 보자고 결심했다.

항공사로의 무료 문의전화는 지금 시간대면 한가할 것이다.

한나는 가방에서 영수증과 편지를 꺼냈고, 영수증을 들고 전화기가 있는 카운터로 갔다. 전화를 걸려면 조금 요령이 필요할 테지만 안드레아가 하는 것을 보고 배워둔 것이 있으니 문제없었다.

론다의 가족 중 누군가가 갑자기 죽는 바람에(완전히 거짓말은 아니다) 예약해놓은 날짜에 비행기를 탈 수 없게 되었으니 똑같은 목적지 및 숙박 조건으로 비행기표를 재예약하고 싶다고 얘기할 참이었다. 그러면 항공사 직원이 론다가 기존에 예약한 비행기표에 대해 뭔가 알려줄지도 모른다.

10분 후, 마침내 한나는 전화를 끊고 탁자로 돌아가 마시던 커피를 꿀꺽꿀꺽 들이켰다.

전화로 알게 된 사실은 그야말로 믿을 수 없었다. 론다가 했던 얘기들 중 진실인 건 아무것도 없었던 것이다.

그녀는 왕복이 아닌 편도 티켓을 끊었고, 목적지는 로마가 아닌 취리히였다.

한나는 고요한 거리를 물끄러미 응시했다.

론다가 블로어빌 여행사까지 찾아갔던 것도 무리가 아니다! 그녀는 자신이 마을을 떠난다는 사실은 물론 어디로 가는지를 아무에게도 알리고 싶지 않았던 것이다.

잠시 생각에 잠겨 있는데, 작업실 쪽에서 팬이 달그락거리는 소리가 들려왔다.

잠시 후 달콤하게 풍겨오는 향이 한나의 입에 침이 고이게 했다.

리사가 뭔가 아주 맛있는 것을 만드는 것이 분명했다.

"우리 수레, 정말 환상적이에요."

리사가 회전문 사이로 빠끔히 고개를 내밀고 말했다.

"심사자들이 눈이 먼 게 아니라면, 분명히 우리 수레가 1등을 차지할 거예요."

"상을 주는 줄은 몰랐는데."

"저도 몰랐어요. 재니스 콕스가 그러는데 어젯밤에 위원회에서 그렇게 결정했대요. 1등은 상금으로 100달러를 받고, 2등은 50달러, 그리고 3등은 25달러를 받는대요. 잠깐만요. 뭣 좀 뒤집고 올게요."

다시 문이 닫히고 잔뜩 고인 침과 함께 한나는 다시 홀로 남았다.

만약 우승을 한다면, 그 돈으로 무엇을 하면 좋을까?

그때 다시 문이 열리더니 리사가 나타났고 한나는 결정을 내렸다.

"만약에 우리가 이기면, 상금을 유치원과 노인센터와 함께 나눠 갖자. 아이들과 노인들의 공이 컸으니까."

"좋아요."

리사가 동의의 뜻으로 미소를 지었다.

"저도 그래야겠다고 생각했어요. 한 가지 더 말할 게 있어요. 안드레아가 그러는데 어젯밤에 도둑맞은 돈이 더 발견됐대요, 400달러가 조금 넘는다면서. 누군가 위넷카 카운티에서 그 돈을 쓰고 다녔던 게 분명하대요. 아, 잠깐만요. 이제 다 됐을 것 같네요."

리사는 또다시 사라졌고, 한나는 의자에 등을 기댔다.

그 돈들이 론다의 살인사건과 어떤 연관이라도 있는 것인지 아닌지 지금으로선 알 수 없었지만, 약간의 가능성이라도 놓을 수 없었다.

"아침식사 대령했습니다."

리사가 두 개의 접시를 양손에 들고 나타나서는 하나를 한나 앞에 놓고, 다른 하나는 맞은편 자리에 놓았다.

한나는 접시를 내려다보았다.

"복숭아를 곁들인 팬케이크 같은데."

"맞아요."

리사가 무칼로리 팬케이크 소스 통을 건네며 대답했다.

"소스를 좀 뿌려 먹으면 정말 맛있어요."

한나는 뚜껑을 열고 팬케이크 위에 소스를 뿌렸다. 그리고는 한 조각 잘라 입으로 넣었다.

"정말 맛있다, 리사. 저칼로리 식단이라기에 코티지치즈(흰색의 저지방 치즈) 정도 준비하나 했는데."

"맞아요."

한나는 눈을 깜빡거렸다.

"안에 코티지치즈를 넣었어?"

"네. 키티 고모님은 가족 중 누군가 다이어트중이면 꼭 이 치즈를 넣어서 팬케이크를 만들어주시곤 했거든요."

"맛있어."

한나가 또다시 팬케이크를 베어 입으로 가져가며 미소를 지었다.

"고마워, 리사. 차가운 샐러드나 밋밋한 코티지치즈만 먹는 것보다 이편이 훨씬 나아. 근데 이거 정말 다이어트 식단이 맞는 거지?"

"그럼요. 다른 음식으로도 활용할 수 있어요. 키티 고모는 팬케이크 위에 사우어 크림이나 잼을 올려주기도 했는데, 그렇게 만든 음식을 '가난한 블린츠'라고 불렀어요. 필요하면 레시피를 알려줄게요."

"그래 주겠어?"

한나가 또 한 입 넣으며 말했다.

마지막 남은 팬케이크 조각이 없어질 때까지 두 사람은 말없이 식사에 열중했다.

마침내 식사가 다 끝나자 리사가 탁자 위에 놓인 편지를 가리키며 물었다.

"이게 뭐예요?"

"보웰커 부인 앞으로 온 편지야. 론다의 아파트에서 찾았어."

리사는 깜짝 놀란 듯 보였다.

"마이크와 빌이 론다의 아파트를 살펴보게 허락해줬어요?"

"아니, 비아트리스 케스터가 그렇게 해줬지. 론다의 물건 중에 필요한 것이 있으면 가져가라고 했거든. 콜로라도에 사는 론다의 친척들이 아무것도 받지 않겠다고 했대."

"정말 운이 좋았네요."

리사가 씩 웃으며 말했다.

"그래서 뭔가 흥미있는 것 좀 찾았어요?"

한나는 리사에게 블로어빌 여행사와 취리히로의 편도 비행기표에 대해 얘기해주었다.

"그래서 론다가 해고당한 일에 화를 내지 않았던 거야. 어차피 다시 돌아올 생각이 없었으니까."

"편지에는 뭐라고 쓰여 있어요?"

"아직 안 읽어봤어."

"빨리 읽어봐요. 중요한 얘기가 쓰여 있을지도 모르잖아요."

"알아. 그냥 다른 사람의 사적인 편지를 엿보는 것이 조금 그래서 말이야."

"그럼 그냥 버리든지······."

"뭐라고 쓰여 있는지 확인도 안 하고 버릴 순 없어!"

"그럼, 읽어봐요."

리사가 흐뭇한 표정으로 말했다.

"한나가 너무 거창하게 생각하는 거예요. 이건 전혀 한나답지 않아요. 만약 내용이 극히 사적이면 아무에게도 얘기하지 않으면 되는 거고, 만약 중요한 내용이라면 그때 가서 올바르게 밝히면 되잖아요."

"그래, 리사 말이 맞아."

한나는 편지에 대한 걱정이 더 늘어지기 전에 얼른 봉투에서 편지를 꺼냈다. 그리고는 접힌 편지지를 펼쳐 내용을 읽기 시작했다.

한나가 편지 읽기를 마쳤을 때 그녀의 입에서는 음울한 한탄이 흘러나왔다.

"왜 그래요?"

리사가 염려스러운 듯 몸을 앞으로 기울이며 물었다.

"이건 비극이야."

한나가 목구멍에 막힌 듯한 무언가를 꿀꺽 삼켜 내리며 대답했다.

키티 고모표 코티지치즈 팬케이크

재료

코티지치즈 2컵 / 계란 4개

소금 1/2티스푼 / 밀가루 1/2컵

만드는 법

1. 코티지치즈와 계란, 소금, 밀가루를 작은 그릇에 담고 섞습니다. 완성된 것을 냉장고에 넣어 1시간 정도 휴지시켜줍니다(밤새 넣어두어도 괜찮습니다).
2. 들러붙지 않는 번철(팬케이크를 굽는 그릇)을 176℃의 온도로 데우거나 들러붙지 않는 스프레이를 뿌린 프라이팬을 사용합니다(프라이팬 위에 물방울을 떨어뜨렸을 때 '지지직' 소리를 내며 춤을 춘다면 준비된 겁니다).
3. 팬케이크 반죽을 번철이나 프라이팬에 올려서 표면의 거품이 터질 때까지 구워줍니다(밑바닥을 확인하고 싶다면 주걱을 사용하세요). 밑바닥이 황금빛으로 익었으면 팬케이크를 뒤집어 똑같은 황금빛으로 익을 때까지 구워줍니다.
4. 완성된 팬케이크는 접시 위에 올려 소스를 뿌린 다음 취향에 따라 썰어둔 과일로 장식합니다.

가난한 블린스

위에서 지시한 대로 팬케이크 반죽을 한 다음에 굽습니다. 다 구워지면 팬케이크에 버터를 바르고 설탕을 뿌립니다. 그리고 위에는 잼과 사우어 크림을 듬뿍 얹은 다음 맛있게 즐깁니다.

한나는 목청을 가다듬은 다음 큰소리로 편지를 읽기 시작했다.

"지금이라도 당장 당신이 있는 레이크 에덴으로 돌아가고 싶군요. 하지만 나는 이제 얼마 남지 않았어요. 지금 저와 같이 있는 남자가 이 편지를 당신에게 부쳐줄 거예요."

"이 남자, 죽어가는 거예요?"

한나가 고개를 들자 리사가 속삭였다.

"그래, 근데 왜 편지를 쓴 사람이 남자라고 생각했어?"

"보통 여자와 남자를 한 병실에 두진 않잖아요."

"좋은 지적이야."

한나는 다시 편지로 고개를 숙였다.

"어렸을 때 친절하게 대해줘서 고마워요. 당신만이 유일하게 나와 게임을 해주었지요. 집 안 여기저기에 쪽지들을 숨겨놓고 나더러 찾게 했던 게임 기억해요? 당신은 항상 쿠키 단지에 첫 번째 쪽지를 숨겨놓고 할아버지의 시계 혹은 성경책으로 다음 쪽지들을 찾아갈 수 있게끔 단서를 흘려놓았지요. 그 덕분에 난 단서를 읽는 법을 배웠어요. 그런 건 학교에서도 배울 수 없었을 겁니다. 그리고 마지막에 당신은 항상 내게

상을 주곤 했죠."

"그 게임 저도 알아요." 리사가 말했다.

"계속 읽어봐요, 한나."

"내가 당신을 무척 사랑한단 얘기를 하고 싶었어요. 당신이 이 편지를 받게 된다는 건 결국 내가 세상을 떠났다는 얘기가 되겠죠. 복숭아잼은 계속 만드나요. 당신이 만든 복숭아잼은 내가 가장 좋아하는 음식이었어요. 복숭아잼을 만들 때마다 나를 기억해줘요."

"너무 슬퍼요."

리사가 눈을 깜빡여 눈가에 고인 눈물을 떨어뜨리며 말했다.

"누가 보낸 걸까요?"

"'스피디'라는 이름을 가진 남자야. 별명인 것 같은데, 도대체 스피디라는 남자가 도대체 누구지?"

"어디서 온 건데요?"

한나는 어깨를 으쓱해 보였다.

"모르겠어. 연도만 간신히 확인할 수 있을 뿐인걸. 198⋯⋯, 몇 년도인데, 소인이 너무 흐릿해서 안 보여."

"어쨌든 스피디라는 사람이 레이크 에덴에 대한 행복한 기억을 갖고 있는 건 확실하네요. 줄곧 보물찾기 게임에 대해서 말하고 있잖아요."

"그렇게 불러?"

"우린 그렇게 불렀어요. 어렸을 때 생일날이면 늘 엄마와 그 게임을 했거든요. 쪽지들을 집 안 구석구석에 숨겨놓고 첫 번째 것을 어디에 숨겼는지 말해주는 거예요. 그렇게 해서 제가 첫 번째 쪽지를 찾으면, 거기에 두 번째 쪽지를 찾을 수 있는 단서가 쓰여 있죠. 결국 마지막에는 제 생일 선물이 나오는 거예요."

한나는 잠시 질투심을 느꼈다. 그녀의 엄마는 한 번도 보물찾기 게임 같은 걸 하면서 놀아준 적이 없었다. 뭐, 지나간 일을 말해 뭣하겠느냐마는.

"설명 고마워, 리사. 정말 재밌겠는데."

"재밌어요. 참, 어제 팔고 남은 쿠키 좀 준비할까요? 사람들이 오면 배고파할 것 같아요."

"좋은 생각이야."

한나는 편지를 다시 가방에 집어넣으며 몸을 살짝 떨었다.

방금 죽은 남자가, 역시 세상을 떠나 몇 달째 무덤에 묻혀 있는 여자에게 쓴 편지를 읽었다. 하지만 그보다 더 음울한 것은 그 편지를 하필이면 살해당한 여자의 아파트에서 찾아냈다는 것이다.

기분을 전환할 수 있는 방법은 딱 한 가지밖에 없다. 평소 그랬던 것처럼 초콜릿을 먹는 것이다. 우울한 기분에 초콜릿만큼 좋은 처방은 없다. 하지만 현재 다이어트 중인 한나는 초콜릿 다음으로 좋은 처방을 찾기로 했다.

"잠깐만, 내가 도와줄게."

한나는 리사를 향해 외치고는 자리에서 일어나 작업실로 향했다.

대단위의 가족들이 모두 도착했을 때 한나의 기분은 훨씬 나아져 있었다. 그들은 함께 쿠키를 먹고, 커피를 마시며 모두가 다 모일 때까지 이야기를 나눴다.

"마이크랑 빌만 안 왔어."

한나가 안드레아를 돌아보며 말했다.

"어디에 있는 거야?"

"오, 지금 오는 중이야. 쿠키단지 수레를 가져오고 있거든. 마이크가 자기 지프로 끌고, 빌이 기술적인 부분을 맡기로 했어."

"기술적인 부분?"

안드레아가 아차 하는 표정으로 말했다.

"이것도 말하면 안 되는 건데. 보기 전에 미리 알면 재미없거든."

"내가 아는 게 뭐가 있어. 결국은 아무 얘기도 안 해줬잖아."

"보면 이해가 될 거야. 장미 퍼레이드에서 선보였던 움직이는 수레에서 아이디어를 땄거든. 정말 환상적인 아이디어지 뭐야."

"그래, 그럴 것 같다."

한나가 억지로 미소를 지어 보였다. 움직이는 수레라면 유치원생이나 노인들이 다루기에는 분명히 어려운 과제였을 것이다.

결과는 볼 필요도 없이 재앙이다. 하지만 되돌리기에는 이미 너무 늦었다. 수레가 어떤 모습으로 등장하든 한나는 무조건 마음에 쏙 든다고 말할 참이었다. 어쨌든 신세를 진 건 사실이니 말이다.

그때 안드레아가 한나의 팔을 잡았다.

"너무 걱정하지 마, 언니. 얼마나 멋진데. 보면 안다니까."

"그래, 멋질 거라고 믿어."

한나는 의자를 밀고 자리에서 일어났다.

"사람들이 모여들기 시작했어. 우리도 얼른 나가서 자리를 맡자. 안 그러면 자리를 모두 뺏거버리고 말 거야."

"그건 걱정하지 마요."

노먼이 한나의 팔을 잡아끌었다.

"모두 저를 따라오세요. 제가 자리로 안내해줄게요."

군중 사이를 헤쳐나가는 노먼의 뒤를 따르며 한나는 내심 놀라고 말았다.

퍼레이드는 보통 서서 구경하곤 하는데 말이다. 그때 보도 위에 접힌 의자들이 주르륵 놓여 있는 것이 눈에 띄었다. 의자에는 각각 이름이 쓰여 있었고, 한나는 자신의 이름이 쓰인 자리에 앉으며 귀빈이 된 듯한 기분을 느꼈다.

"이거 정말 생각 잘했어요, 노먼."

한나가 그를 향해 미소를 지으며 말했다.

"고마워요." 노먼이 대답하며 손목시계를 내려다보았다.

"시작하기 전까지 5분 정도 남았으니 이제 카메라를 세팅해 놓아야겠군요."

리사가 일회용 카메라를 나눠주며 어떻게 사용하는지 설명하느라 무리에서 한바탕 소요가 일었지만, 바스콤 시장과 그 부인이 탄 구식 오픈카가 모퉁이를 돌 때쯤 리사의 설명도 끝이 났다.

시장은 가장자리를 빨갛고 하얗고 파란 리본으로 장식한 보트놀이용 모자를 쓰고 있었고, 그의 부인은 빨간색과 파란색 줄무늬가 있는 흰색 원피스를 입고 있었다.

마침내 퍼레이드가 시작되었고, 곧 쿠키단지의 수레가 뒤를 이어 모습을 보일 터였다. 모퉁이에서 트레시의 반 아이들이 행진하는 것을 보며 한나는 박수를 쳤다.

아이들은 모두 쿠키 모양의 의상을 입고 손에는 빨갛고 파란 종이 냅킨을 두른 흰색 버들가지 바구니를 들고 있었다. 아이들은 행진을 하면서 길 양쪽에 서 있는 구경꾼들에게 한나와 리사가 직접 구워서 장식한 독립기념일 쿠키를 나누어주었다.

"정말 귀엽다."

트레시의 반 친구가 버티 스트롭에게 쿠키를 건네는 장면을 사진으로 찍으며 한나가 말했다.

"노먼, 사진 찍을 때 절대로 트레시는 놓쳐선 안 돼요."

"물론이죠. 안드레아에게도 이미 당부받았는걸요. 트레시가 정점일 때 찍을 생각이에요."

"정점이요?"

"곧 알게 될 거예요."

그때 구경꾼들의 환호소리가 더 커졌고, 한나는 다시 고개를 돌려 거리를 쳐다보았다. 거리에서는 조단 고등학교 학생들이 '1등 우승자'라는 푯말을 들고 막 모퉁이를 돌고 있었다.

"우리가 이길 거라고 했죠!"

리사가 야단스럽게 한나를 얼싸안으며 소리쳤다. 그런 다음 그녀는 안드레아에게 달려가 안겼고, 세 사람은 모두 흥분 속에서 웃음을 터뜨렸다.

마이크의 지프가 모퉁이를 돌자 환호소리는 더욱 커졌다.

아이들과 노인들이 양쪽에서 빨간색과 파란색, 하얀색의 휘장을 들고 있었다. 국기가 그려진 셔츠를 입은 마이크는 평소보다 더 멋있었고, 그런 그를 바라보는 한나는 레이크 에덴에서 제일 잘 생긴 남자가 자신과 데이트를 하고 있다는 사실에 새삼 목이 메고 숨이 가빠졌다.

마치 크리스마스날 원하던 선물을 모두 갖게 된 것 같은 기분이었다.

한나는 마지못해 마이크에서 눈을 돌려 그토록 궁금해 마지않던 쿠키단지 수레와 처음으로 만났다.

수레를 본 한나의 입이 떡 벌어지고 말았다.

빨간색과 하얀색, 파란색으로 장식을 한 거대한 쿠키 단지가 놓인 수레는 그야말로 대작이었다.

그때 갑자기 단지의 뚜껑이 열리더니 에덴 호수만큼이나 환한 미소를 지으며 트레시가 튀어나왔다.

"오!"

놀라움이 가득한 눈으로 조카를 바라보며 한나는 탄성을 질렀다.

트레시는 자유의 여신상 의상을 입고 손에는 횃불과 왕관을 들고 있었는데, 그 모습이 깜찍하기 이를 데 없었다. 트레시가 구경꾼들을 향해 손을 흔들더니 문득 그 속에서 한나를 발견하고는 흥분을 감추지 못했다.

"한나 이모!"

트레시가 소리쳤다.

"맘에 들어요?"

"너무 멋져!"

한나도 소리치며 대답했다.

그러자 트레시는 다시 쿠키 단지 안으로 쏙 사라져버렸고, 마침내 그 위로 다시 뚜껑이 닫히고 말았다.

"정말 마음에 들어?"

조금 걱정스러운 표정으로 안드레아가 물었다.

"정말이지 놀랍고, 환상적이야."

한나가 안드레아를 안심시켰다.

"트레시도 너무 예뻐. 마이크는 운전하는 걸 봤는데, 빌은 어디 있는 거야?"

"맞혀볼래? 빌은 쿠키 단지 속에 있어. 트레시를 안아 올려주느라고."

"흠, 그 기술적인 문제 말이지?"

한나가 안드레아를 향해 씩 웃어 보였다.

"이제 알겠어."

"트레시는 평형 기중기 위에 올라서 있는 거야. 원래 수압 기중기를 사용하려고 했는데, 소리가 너무 시끄럽더라구."

그때 수레가 또 하나 지나갔지만 그 어느 것도 쿠키단지 수레에 비할 것이 못 되었다. 그러다 어느새 바퀴를 온통 빨간색과 하얀색, 파란색의 리본으로 장식한 요양원의 휠체어 군단이 행진하기 시작했고, 사람들의 우렁찬 박수소리에 한나도 즉각 동참했다.

장식은 휠체어에만 그친 것이 아니라 심지어 보행 보조기에도 리본과 별로 장식을 해놓았는데, 잭 허먼이 샘 삼촌의 의상을 입고 제일 앞에서 군단을 이끌고 있었다.

"저희 아빠 정말 멋있지 않아요?"

리사가 사진을 찍으려고 거리 쪽으로 바짝 다가서며 물었다.

"정말이지 건강하고 당당해 보이셔."

한나가 리사에게 말했다.

"여기 카메라, 필름 한 통은 다 찍은 것 같아. 마지막 사진은 리사의 아빠가 로빈슨 부인이 떨어뜨린 손수건을 주워주면서 두 사람의 눈이 마주치는 장면을 포착했어."

"아직도 그런 방법을 쓰나요?"

리사가 호기심 어린 어투로 물었다.

"모르지. 어쨌든 로빈슨 부인은 제대로 사용한 듯싶어. 그녀 나이도 이제 여든다섯 살이 되셨으니, 요즘 시대 방법 같은 건 모르시는 게 당연하겠지."

휠체어 군단의 뒤를 이어 보이스카우트와 보니 서마가 이끄는 소녀단 행렬이 거리를 행진했고, 곧이어 조단 고등학교 밴드부가 등장했다.

하지만 밴드가 한나가 앉아 있는 지점을 지날 때쯤엔 그야말로 두 손으로 귀를 틀어막고 싶은 심정이었다. 악기를 연주하는 학생들의 열정은 뛰어났지만, 음정이나 박자는 모두 제각각 엉망이었다.

그래도 하늘이 도우사, 정말로 감사하게도 밴드 지휘자가 찢어지는 듯한 음색을 내는 피콜로의 연주를 중지시켰고, 그제야 한나는 안도의 한숨을 내쉴 수 있었다.

밴드부가 모두 지나가자 음악을 잘 들을 줄 모르는 엄마가 한나의 어깨를 톡톡 두드리며 말했다.

"정말 멋진 연주이지 않니?"

한나는 잠시 망설이다가 애매모호하게 솔직한 심정을 표현했다.

"작년보다는 많이 나아졌네요."

그 후로도 여러 대의 수레가 지나갔지만 그 어느 것도 안드레아가 카메라 셔터를 누를 만큼 매혹적이지 못했다.

낡은 군복을 다시 꺼내 입은 재향 군인회 용사들과 독립기념선언 당시의 상황을 재연한 의상을 입은 레이크 에덴 운동선수 무리가 지나는 내내 한나는 열심히 박수를 쳤다.

마침내 퍼레이드가 모두 끝났지만 브리짓 머피의 레몬 차는 전혀 볼 수가 없었다. 아마도 시릴이 알아서 그녀를 말린 모양이었다.

"이제 끝이로군요." 노먼이 의자를 접으며 말했다.

"이제 이건 장의사 집에 돌려주고, 필름을 현상하러 가야겠어요."

"이 의자들, 장의사 집에서 빌린 거예요?"

한나가 멍한 기분으로 물었다.

"어젯밤에 빌렸어요. 디거가 필요한 만큼 빌려가라고 하더군요. 일종의 사업상 거래라고 할 수 있죠."

"사업상 거래라고요?"

"나와 동업을 원하고 있거든요."

"노먼의 환자가 죽기를 바라기라도 하는 건가요?"

노먼은 어깨를 으쓱해 보였지만, 두 눈은 반짝이고 있었다.

"근관염 치료가 얼마나 아픈지 알잖아요. 거의 사람을 죽게 만든다니까요."

노먼을 도와 의자를 접어 그의 차에 실을 때까지도 한나는 웃음을 참지 못하다가 노먼의 차가 저 멀리 사라질 때까지도 혼자 킥킥거렸다.

노먼과 함께 있으면 늘 이렇게 웃곤 한다.

거리를 지나가는 작은 무리의 사람들을 향해 인사를 한 뒤 한나는 카페 안으로 들어가 리사와 함께 배달할 컵케이크를 트럭에 실은 후 호숫가에서 펼쳐질 각종 게임과 놀이가 시작되기 전에 배달을 마치기 위해서 서둘러 콘서트장을 향해 달렸다.

공공 주차장으로 탈바꿈을 한 호숫가에 도착한 한나는 얼굴에 한가득 미소를 지었다.

공원에서 있었던 콘서트는 매우 훌륭했다. 레이크 에덴 주민 음악단은 마을에 정착한 음악인들의 집합이었는데, 악기를 연주할 줄 아는 사람이면 누구든 한 주에 한 번씩 모여 연습을 했다. 음악단은 행진곡에서부터 시작하여 국가로 연주를 마무리했다.

한나는 빈자리를 찾아 주차장을 헤매다가 마침내 공간의 끄트머리에서 빈자리를 발견하고는 얼른 트럭을 주차했다.

정치가들의 지루한 연설을 들은 뒤, 각종 게임이며 대회들을 구경하던 한나는 포트락의 책임을 맡은 에드나를 도울 일이 없을까 하여 소풍 장소를 어슬렁거렸다.

"안녕하세요, 에드나."

에드나의 머리 모양에 시선이 가지 않도록 주의하며 인사를 건넸다.

에드나의 곱슬곱슬한 회색 머리카락은 며칠 전 한나가 마지막으로 보았을 때 이후로 상당한 변모과정을 거친 듯 회색 대신 푸른색으로 곱슬거리고 있었다.

"무슨 생각하고 있는지 알아."

에드나가 머리의 컬을 손으로 탁탁 쳐올리며 말했다.

"버티가 잘 헹구어주긴 했는데, 물이 다 빠지려면 적어도 몇 주가 걸린다는 사실은 얘기해주지 않았거든."

"색깔이 참……, 다채롭네요."

"한나의 어투치곤 굉장히 센스 있는 표현이네."

에드나가 킥킥거리며 말했다.

"여기에 빨간색과 하얀색의 리본만 묶으면 영락없는 독립기념일 마스코트인데 말이지."

"혹시 도울 일이 없나 해서 왔는데……."

"물론 있지." 에드나가 나서서 대답했다.

"할 일이 산더미 같은데 아무도 보이질 않네. 그런데 어떻게 된 일이죠? 한나의 두 남자는 어딜 갔죠? 한나를 버린 건가?"

한나는 웃음을 터뜨렸다. 워낙에 솔직하고 유쾌한 에드나의 입담에 반박하는 건 시간 낭비일 뿐이다.

"그건 아니에요. 마이크는 경찰서에 있고, 노먼은 퍼레이드 때 찍은 사진 필름을 현상하러 집에 갔어요. 덕분에 이렇게 한가해요, 에드나."

"정말 잘 됐네! 한나라면 몇 사람 몫은 거뜬히 해내잖아. 안드레아는 이번에도 젤로 음식을 갖고 올 것 같아. 요즘 젊은 사람들은 요리에 영 소질이 없어서 큰일이지 뭐야. 우리와는 달라도 너무 달라."

한나는 반박하고 싶은 마음이 들었지만 꾹 참았다.

에드나는 한나보다 30살이나 더 많은 육십대였다. 그런데 한나를 자신과 동시대 사람으로 묶어버리다니, 한나로서는 보통 억울한 일이 아니었다.

그때 문득 한나의 머릿속에 에드나가 거의 평생을 레이크 에덴에서 살았다는 사실이 떠올랐다. 게다가 보웰커 부인의 옆 농가에서 나고 자랐으니 보웰커 부인에 대해 누구보다 더 잘 알고 있을 것이 분명했다.

"보웰커 부인을 잘 아시죠, 에드나?"

"그럼, 잘 알지. 마을에서 가장 맛있는 복숭아잼을 만들었으니까. 그녀가 사고 때문에 휠체어 신세를 지게 되었을 때 마을 사람들이 얼마나 안타까워했는지 몰라. 더 이상 그녀가 만든 복숭아잼을 맛보지 못하게 되었으니까."

한나는 혹시 자신도 죽고 나면 사람들이 한나를 그리워하는 것이 아니라 한나가 만든 쿠키를 그리워하진 않을까 의아해하며 고개를 끄덕였다.

"혹시 보웰커 부인의 집을 방문했던, '스피디'라는 이름을 가진 남자아이 아세요?"

"스피디?" 에드나가 고개를 저었다.

"아니, 그런 이름은 잘 모르……, 아, 그래! 보웰커 부인과 아는 사이 정도라고 했는데, 종종 여름을 그녀와 함께 보내곤 했었지. 그 아이, 못 말리는 낚시 광이었는데 집안일도 대충하고는 호숫가로 달려가서 낚시를 하곤 했지. 그래서 보웰커 부인이 그 아이를 '스피디'라고 불렀어. 어떤 날은 아침 우유를 짜고 소를 묶어두는 일까지 부인이 직접 해야 했을 정도였다니까. 하지만 보웰커 부인은 그 아이가 집에서만 시간을 보내는 것은 싫어한다며 즐겁게 노는 모습을 보는 게 좋다고 했었지."

"그럼, 그 아이의 진짜 이름이 뭔지 아세요?"

에드나는 한숨을 내쉬었다.

"글쎄. 그때는 알았지만, 이제 너무 오래된 일이라서."

"혹시 생각나면 알려주시겠어요?"

"그럼, 그나저나 그건?"

한나는 눈을 깜빡였다.

에드나가 갑자기 화제를 돌린 것이 분명했다.

"그거요?"

"안드레아가 이번에도 젤로를 가져오나?"

"오!" 한나가 재빨리 나섰다.

"이번엔 아니에요. 애피타이저 테이블에 놓을 칩과 소스를 가져온대요."

"하느님, 감사합니다! 젤로를 한 접시라도 덜 수 있다면 정말 다행한 일이야. 저기 냉각기 바닥에 얼음 좀 깔아줄래? 그래야 차게 보관해야 하는 음식들을 넣어놓을 수 있지. 혹시 한나도 크림 같은 것을 얹은 디저트를 가져온 건 아니지?"

"그래야 했나요?"

한나가 에드나를 향해 씩 웃으며 물었다.

"아니. 한나라면 그러지 않았을 거라고 믿어. 마지 비즈먼이라면 또 모를까. 내 말을 새겨들어. 그녀는 분명히 휘핑크림을 실온에 보관할 거야. 크림 통 겉면에 쓰인 주의 문구도 무시하고 말이야. 그러고선 크림이 물처럼 뚝뚝 흐른다고 불평을 하지!"

"음!"

노먼이 구운 소고기를 맛보며 한나는 만족의 뜻으로 감탄의 소리를 냈다.

"맛있어요."

"고마워요, 한나."

소풍용 테이블에서 한나의 오른쪽에 앉아 있던 노먼은 한나의 칭찬에 기분이 좋아진 듯했다.

"정말입니다." 한나의 왼쪽에 앉은 마이크가 나섰다.

"저도 바비큐는 많이 구워봤는데, 이처럼 맛있어 본 적은 없었어요."

"소스 때문이죠. 고기를 밤새 소스에 재워놨거든요. 그렇게 해두면 소스 맛이 고기에 골고루 밴답니다. 마늘 맛이 너무 강한 건 아니죠?"

"딱 좋아요."

마이크가 고기를 또 한 조각 잘라냈다.

"더하지도 않고 덜하지도 않고 딱 좋아요. 괜찮다면 소스 만드는 방법을 알고 싶군요."

"알려줄게요. 닭요리 할 때도 똑같이 쓰면 좋아요. 거기에 그저 겨자를 두 배로 넣고, 양파를 반 쪼개어 강판에 갈아 넣으면 됩니다."

한나는 웃음이 터져 나오려는 것을 간신히 참으며 두 남자를 번갈아 쳐다보았다.

두 사람은 마치 집에서 살림하는 주부들 같은 대화를 나누고 있지 않은가. 게다가 두 사람 다 한나 옆에 앉으려고 아우성이더니 막상 자리에 함께 앉고 나자 그녀의 존재는 완전히 무시한 채 자기들끼리만 얘기를 나누고 있었다.

숯불과 가스불 중에서 어느 편이 나무 톱밥을 사용하기에 더 쉬운지에 대해 떠드는 두 남자의 수다를 그대로 내버려둔 채 한나는 여기저기서 소풍을 즐기는 사람들의 모습을 구경했다.

해가 점점 넘어가고 있었고, 한나는 차에 가서 모기약을 가져와야겠다고 생각했다.

그러다 문득 노먼은 절대 모기에 물리지 않는다는 사실이 떠올랐고, 이내 마이크를 돌아보며 물었다.

"당신은 모기에 물려요?"

"모기요?"

마치 이상한 나라 엘리스의 대화에 끌려오기라도 한 듯 마이크가 놀라며 되물었다.

"그럼요. 모기에 안 물리는 사람이 어디 있어요."

"노먼은 안 물린데요."

"정말입니까?"

마이크가 앞으로 몸을 숙여 한나 너머로 노먼을 쳐다보며 물었다.

"비법이 뭐죠, 노먼?"

이런. 또다시 남자들만의 대화가 시작되었다.

한나는 한숨을 내쉬고는 다시 사람들 구경에 몰두했다.

마침 프레디 소여가 청바지에 국기가 그려진 푸른색의 풀오버 스웨터를 입고 공원 가장자리에 있는 나무에 기대어 서 있는 모습이 눈에 띄었다. 프레디를 발견한 한나는 무척 반가웠다.

프레디가 예전에 한 번 자신이 제일 좋아하는 공휴일이 독립기념일이라며 불꽃놀이 구경을 무척 좋아한다고 얘기한 적이 있었기 때문이었다.

제드는 프레디가 있는 곳에서 몇 발자국 떨어진 곳에서 한나가 알지 못하는 사람들의 무리와 얘기를 나누고 있었다.

소매를 걷어올린 흰색 셔츠에 별과 줄무늬가 수놓인 청 조끼를 입은 제드는 무척 근사해 보였다. 저렇게 비싸 보이는 청 조끼를 제드가 어떻게 샀을까 한나는 문득 궁금해졌다.

무리의 젊은 여자가 제드에게 눈웃음을 쳤고, 그의 팔에 손을 올려놓는 그녀를 바라보며 제드도 미소를 지었다. 하지만 그런 와중에도 종종 뒤를 돌아 프레디가 잘 있는지 확인하는 제드의 모습에 한나는 마음이 놓였다. 그는 정말 사촌 동생을 책임감 있게 돌보고 있었다.

그때 몇몇 아이들이 환호하기 시작했고, 한나는 소리 나는 쪽으로 고개를 돌렸다.

레이크 에덴 자원 소방대가 소방차를 타고 막 도착하고 있었는데, 시릴 머피의 중고차 매장에서 빌린 밝은 초록색의 밴 한 대가 커다란 고리와 사다리를 싣고 그 뒤를 따르고 있었다.

지난해의 불꽃놀이를 기억하는 사람들이라면 그 밴에 오늘 밤을 화려하게 장식해줄 불꽃들이 실려 있다는 사실은 보지 않고도 알 수 있을 터였다.

한나는 앞에 놓인 테이블을 살펴보았다. 더 이상 음식에 손을 뻗는 사람이 없었다. 이제는 음식을 정리해야 할 때인 듯했다.

한나는 자리에서 일어섰고, 두 남자는 얘기를 멈추고 그녀를 올려다 보았다.

"여기 정리하는 걸 에드나를 도와 함께 해야겠어요."

"그렇군요."

마이크가 말했다.

"알았어요."

노먼도 흔쾌히 동조했다.

"우리가 도와줄까요?"

"아뇨, 괜찮아요."

한나는 재빨리 자리를 떴지만, 남자들의 수다가 다시 시작되는 것을 놓칠 만큼 재빠르진 못했다. 이번엔 최신형 차에 대한 얘기였다.

에드나를 도와 정리를 끝마치고 모기약을 가지러 트럭으로 가 모기약과 함께 담요를 꺼내는데 호숫가에서 배 한 척이 유유히 떠나는 것이 한나의 눈에 들어왔다.

배가 물밑에 묵직하게 내려앉은 것으로 보아 불꽃을 쏘아 올릴 지점으로 불꽃들을 보내기 위해 밴에서 보트로 그것들을 옮겨 실어 보내는 모양이었다.

사람들은 레이크 에덴 축제 중 불꽃놀이가 가장 볼만하다고 여겼다. 마을 의회에서 매년 불꽃놀이에 그리 많지 않은 예산을 책정하지만,

호수 위의 하늘을 오색찬란하게 수놓는 불꽃놀이의 효과는 배 이상으로 컸다.

마이크와 노먼은 하늘이 잘 보이는 호숫가 모래사장 위에 자리를 잡고 앉아 있었고, 한나가 오자 모래사장 위에 담요를 펴는 것을 도와주었다.

어둠이 내려앉기 시작하고 배 위로 희미한 불빛들이 보이기 시작했다. 이번에도 조 디에츠가 수고를 해주고 있을 것이다.

퇴역 통신병인 그는 이제 칠십대의 노인으로 한나가 기억하는 한 마을의 모든 불꽃놀이는 그가 도맡아 해오고 있었다.

그때 제드가 팔에 담요를 끼고 사람들 무리를 헤쳐지나가는 것이 한나의 눈에 띄었다. 그는 셔츠와 조끼 위로 가죽 재킷을 입고 있었는데, 그걸 본 한나는 자신도 재킷을 하나 챙겨서 올 걸 후회했다.

물론 시내에서는 겉옷이 필요 없지만, 해가 지고 나면 호숫가에 부는 바람이 꽤 쌀쌀할 듯 보였다.

문득 제드의 주변에 프레디가 보이지 않아 한나는 살짝 불안해졌지만, 제드와 얘기를 나누고 있던 사람들 무리를 떠올리고는 그 사람들이 프레디를 데리고 먼저 모래사장 위에 자리를 잡고 앉아 있는가보다 생각하고는 마음을 놓았다.

태양이 수평선 아래로 가라앉자 밤은 빨리 찾아왔다. 한나는 양반다리를 하고 모래사장 위에 앉았다.

한나가 미처 알아차리기도 전에 펑 소리와 함께 불꽃놀이가 시작됐다. 커다란 굉음에 한나는 무의식적으로 두 손으로 귀를 막았지만, 이내 기쁨의 탄성을 지르며 폴짝폴짝 뛰었다.

레이크 에덴의 불꽃놀이는 늘 이렇게 시작된다는 걸 알면서도 한나는 매번 이렇게 놀라곤 한다.

굉음에 이어 빠른 속도로 여기저기서 펑펑 소리가 터졌다. 로켓포가 하늘을 향해 치솟더니 사람들의 머리 위에서 터지며 호수 위로 분홍색의 불꽃 비를 마구 뿌려댔고, 다른 구경꾼들과 마찬가지로 한나도 박수를 치며 그 광경을 바라보았다.

그때 노먼이 한나의 손을 잡았고, 잠시 후 초록색의 불꽃이 터지자 이번엔 마이크가 한나의 다른 쪽 손을 잡았다.

한나는 거의 숨조차 제대로 쉬지 못한 채 가만히 앉아 있을 수밖에 없었다.

이런 난감한 상황을 어떻게 설명하면 좋단 말인가? 마이크에게 이미 노먼의 손을 잡고 있으니 당신의 손을 잡을 수 없다고 얘기해야 하나? 아니면 둘 다 거절해야 하나?

오색찬란한 불꽃들이 하늘을 수놓는 동안 한나는 생각에 생각을 거듭했고, 결국 결론을 내렸다.

정숙한 숙녀라면 이 결론에 결코 동의하지 않았겠지만, 노먼과 마이크 모두 각자의 라이벌이 한나의 손을 잡고 있다는 사실을 모르고 있으니, 이럴 때 최선은 그저 긴장을 풀고 즐기는 방법밖에 없었다.

사람들의 탄성이 이어지는 가운데 빨간색과 파란색의 별이 하늘 위에서 터지자 탄성은 '오' 하는 긴 감탄으로 이어졌다.

조 디에츠는 작은 폭죽과 큰 폭죽을 골고루 섞어가며 불꽃놀이의 효과가 최대한 길게 갈 수 있도록 잘 조절하고 있었다. 게다가 날씨도 불꽃놀이에 매우 적합하게 산들바람이 불고 있어 앞선 폭죽의 잔 연기가 쉽게 흩어진 덕분에 다음 터질 폭죽이 선명한 색상을 낼 수 있었다.

불꽃놀이가 시작된 지 5분 정도가 지났을 때 마이크의 무전기가 찌지직거렸고, 마이크는 무전기를 귀에 갖다 대었다.

그는 무전기에서 나오는 소리에 잠시 귀기울이더니 "곧 가겠다."라고 응답하고는 한나를 향해 말했다.

"호출이에요. 고속도로에서 버스를 포함한 6중 추돌사고가 발생했다는군요."

마이크가 자리에서 일어섰고, 곧 로니도 따라 일어섰다. 그리고 잠시 후 빌도 그들을 따라나섰다.

"모두 호출한 건가요?" 한나가 물었다.

"전부요. 상황이 안 좋은 것 같아요."

마이크가 노먼을 쳐다보며 물었다.

"혹시 나이트 박사님 보셨습니까? 교환원 말로는 연락이 안 된다고 하더군요."

"몇 분 전에 에드나와 말씀 나누시는 걸 봤는데요."

노먼이 대답했다.

"박사님을 찾으면 곧장 병원으로 와달라고 전해주겠습니까? 부상자들을 추려서 병원으로 후송하고 있다고 하니까요."

"찾는 즉시 제가 직접 모시고 가죠. 혹시 얼굴 부상자가 있으면 저도 도움이 될 수 있을 테니까요. 사고가 난 지점이 어디인가요?"

"레이크 에덴 교차로에서 남쪽으로 2마일 되는 지점입니다. 고마워요, 노먼."

마이크가 빌과 로니를 향해 손짓을 했다.

"순찰차를 가지고 왔으니 나와 함께 이동하지."

모기가 피 빨아먹을 시간보다 더 빨리 두 명의 로미오는 한나를 담요 위에 홀로 내버려둔 채 사라져버리고 말았다.

로니가 떠났으니 미셸도 혼자였고, 안드레아도 마찬가지였다.

"경찰과 결혼하면 이런 외로운 밤을 숱하게 버텨야 한다구."

안드레아가 미셸을 날카롭게 쏘아보며 말했다.

"즐길 필요까지는 없지만, 나름 익숙해져야 한단 말이야."

한나는 두 동생의 대화가 마음에 들지 않았다.

한나가 생각하기에는 작은 마을의 소소한 즐거움을 이해하지 못하는 뉴욕 출신의 남자보다는 로니가 몇 배는 더 나았다.

한나가 나서서 화제를 막 돌리려는 찰나 엄마가 나타나 한나의 팔을 톡톡 건드렸다.

"차에 혹시 남는 스웨터라도 없니, 한나? 살짝 추워지는구나."

한나는 잠시 망설였다. 차에 가지고 다니는 낡은 후드 스웨터를 빌려 드리면 엄마는 뒤처진 한나의 패션 감각과 옷장 속의 묵혀둔 옷들의 정리 문제에 대해 한바탕 잔소리를 늘어놓으실 것이 뻔했기 때문이다.

"없는데요. 그럼 방갈로에 가서 스웨터 가져다 드릴게요."

"그럼, 불꽃놀이를 못 보지 않니."

"호숫가를 따라 걸으면서 보면 돼요. 거기서도 잘 보이니까요. 게다가 방갈로까지는 한 블록도 채 떨어져 있지 않잖아요."

"흠, 네가 그렇게까지 괜찮다고 한다면……. 아니다! 마음이 바뀌었어! 가지 마라, 한나!"

"왜요?"

엄마는 몹시 당황한 듯 보였다.

"왜냐하면 말이다, 그러니까······."

엄마가 허리를 숙이더니 한나의 귓가에 가만히 속삭였다.

"살인범이 돌아다니고 있잖니."

"걱정하지 마세요, 엄마. 이렇게 사람들이 바글바글한데, 이렇게나 많은 목격자 앞에서 나를 죽일 순 없어요."

"하지만 사람들이 모두 하늘만 쳐다보고 있으니 꼭 그렇다고 할 수는 없잖니. 게다가 폭죽 소리에 총소리가 묻히기도 딱 좋지 않니."

"그런 건 영화에서나 일어나는 일이에요."

한나는 어쩐지 즐거워졌다. 엄마가 걱정하는 바는 잘 알 것 같았지만, 비현실적이라는 생각을 떨쳐버릴 수가 없었다.

"게다가 살인범은 총을 사용하지 않았는데, 총소리 같은 것이 나올 리가 없어요. 론다는 칼에 찔린 거예요, 총이 아니라."

"그래, 네 말이 맞구나. 잠깐 잊어버리고 있었다."

엄마는 깊은 한숨을 내쉬었다.

"내가 과민반응을 하고 있는 거니?"

"네, 엄마."

"그래······, 그것도 네 말이 맞을지 모르겠구나. 하지만 가능하면 그냥 여기 있어라. 네가 다녀오는 동안 몹시 걱정이 될 것 같아."

"그럼, 제가 언니랑 같이 갔다 올게요."

미셸이 나섰다.

"두 사람이나 있는데, 어쩔 수 있겠어요? 이러면 안심이 되시죠?"

"훨씬 낫구나."

매우 안도한 듯한 음성으로 엄마가 대답했다.

"방갈로에 가면 커피를 올려놓아라. 불꽃놀이가 끝나는 즉시 한 잔씩 마시면 정말 좋을 것 같구나. 그리고 냉동실에 커피 케이크가 있으니 그것도 전자레인지에 10분 정도 돌리면 충분히 녹을 게다. 참, 오는 길에 쓰레기도 버려주겠니? 내놓는다는 걸 내가 깜빡했지 뭐니."

"알았어요, 엄마."

엄마가 할 일들을 더 나열하기 전에 한나는 재빨리 미셸의 손을 잡고 자리를 떴다.

"다 됐다."
한나가 스웨터를 챙겨들고, 커피포트의 스위치를 올리며 말했다.
"준비됐지?"
"준비됐어."
미셸이 청바지와 스웨터로 갈아입고 방에서 나오며 말했다.
한나가 현관문을 열었고 두 사람은 밖으로 나왔다.
"내가 잠글게. 열쇠 갖고 있지?"
"여기 있어."
화려한 색채로 수놓인 하늘을 향해 미셸이 휘파람을 불며 말했다.
"정말 굉장해. 이제 마지막인가?"
또다시 하늘에 화려한 불꽃이 팡팡 터졌고, 한나는 손목시계를 내려다보았다.
"아직. 올해는 불꽃놀이를 40분 동안 한다고 했으니까 아직 20분 정도 남았어."
두 자매는 불꽃의 조명에 의지해 호숫가로 향하는 계단을 내려왔다.
계단을 거의 다 내려왔을 때 하얀색의 불꽃이 호수 위로 떨어져 내렸고, 불빛에 뭔가를 발견한 듯 미셸이 입을 떡 벌리며 외쳤다.

"저게 뭐지, 언니?"

"뭐가?"

"부두 밑에 묶여 있는 큰 물건 말이야. 오후에만 해도 없었는데."

"나도 모르겠어. 한 번 가볼까."

한나가 부두로 가까이 다가가 또 다른 불꽃이 쏘아 올려질 때까지 기다렸다.

잠시 후 그것의 정체를 확인한 한나의 목소리가 부들부들 떨렸다.

"방갈로에 손전등 있니?"

"응, 주방에 엄마가 하나 가져다 두신 것이 있어."

"어서 가서 가져와."

미셸이 발걸음을 돌리다 말고 물었다.

"알았어, 근데 뭐야?"

"그냥 시키는 대로 가서 손전등 가져와, 알았어?"

하늘에 감사하게도 미셸이 자리를 뜬 후에야 또다시 불꽃이 터졌다.

미셸이 발견한 그 물건이 누군가의 다리라는 사실을 확인한 한나는 몸을 사시나무 떨 듯 떨었다. 한나 혼자 방갈로에 오는 것을 염려한 엄마의 걱정도 그저 노파심만은 아니었던 것이다.

한참 동안 다리를 쳐다보던 한나는 긴 한숨을 내쉬었다.

지금 시점에서 한나가 해야 할 일은 명확했고, 그걸 할 사람도 한나밖에 없었다.

한나는 부두 밑 물의 감옥에 갇혀 무겁게 늘어져 있는 것을 젖 먹던 힘을 다해 호숫가로 끌어올렸다.

그때 마침 미셸이 손전등을 들고 돌아왔고, 한나는 끌어올린 것을 뒤집었다.

"손전등 좀 켜봐, 미셸."

손전등 불빛에 드러난 것은 다름 아닌 프레디 소여였다.

그는 머리에 피를 흘리고 있었다.

"죽은 거야?"

미셸의 음성이 부르르 떨렸다.

"알아보려면 이 방법밖엔 없지."

한나가 무릎을 굽히고 앉아 맥을 짚어보았다.

"아직은 아니야. 그래도 상태가 좋지 않은 것 같아. 얼른 방갈로에 가서 구급차를 불러."

"하지만 지금 대기하고 있는 구급차가 있을 리가 없어. 로니가 전부 고속도로로 출동했다고 했단 말이야."

"그렇지."

한나는 차분히 생각하기 위해 고개를 설레설레 흔들었다.

시체처럼 차게 굳은 프레디의 얼굴과 그의 머리에 난 상처가 한나를 자꾸만 동요시켰다.

"좋아. 그럼 내가 직접 병원으로 데리고 가야겠어. 미안하지만, 내가 차를 가져올 동안 여기 좀 지키고 있을래?"

"그럴게." 미셸이 대답했다.

막내 동생의 차분한 대답이 한나를 한결 안심시켰다.

"좋아. 최대한 빨리 올게. 프레디를 옮기거나 하지 마. 혹시라도 깨어나거든 옆에서 계속 말을 시키면서 진정시켜야 해. 혹시라도 상처가 벌어져서 피를 더 흘리게 되면 안 될 테니까 말이야."

한나는 재빨리 차가 있는 곳으로 달려가 호숫가 쪽으로 차를 몰았다. 그리고는 미셸과 프레디가 있는 곳에 최대한 가깝게 차를 세우고 나서 뒷문을 열고 두 사람에게로 달려갔다.

미셸은 프레디의 머리를 감싸 안고 있었다.

"맥박은?"

"아직 있어."

자리에서 이러서는 미셸의 뺨 위로 눈물자국이 보였다.

"그를 어떻게 옮기면 좋지?"

"옆으로 옮기자. 내가 머리와 어깨를 들 테니 넌 다리를 들어. 들다가 무거워지면 얘기해. 쉬었다가 다시 들면 되니까."

"할 수 있어."

미셸이 대답하고는 프레디의 발 언저리에 무릎을 꿇고 앉았다.

한나도 프레디의 어깨를 들 준비를 하는데 어딘가에서 낯설지 않은 냄새가 풍겨왔다.

"무슨 냄새 나지 않아, 미셸?"

"응, 술이야. 아무래도 프레디가 술에 취해서 부두 밑을 지나다가 누군가에게 머리를 맞은 게 아닐까?"

"글쎄, 가능한 얘기이긴 하지. 난 들 준비 됐어."

결코 쉬운 일은 아니었지만, 두 자매는 끙끙대면서도 무사히 프레디를 한나의 트럭 뒷좌석에 태웠다.

한나는 엄마가 봤으면 갖다버리라고 했을 그 후드 스웨터를 프레디의 머릿밑에 받쳐주고는 뒷좌석의 문을 닫았다.

"곧장 병원으로 갈 테니까 병원에 전화해서 내가 가는 중이라고 얘기해줘. 다친 사람은 프레디 소여라고 하고, 머리를 크게 다쳤다고 해. 그래야 응급실 입구에서 준비하고 우릴 기다릴 테니 말이야."

"알았어. 근데 내가 같이 가지 않아도 괜찮겠어?"

"내가 모르는 응급치료, 뭐 알고 있는 것 있어?"

"아니."

"그럼 그냥 여기 있는 게 나아. 병원에부터 전화하고, 안드레아와 엄마에게 가서 무슨 일이 있었는지 얘기해. 그리고 제드를 찾아서 내가 프레디를 데리고 병원에 갔다고 알려주고. 프레디의 상태가 파악 되는 대로 방갈로에 전화할게."

"알았어." 미셸이 말했다.

"조심해, 언니."

한나는 운전석에 올라탄 뒤 창문을 내렸다.

"긴급 상황에도 차분한데, 미셸."

"고마워."

미셸이 희미하게 미소를 지어 보였다.

"아무래도 언니한테 물려받은 것 같아."

레이크 에덴 메모리얼 병원으로 향하는 한나의 신경은 금방이라도 터져버릴 듯했다. 고작 16km를 운전하는 것이었는데도 기분은 무척이나 암울했다.

뒷좌석에서 정신이 든 프레디는 울먹거리며 무슨 얘기인가를 웅얼거렸는데 한나가 이해한 바로는 이러했다.

프레디는 무척 기분이 상해 있었는데, 제드가 자신에게 화가 났고, 자신을 바보라고 생각하며 싫어한다는 것이었다.

제드에게 자신이 준비한 선물을 주기만 하면, 제드가 자신을 용서해 줄 것이고 떠나지 않을 것이라고 했다. 그리고 제드와 다시 친구가 될 수 있으며 모든 일이 잘될 것이라는 것이었다.

한나는 프레디를 안심할 수 있도록 무슨 말이라도 해주려 했지만, 프레디가 한나의 말을 제대로 들을 수 있을 것 같지 않았다.

프레디는 다시 제드에게 줄 선물에 대해 무슨 얘기인가를 중얼거리기 시작했다. 병원까지 약 8km 정도 남았을 때 프레디의 중얼거림이 멈췄다. 신음 소리를 한두 번 내더니 어느 순간 조용해진 것이다.

제발 프레디가 조용히 있어 주기를 바랐던 한나였지만 막상 그런 상황이 되고 나니 불안해지기 시작했다.

제발 프레디가 죽은 것이 아니라 단순히 정신을 잃은 것이기를 간절히 기도하며 한나는 액셀을 밟아댔다.

마침내 응급실 문 앞에 도달했을 때 한나는 나뭇잎처럼 떨고 있었다. 응급실의 의료진이 알아차릴 수 있도록 한나는 차의 라이트를 깜빡이며 경적을 울렸다. 그리고는 의료진이 나와 프레디를 실어가는 동안 힘없이 좌석에 기대어 시동을 껐다.

호흡을 가다듬으며 한나는 한동안 자리에 가만히 앉아 있었다.

마침내 다리의 떨림이 멈추고 어느 정도 걸을 수 있을 만해지자 한나는 차에서 내려 간호사가 앉아 있는 책상으로 걸어갔다.

"방금 프레디 소여를 데리고 왔는데요."

한나는 책상 뒤에 앉아 있는 굳은 표정의 나이 든 간호사에게 말을 걸었다.

"그가······, 살아 있나요?"

"네, 지금 나이트 박사님과 함께 있어요."

"프레디의 상태에 대해 뭔가 말씀하시던가요?"

"아직은 뭐라고 말할 단계가 아니에요. 지금 환자를 안정시키는 중입니다. 안 그래도 박사님이 당신을 보면 제 역할을 잘해주었으니 이제 그만 집에 돌아가서 쉬라고 얘기해주라고 하셨어요."

"그럴 수 없어요."

한나가 고개를 저으며 말했다.

"프레디를 여기까지 데리고 왔는데, 이렇게 갈 순 없죠."

한나의 말에 간호사가 미소를 지었다.

의외의 미소에 무뚝뚝해 보였던 간호사의 얼굴이 한결 환해졌다.

"당신이 그렇게 얘기할 거라고 박사님이 그러셨어요. 가능한 한 빨리 나와서 직접 말씀하시겠노라고 말이에요. 그래도 시간이 조금 걸릴 거예요. 지금 무척 바쁘시거든요."

"고속도로에서 있었던 사고 때문에요?"

"의료진 전원을 호출했어요. 저도 사실은 은퇴한 지 오래인데, 이렇게 불려 나왔어요. 지금 대기실이 꽉 찼으니 복도 끝에 있는 작은 대기실을 이용해도 좋다고 박사님이 그러셨어요. 근처에 자판기도 있으니까 뭔가 마시고 싶거나 먹고 싶으면 자판기를 이용하세요."

다이어트 콜라로 마음을 다진 한나는 작은 대기실 문을 열고 안을 살펴보았다. 하지만 불편해 보이는 플라스틱 의자가 영 내키지 않아 다시 복도로 나와 공중전화로 엄마에게 전화를 걸어 프레디와 병원에 잘 도착했고, 지금 박사님이 치료중이라는 얘기를 해주었다.

"제드를 찾았단다." 엄마가 말했다.

"소식을 듣고는 거의 제정신이 아니었어. 온종일 같이 있었는데, 불꽃놀이가 시작될 때쯤 사람들이 몰려드는 바람에 프레디와 헤어지고는 계속 찾지 못하고 있었다지 뭐냐."

"여기로 온데요?"

한나가 물었다.

"지금 가는 중일걸. 프레디의 생명을 구해준 네게 어떻게 감사해야 좋을지 모르겠다더구나."

엄마의 말이 채 끝나기도 전에 응급실 문이 열리더니 제드가 뛰어들어 왔다.

"지금 제드가 왔네요, 엄마. 그만 끊을게요. 프레디의 상태에 대해 더 얘기를 듣는 대로 전화 드릴게요."

"잠깐만, 에드나가 너한테 그게 나무였다고 전해달라더라."

그게 무슨 말이냐고 물으려는 찰나 몹시 흥분한 듯 보이는 제드의 얼굴이 눈에 들어왔다.

"엄마, 그만 끊을게요. 제드가 몹시 안 좋아 보여요."

한나는 전화를 끊고는 제드에게 달려갔다.

"괜찮아요, 제드. 지금 나이트 박사님이 치료하고 계세요."

"어떻데요?"

"확실하게는 모르겠어요. 저쪽 대기실에서 같이 기다려요. 치료가 다 끝나면 박사님이 나와서 설명해주신다고 했으니까요."

제드는 한나를 따라 복도 끝 대기실로 들어가 한나와 마주보고 앉았다. 하지만 그는 여전히 경황이 없어 보였다.

"프레디에게서 눈을 떼지 않고 있었는데, 잠깐 다른 사람이랑 얘기하는 사이에 사라져버렸어요."

"아무도 제드를 탓하지 않아요. 흔히 있을 수 있는 일인걸요."

"그래요. 하지만 제가 좀 더 주의를 기울였어야 했는데. 가끔은 프레디가 지능이 모자란다는 사실을 잊어버리곤 해요. 평소에 행동하는 걸 보면 전혀 모르잖아요."

한나는 무슨 얘기로 그를 위로해야 할지 알 수 없었다.

"동생분 말로는 프레디가 많이 다쳤다던데. 어떻게 된 거예요?"

"나도 몰라요."

"프레디가 얘기하지 않던가요?"

"우리가 발견했을 때는 거의 의식을 잃은 상태여서 우리 질문에 답하지 못했어요. 병원까지 오는 동안 제드가 자기에게 화가 났다고 뭔가 중얼대긴 하던데."

그러자 제드가 한숨을 내쉬었다.

"화가 난 게 아니었어요. 그저 조금 귀찮아했을 뿐이죠. 자꾸만 자기도 폭죽을 쏘아 올려볼 수 없겠냐고 묻잖아요. 위험해서 안 된다고 대답해줬는데도 열두 번도 더 넘게 물어보기에 조금 짜증을 냈어요. 제가 좀 더 참았어야 했는데."

"말처럼 쉽게 되지 않을 때도 있죠."

"그러니까요. 폭죽이 왜 위험한지 생각해낼 수 있는 모든 쉬운 방법을 동원해서 설명해주고, 또 설명해줬는데도 이해를 못 하더라고요."

한나는 지금이야말로 본론으로 들어가야 할 때라고 생각했다.

"이런 얘기하기 싫지만요, 제드. 프레디를 차에 태울 때 술 냄새가 나던데, 프레디가 오늘도 술을 마셨나요?"

"아뇨! 저도 오늘은 술에 입도 대지 않았어요. 프레디에게 안 좋은 영향을 미치는 것 같아서요."

"그 얘기를 들으니 기쁘네요. 하지만 프레디에게서 정말로 술 냄새가 났어요. 내 동생도 똑같은 얘길 했고요."

제드는 한동안 아무 말이 없더니 이내 한숨을 내쉬며 말했다.

"적어도 프레디가 나와 같이 있을 때는 아무것도 마시고 있지 않았어요. 어쩌면 우리가 헤어진 다음에 누군가 그에게 맥주 같은 것을 줬는지도 모르죠. 혹시 술에 취해서 뭔가에 머리를 부딪친 걸까요?"

"가능한 얘기지만, 우선은 나이트 박사님을 만나봐야 자세히 알 수 있을 것 같아요."

한나와 제드는 불안한 마음으로 자리에 앉았다가 일어서서 방 안을 서성거리기도 하며 박사님을 기다렸다.

불편하기 짝이 없는 플라스틱 의자에 장시간 앉아 있는다는 건 결코 쉬운 일이 아니었다. 딱딱한 의자에 계속 앉아 있다 보면 어느 부위인지 알지도 못하는 곳이 쿡쿡 쑤시고 아팠다.

앉았다가 일어서기를 15분 정도 반복하자 마침내 나이트 박사가 대기실로 들어왔다.

"이봐, 힌니. 여기 의료 보조자 자리가 비있는데, 혹시 생각 없나?"

"아뇨, 감사하지만 괜찮아요. 여기는 프레디의 사촌인 제드예요."

"이미 만났지."

나이트 박사가 제드를 바라보며 말했다.

"지금은 많이 안정되긴 했지만, 상태가 좀 심각해."

제드가 침을 꿀꺽 삼키는 소리가 한나의 귀에까지 들렸다.

"하지만 곧 괜찮아지겠죠?"

"아직 판단하기에는 일러. 그래도 어쨌든 생명에 지장이 있을 만큼의 부상은 아니야. 장기간 경과를 지켜봐야 하겠지만 말일세. 육중한 무언가에 머리를 세게 얻어맞았어. 정확한 검사 결과가 나오기 전까지는 두개골 손상이 어느 정도인지 알 수가 없네."

"혹시 넘어져서 다친 건 아닌가요?"

제드가 묻자 나이트 박사가 고개를 저었다.

"높은 빌딩에서 머리부터 떨어진 것이 아니라면 혼자 다친 건 아니야. 내 추측으로는 누군가 타이어 레버(타이어 착탈용 지렛대) 같은 것으로 있는 힘껏 머리를 내려친 것 같아."

"무슨 일이 있었는지 프레디가 얘기하지 않던가요?"

"아니, 한나가 데려왔을 때부터 이미 의식을 잃은 상태였어. 한동안은 말을 할 수 없을걸세."

"불쌍한 프레디!" 제드는 매우 비통해하고 있었다.

"프레디를 잠깐 볼 수 있을까요?"

"나를 따라오게."

프레디를 보고 싶다고 한 건 제드였지만, 한나도 나이트 박사와 제드의 뒤를 따랐다. 아무도 한나에게 따라오지 말라는 말을 하지 않았으니 괜찮을 거라고 생각했던 것이다.

프레디를 처음 발견했을 때보다 한결 좋아진 모습을 잠시라도 본다면 그나마 잠자리라도 편할 것 같았다.

마침내 나이트 박사가 프레디가 있는 병실로 한나와 제드를 들여보내 주었고, 프레디의 모습을 본 한나의 눈에서는 눈물방울이 주르륵 떨어져 내렸다.

언제나 활기차고 명랑했던 프레디가 병실 침대 위에 마치 죽은 듯이 누워 있었던 것이다. 움직임이라곤 전혀 찾아볼 수 없는 그의 모습을 보는 일은 그 자체가 한나에게 충격이었다.

게다가 소년 같은 미소와 어린애 같은 질문을 해오곤 했던 그의 밝은 목소리를 듣지 않고 있으니 평소보다 훨씬 더 나이 들어 보였다.

프레디는 모니터와 연결된 각종 튜브와 선들을 달고 있었는데, 한나는 차라리 그가 의식이 없는 것이 다행이다 싶었다. 프레디가 정신이 들었다면 이런 상황 속에서도 밝게 보이려 무진 애를 썼을 것이다.

프레디에게 좀 더 가까이 다가간 한나는 인공호흡기를 발견하고는 나이트 박사에게 물었다.

"프레디가 자기 힘으로 숨을 못 쉬는 거예요?"

"지금은 그래. 한나가 병원에 데려온 직후 인후가 팽창하기 시작하더니 그의 숨통을 막았어. 팽창을 감소시키는 항생제를 투여했으니까 어느 정도 시간이 지나면 괜찮을 거야."

제드가 염려스러운 얼굴로 물었다.

"그럼, 지금 이 기계가 없다면 프레디가 죽는다는 말씀이신가요?"

"그렇지, 하지만 일시적인 거니까 염려 말게. 내일 아침쯤이면 항생제가 제 역할을 할 거야. 그렇게 되면 인공호흡기를 떼어낼 생각이네."

"제가 밤새 있어야겠어요."

제드가 프레디 침대 옆에 놓인 의자에 앉았다.

"한밤중에 프레디가 정신이 들기라도 하면 겁에 질린 나머지 튜브를 떼어버릴지도 모르니까요."

그러자 나이트 박사가 고개를 저었다.

"우리가 잘 안정시켜놓았으니 밤에 깨지 않을걸세. 지금은 자네가 할 수 있는 일이 아무것도 없어. 그저 집에 돌아가서 푹 잔 뒤에 내일 아침에 다시 오게. 만약 상태에 변화가 있으면 연락을 해줄 테니."

"정말 괜찮아요! 전 의자에서도 아주 잘 자요. 말썽 없이 조용히 있을게요."

"물론 그러리라고 믿네만, 프레디에겐 아무 일도 없을 테니 내일 그가 깨어날 때를 대비해서 집에서 푹 자고 오게. 프레디가 깨어날 때 자네가 그를 안심시켜줘야 하지 않겠나?"

제드는 프레디 곁을 지킬 수 없다는 사실에 무척 실망한 듯 보였지만 고개를 끄덕이며 말했다.

"말씀하신 대로 할게요. 의사 선생님이시니까요."

"더 이상 질문이 없으면, 난 이만 응급실로 돌아가 봐야겠어. 치료해야 할 교통사고 부상자들이 아직 많거든."

"그러셔야죠." 제드가 말했다.

"정말 감사합니다."

나이트 박사가 자리를 뜨자 한나가 문을 가리키며 말했다.

"우리도 어서 나가요, 제드. 나가서 엄마에게 전화부터 걸어야겠어요. 모두 프레디를 걱정하고 있을 테니까요."

로비까지 걸어가는 복도는 매우 고요했다. 대부분의 환자는 이미 잠이 들었고, 오직 두 명의 간호사만이 남아 자리를 지키고 있었다.

"이 많은 환자를 고작 두 명의 간호사가 돌본단 말이에요?"

제드가 또다시 불안한 음성으로 물었다.

"진정해요, 제드. 여긴 좋은 병원이니까 프레디를 잘 돌봐줄 거예요."

로비에 도달하자 한나는 방갈로로 전화를 걸어 엄마와 미셸에게 프레디의 상태에 대해 말해주었고 제드가 수화기를 건네받아 자신에게 이 소식을 빨리 전해줘서 감사하다며 엄마에게 인사를 했다.

"이제 그만 집으로 돌아가요, 제드."

한나가 수화기를 내려놓으며 말했다.

"정말 피곤해 보여요."

"맞아요. 하지만 집에 가도 프레디가 걱정돼서 쉽게 잠들 수 있을 것 같지 않아요. 카페테리아에서 커피 한 잔 할 시간 되세요?"

"그럼요."

병원 커피는 죽어도 마시고 싶지 않은 한나였지만, 별도리가 없었다.

제드는 아무 얘기라도 하고 싶어하는 듯했다. 병원 카페테리아 역시 복도만큼이나 황량하고 고요했다.

제드가 자판기에서 커피를 뽑아올 동안 한나는 창가에 자리를 잡고 앉았다. 커피 맛은 예상대로 끔찍했다.

한나는 자신이 커피를 마시는 척만 한다는 것을 제드가 눈치 채지 않기를 바라면서 커피를 홀짝였다.

"나이트 박사님이 하신 말씀을 생각해봤는데, 프레디가 아무래도 누군가와 싸움을 한 것 같아요."

제드가 맛 같은 건 중요하지 않다는 듯 무신경하게 커피를 들이켰다.

"프레디를 저렇게 만든 놈을 잡기만 하면, 내가……"

"안 돼요."

한나가 제드의 팔을 잡고 만류했다.

"날 믿어요, 제드. 지금 어떤 기분일지 충분히 이해해요. 평소 폭력적인 것을 싫어하는 나조차도 프레디를 해코지한 사람을 붙잡아 흠씬 때려주고 싶은 심정이니까요. 하지만 폭력만이 답이 될 수는 없어요."

"하지만 그냥 이렇게 당하고 있을 수만은 없어요! 프레디가 저러고 있는 것을 보니 정말……, 화가 나서 어찌할 바를 모르겠어요!"

"경찰에서 알아서 해줄 거예요. 프레디의 상태가 어느 정도 호전이 되면 나이트 박사님이 경찰에 연락해서 그의 진술을 받을 수 있도록 조치해주실 테니까요. 누군가 프레디를 공격한 것이라면, 그 사람이 누구든 반드시 잡히고 말 거예요."

제드는 깊은 한숨을 내쉬었다.

"한나 말이 맞는 것 같네요. 그냥 무기력함이 느껴져서 그랬어요. 이해하시죠?"

"그럼요. 나도 프레디를 위해서 뭔가 해줄 수 있는 게 없을까 줄곧 생각해봤는데, 결국 한 가지 생각밖에 안 떠오르네요."

"뭔데요?"

"프레디가 제드에게 준 선물에 대해 계속 무슨 얘긴가를 웅얼거렸어요. 그걸 다시 돌려받아야 제드의 화가 풀어질 거라면서요."

"프레디다운 얘기군요."

제드가 또다시 한숨을 내쉬었다.

"프레디는 돈도 별로 없으면서 늘 제게 뭔가 선물하고 싶어했어요."

"오, 그건 돈을 주고 산 게 아니었어요. 당신이 잃어버린 물건이라고 했는데, 지난주에 쓰레기통에서 찾았다고 하더라고요. 당신에게 선물하기 전에 잘 닦아야 한다고 하던데."

"그게 뭔데요?"

"모르겠어요."

한나가 어깨를 으쓱해 보였다.

"신발상자에 담아놓았는데, 끈으로 묶어서 안을 볼 수가 없었거든요. 쿠키단지에 보관하고 있으니까 내일 아침 병원에 오기 전에 잠깐 들러서 가지고 와야겠어요. 병실에 두었다가 프레디가 깨어나거든 제드에게 직접 선물할 수 있도록 말이에요."

제드가 즐거운 표정으로 말했다.

"프레디는 늘 뭔가를 찾아내면 제게 주곤 했어요. 아마도 제가 신다가 버린 낡은 신발 같은 것이겠죠."

"어쨌든 돌려받으면 기쁘지 않겠어요?"

"그럼요."

제드가 씩 웃었다.

"프레디, 요 귀여운 녀석이 준비한 깜짝 선물을 망쳐버릴 순 없죠."

쿠키단지 작업실의 불을 켜며 한나는 벽에 걸린 시계를 쳐다보았다. 밤 10시 5분, 늦은 시간이었지만 반죽을 하려고 다시 카페로 돌아온 한나였다.

내일부터 일요일까지는 카페 문을 닫기 때문에 미리 쿠키 반죽을 해놓을 필요는 없었지만, 루터교회 행사 때 팔 쿠키를 구워주겠다던 약속도 있었고, 프레디에게 당밀 쿠키를 가져다주고 싶기도 했던 것이다.

오늘 중으로 반죽을 해놓고 밤새 숙성시킨 다음 내일 아침 일찍 카페에 나와 쿠키를 구울 참이니 쿠키가 완성되면 반은 크누드슨 목사에게, 그리고 나머지 반은 프레디에게 선물할 생각이었다.

재료들을 섞으며 한나는 도대체 누가 프레디를 공격한 것일까 골똘히 생각해보았다. 만약 프레디가 론다를 죽인 살인범이 잡힐 만한 단서, 이를테면 뭔가를 보았거나 무슨 얘기를 들었거나 했다면 공격자가 동일인일 가능성이 크다.

물론 두 사건을 억지로 연결하고 싶진 않지만, 마을 사람들 중 누군가가 프레디를 저 지경으로 만들었다고는 믿고 싶지 않았다.

마을 사람들 모두 프레디가 어떤 청년인지 잘 알고 있는데, 절대 그들의 소행일 리가 없다. 게다가 불꽃놀이를 보려고 외지에서도 사람들이 많이 몰리곤 하니 외지 사람이 범인일 가능성도 크다.

하지만 작업대 앞에 서서 생각만 하는 것으로는 사건이 해결될 수 없었다. 스테인리스 그릇을 가지러 가면서 한나는 지하실 사진들을 꺼내어 작업대 위에 펼쳐놓았다. 그리고 반죽을 하는 동안 론다의 사건에 대해 생각해보았다.

전자레인지에서 버터가 다 녹기를 기다리는 동안 열심히 사진들을 살펴보았지만, 여전히 이상한 점은 찾을 수 없었다.

그저 딱 한 가지 의심쩍은 부분이라곤 딸기잼과 복숭아잼 선반뿐이었다. 세 개의 딸기잼 병이 바닥에 떨어져서 깨져버린 복숭아잼 자리를 메우기 위해 이동된 것이었다면 왜 바닥에 흩어진 깨진 병 조각들을 치우지 않았을까?

버터가 녹자 한나는 저장실에서 당밀을 꺼냈다. 당밀이 담긴 단지를 내려놓는데 단지 뒤쪽에 박혀 있던 뭔가가 눈에 띄었고, 한나는 끙 소리를 냈다.

그건 바로 한나가 아몬드 쿠키를 만들 때 사용하기 위해 보관해두었던 커다란 키세스 초콜릿 꾸러미였는데, 유혹에 흔들려 자신이 꾸러미를 열어버리기 전에 초콜릿을 얼른 다른 곳으로 숨겨버렸다.

그리고는 땅콩 꾸러미를 집어 그 앞을 막았다. 아래 선반에는 온갖 종류의 견과류들이 있었는데, 이렇게 해야만 달콤한 유혹에서 조금은 벗어날 수 있을 것 같았다.

한나는 당밀 단지를 들고 저장실 밖으로 나와 일정량을 덜어내고는 다시 단지를 저장실에 가져다 두었다. 하지만 바로 그때 무슨 생각인가가 한나의 머리를 스치고 지나갔다.

만약 론다를 죽인 범인도 이것과 똑같은 행동을 한 것이라면?

딸기잼 병으로 뭔가를 숨기려고 한 것이었다면?

가설은 굉장히 그럴 듯했고, 한나는 내일 아침에 마이크와 빌에게 얘기해봐야겠다고 생각했다.

살인도구 같은, 범인을 잡는 데 도움이 될 만한 뭔가가 숨겨져 있을지도 모른다. 일단은 직접 가서 살펴봐야 할 가치가 있었다.

한나는 당밀과 버터를 넣고 필요 이상으로 오래 저었다.

딸기잼 병이 복숭아잼 선반으로 옮겨졌고, 보웰커 부인의 편지에서도 복숭아잼이 언급되었다.

한나는 숟가락을 내려놓고 편지를 꺼내러 가방 쪽으로 걸어갔다.

리사 말로는 스피디가 얘기했던 놀이가 보물찾기라고 했었다.

만약 이 편지 자체가 스피디와 보웰커 부인 사이에 벌어진 놀이의 첫 번째 단서였다면?

편지 속에서 스피디가 계속 복숭아잼을 만들어달라고 부탁한 것을 보면 보웰커 부인이 휠체어 신세를 지게 되어 더 이상 잼을 만들 수 없게 된 것을 모르고 있었던 것이 분명했다.

만약 복숭아잼 병 뒤에 진짜 보물이 숨겨져 있다면? 아직도 있을까?

한나는 육두구 씨앗을 갈아 다른 향신료들과 함께 반죽에 넣었다. 그리고는 베이킹소다와 소금을 넣고 잘 섞어주었다.

하지만 한나의 생각은 어느새 편지로 다시 돌아가 있었고, 문득 편지 속의 한 글귀가 떠올랐다.

'저랑 같이 있는 남자가 이 편지를 당신에게 전달해줄 거예요.'

편지를 배달한다고? 어디로?

병원에서는 환자들의 편지를 부쳐주지 않는가?

병원 수용소!

순간 한나의 머릿속에 답이 퍼뜩 떠올랐고, 모든 것이 맞아떨어지기 시작했다.

죽어가는 남자가 수용소에 있었다면, 오가는 편지들은 모두 교도관들의 검열을 거쳐야 했을 것이다. 그러니 검열을 피하려면 다른 사람에게 부탁하는 방법밖에 없었을 테고.

계란을 저어 그릇에 넣으며 한나는 또다시 생각에 잠겼다.

그럼, 스피디라는 사람은 도대체 누구란 말인가? 그리고 그는 왜 교도소에 있었을까?

에드나는 그가 보웰커 부인과 함께 여름을 보내곤 했지만, 정확한 이름은 기억나지 않는다고 했다. 생각이 나면 언제든 얘기해주겠다고 했지만 아직 에드나로부터는 아무 연락이 없었다……

그러고 보니 엄마가 에드나가 메시지를 남긴 것이 있다고 했었는데, 프레디 때문에 정신이 없어서 신경을 쓰지 못하고 있었던 사실이 기억났다.

그게 나무라고 했다는데, 그럼 스피디의 진짜 이름이 나무 이름과 똑같단 말인가?

한나는 밀가루가 든 통을 힘차게 땄고, 뚜껑이 열리는 동시에 하얀 밀가루 안개가 '폭' 하고 피어올랐다.

한나는 수첩의 페이지를 넘겨 은행 강도 사건에 대해 기록했던 페이지를 펼쳤다. 그리고는 이내 탄성을 내질렀다.

은행 강도 중 한 사람의 이름이 데이비드 아스펜(미루나무)이었다.

이렇게 되면 사건은 새로운 국면에 접어들게 된다!

밀가루를 측량하는 한나의 머릿속에서는 산재해 있던 퍼즐들이 제자리를 찾아가기 시작했다.

스피디라는 별명을 가진 데이비드 아스펜이란 사람이 은행을 털어서 그 돈을 보웰커의 집 지하실에 숨긴 것이 분명했다.

그녀는 그를 어린아이로만 여기고 있었으니 그가 방문하면 언제든 환영해주었을 것이다.

하지만 숨긴 장소가 잼 병 뒤일 리는 없다. 선반은 그다지 튼튼하지도 않을뿐더러 돈을 숨길만 한 공간도 충분하지 않았기 때문이다.

스피디는 아마도 찬장 뒤의 벽에 구멍을 뚫고 돈을 넣은 다음 보이지 않도록 판자로 구멍을 막아놓았을 것이다. 그리고는 판자가 눈에 띄지 않도록 하려고 그 앞에 복숭아잼을 진열해놓았을 것이다.

하지만 누군가가 그 돈을 찾아내어 레이크 에덴에서 사용하기 시작했다.

한나는 밀가루를 섞으며 론다가 예약했던 취리히행 편도 항공권을 떠올렸고, 마침내 마지막 퍼즐 조각이 제자리를 찾아갔다.

론다가 과연 유럽에서 생활할 수 있을 만큼 여유가 있느냐 하는 것이 힌트였다. 스위스 은행은 수많은 계좌를 보유하고 있으니 구린 돈을 숨기기에는 안성맞춤이었을 것이다.

이제 퍼즐이 완성되기까지는 얼마 남지 않았다.

우선 편지는 론다의 집에 있었다. 이건 곧 론다가 죽기 전날 밤에 편지를 찾아냈다는 걸 뜻한다. 보웰커 부인이 평소 스피디와 보물찾기 놀이를 즐겼다고 하니 론다와도 자주 그런 놀이를 했을 것이다. 게다가 론다가 스피디와 이미 아는 사이였다면 강도 사건에 대해서도 뭔가 알고 있었음이 분명하다.

보웰커 부인 앞으로 온 편지를 찾아낸 론다는 지하실로 내려가 잼 선반을 뒤졌고, 소각장 벽에 숨겨진 훔친 돈을 찾아낸 것이다.

그릇에 밀가루를 더 부으며, 그녀는 또 다른 의문점을 떠올렸다.

편도 항공권을 예매하기 전에 편지를 발견했다면, 왜 돈을 자신의 아파트로 옮겨다 놓지 않았을까?

한나는 반죽을 젓다가 비아트리스가 했던 얘기를 떠올렸다.

론다의 아파트는 6월에 새 단장을 했다고 했다. 그 말은 즉 론다가 외출했을 때도 작업부들이 집을 들락날락했다는 얘기다. 그 때문에 론다는 몇 년 동안 들키지 않고 그래 왔던 것처럼 그냥 대고모 집 지하실에 보관하는 편이 더 안전하다고 생각했을 것이다.

그런 이유로 론다가 주말에 마지막으로 대고모의 집에 가서 기억이 될 만한 물건 몇 개를 집어올 수 있는지 확실한 대답을 들을 때까지 계약서에 사인하기를 망설였는지도 모르겠다.

"기억에 남을 만한 물건이라."

한나가 중얼거렸다.

"그게 훔친 돈을 말하는 것이었을 줄이야!"

그때 또 다른 퍼즐 조각이 제자리를 찾아갔다.

금요일 밤, 켄 퍼비스가 론다를 홀로 남겨두고 자리를 떴을 때 론다는 지금이야말로 돈을 꺼내기 가장 좋은 때라고 생각했을 것이다. 켄은 그때 론다에게는 별다른 차편이 없었을 거라고 생각했지만, 론다가 매우 약은 여자라는 것을 한나는 잘 알고 있었다.

이웃 농장까지 걸어가서 택시를 부르거나 큰길까지 가서 지나가는 마을 사람들의 차를 얻어 타는 방법도 있었다. 그도 아니면 집에서 하룻밤 머무는 방법도 나쁘지 않았을 것이다.

그날 론다는 분명히 돈을 챙겼을 것이다.

그런데 범인이 그 장면을 목격하고는 그 돈을 빼앗으려고 그녀를 살해한 것이다.

살해 동기도 명확했다. 바로 탐욕.

탐욕이야말로 강력한 살해동기가 될 수 있다.

마을에 유통되기 시작한 돈에 대해 생각하며 한나는 나머지 밀가루를 모두 그릇에 넣었다.

론다를 죽인 범인은 지금 그 돈을 쓰며 돌아다니고 있다. 레이크 에덴 이웃 약국에서 나온 10달러짜리 지폐는 수요일에 쿠키단지로 들어왔으니 당일 날 아침에 누군가 약국에서 그 돈을 냈음이 틀림없다.

"이런."

은행 강도들이 스틸워터 수용소에 수용되지 않았다는 사실을 확인하며 아쉬움 없이 버렸던 가설이 이제야 떠올랐다.

제드를 용의자 명단에서 너무 쉽게 지워버린 것이 아닌가. 그러고 보니 수리 작업만으로는 그렇게 많은 돈을 벌 수 없을 텐데 제드는 요즘 돈을 지나치게 많이 쓰고다녔다.

최신형의 트럭이며 매일 카페에서의 점심, 그리고 오늘 입었던 비싼 수공예 조끼까지.

한나는 비닐랩을 잘라 그릇 위를 덮고는 가장자리가 잘 붙도록 골고루 문질러주었다.

그럼 제드가 론다를 죽인 것일까?

마이크 말로는 제드의 모자가 지하실에 떨어져 있었다고 했다.

그 모자가 유리창을 수리하러 왔을 때 떨어진 것이 아니라 론다를 죽일 때 떨어뜨리고 간 것이라면?

가능성 짙은 가설이 한나의 머릿속에서 조금씩 제 모양을 찾아나가기 시작했다.

켄 퍼비스는 금요일 밤 보웰커의 집으로 갔을 때 주변에 주차된 차를 보지 못했다고 했지만, 론다가 제드에게 보웰커 부인의 집으로 데리러 와달라고 했을 수도 있다.

그리고 제드는 아마도 프레디의 어머니가 타시던 낡은 차를 몰고 왔을 것이다. 그 차는 엔진이 신통치 않아 언덕 위에 세워야 시동이 제대로 걸린다고 했으니 제드는 차를 몬 채 보웰커 부인의 집까지 가지 않고 차를 길 중간에 세워둔 채 걸어갔을지도 모른다.

한나의 생각이 마구 소용돌이쳤다.

집에 도착한 제드는 문을 두드렸지만, 안에서 아무 소리도 들리지 않자 론다가 있는지 살펴보려고 창문을 들여다봤을 것이다.

마침 론다가 돈을 챙기는 모습을 목격했고, 바로 지하실로 내려가 그녀를 죽이고 돈을 챙겼겠지.

제드는 힘이 센 청년이니 론다의 시체를 묻으려고 먼지가 가득 쌓인 소각장 바닥을 파냈지만 켄 퍼비스가 집 안으로 들어오는 것을 보고 놀라 달아났다. 하지만 서둘러 벽의 구멍을 막는 바람에 복숭아잼 병을 세 개 떨어뜨렸고, 그 자리에 대신 딸기잼을 가져다 놓은 것이다.

그때 또 다른 시나리오가 떠올랐고 한나는 침을 꿀꺽 삼켜 버렸다.

만약 프레디를 공격한 사람도 제드였다면?

제드가 프레디를 부두 밑에서 그대로 죽게 내버려둔 것이라면?

론다를 죽인 사람이 제드였다는 사실을 프레디가 알았다면, 분명히 누군가에게 말했을 것이다.

소여 부인은 법 없이도 살 수 있을 만큼 바른 사람이었으니 살인이 나쁜 일이라는 것쯤은 프레디도 충분히 알고 있을 것이다.

제드가 오늘 밤 병원에서 프레디를 그토록 걱정했던 것은 프레디의 부상 때문이 아니라 프레디가 다시 제정신을 찾아 누군가에게 사실을 말하게 될까 봐 두려워서가 아니었을까?

한나는 반죽을 냉장실에 넣는 대로 마이크에게 전화해서 이 얘기를 전부 해줘야겠다고 생각했다. 한나의 추측대로 범인이 정말 제드가 맞다면 그는 지금까지 한나를 포함해 마을 사람들 전부를 감쪽같이 속이고 다닌 것이 아닌가!

급물살을 타버린 시나리오에 사로잡힌 채 한나는 냉장실 문을 열고 안으로 들어가 반죽이 담긴 그릇을 놓을 만한 장소를 찾아 물건들을 몇 개 옮기는데, 바로 그때 냉장실 문이 '쾅' 하고 닫혀버렸고, 한나는 그만 어둠 속에 갇혀버리고 말았다.

한나는 재빨리 천장에 매달린 줄을 찾아 불을 켜고는 문쪽으로 달려갔다. 냉장실 문이 저절로 닫힌 적은 한 번도 없었는데!

한나는 힘껏 문을 밀었지만, 문은 꼼짝도 하지 않았다.

이게 대체 어떻게 된 일이지?!

바로 그때 밖에서 뭔가를 뒤적거리는 듯한 소리가 들렸다.

지금까지의 한나 생각이 맞는다면 이건 분명히 제드의 짓이다.

제드가 한나를 가둬버린 것이다.

"나 좀 꺼내줘요, 제드!"

한나가 소리쳤다.

"미안하지만, 안 되겠어요."

두꺼운 철제문 사이로 제드의 목소리가 희미하게 들려왔다.

"그냥 거기 있어줘야겠는데요."

또렷하지 않은 소리에도 불구하고 제드의 발음이 꼬인 것을 한나는 쉽게 알아챌 수 있었다.

그는 분명히 술에 취해 있었고, 그건 한나에게 결코 좋은 징조가 아니었다.

"어서요, 제드. 이런 거, 하나도 재미없어요."

"당연히 재미없죠. 죽는 게 재밌을 게 뭐가 있나요. 당신이 사실을 알게 됐는지, 아님 아직 모르고 있는지 모르겠지만. 어쨌든 상관없어요."

서늘한 기운에 한나의 등골이 오싹해졌다.

아무것도 모르는 척해봤자 소용없을 것이다. 작업대 위에 놓은 사진들과 편지를 이미 제드도 봤을 테니 말이다. 하지만 죽게 된 마당에 무엇이든 일단 시도부터 해보자고 한나는 생각했다.

"무슨 말을 하는지 모르겠군요. 날 꺼내주면 아무 일도 없었던 걸로 해줄게요. 아무에게도 얘기하지 않을게요."

"내가 프레디 같은 바보천치인 줄 아시나?"

제드의 웃음소리가 들렸다.

"지금 산소 공급기를 뽑아버렸어요. 산소가 다 떨어지면 당신도 죽는 거죠."

한나는 가슴팍으로 문을 밀치며 소리쳤다.

"대체 나한테 왜 이러는 거예요, 제드? 당신 미쳤어요?"

"미쳤는지도 모르죠. 그래도 바보가 되는 것보단 나아요. 프레디가 당신이 보관하는 선물에 대한 얘길 해줬어요. 심지어 그게 뭔지도 얘기해줬죠. 하지만 그 고집 센 멍청이가 그걸 어디에 뒀는지는 얘기하지 않더라구요. 하지만 당신의 수다스러운 입 덕분에 그게 바로 여기에 있다는 사실을 알게 됐죠."

문득 병실에 누워 있는 프레디의 모습이 떠올라 한나는 몸을 부르르 떨었다.

"프레디를 죽이려고 했어요?"

"당연하죠. 언제든 입방정을 떨어댈 수 있으니까. 일부러 술을 뿌려서 술에 취해 싸움을 한 것처럼 꾸몄죠. 근데 당신이랑 당신 동생이 너무 빨리 나타나는 바람에 계획이 틀어졌어요. 안 그럼 그 자리에서 그렇게, 평화롭게 죽어버렸을 텐데. 이제 다시 병원으로 가서 일을 마무리해야죠."

"간호사가 당신을 들여보내지 않을 거예요!"

사실은 그렇지 않을 거라는 걸 알면서도 한나가 대항했다.

제드가 가련한 표정으로 사촌 동생을 한 번만 더 보고 싶다고 간청한다면 간호사도 어쩌지 못할 것이다.

"간호사는 내가 거기 간 줄도 모를걸. 병실에서 나오기 전에 일부러 창문을 열어뒀으니 자정에 간호사들이 병실을 돌기 전에 프레디의 병실에 들어가는 것쯤이야 식은 죽 먹기지. 또 한 번 당신 덕분에 인공호흡기에 대해 알게 됐으니 마무리는 쉽겠어. 그냥 코드만 뽑으면 될 테니까. 사실 프레디에게도 좋은 일이지. 바보로 살아서 뭐하겠어."

한나의 분노는 하늘을 찌를 듯했다. 제드는 지금껏 프레디를 좋아하는 척하면서 그의 집에 빌붙어 살았던 것뿐이었다.

이 사기꾼에 살인범은 마을 사람들 모두를 속여 왔다.

한나의 마음 같아서는 지금이라도 당장 초인적인 힘을 발휘해 냉장실의 문을 부수고 나가 제드를 나무젓가락처럼 두 동강을 내버리고 싶었다.

"당신은 내게 정말 잘 해줬지. 공짜 쿠키도 주고 말이야. 당신을 이렇게 산 채로 죽이게 돼서 나도 기분이 좋지만은 않아. 프레디가 줬다는 선물을 어디에 뒀는지 얘기해주면 살 수 있는 여지를 마련해줄 수도 있어. 통풍구를 열어두면 사람들이 며칠 내로 당신을 찾아낼지도 몰라. 아니면 내가 직접 전화를 걸어 당신이 어디에 있는지 알려줄 수도 있고. 그 많은 돈을 쓰기 시작하다 보니 나도 제법 관대해졌거든."

한나는 제드의 속셈을 알 것 같았다.

그 신발상자가 어디에 있는지 말해주든 말해주지 않든 상관없이 제드는 한나를 죽이고 말 것이다.

하지만 그렇다고 말해주지 못할 건 또 뭐가 있겠는가?

그 신발상자는 아주 완벽한 장소에 숨겨져 있으니 말이다.

한나는 냉장실에서 가장 무게가 나가는 반죽 그릇을 들고 문 가까이 다가섰다.

"어디 있는지 말해주면 여기서 나가게 해줄 건가요?"

"그럼, 어디 있지?"

"바로 여기 냉장실 안에요."

한나가 철제 그릇을 단단히 부여잡으며 대답했다.

그러자 제드가 아주 오랫동안 신나게 웃음을 터뜨렸다.

"시도는 좋았지만, 내가 그 말을 믿을 것 같아? 지금쯤 뭔가 무기가 될 만한 걸 손에 쥐고 있겠지. 내가 문을 열면 나를 향해 휘두를 거구. 물론 신발상자를 지금 갖고 가면 좋겠지만, 그렇지 못한다고 해도 상관없어. 당신과 프레디가 죽고 나면 그 상자가 내 것이라는 걸 아는 사람이 아무도 없을 테니까. 어쨌든 좀 더 찾아보고 가기로 하지."

한나는 문에 귀를 가까이 갖다 대고 밖에서 나는 소리에 집중했다.

찬장 문이 덜컥거리는 소리로 봐서는 제드가 작업실 여기저기를 뒤지는 듯했다. 그렇게 5분 정도 뒤지기가 계속되는 듯하더니 뒷문이 열리고, 이내 닫히는 소리가 들려왔다.

한나의 머리부터 발끝까지 한기가 몰려왔다.

어느 누구도 한나가 여기에 갇혀 있다는 사실을 알 수 없을 것이다.

휴대폰을 장만하라는 안드레아의 잔소리를 왜 진작 듣지 않았던가?

휴대폰만 있었어도 병원에 전화를 걸어 제드가 자정에 프레디를 죽이러 갈 것이라고 경고해주고 여기서 나갈 수 있도록 도움도 청했을 텐데 말이다. 하지만 현재 한나의 수중에 휴대폰 같은 것은 없었고, 설사 휴대폰이 있었다 하더라도 냉장실에까지 그걸 가지고 왔을 리 없을 것 같았다.

한나는 최대한 마음을 가라앉히고 가능한 탈출 방법들에 대해 차분하게 생각해보았다.

방법은 그리 많지 않았지만, 산소가 다 빠져나가기까지 그래도 얼마간의 시간이 남아 있었다. 냉장실 문을 밀치는 방법은 아무리 해도 소용이 없을 것이고, 두꺼운 문 때문에 한나의 소리를 들을 수 있는 사람도 없을 것이다. 게다가 이렇게 늦은 시간에는 아무도 지나다니지…….

허브 비즈먼!

한나는 손목시계를 내려다보았다.

밤 10시 45분이었다. 허브는 매일 밤 11시에 순찰을 한다. 물론 차를 타고 골목을 지나가기만 할 테니 한나의 소리를 듣지 못할 테지만 만약 엄마의 앤티크점 경보장치가 또 한 번 나가게 되면 허브가 그저 차를 타고 지나가기만 하진 않을 것이다.

한나는 최선을 다해 집중했다.

우선은 엄마의 앤티크점 경보장치의 전원을 끊어야만 한다.

경보장치는 전원이 나갈 때마다 같이 끊어지곤 하는데 전원의 배선은 한나 카페의 냉동실, 냉장실과 연결되어 있었다.

만약 배선을 끊으면 경보기가 울려댈 것이고 그렇게 되면 허브가 순찰차에서 내려 엄마의 앤티크점에 먼저 들른 다음 여기, 냉동고와 냉장고가 잘 가동되는지도 확인하기 위해 분명히 이곳에도 올 것이다.

그때 반죽이 든 철제 그릇으로 젖 먹던 힘을 다해 문을 내리치리라.

근데 배선을 어떻게 끊지?

한나는 주변을 둘러보았다. 스위치 같은 것은 보이지 않았지만, 냉장실 뒤쪽 바닥에 전기 패널 같은 것이 보였다.

한나는 얼른 달려가 무릎을 꿇고 그것을 자세히 살펴보고는 이내 얼굴을 찌푸렸다. 나사로 조여진 패널을 열려면 십자드라이버가 있어야 했기 때문이다. 지금 한나에게 십자드라이버 같은 것이 있을 리가 없었다.

 한나는 목숨 줄 같은 몇 분 동안 손톱으로 나사를 돌려보려 애썼지만, 마지막으로 이것을 잠근 수리공이 있는 힘껏 나사를 조여 놓았는지 조금도 움직이지 않았다.

 한나는 자리에 주저앉아 한숨을 내쉬었다.

 집에도 십자드라이버 같은 건 갖고 있지 않았다. 십자드라이버 대신 식탁용 나이프를 사용해본 적은 있다. 물론 식탁용 나이프로 나사를 푸는 한나를 보고 아버지가 매우 어이없어하시긴 했다. 하지만 그 나이프도 지금으로서는 아쉬울 따름이었다.

 한나는 다시 한 번 심호흡을 했다.

 그때 문득 론다가 칼에 찔려 죽었다는 사실이 떠올랐다.

 프레디가 준비한 신발상자에 대해 제드가 그토록 전전긍긍해하는 것을 보면 안에 아주 중요한 무언가가 들어 있음에 틀림없다.

 어쩌면 론다를 찌른 칼이 들어 있을지도 모른다!

 한나는 자리에서 일어나 신발상자를 집은 다음 다시 자리에 앉았다.

 손가락이 덜덜 떨리는 탓에 노끈을 제대로 풀기가 힘들었다. 그리고 마침내 뚜껑을 열어 위에 얹힌 헝겊을 걷어냈을 때 한나는 울음 섞인 안도의 탄성을 내질렀다.

 상자에는 바로 사냥용 칼이 들어 있었던 것이다.

 날렵하게 날이 솟은 긴 칼이었다.

 한나는 칼자루를 쥐려다 말고 멈칫했다.

 자루가 철제로 되어 있으니 지문이 남아 있을지도 모른다는 생각에서였다. 하지만 망설임도 잠시.

한나에겐 더 이상 지체하고 있을 시간이 없었다.

한나는 냉장실에 선반에 있던 미끄럼방지 헝겊을 장갑 삼아 칼을 손에 쥔 뒤 몸을 앞으로 숙이고 패널의 나사를 풀기 시작했다.

몇 분 뒤 마침내 나사가 모두 풀리고, 닫혀 있던 패널을 걷어내자 어지럽게 얽혀 있는 전기선들이 보였다.

한나는 몸을 더 가까이 숙여 패널 안을 들여다보았다. 한쪽에는 경고 스티커가 붙여져 있었는데 전기선을 조작하기 전에 반드시 전원을 차단할 것과 조작 시에는 전기가 통하지 않는 도구를 사용할 것을 얘기하고 있었다.

한나는 나이프의 철제 칼날을 내려다보았다.

전원도 차단할 수 없고, 칼도 비전도 도구가 아니었다. 경고 사항에 하나도 아닌 두 개나 해당하다니 이거야말로 난감한 일이었다.

불행하게도 칼자루까지 철제로 되어 있으니 잘못하면 그 자리에서 통닭이 되어버리고 말 것이다. 하지만 어떻게 해도 죽는 것은 마찬가지니 어쨌든 시도해볼만은 하다.

손잡이를 미끄럼방지 헝겊으로 감싸쥐면 괜찮을지도 모른다.

어서 서둘러야 한다.

조금만 지체하면 허브가 이곳을 그냥 지나칠지도 모른다.

한나는 어느 선을 끊어야 할까 고심하다 '위험'이라고 빨간 딱지가 붙어 있는 선을 끊기로 했다.

배선이 나가버리면 냉장실의 불도 꺼질 테니 앞일을 대비해 한나는 반죽 그릇을 냉장실 문 바로 앞에 가져다 두었다. 그리고는 다시 패널 앞에 무릎을 꿇고 앉아 심호흡을 한 뒤 전선을 끊었다.

위험 딱지가 붙은 전선엔 칼날을 갖다 대자마자 커다란 불이 번쩍했고, 한나는 그 자리에서 뒤로 넘어지고 말았다.

눈앞에 별들이 보이긴 했지만, 한나는 간신이 일어나 앉아 문쪽으로 기어가 밖에서 나는 소리에 귀 기울였다.

엄마의 앤티크점 경보음이 시끄럽게 울어대고 있었다.

성공이다!

이제는 허브가 오기를 기다렸다가 그가 작업실로 들어오거든 냉장실 문을 힘차게 내리치는 일만 남았다.

인기척이 들리기를 기다리는 동안 시간은 매우 느리게 흘러갔다.

마침내 뒷문이 열리는 소리가 들렸고, 한나는 남은 힘을 모두 모아 냉장실 문을 내리쳤다. 그리고 잠시 후, 뭔가 웅얼거리는 소리가 들리더니 허브의 외침이 들려왔다.

"한나? 거기 있어요?"

"네!"

한나는 젖 먹던 힘을 다해 큰소리로 대답했다.

"손잡이가 자물쇠로 잠겨 있어요. 그래도 순찰차에 절단기가 있으니까 꼼짝 말고 앉아 있어요."

꼼짝 말고 앉아 있으라고?

한나는 안도와 걱정이 뒤섞인 웃음을 지었다.

지금 한나가 꼼짝 말고 앉아 있는 것 외에 무얼 할 수 있단 말인가?

한나는 허브가 절단기로 자물쇠를 잘라내는 소리를 들으면서 그리고 그가 문을 열 때까지도, 심지어 그가 냉장실 안으로 들어와 한나를 일으켜 세워줄 때까지도 계속 킥킥거리고 있었다.

하지만 순간 프레디 생각이 떠올랐고, 한나는 즉시 웃음을 멈췄다.

"대체 무슨 일이 있었던 거예요, 한나?"

"나중에요."

상쾌한 공기를 한껏 호흡하며 한나가 말했다.

"순찰차에 경찰용 무전기 있어요?"

"그럼요."

"그럼 경찰에 연락해서 프레디 소여의 병실에 경찰들을 배치하라고 하세요. 그렇지 않으면 자정에 살해당하고 말 거예요. 그리고 나이트 박사님 외에는 아무도 들이지 말라고 하세요."

"확실한 거예요?"

"당연하죠. 냉혈 살인범에 의해 냉장실에 갇혀 죽을 뻔하다 살아난 여자가 그럼 거짓말을 하겠어요?"

허브는 물어보고 싶은 게 많은 얼굴이었지만, 무전을 치기 위해 그대로 발길을 돌려 순찰차가 있는 곳으로 나갔다.

허브가 다시 돌아올 동안 한나는 병원에 전화를 걸어 나이트 박사에게 경찰이 도착할 때까지 프레디의 병실 앞에 경비원을 세워두라고 신신당부를 했다. 그리고는 살인 도구를 꺼내 미끄럼방지용 헝겊으로 싸서 프레디의 신발상자에 넣어두었다.

"이젠 무슨 일이 있었는지 말해줄 수 있겠죠?"

허브가 한나를 놀라움과 경이로움에 가득 찬 눈빛으로 바라보며 물었다.

"경찰서까지 가는 동안 말해줄게요. 론다를 죽인 범인이 누구인지 알았으니 이 사실을 경찰에 알려야겠어요. 그뿐만 아니라 예전에 도난당한 은행 돈을 누가 갖고 있는지도 알았어요."

"그럼, 저더러 경찰서까지 태워달라고요?"

"론다를 죽인 살인범이 나를 냉장실에 가두고 산소 공급기를 빼버렸어요. 추위와 산소 부족 때문에 아직 몸이 떨린다구요. 그뿐만 아니라 살인 도구로 전선을 끊다가 충격에 뒤로 넘어지기까지 했단 말이에요."

"알았어요."

허브가 한나를 위해 문을 열어주었다.

"좋아요. 마이크가 살인 도구를 보게 되면 분명히 언짢아할 거예요. 십자드라이버 대신 쓰다가 조금 구부러뜨린데다가 전선을 자를 데 불꽃이 일어서 칼날에 그을음도 생겼거든요. 그래도 미끄럼방지 헝겊으로 잡았으니까 지문은 채취할 수 있을 거예요. 근데 정말 경찰서까지 데려다 줘도 괜찮겠어요?"

"언제든지요, 한나."

카페를 나서며 허브가 고개를 설레설레 저었다.

"제가 한 번 정리를 해볼게요. 그러니까 론다를 죽인 범인이 당신을 냉장실에 가뒀고, 그래서 살인 도구를 십자드라이버로 이용해서 전선을 끊었고요. 그리고는 오늘 밤 자정에 프레디가 살해당할 것이라는 사실을 알아냈고요. 또 예전에 은행에서 도난당한 돈이 어디에 있는지 알고 있단 말이죠?"

"요약하자면 그래요. 순찰을 방해해서 미안해요, 허브. 당신에게 정말 크게 빚졌어요."

"자세한 얘기는 경찰서에 가서 듣는 게 낫겠어요. 그래야 당신이 두 번 설명하지 않아도 될 테니까요."

"좋은 생각이에요. 경찰서에 가면 당신도 꼭 같이 있어야 된다고 얘기할게요."

"좋아요. 그렇다면 한나는 이미 빚을 갚은 거예요."

허브가 한나를 위해 순찰차의 문을 열고 그녀가 조수석에 올라타는 것을 부축해주었다.

"그게 어째서 내가 빚을 갚은 게 되죠?"

안전벨트를 매고 등받이에 머리를 기대며 한나가 물었다.

"당신이 그 얘기를 할 때 마이크의 표정을 생생하게 보게 될 테니까요. 정말이에요, 한나. 이건 정말 크게 빚을 갚는 거예요!"

"좋아 보이네요, 한나."

레이크 에덴 호텔 레스토랑에서 가장 큰 테이블로 걸어오는 한나를 보자 노먼이 말했다.

"고마워요, 노먼."

한나는 그를 향해 따뜻하게 미소 짓더니 이내 엄마와 로드 부인을 돌아보며 말했다.

"일찍 오셨네요."

그러자 엄마가 고개를 끄덕였다.

"나도 안다. 오늘 밤은 모든 게 완벽했으면 했거든."

"그럴 거예요."

한나가 자리에 앉으려 의자를 빼내자 엄마가 고개를 저으며 말했다.

"거기가 아니다, 얘야. 노먼의 오른쪽에 앉아라."

한나는 천장을 향해 눈을 굴리면서도 엄마가 시키는 대로 했다.

엄마는 당신이 주관하는 파티만큼은 자리 배치도 본인이 원하는 대로 따라주기를 바랐다. 그리고 바로 오늘은 론다의 살인사건을 해결하게 된 것을 축하하는 의미에서 마련된 저녁식사 자리였다.

"이 꽃들, 정말 예쁘지 않니?"

엄마가 테이블 가운데 놓인 다채로운 색의 여름 꽃들을 가리키며 말했다.

"허브 비즈먼이 보냈단다. 아마 너에게 보낸 것일 게다."

"저한테요?"

한나는 혼란스러웠다.

"물론이지. 네가 론다의 살인사건을 해결하지 않았니. 하지만 허브에게 선물을 줘야 할 사람은 너인 것 같구나. 허브가 널 냉장실에서 구해주지 않았니."

"안 그래도 준비했어요."

한나가 스스로를 변호하고 나섰다.

"예전부터 허브가 파인애플 쿠키를 만들어달라고 졸랐었는데, 이번 기회에 새 메뉴를 개발했어요. 일명 파인애플 바 쿠키라고, 지금 샐리의 주방에 있어요. 피자 자르는 칼과 함께 내올 거예요."

노먼이 알 수 없다는 표정으로 물었다.

"피자 자르는 칼이요?"

"대학시절 룸메이트에게서 배운 거예요. 신시아는 브라우니를 자를 때 항상 피자 자르는 칼을 사용했거든요. 일반 칼보다 훨씬 잘 들어요."

한나가 대답했다.

"안녕하세요!"

그때 안드레아의 손을 잡고 서둘러 테이블로 이끌고 오며 트레시가 외쳤다.

트레시는 소매와 목 주변이 하얀 레이스로 장식된 파스텔 블루의 실크 드레스를 입고 있었다.

"나 좀 봐요. 여기 오려고 예쁘게 입었어요."

"정말 사랑스럽구나."

엄마가 옆자리의 의자를 톡톡 두드리며 말했다.

"나도 알아요. 아빠가 엄마만큼 예쁘다고 한 걸요. 아빠는 있다가 마이크 삼촌이랑 같이 올 거예요."

트레시가 엄마 옆자리에 올라앉더니 모두를 향해 씩 웃었다.

"안녕하세요, 노먼 삼촌."

한나의 등 뒤로 테이블을 돌아가는 안드레아를 한나가 붙들었다.

"트레시가 마이크도 삼촌이라고 부르고 있잖아."

"알아. 사람을 차별하면 안 된다고 내가 가르쳤거든."

안드레아가 한나에게 속삭이고는 허리를 펴서 모두를 둘러보더니 물었다.

"몇 명이나 오는 거죠?"

"열두 명."

엄마가 대답했다.

"우리랑 리사, 허브, 그리고 로니도 미셸과 함께 오기로 했단다."

"우리 왔습니다."

빌이 마이크와 함께 모습을 보였다.

둘 다 경찰 제복을 갖춰 입고 있어 매우 멋져 보였다.

"여기 앉게나, 빌."

엄마가 안드레아 옆자리를 가리키며 말했다.

"마이크? 자네는 한나 옆에 앉게."

한나는 아무렇지도 않은 듯 즐거운 표정을 지었지만, 자리 배치 문제로 엄마와 꼭 한 번은 얘기를 해봐야겠다고 결심했다.

엄마는 늘 한나를 노먼과 마이크 사이에 앉히곤 한다.

한나는 마치 빵 사이에 낀 땅콩버터가 된 듯한 기분이었다.

"오늘 아침에 프레디 봤어?"

안드레아가 물었다.

"응, 봤지. 교회에 쿠키를 배달한 다음에 병원에 들렀거든."

한나가 자그맣게 미소 지었다.

그릇 위로 비닐랩을 씌워놓은 덕분에 반죽이 하나도 굳지 않아 오늘 아침 일찍 쿠키를 구울 수가 있었다.

한나가 말하지 않았다면, 그 당밀 쿠키 반죽에 얼마나 구구절절한 사연이 담겨 있는지 아무도 몰랐을 것이다.

"나이트 박사님이 곧 완전히 회복될 거라고 하셨어. 오늘 내가 갔을 때 마침 인공호흡기를 떼고 있었는데, 호흡기를 떼자마자 제일 먼저 한 얘기가 제드가 자기를 공격했다는 거였어."

"이유에 대해 이해를 잘하던가요?"

노먼이 물었다.

"설명해주니까 잘 이해하던데요. 더 이상 아무도 다치지 않게 제드를 가둬놓아야 한다고까지 하던 걸요."

"그건 문제없어요."

마이크가 말했다.

"자백을 받아놓았거든요. 게다가 제드의 트럭에서 도난당한 돈도 찾아냈으니 이제 남은 문제는 연방은행과 우리 중에서 누가 먼저 그를 고소하느냐 뿐입니다."

"안녕하세요!"

그때 리사가 함빡 미소를 지으며 허브와 함께 나타났다.

"늦어서 죄송해요. 병원에 들러서 프레디 좀 보고 오느라고요. 프레디가 자기가 새로 얻은 직장에 대해 꼭 얘기해달라고 했어요."

허브가 리사를 위해 의자를 빼주고는 자기도 테이블 앞에 앉았다.

"나이트 박사님이 프레디가 병원에서 수리공 일을 할 수 있도록 해주셨어요."

"저기 미셸 이모 온다!"

트레시가 자리에서 일어나 손을 흔들며 외쳤다.

"로니 삼촌도 같이 와요."

안드레아의 충격 받은 듯한 얼굴을 보며 한나가 웃음을 터뜨렸다.

지금쯤 트레시에게 사람을 차별하지 말고 모두 '삼촌'이라고 불러야 한다고 가르쳤던 일을 후회하고 있을 것이다.

물론 안드레아가 로니를 싫어하는 건 아니지만, 동생이 경찰을 만난다는 사실이 별로 반갑지는 않은 게 사실이었다.

한나는 이제 미셸도 자신의 미래를 스스로 개척해나갈 수 있는 나이니 미셸이 누구를 만나든 우리가 걱정하지 않아도 된다고 누누이 안드레아에게 설명했지만, 그래도 안드레아는 미셸이 좀 더 안정적인 직업을 가진 사람을 만났으면 하는 바람을 버리지 못하고 있었다.

"정말 아름다운 저녁 아니에요?"

리사가 한나를 바라보며 한쪽 눈을 찡긋해 보였다.

"제 인생에서 가장 멋진 밤인 것 같아요. 심지어는 보름달까지 떠어요!"

한나는 어리둥절한 표정으로 리사를 쳐다보았다.

리사에게 무슨 일인가 있음이 분명하다.

그녀의 눈동자는 마치 노벨상과 미스 유니버스의 왕관, 그리고 올림픽의 금메달을 모두 한 번에 손에 쥔 사람의 그것처럼 반짝반짝 빛이 나고 있었다.

이런 리사의 모습을 누군가 우연히 보게 된다면 그녀가 샴페인에 취한 걸로 착각했을 것이다.

테이블 위에 놓인 샴페인의 코르크는 아직 개봉 전인데 말이다.

"괜찮아, 리사?"

한나가 물었다.

"이렇게 괜찮아 본 적이 없어요!"

리사가 킥킥거리며 웃더니 물 잔으로 손을 가져갔다.

한나는 눈을 깜빡였다.

리사는 어설프게 물 잔을 들었는데, 손가락을 쫙 펴서 잔을 쥔 모양이 마치 손가락 어딘가를 다친 듯 불편해 보였다.

어떻게 하다가 손가락을 다쳤는지, 그리고 나이트 박사님이 진통제를 처방해줬는지 막 물으려는데 안드레아가 탄성을 내질렀다.

"오, 이런!"

그러더니 리사에게 달려가 그녀를 꼭 껴안았다.

"왜 진작 얘기하지 않았어? 정말 멋진 일이야!"

한나는 깜짝 놀라 안드레아를 바라보았다.

다 같이 미쳐버리기라도 한 건가?

"멋지다니, 뭐가?"

한나가 물었다.

"이것 봐!"

안드레아가 리사의 손을 잡고 높이 들어올렸다.

"리사랑 허브가 약혼을 했잖아!"

진즉에 반지를 눈치 채지 못했다는 생각에 스스로 바보 같다는 기분이 들기도 했지만, 한나는 기분 좋게 웃음을 터뜨렸다.

이윽고 운전 때문에 술을 마시지 못하는 노먼과 트레시를 위해 주문한 사과 주스와 함께 코르크를 딴 샴페인이 흥겹게 사람들 사이를 돌아다녔다.

축하인사의 흥겨움이 어느 정도 가라앉자 엄마가 모두가 궁금해하던 질문을 던졌다.

"결혼은 언제 하니?"

"12월 31일이요."

허브가 씩 웃으며 대답했다.

"연말에는 쿠키단지가 바쁘니까 바쁜 시즌이 지나거든 하자고 리사가 그랬거든요."

한나가 환호하며 말했다.

"역시 리사라니까."

"나도 결혼식에 가도 돼요, 리사 언니?"

트레시가 물었다.

"앞에서 꽃 뿌리는 거 하고 싶어요."

그러자 리사가 트레시를 안아주며 말했다.

"안 그래도 트레시한테 부탁할 참이었단다. 완벽한 결혼식으로 만들려면 화동이 될 사람은 트레시밖에 없거든."

"정말 멋진 생각이구나!"

엄마가 손뼉을 치며 기뻐했다.

"기왕이면 한 커플 더해 합동결혼식을 만들면 더 좋을 텐데 말이다."

노먼과 마이크를 차례대로 바라보며 알 수 없는 미소를 짓는 엄마를 본 한나는 화가 나서 참을 수 없었다.

두 남자가 어딘가 불편한 듯한 기색을 보이는 가운데 테이블 위로 침묵이 내려앉자 한나는 자신이 나서야겠다고 생각했다.

"합동결혼식도 좋죠."

한나가 그저 머릿속에 떠오른 대로 말했다.

"하지만 미셸은 결혼하려면 우선 대학부터 마쳐야 하지 않겠어요?"

미셸은 순간 당황한 듯 보였지만, 이내 한나의 의도를 눈치 채고는 말했다.

"그렇지, 언니. 나도 결혼하기 전에 적어도 학위는 따고 싶어. 그래도 괜찮죠, 엄마?"

"당연히 괜찮고말고! 그러니까 내가 말한 의도는……."

당황해서 말을 더듬는 엄마를 보자 한나는 조금 미안해졌다……, 아주 조금 말이다.

"결혼식 때 내가 아주 특별한 쿠키를 구워줄게, 아주 멋지고 특별한 쿠키 말이야."

"나도 결혼 준비하는 것 도와줄게."

안드레아도 나섰다.

"얼마 전에 옷장을 정리하다가 내 결혼식 때 만들었던 계획표 같은 걸 찾아냈는데 말이야. 그걸 보니 예전 생각이……. 참, 언니한테 줄 게 있어. 차에 두고 왔는데 작년에 같이 샀던 여름 바지 기억나?"

"오, 그럼."

한나가 한숨을 내쉬었다.

어떻게 잊겠는가? 그 불행한 바지 때문에 한나의 다이어트가 시작되었는데 말이다.

"그날 내 차에서 쇼핑 봉투를 꺼내다가 언니 것이랑 내 것이랑 섞인 것 같아. 내가 언니 걸 갖고 있더라고."

한나의 입이 떡 벌어졌다.

"그럼 내가 갖고 있는 바지가 원래는 네 거란 말이야?"

"그렇다니까."

안드레아가 대답했다.

웨이트리스가 주문을 받기 위해 테이블로 왔을 때까지도 한나는 머리가 어질어질했다.

결국 살이 찐 것이 아니었다.

안드레아의 바지 사이즈에 맞추기 위해 다이어트를 하다니!

"이쪽 분은 뭘 주문하시겠어요?"

웨이트리스가 한나 앞에서 멈춰 섰다.

"잠시만요."

한나는 안드레아를 돌아보았다.

"그 바지가 네 것인 게 확실하지?"

"그렇다니까. 내가 갖고 있는 건 나한테 너무 커."

다시 웨이트리스를 향해 고개를 돌리는 한나의 얼굴에 의기양양한 미소가 번져 있었다.

"오늘 밤은 샐러드랑 메인 메뉴는 생략하고, 바로 디저트부터 먹겠어요. 아예 수레째 갖다주세요."

파인애플 쿠키바

(바 형태의 쿠키라 반죽을 굴릴 필요가 없어요–정말 환상적이지 않나요?)

오븐을 176℃로 예열합니다. 틀은 오븐의 중앙에 둡니다.

재료

밀가루 2컵(체질할 필요 없습니다) / 부드러운 버터 1컵

백설탕 1/2컵 / 거품 낸 계란 4개 분량(포크로 저어줍니다)

파인애플 주스 농축액 얼린 것 1/2컵

소금 1/2티스푼 / 베이킹파우더 1티스푼

밀가루 4티스푼(1/4컵 정도 됩니다)

만드는 법

1-1. 이 단계의 작업을 하는 동안 파인애플을 여과기에 넣고 농축액을 짜냅니다. 버터에 설탕과 밀가루를 넣고 잘 섞습니다(버터가 딱딱하면 기계를 사용해서 섞어도 됩니다). 기름칠 한 9×13 크기의 팬에 섞은 것을 넓게 편 뒤 손으로 꾹꾹 눌러줍니다.

1-2. 176℃의 온도에서 15~20분 동안 구운 후 오븐에서 꺼냅니다(아직 오븐을 끄지 마세요!).

2. 거품 낸 계란에 설탕을 넣고, 파인애플 농축액과 액을 짜고 남은 파인애플까지 넣고 나서 잘 섞습니다. 그런 다음 소

금과 베이킹파우더를 넣고 다시 한 번 섞고, 마지막으로 밀가루를 넣은 다음 잘 반죽합니다(조금 흘러내리는 듯한 느낌이 들 수 있지만, 오븐에 들어가면 딱딱해지니 걱정하지 마세요).

3. 미리 구워놓은 것 위에 방금 섞은 것을 붓고 다시 오븐에 넣은 후 같은 온도로 45~50분 정도 구워줍니다. 다 됐으면 오븐에서 꺼냅니다.

4. 충분히 식힌 다음 위에 설탕가루를 뿌린 뒤 브라우니 사이즈 정도로 자릅니다.

허브 비즈먼이 무척 좋아하더군요.

사소한 감사의 표시였는데 말이죠.

엄마와 로드 부인도 무척 좋아하셨어요.

하지만 위에 바닐라아이스크림을 얹어서 먹는 것을 더 좋아하셨죠.

참, 마지 비즈먼은 이 쿠키를 맛보려 하지도 않았는데

아마도 자신이 미네소타에서 가장 맛있는 파인애플 케이크를

만든다는 자부심 때문이 아니었을까 싶어요.

레몬머랭 파이 살인사건

2007년 6월 20일 초판 발행
2011년 5월 11일 중쇄 발행

지은이　조앤 플루크
옮긴이　박영인
펴낸이　이경선
펴낸곳　해문출판사

등 록　1978년 1월 28일 제3-82호
주 소　서울시 서초구 서초동 1328-11 도씨에빛 2차 1420호
전 화　325-4721(대표)
팩 스　325-4725

값 12,000원

ISBN 978-89-382-0413-4
ISBN 978-89-382-0400-4(세트)

※ 잘못 만들어진 책은 구입하신 곳에서 바꾸어 드립니다.

국립중앙도서관 출판시도서목록(CIP)

```
레몬머랭 파이 살인사건 / 조앤 플루크 지음 ; 박영인
옮김. -- 서울 : 해문출판사, 2007
    p. ;   cm. --  (Cozy mystery)

원표제: Lemon Meringue Pie murder
원저자: Joanne Fluke
ISBN  978-89-382-0413-4 04840 : ₩12000
ISBN  978-89-382-0400-4(세트)

843-KDC4
813.54-DDC21                    CIP2007001634
```